COLLECTION
Les meilleures nouvelles

COLLECTION Les meilleures nouvelles

Titres déjà parus
Virginia Woolf
Katherine Mansfield
Anton Tchekhov
H.P. Lovecraft
F. Scott Fitzgerald
Sherwood Anderson

À paraître
Les meilleures nouvelles françaises

Les meilleures nouvelles de LÉONID ANDREÏEV

Préface et notices de Serge Rolet

Nouvelles traductions d'Olga Artyushkina,
Laetitia Decourt, Jean-Luc Goester
et Serge Rolet

ÉDITIONS
RUE SAINT AMBROISE

Léonid Andreïev, l'enfant terrible de la littérature russe

Andreïev, Léonid, 1871-1919, écrivain et journalisme russe. Carrière littéraire relativement courte et intense (nouvelles, théâtre), énorme succès et scandales mémorables dans son pays, célébrité internationale au début du XXe siècle, mort prématurée : voici ce que dirait la fiche biographique de l'auteur. Si l'on entre dans l'œuvre, on trouve : « questions éternelles » (ou « maudites », ce sont les mêmes : le destin, la mort, l'irréalité des choses), obsessions, angoisse, incantations, mais aussi bien tout le contraire : sens aigu de l'air du temps, élan révolutionnaire, actualité brûlante des sujets traités (la guerre, la peine de mort).

Aujourd'hui, ailleurs qu'en Russie, en particulier en France, Andreïev est un classique qui mérite d'être redécouvert, comme beaucoup d'écrivains russes, à l'exemple de son contemporain Ivan Bounine (1870-1953), lauréat du prix Nobel de littérature en 1933. Rapidement traduit en français et apprécié dans les années 1900-1910, Andreïev a quitté le devant de la scène après la Première guerre mondiale pour de mauvaises raisons. Il n'avait pas la faveur, c'est le moins qu'on puisse dire, des milieux qui avaient le pouvoir de faire connaître la littérature russe en France. Si bien que le critique Bertrand Poirot-Delpech écrit dans *Le Monde* en 1963 : « Andreïev est très mal connu en France. Une seule de ses pièces a été montée à Paris depuis la guerre, par Laurent Terzieff. Il s'agissait de « La pensée », drame dostoïevskien d'un médecin, qui espère se connaître mieux et se dépasser dans le crime. » La pièce en question était une adaptation du récit du même nom. Laurent Terzieff ne savait pas qu'Andreïev avait lui-même tiré une pièce de ce texte et personne ne s'est trouvé pour l'en informer. Les émigrés russes de Paris, fortement marqués par l'influence intellectuelle des symbolistes, considéraient Andreïev avec dédain et réprobation et le détestaient en raison de sa prétendue grossièreté, de son penchant supposé pour la violence et la pornographie. En URSS, l'écrivain a été mis à l'index en tant qu'ennemi de la révolution. En 1918, alors que Lénine venait d'être blessé dans un attentat, il écrivait, puéril et jubilatoire, dans le sable d'une plage du golfe de Finlande, où il s'était installé après l'Octobre rouge : « Lénine est mort ». Dans le journal qu'il tenait à cette époque, il appelait les gardes rouges « les quadrupèdes ». Comme beaucoup d'autres écrivains russes interdits sous Staline, Andreïev a été redécouvert au temps du Dégel khrouchtchévien, tout en demeurant mal vu jusqu'à la fin de l'URSS, parcimonieusement édité, discrètement étudié dans des séminaires confidentiels de l'Institut de littérature mondiale. Il a fallu le centenaire de sa naissance, en 1971, pour que paraissent quelques belles rééditions de ses nouvelles en URSS, et, à leur suite, une floraison continue de traductions partout dans le monde.

Le présent recueil contient onze des quelque soixante-dix nouvelles publiées par Andreïev sur une quinzaine d'années, de ses débuts littéraires jusqu'à la pleine maturité. Dans la littérature de l'époque, la nouvelle (que les Russes appellent « récit ») était le genre dominant. Les textes de ce format paraissaient d'abord dans la presse et, s'ils rencontraient le succès, étaient réunis un peu plus tard dans un recueil. Si c'est en tant qu'auteur de nouvelles qu'Andreïev s'est imposé à partir de 1898 dans les lettres russes, il s'était toutefois exercé à l'écriture un peu plus tôt, après ses études de droit, comme chroniqueur judiciaire pour *Le Courrier*, un petit journal de Moscou. Le passage de la chronique à la nouvelle, via le billet satirique, était assez naturel : le support restait le même. Le prétoire, de même que ses souvenirs d'enfant dans un quartier populaire d'Orel, ont fourni au jeune Andreïev le matériau et quelquefois la trame de ses premiers récits. Andreïev a d'abord été rangé dans la cohorte des « écrivains de la vie quotidienne », admirateurs de Dickens et de Gorki, continuateurs souvent laborieux de Vladimir Korolenko et de Gleb Ouspenski.

« Petka à la datcha », appartient à la première période de l'activité littéraire d'Andreïev. La facture générale de ce récit est encore celle de la nouvelle classique. L'opposition entre le monde de l'enfant et celui du barbier, son patron, se charge d'un message émancipateur, plein de compassion pour les faibles et de révolte contre la dureté de l'ordre social. La structure polaire caractéristique du genre (qui saute aux yeux, par exemple, dans « Le gros et le maigre » du jeune Tchékhov, paru en 1883) est encore présente dans « C'est l'histoire de » : au marchand énorme et taciturne s'oppose le petit diacre volubile. Les personnages sont pittoresques, caricaturaux, univoques et la dynamique du récit tient tout entière dans l'attente du moment où la tension entre les deux pôles se résout, toute la question étant de savoir comment. Cela dit, dans ces deux récits, Andreïev sort déjà du fonctionnement de la nouvelle standard. Un commentateur de l'époque a relevé qu'il y a chez le jeune auteur « un petit sourire entendu de défiance à l'égard du fait ». Le gamin, qui a bien « profité » à la campagne, mais seulement quelques jours, doit retourner travailler chez le barbier : son séjour à la datcha édénique est trop éphémère pour être réel, ce n'est qu'un rêve qui, pour un instant, soulage le lecteur charitable de sa culpabilité. L'idylle reste illusoire, comme chacun, au fond, le savait depuis le début. Le destin insoutenable du pauvre gosse est un appel, indirect, bien sûr (la censure veillait), à changer les choses. Mais rien n'est simple : le retour du petit dans la boutique sordide du barbier brutal est si déprimant qu'on peut aussi le voir comme impossible. Les faits sont un cauchemar et plus ils sont têtus moins il faut y croire. C'est tout le fond « réaliste », descriptif et positiviste de la nouvelle russe qui se défait. Dans « C'est l'histoire de », la mécanique de la nouvelle joue parfaitement, mais seulement à la surface du texte. Sous la description hyperbolique (le corps étendu du marchand est comme une montagne de chair), parsemée de petits détails vrais (un rayon de soleil est reflété sur le mur par un objet, mais on ne sait lequel), affleure autre chose : le texte fait froid dans le dos, il est inexorablement gagné par l'angoisse de la mort qui prend possession du corps du marchand dès les premières pages. Le pépiement des moineaux ne peut rien contre cela. Nous ne sommes plus dans l'univers habituel de la nouvelle russe, mais dans celui de Schopenhauer qu'Andreïev avait longuement lu et relu.

En principe, la nouvelle classique (voyez Maupassant) prend le lecteur tel qu'il est, elle lui confie le rôle agréable de co-auteur du texte : pour aller vite, elle ne fait que suggérer, laissant le lecteur remplir ses silences et développer ses raccourcis. C'est en cela que, malgré son côté satyrique, ce genre de texte est en réalité peu subversif. La vision du monde qui sous-tend ce type de nouvelle est commune au lecteur-type et à l'auteur. Andreïev fait travailler les structures de la nouvelle afin de subvertir cet accord profond. Dans ses premières œuvres, cet ébranlement a déjà lieu, mais il reste discret. On le perçoit quand, après avoir lu « L'abîme », « Le rire rouge » ou « Le récit des sept pendus », on en revient à « C'est l'histoire de ». On voit que, déjà, tout glisse, les grands repères qui définissent ce qui nous apparaît comme « le monde » se dérobent. Qu'est-ce que « la réalité », quel abîme ne sent-on pas se creuser dans « la vie quotidienne » ? Le jeune Andreïev n'a pas grand-chose à voir avec les écrivains réalistes de son temps. Le poète André Biély note, à propos de ce que le récit « Les ténèbres » a de typique de son écriture : « Dans le dos des héros des récits d'Andreïev, il y a toujours le chaos ». Ses récits dérivent rapidement vers la nouvelle non narrative, vers la nouvelle longue, vers le *stream of consciousness* qui se déploient partout dans l'histoire du genre au début du XXe siècle. La puissante structure de la nouvelle classique, permettant la brièveté, se dissout, le texte devient lancinant, répétitif. Devenu célèbre (le premier recueil de ses récits a connu neuf éditions entre octobre 1901 et janvier 1904), Andreïev ne publie plus dans de modestes quotidiens, mais dans d'épaisses revues respectables qui acceptent des œuvres d'un volume important. À propos du « Rire rouge » (1905), l'un des exégètes actuels les plus avertis d'Andreïev écrit qu'il est le premier expressionniste *de facto*, alors que le terme même apparaît *de jure* dans la littérature européenne sensiblement plus tard.

Les critiques russes les plus influents au tournant du XXe siècle ont d'abord attaqué la tournure irrationnelle que prenaient les récits d'Andreïev, résultat selon eux d'un simple manque de maîtrise et de sobriété, et aussi d'un goût paresseux pour des effets trop faciles, cruellement épinglé par le vieux Tolstoï : « Il cherche à m'effrayer, mais moi, ça ne me fait ni chaud ni froid ». Après « L'abîme », tous ont dû reconnaître que ce qu'ils prenaient pour des défauts d'Andreïev était la substantifique moelle de son écriture et non son échec à mener à bien le projet qu'eux-mêmes assignaient à la littérature. Pour eux, la prose narrative devait suivre ce qu'Ivanov-Razoumnik a appelé « la théorie du progrès », elle devait contribuer à faire advenir un monde meilleur, œuvrer pour le bien, respecter « le sens de la vie ». Or la conviction invétérée d'Andreïev était que la vie n'a aucun sens. C'est bien plutôt « un destin rigoureux et énigmatique » qui décide du devenir de ses personnages, au grand dépit des écrivains progressistes dont il était proche, et d'abord de Gorki, selon lui le seul ami qu'il ait jamais eu, destinataire caché de tout ce qu'il écrivait.

Dans « L'abîme », Andreïev utilise encore la structure polaire de la nouvelle classique, mais il le fait de manière à brouiller le système de références du lecteur. Un couple de jeunes amoureux très comme il faut s'oppose à une bande de mauvais garçons qu'il rencontre par hasard. La tension entre ces deux pôles est claire, factuelle : les vauriens rouent de coups le jeune homme, violent la jeune fille et s'en vont. Les deux malheureux se retrouvent seuls et, mécaniquement, la polarité de la nouvelle se reconstitue. C'est entre eux que passe maintenant la tension. Andreïev choisit non de l'atténuer, mais de la renforcer : l'étudiant bien élevé viole à son tour la jeune fille. La critique n'a pas accepté cette chute parce qu'elle détruisait « le sens de la vie ». Les faits narrés contredisaient trop violemment l'explication sociologique déterministe des comportements alors en vogue. On a pu lire dans la presse qu'Andreïev avait « fait feu sur la nature humaine ». Ce à quoi il répondait, blagueur : « Que vous lisiez « L'abîme », cela, je ne le souffre. » Choquer, mettre à bas les assises de la morale petite-bourgeoise, tel était le but affiché. Andreïev considérait « l'inversion des valeurs » dans la littérature comme une activité révolutionnaire. Simplement, « la révolution » n'avait pas pour lui le même sens que pour les marxistes russes et pour Gorki, et elle n'empruntait pas les mêmes voies. Dans « Le rire rouge », en écho à la guerre russo-japonaise, Andreïev a choisi le cauchemar, le malaise, il a cherché, en bon héritier de Tolstoï, à « contaminer » le lecteur, à le rendre fou. À quelqu'un qui croit comprendre ce qui se passe, un des personnages objecte : « Et ça, vous le comprenez aussi ? » en se renversant pour marcher sur les mains, les pieds en l'air. Contre l'avis de Gorki, Andreïev a refusé d'assainir « Le rire rouge ». L'assainir, ç'aurait été lui retirer son efficacité. Non simplement son efficacité esthétique, mais bel et bien son efficacité concrète, politique. Pour Andreïev comme pour Tolstoï et pour l'ensemble des écrivains russes de cette période, la littérature était quelque chose de vital, elle pouvait et devait agir directement sur la réalité.

Nombre de récits d'Andreïev traitent du destin, de la mort, du Rien (la majuscule est de lui). Ces idées fixes, qui selon l'expression d'Andreïev lui-même reviennent toutes à une sorte de « ou-ou-ou » inarticulé, donnent la vibration fondamentale de son œuvre, son rythme, dont l'angoisse est la tonalité affective dominante. Sans ce rythme, qu'il avait dans la tête, Andreïev « n'écrivait rien, pas même une lettre », selon l'un de ses proches contemporains. Les phrases commençant par « Et » sont inhabituellement nombreuses ; leur succession a quelque chose de cadencé. Le fonctionnement du texte se rapproche de la poésie.

Dans les œuvres de la maturité, le texte perd son caractère narratif, il tend vers la litanie. Au sein d'un même texte et d'un texte à l'autre, on voit revenir une série de mots plus ou moins interchangeables en fonction du sujet, dont les occurrences répétées composent une variation de la tonalité affective fondamentale : « indifférent », « froid », « immobile », « muet », « vide », « effrayant », « étrange », « lointain », « mort », « pâle », « convulsif », « sombre », « noir », etc. L'emploi de ces mots et de leurs dérivés, les répétitions, les parallélismes syntaxiques dans lesquels ils apparaissent, produisent une vague synonymie, véritable signature stylistique d'Andreïev. Les différences s'abolissent : « transparent » équivaut à « sombre », « ennuyeux » à « effrayant ».

Dans l'œuvre d'Andreïev, « Cela fut », par exemple ne vient pas immédiatement après « Le rire rouge ». D'un récit à l'autre, le contexte général n'est plus le même. De « la folie et l'horreur » de la guerre de Mandchourie, l'époque est passée à l'allégresse de la révolution. On est d'autant plus étonné de voir dans les deux textes sensiblement les mêmes images, les mêmes mots. On lit dans « Le rire rouge » : « il semblait qu'il y [...] eût de plus en plus [de cadavres]. Nous en cherchâmes attentivement la cause et nous aperçûmes qu'un espace, auparavant vide à côté d'un mort, se trouva soudain occupé par un cadavre : c'était sans doute la terre qui les rejetait ». Et dans « Cela fut » : « Voilà encore un cadavre, et encore un autre. Qu'est-ce qu'il y en a ! D'où sortent-ils ? » La « chose immense, sans forme ni contour », qui dans « Cela fut » s'élève au-dessus du fleuve et reste immobile, semble venue du « Rire rouge ».

Le sujet, la thématique changent, mais le climat, le style, sont à peu près constants. Dans une vision habituelle et peut-être naïve du style, celui-ci est au service de la thématique, au service du sujet narratif, et on s'aperçoit ici que c'est plutôt l'inverse. L'histoire racontée, aussi éclatante, perturbante et scandaleuse qu'elle soit, n'est que le canevas sur lequel apparaît le vrai message. Andreïev crée et partage un état d'âme ; le reste ne fait que passer. C'est pourquoi on peut avoir l'impression qu'Andreïev écrivait toujours le même texte. Quand on lit plusieurs de ses nouvelles, on voit bien que la thématique, l'action, l'anecdote ou la cause défendue sont accessoires, même si Andreïev s'y lançait avec gravité, avec frénésie, avec sincérité, et qu'il y mettait beaucoup de lui-même, au risque de se rendre malade. L'excellent observateur de la vie littéraire qu'était Korneï Tchoukovski note qu'Andreïev ne s'intéressait à aucun sujet durablement. Ce qui l'intéressait n'était pas un « sujet », mais, vingt ans avant Heidegger, « l'expérience fondamentale du Néant ». On comprend qu'il ait souvent déçu, agacé : sa manière de traiter « le sujet » était d'autant plus contrariante qu'il semblait avoir la puissance nécessaire pour répondre avec éclat à ce qu'on attendait de lui. Combien de fois ne lui a-t-on pas reproché de gâcher son talent ?

Mais tout de même, se demande le lecteur interloqué, comment l'élan révolutionnaire peut-il se combiner avec l'obsession du néant ? Il faut admettre que pour Andreïev, le désir de la révolution est une forme d'aspiration au néant. La révolution fait tout glisser, elle abat les murs que le petit-bourgeois mesquin élève partout. Elle est une manifestation du néant qui s'ouvre au sein de « la réalité » la plus tangible, comme on le voit dans l'« Extrait d'un récit qui ne sera jamais achevé ».

Le combat révolutionnaire se met à déraper lui aussi. C'est ce qui arrive dans « Le récit des sept pendus ». La révolution est une aspiration à abattre ce qui est stable, à effacer les bornes. Pour certains personnages d'Andreïev, cet élan devient désir de mort. Andreïev anticipe Bataille (dans la préface de *l'Érotisme*) : l'existence individuelle est tout entière tendue vers la destruction de la limite qui la constitue comme entité séparée, discontinue. Les individus discontinus désirent retrouver la continuité de l'être, et pour cela il leur faut abolir leur existence particulière, s'anéantir. L'approche de ce passage toujours infiniment violent crée le vertige, l'angoisse, et avec elle une sensation d'accomplissement qu'Isolde à l'agonie, chez Wagner, appelle « *höchste Lust* » (« plaisir suprême »). Le scénario du « Récit des sept pendus » possédait tous les éléments nécessaires à l'expression d'une protestation contre la répression politique des années qui ont suivi l'échec de la révolution de 1905, mais on y perçoit aussi un chant de mort. L'appel du néant effraie et, inséparablement, il fait de la fin des condamnés un moment de plénitude, Bataille aurait dit : de « souveraineté ».

Les nouvelles publiées par Andreïev au début des années 1910 (« Le retour », « Le vol ») sont plus apaisées que celles de la période précédente. Disparaître, retourner à la continuité de l'être, « ne plus revenir sur terre », c'est ce que désire l'aviateur, personnage central du « Vol », mais ici l'extase du Rien est complètement déconnectée de la thématique révolutionnaire, elle est légère, sereine, gaie. On peut juger ce texte anecdotique, le lire comme un simple écho à un fait divers réel. Andreïev dit au contraire qu'il est la meilleure entrée qu'on puisse trouver pour appréhender l'ensemble de son œuvre.

Le rire rouge

Fragments d'un manuscrit trouvé

Traduction de Jean-Luc Goester

PREMIÈRE PARTIE

Premier fragment

... Folie et horreur.

J'ai senti cela la première fois sur la route de N. Nous avions marché dix heures durant, sans faire de halte, sans ralentir, sans relever ceux qui étaient tombés, les abandonnant à nos ennemis qui avançaient en masses compactes derrière nous et qui, dans trois ou quatre heures, effaceraient les traces de nos pas avec les leurs. C'était une fournaise. J'ignore combien de degrés : quarante, cinquante, plus peut-être ; ce que je sais, c'est qu'elle était constante, désespérément uniforme et intense. Le soleil était à ce point immense, incandescent et féroce, que la terre semblait s'en être rapprochée pour finir dévorée par son feu implacable. Les yeux renonçaient à voir. La pupille, minuscule, contractée, infime grain de pavot, cherchait vainement l'ombre à l'abri des paupières closes : le soleil transperçait la fragile membrane et s'enfonçait en un rayon sanglant dans le cerveau épuisé. Mais tout de même, ça allait mieux en fermant les yeux et longtemps, plusieurs heures peut-être, j'ai marché ainsi, les yeux clos, écoutant la foule qui remuait autour de moi : le bruit lourd et inégal des pas, ceux des hommes et des chevaux, le grincement des roues de fer broyant la pierraille, le halètement lourd et douloureux d'un homme, le clappement sec de ses lèvres racornies. Mais je n'entendais prononcer aucune parole. Tous se taisaient, comme si s'avançait une armée de muets et lorsque l'un d'eux tombait, il s'abattait en silence, les autres trébuchaient par-dessus son corps, tombaient, se relevaient sans rien dire et, sans se retourner, continuaient leur marche, comme si ces muets étaient également sourds et aveugles. Moi-même, j'ai trébuché plusieurs fois et je suis tombé et alors, sans le vouloir j'ouvrais les yeux et ce que je voyais me semblait conçu par l'imagination égarée, le délire aigu de la terre prise de folie. L'air embrasé vibrait, les pierres vibraient en silence, semblant prêtes à fondre ; et les rangs éloignés des hommes, au coude du chemin, les armes et les chevaux, se détachaient du sol et tremblaient sans bruit comme une gelée, comme si, au lieu d'hommes de chair, s'avançait une armée de spectres désincarnés. Un soleil immense, tout proche, effrayant, allumait sur le canon de chaque fusil, sur chaque boucle de métal, des milliers de petits astres aveuglants et de toute part, de côté, d'en bas, ils plongeaient dans les yeux leur clarté ardente, aigus comme des baïonnettes chauffées à blanc. Un feu dévorant pénétrait jusqu'au plus profond du corps, dans les os, le cerveau et l'on s'imaginait parfois que ce n'était pas une tête qui se balançait sur nos épaules, mais un globe étrange, prodigieux, à la fois pesant et léger, monstrueux, effrayant. Et à ce moment-là, tout d'un coup à ce moment-là, je me suis rappelé ma maison : un coin de ma chambre, un morceau de papier peint bleu et une carafe d'eau poussiéreuse et inentamée sur ma petite table, ma petite table dont un pied est plus court que les deux autres et sous lequel on a plié un bout de papier. Et dans la chambre voisine, mais je ne les vois pas, semblent se tenir ma femme et mon fils. Si j'avais pu crier, j'aurais crié, tant était incongru ce tableau simple et familier, le morceau de papier peint bleu, la carafe poussiéreuse et inentamée.

Je sais que je me suis arrêté, les bras levés, mais derrière, quelqu'un m'a poussé ; je me suis vite remis à marcher, écartant la foule, ne sachant vers où je me précipitais, ne sentant plus ni la chaleur, ni la fatigue. J'avançai longtemps ainsi, au travers d'une infinité de rangées silencieuses, parmi des nuques cramoisies et enflammées, effleurant les baïonnettes brûlantes, inoffensivement abaissées, lorsque, soudain, je pris conscience de ce que j'étais en train de faire, de l'endroit vers où je me hâtais et cela m'arrêta. Alors, avec la même précipitation, je tournai sur le côté, me frayai un passage à l'air libre, franchis un ravin et m'assis sur une pierre, l'air soucieux, comme si cette pierre rugueuse et brûlante avait été le but de tous mes efforts.

Et c'est alors que pour la première fois j'ai senti cela. J'ai vu clairement que ces hommes qui marchaient en silence dans l'éclat du soleil, terrassés par la fatigue et la fournaise, titubant, tombant, que ces hommes étaient des fous. Ils ne savent pas où ils vont, ils ne savent pas pourquoi il y a ce soleil, ils ne savent rien. Ce n'est pas une tête qu'ils ont sur les épaules, mais des globes étranges, effrayants. En voici un, qui comme moi se faufile précipitamment à travers les rangs et tombe ; en voilà un autre, puis un troisième. Voici qu'une tête de cheval, aux yeux fous et rouges et dont la gueule béante ne fait qu'évoquer un cri terrible et fabuleux, se dresse au-dessus de la multitude, se dresse puis retombe et, en un instant, la foule se presse tout autour, s'arrête ; on entend des voix sourdes et rauques, une courte détonation, puis le mouvement reprend, muet, infini. Cela fait une heure que je suis assis sur cette pierre et l'on continue de passer devant moi, la terre continue de trembler, tout comme l'air et les rangées lointaines de fantômes. Je suis à nouveau transpercé par la chaleur dévorante, j'ai déjà oublié ce qui m'était apparu il y a une seconde et on me dépasse et on va et va encore et je ne comprends pas qui sont ces gens. Il y a une heure, j'étais seul sur ma pierre et voilà qu'un petit groupe d'hommes gris s'est rassemblé autour de moi : les uns sont allongés et immobiles, peut-être morts ; les autres sont assis et regardent ceux qui passent d'un air hébété, tout comme moi. Certains ont des fusils et ressemblent à des soldats ; d'autres, les habits défaits, sont presque entièrement nus, leur peau à ce point écarlate qu'on détourne le regard. Non loin de moi, un homme est étendu, nu, le dos tourné vers le ciel. À l'indifférence avec laquelle il appuie son visage contre les aspérités brûlantes des pierres, à la blancheur de la paume de sa main retournée, on voit qu'il est mort, mais son dos est rouge comme celui des vivants et seule une fine pellicule jaunâtre, comme sur une viande fumée, signale la mort. Je veux m'écarter de lui, mais n'en ai pas la force et, titubant, je regarde les rangs titubants de fantômes qui n'en finissent pas d'avancer. À l'état de mon crâne, je pressens un prochain coup de soleil, mais je l'attends avec sérénité, comme dans un rêve, quand la mort n'est qu'une étape dans un cortège d'hallucinations prodigieuses et inextricables.

Puis, je vois un soldat qui se détache de la foule et se dirige résolument de notre côté. Pendant un instant, il disparaît dans le ravin et lorsqu'il en émerge et se remet en marche, ses pas sont incertains et l'on sent que c'est par un ultime effort qu'il tente de rassembler son corps qui se disloque. Il vient si précisément sur moi, qu'à travers la lourde somnolence qui m'envahit le cerveau, je prends peur et lui lance :

– Qu'est-ce que tu veux ?

Il s'arrête, comme s'il avait simplement attendu qu'on lui adresse la parole et reste là, immense, barbu, le col déchiré. Il n'a pas de fusil, sa culotte ne tient qu'à un bouton et au travers de la fente on distingue son corps blanc. On voit qu'il tente de rassembler ses bras et ses jambes dispersés, mais il n'y parvient pas : il joint les mains et aussitôt elles retombent.

– Qu'est-ce que tu as ? Tu ferais mieux de t'asseoir, dis-je.

Mais il reste debout, essaie en vain de se reprendre, il se tait et me regarde. Involontairement, je me lève de ma pierre en chancelant et le fixe dans les yeux. J'y vois un abîme de terreur et de folie. Si tous les autres ont les pupilles contractées, les siennes se sont répandues dans tout l'œil ; quel océan de feu doit-il contempler à travers ces immenses embrasures noires ! Peut-être, il m'a semblé que, peut-être, il n'y avait rien que la mort dans ce regard, mais non, c'est bien cela ; dans ces pupilles noires, sans fond, cerclées d'un étroit contour orange comme celles d'un oiseau, il y avait plus que la mort, plus que l'angoisse de la mort.

– Va-t'en ! lui criai-je en reculant. Va-t'en !

Et, comme s'il n'avait attendu rien qu'une parole, il s'abat sur moi, me renverse, toujours aussi énorme, désarticulé et muet. Dans un haut-le-corps je dégage mes jambes comprimées, me relève pour m'enfuir, quelque part à l'écart de la foule, vers le lointain qui frémit, vide et baigné de soleil, lorsque, soudain, sur la gauche, tout en haut, éclate une détonation, immédiatement suivie, comme en écho, par deux autres. Quelque part, au-dessus de ma tête, en un sifflement multiplié et joyeux, en un cri et un hurlement, fuse une grenade.

– Ils nous ont pris à revers !

Désormais, il n'y a plus de chaleur mortelle, plus d'affolement, plus de fatigue. Mes pensées sont claires, mes impressions distinctes et précises ; quand, hors d'haleine, je me précipite vers les rangées qui se reforment, je vois les visages qui s'éclairent, comme réjouis, j'entends des voix enrouées mais sonores, des ordres, des plaisanteries. C'est comme si le soleil s'était porté plus haut pour ne plus déranger, comme s'il s'était estompé, apaisé et à nouveau une grenade, fendant l'air avec un cri joyeux, comme une sorcière.

Je me suis approché.

Deuxième fragment

... presque tous les chevaux et tous les hommes. C'est pareil à la huitième batterie. À la nôtre, la douzième, il ne restait à la fin du troisième jour que trois pièces d'artillerie, le reste avait été détruit : six hommes et un officier, moi. Voilà vingt heures que nous n'avions ni dormi, ni rien mangé. Depuis trois jours, fracas et hurlements sataniques nous enveloppaient d'une nuée de démence, nous séparaient de la terre, du ciel, des nôtres et nous, qui étions vivants, nous errions, comme des somnambules. Les morts, eux, étaient tranquillement étendus, tandis que nous, nous bougions, nous étions au travail, nous parlions, riions même, comme des somnambules. Nos gestes étaient sûrs et rapides, les ordres clairs et correctement exécutés, mais si l'on avait subitement demandé à l'un d'entre nous qui il était, il aurait eu la plus grande peine à trouver une réponse dans sa cervelle obscurcie. Comme cela arrive dans les rêves, tous les visages semblaient depuis longtemps familiers, tout ce qui se passait semblait connu et ordinaire, déjà vécu dans le passé ; mais, quand il me prenait de considérer fixement un visage quelconque, ou un canon, ou bien quand j'entendais un grondement, j'en étais saisi comme d'un événement inouï, tout à fait obscur. La nuit tombait imperceptiblement et avant que nous ayons eu le temps de nous en rendre compte et de nous demander d'où elle avait bien pu venir, le soleil brillait à nouveau au-dessus de nous. Et ce n'est que par les hommes qui arrivaient à notre batterie que nous apprenions que la bataille en était à son troisième jour, ce que nous oubliions aussitôt : nous avions l'illusion qu'une seule et même journée se déroulait, infinie, sans commencement, tantôt sombre, tantôt lumineuse, mais uniformément indéchiffrable, uniformément aveugle. Et aucun d'entre nous ne craignait de mourir, car personne ne comprenait ce qu'était la mort.

La troisième ou la quatrième nuit, je ne me souviens plus, je m'étais allongé pour un instant à l'abri d'un parapet et, à peine avais-je fermé les yeux qu'y surgit cette même image à la fois familière et insolite : un morceau de papier peint et une carafe d'eau poussiéreuse et inentamée posée sur ma petite table. Et dans la chambre à côté, — mais je ne les vois pas — se trouvent, semble-t-il, ma femme et mon fils. Mais cette fois, sur la table, brûlait une lampe avec un abat-jour vert, ce qui voulait dire que c'était le soir, ou la nuit. L'image s'est figée et très longtemps, très calmement, très attentivement, j'ai observé le jeu de la flamme dans le cristal de la carafe, j'ai observé le papier peint et je me suis demandé pourquoi mon fils ne dormait pas : il fait nuit, il faut qu'il dorme. Et puis j'ai à nouveau examiné le papier peint, tous ces petits festons, ces fleurs argentées, des sortes de treillis, des cylindres, jamais je n'aurais pensé que je connaissais aussi bien ma chambre. Parfois, j'ouvrais les yeux et apercevais un ciel noir traversé de jolies rayures flamboyantes, puis je les refermais, puis, à nouveau, j'examinais le papier peint, la carafe, en me demandant pourquoi mon fils ne dormait pas : c'est la nuit, il faut qu'il dorme. Une fois, près de moi, une grenade a explosé, m'envoyant une secousse dans les jambes et il y eut un cri sonore, plus sonore encore que la détonation et je me suis dit : « Il est mort », mais je ne me suis pas levé et n'ai pas détaché mes yeux du papier bleu et de la carafe.

Ensuite, je me suis levé, j'ai marché, donné des instructions, examiné des visages, orienté un viseur tout en me disant : pourquoi donc mon fils ne dort-il pas ? À un moment, j'ai posé cette question à un soldat du train et il s'est lancé dans de longues explications à propos de je ne sais quoi et nous avons tous deux hoché la tête. Et il riait, son sourcil gauche était pris de contractions et il m'adressait des clignements complices à propos de quelqu'un derrière lui. Mais, derrière, on ne voyait que des semelles aux pieds d'un homme, rien d'autre.

À ce moment-là, il faisait déjà clair et, soudain, il y eu quelques gouttes de pluie. De la pluie comme chez nous, des gouttes d'eau tout ce qu'il y a de plus ordinaires. Elle était si inattendue, si déplacée, nous avions tous si peur de nous retrouver trempés que nous avons lâché nos armes, arrêté de tirer et couru nous mettre à l'abri tant bien que mal. Le soldat avec lequel je venais de parler se glissa sous un affût et s'y assoupit, alors qu'il aurait très bien pu s'y faire écraser ; dieu sait pourquoi, un gros artilleur se mit à déshabiller un mort, tandis que moi, je m'affairai dans la batterie à la recherche de je ne sais quoi, un imperméable, un parapluie. Et aussitôt, dans l'immense espace où le nuage avait surgi, apportant cette pluie, il se fit un étrange silence. Il y eut le cri plaintif, puis la détonation d'un schrapnell attardé et ce fut le calme, un calme tel que l'on entendait l'artilleur renifler et les gouttes de pluie frapper les pierres et les armes. Et ce bruit léger et dispersé qui rappelait l'automne, cette odeur de terre détrempée, ce silence, tout cela dissipa pour un instant le cauchemar sanglant et barbare et lorsque je regardai les canons mouillés, brillants de pluie, je ne sais pourquoi ils m'évoquèrent des souvenirs charmants et paisibles, quelque chose comme mon enfance ou mon premier amour. Mais, dans le lointain, la détonation assourdissante d'un premier tir rompit le charme de cet instant de silence ; les hommes quittèrent leurs abris aussi précipitamment qu'ils s'y étaient réfugiés ; le gros artilleur hurla contre quelqu'un ; un canon tonna, puis un deuxième et à nouveau, un brouillard sanglant et compact envahit les cerveaux épuisés. Et personne ne remarqua quand la pluie cessa ; je ne me souviens que du visage jaune et renfrogné du gros artilleur mort et de l'eau qui s'en écoulait, sans doute avait-il plu assez longtemps…

… Devant moi se tenait un jeune volontaire qui me déclarait, tout en saluant, que le général nous demandait de tenir ne fût-ce que deux heures et qu'il arriverait des renforts. Je me demandais pourquoi mon fils ne dormait pas et répondis que je pouvais tenir aussi longtemps qu'on voulait. Et là, je ne sais pourquoi, son visage m'intéressa, sans doute à cause de son extrême et impressionnante pâleur. Je n'ai jamais rien vu de plus pâle que ce visage : même les morts ont plus de couleur sur la figure que ce gamin imberbe. Sans doute, en venant jusqu'ici, quelque chose l'avait-il sérieusement effrayé et il ne parvenait pas à se remettre ; et par le geste simple et familier de tenir la main à la visière, il ne cherchait qu'à refouler une peur insensée.

– Vous avez peur ? demandai-je en lui effleurant le coude. Mais ce coude était comme du bois, tandis qu'il souriait doucement en gardant le silence. Ou plutôt, c'étaient ses lèvres seules qui se contractaient en un sourire, mais dans ses yeux, il n'y avait que sa jeunesse et sa peur, rien d'autre.
– Vous avez peur ? répétai-je doucement.
Ses lèvres se contractaient dans son effort pour prononcer une parole et au même instant, il se passa quelque chose d'inimaginable, de monstrueux, d'invraisemblable. Un souffle chaud fouetta ma joue droite et m'ébranla violemment, sans plus et devant mes yeux, il y eut, à la place du visage blême, quelque chose d'étroit, d'obtus, de rouge et de cela le sang jaillissait comme d'une bouteille débouchée, telle qu'on les représente sur de vilaines enseignes. Dans ce quelque chose d'étroit, de rouge et de liquide se prolongeait encore comme un sourire, comme un rire édenté, un rire rouge.
Je l'ai reconnu, ce rire rouge. Je l'avais cherché et trouvé ce rire rouge. Je compris alors ce qu'il y avait dans tous ces corps mutilés, déchirés, étranges. C'était le rire rouge. Il est dans le ciel, dans le soleil, il se répandra bientôt sur toute la terre, ce rire rouge !
Tandis qu'eux, précis, tranquilles, tels des somnambules...

Troisième fragment

... Folie et horreur.
On raconte que dans notre armée et dans celle de nos ennemis il y a de nombreux malades mentaux. Nous avons déjà ouvert quatre services de psychiatrie. Quand j'étais à l'état-major, l'aide de camp m'a montré...

Quatrième fragment

... ils vous enlaçaient comme des serpents. Il avait vu comme le fil de fer barbelé, sectionné d'un côté, avait fouetté l'air et enlacé trois soldats. Les pointes déchiraient les vareuses, s'enfonçaient dans la chair, les soldats, en hurlant, tournoyaient frénétiquement et deux d'entre eux en traînaient derrière eux un troisième qui était déjà mort. Puis il n'en resta qu'un seul en vie, qui tentait de repousser les deux cadavres, mais ceux-ci étaient traînés, tournoyaient, basculaient l'un par-dessus l'autre et par-dessus lui et, d'un seul coup, tous restèrent immobiles.

Il dit qu'à cette seule barrière pas moins de deux mille hommes étaient morts. Pendant qu'ils coupaient les barbelés et s'empêtraient dans leurs anneaux reptiliens, on les arrosait d'une pluie continue de balles et de mitraille. Il affirme que c'était vraiment épouvantable et que cette attaque se serait soldée par une débandade en pleine panique, si l'on avait su dans quelle direction s'enfuir. Mais dix ou douze rangées ininterrompues de barbelés qu'il fallait affronter, en même temps que tout un labyrinthe de trous à loups avec leurs pieux plantés au fond, avaient à ce point bouleversé les esprits, qu'il était proprement impossible de décider d'une direction.

Les uns, comme aveuglés, tombaient dans ces fosses profondes, sortes d'entonnoirs où leur ventre allait s'embrocher sur des pieux aiguisés, se tortillant et dansant comme des pantins ; de nouveaux corps venaient les écraser et bientôt toute la fosse se transformait jusqu'à son bord en une masse grouillante de corps ensanglantés, vivants et morts. Du fond, des mains se tendaient de partout dont les doigts se crispaient convulsivement, s'agrippant à n'importe quoi et celui qui tombait dans ce piège n'en revenait plus : des centaines de doigts vigoureux et aveugles, tels des pinces, saisissaient les pieds, s'accrochaient aux vêtements, renversaient sur soi les corps, s'enfonçaient dans les yeux, étranglaient. Plusieurs, comme ivres, se précipitaient sur les barbelés, s'y accrochaient et se mettaient à hurler en attendant qu'une balle vînt en finir avec eux.

En fait, tous lui semblèrent pareils à des hommes ivres : les uns jurant abominablement, d'autres riant aux éclats lorsque le barbelé les saisissait au poignet ou au pied pour mourir aussitôt. Lui-même, alors qu'il n'avait rien bu ni mangé depuis le matin, éprouvait de curieuses sensations : la tête lui tournait et la peur par moments cédait la place à une violente extase, l'extase de la terreur. Quand, à côté de lui, on se mit à chanter, il reprit la mélodie qui bientôt s'accorda en un chœur très harmonieux. Il ne se souvient pas de la chanson, mais c'était quelque chose de très gai, de dansant. Oui, ils chantaient, et alentour tout était rouge de sang. Même le ciel semblait rouge et l'on pouvait s'imaginer qu'une catastrophe s'était produite dans l'univers, une étrange métamorphose et l'effacement des couleurs : le bleu, le vert et les autres couleurs familières et paisibles avaient disparu, tandis que le soleil brûlait, rouge comme un feu de Bengale.

– Le rire rouge, dis-je.

Mais il ne comprit pas.

– Oui, on riait aux éclats. Je te l'ai dit déjà. Comme ivres. Peut-être même que ça dansait, ou quelque chose comme ça. En tout cas, les mouvements de ces trois-là ressemblaient bien à une danse.

Il se souvient précisément : lorsqu'il eut la poitrine transpercée de part en part et qu'il tomba, pendant un court instant avant de perdre conscience, il avait agité les jambes comme s'il dansait. Et aujourd'hui, il évoque cette attaque avec un sentiment étrange, où l'effroi se mêle comme à un désir de revivre la même chose.

– Encore une autre balle dans la poitrine ? demandai-je.

– Disons, pas à chaque fois quand même. Mais ce qui serait bien, camarade, ce serait de recevoir une médaille pour acte de bravoure.

Il était étendu sur le dos, jaune, le nez pointu, les pommettes saillantes et les yeux enfoncés, il gisait, pareil à un cadavre et rêvait d'une médaille. Déjà, la gangrène s'était déclarée, il avait une forte fièvre, dans trois jours on le jetterait dans la fosse avec les autres morts et lui, étendu là, souriait rêveusement et parlait de sa médaille.

– Tu as envoyé un télégramme à ta mère ? demandai-je.

Il me jeta un regard à la fois effrayé, sombre et mauvais, sans me répondre. Je me tus à mon tour et l'on entendit les blessés gémir et délirer. Mais quand je me levai pour m'en aller, il serra ma main dans la sienne, brûlante, mais robuste encore, ses yeux enfoncés et fiévreux me fixèrent en un regard perdu, misérable.

– Qu'est-ce que c'est que tout ça, hein ? Qu'est-ce que c'est ? demandait-il avec une insistance timide en me tirant par le bras.

– Quoi donc ?

– Mais tout ça, enfin... Tu sais bien qu'elle m'attend, n'est-ce pas ? Je ne peux pas, comme ça... La patrie, tu me vois lui expliquer ce que c'est que la patrie ?

– Le rire rouge, répondis-je.

– Oh, toi tu plaisantes quand je te parle sérieusement. Il faut lui expliquer, absolument, mais qu'est-ce qu'elle va comprendre ? Si tu savais ce qu'elle m'écrit ! Ce qu'elle m'écrit ! Et tu sais quoi ? Ses mots sont comme... des cheveux blancs. Et toi... Il examina ma tête avec attention, la montra du doigt et me dit en riant tout à coup :

– Et toi, tu as perdu des cheveux. Tu as remarqué ?

– Il n'y a pas de miroir ici.

– Il y a beaucoup de cheveux blancs et de chauves par ici. Ecoute, trouve-moi un miroir. Allez ! Je sens les cheveux blancs qui me sortent du crâne. Trouve-moi un miroir !

Il commençait à délirer, pleurait, criait et je quittai l'ambulance.

Ce soir-là, nous organisâmes une fête, une fête triste et insolite, où l'ombre des morts s'était mêlée aux convives. Nous étions convenus de nous réunir le soir pour boire du thé, comme à la maison, comme à un pique-nique, nous avions trouvé un samovar et même des citrons et des verres et nous étions installés sous un arbre, comme à la maison, comme à un pique-nique. Seuls, par deux, par trois, parlant fort, les camarades arrivaient et se retrouvaient pleins d'une joyeuse impatience, à discuter et lancer des plaisanteries, mais bientôt ils se taisaient, évitant de croiser les regards, car il y avait quelque chose de troublant dans cette assemblée d'hommes épargnés. Dépenaillés, sales, nous grattant de partout comme atteints d'une vilaine gale, hirsutes, maigres et épuisés, méconnaissables d'aspect, ce n'était, semblait-il, que maintenant, autour de ce samovar, que nous nous voyions les uns les autres, et nous voir nous remplit d'effroi. Je cherchais attentivement parmi cette foule désemparée des visages connus et n'en trouvais aucun. Ces hommes, inquiets, pressés, aux gestes saccadés et sursautant au moindre bruit, se retournant constamment sur ce qui se passait dans leur dos, s'efforçant, par un surcroît de gesticulations, de remplir le vide mystérieux qu'ils craignaient de regarder en face, ces hommes étaient des nouveaux venus, des étrangers que je ne connaissais pas. Leurs voix aussi étaient tout autres, hachées, heurtées, prononçant les mots laborieusement, les transformant pour un rien en un cri ou un fou rire irrépressible. Et tout était étranger. L'arbre, le crépuscule étaient étrangers tout comme l'eau, avec cette odeur et ce goût particuliers, comme si, en même temps que les morts, nous avions quitté la terre pour un autre monde, un monde d'apparitions mystérieuses, d'ombres sinistres et menaçantes. Le crépuscule était jaune et froid, surplombé de nuages noirs, immobiles et que rien n'éclairait. En dessous, la terre était noire et nos visages dans cette lueur sinistre étaient jaunes comme ceux de cadavres. Tous, nous fixions le samovar, il était éteint, ses flancs renvoyaient le reflet jaune et lugubre du crépuscule et il devenait lui-même étranger, sans vie, impénétrable.

– Où sommes-nous ? demanda quelqu'un dont la voix trahissait l'inquiétude et la peur.

Il y eut un soupir. Un autre fit nerveusement craquer ses doigts. Là, un rire. Quelqu'un bondit et se mit à marcher précipitamment autour de la table. Désormais, il était fréquent de voir des hommes aller et venir, courir presque, tantôt étrangement silencieux, tantôt bredouillant des paroles inintelligibles.

– À la guerre ! répondit celui qui avait ri et il rit de nouveau, d'un rire sourd et prolongé, comme s'il s'étranglait.

– Qu'est-ce qu'il a à rire ? s'indigna quelqu'un. Ecoutez, arrêtez, quoi !
– L'autre s'étrangla une nouvelle fois, ricana, puis se tut docilement. La nuit tombait, le nuage pesait sur la terre, nous distinguions mal nos visages jaunes et irréels. Quelqu'un demanda :
– Mais où est donc Botik ?
« Botik », c'est ainsi que nous appelions notre camarade, un officier de petite taille et qui portait de grandes bottes imperméables.
– Il était là tout à l'heure. Botik, où êtes-vous ?
– Botik, inutile de vous cacher ! On sent l'odeur de vos bottes.
Tous s'esclaffèrent, mais sortant de l'ombre, une voix rude et irritée interrompit les rires.
– Taisez-vous, vous n'avez pas honte ? Botik a été tué ce matin en reconnaissance.
– Il était là il y a une seconde. Vous vous trompez.
– Vous avez mal vu. Hé, ceux du samovar, dépêchez-vous de me couper une tranche de citron.
– À moi aussi ! À moi aussi !
– Il n'y a plus de citron.
– Comment ça, messieurs, se plaignit une petite voix contrariée, à deux doigts de pleurer. Je suis venu tout exprès pour le citron.
Le rieur reprit son rire sourd et prolongé et cette fois personne ne l'interrompit. Mais bientôt il se tut. Il y eut un dernier gloussement puis le silence. Quelqu'un dit :
– Demain nous passons à l'offensive.
Plusieurs voix irritées s'écrièrent :
– Mais arrêtez, voyons ! Qu'est-ce que c'est que cette offensive !
– Mais vous le savez bien...
– Arrêtez donc. On ne pourrait pas parler d'autre chose ? Enfin voyons !
Le crépuscule s'était éteint. Le nuage se leva et ce fut comme si l'on y voyait plus clair, les visages devinrent familiers et l'homme qui tournait autour de nous se calma et vint s'asseoir.

– Et c'est comment à la maison ? demanda-t-il d'un air vague, laissant percer dans sa voix comme un sourire coupable.
Et tout redevint terrifiant, inintelligible, hostile, à la limite de l'horreur, de l'évanouissement. Et nous nous mîmes tous à parler en même temps, à crier, à nous activer dans tous les sens, déplaçant les verres, nous touchant les uns les autres, aux épaules, aux mains, aux genoux, pour nous taire aussitôt, cédant devant l'inexplicable. À la maison ? s'écria une voix dans la pénombre. Elle tremblait, enrouée par l'émotion, la frayeur et la colère. Certains mots ne sortaient pas de sa bouche, comme s'il avait désappris à les dire. À la maison ? Quelle maison, comme si quelque part il y avait des maisons ? Et ne m'interrompez pas sinon je me mets à tirer. À la maison, tous les jours je prenais un bain, vous comprenez, un bain avec de l'eau, avec de l'eau à ras bord. Et aujourd'hui, ce n'est pas tous les jours que je me lave, j'ai des croûtes sur la tête, une sorte de gale me démange et sur tout le corps ça grouille, ça grouille de partout... Je deviens fou de crasse et vous, vous dites — la maison ! Je suis comme du bétail, je me méprise, je ne me reconnais plus et la mort ne me semble pas du tout si effroyable. Vous me déchirez la cervelle avec vos schrapnells, oui, la cervelle ! Où que vous visiez, vous me tirez dans la cervelle et vous dites — la maison. Quelle maison ? Une rue, des fenêtres, des gens, mais moi je n'irais pas dans la rue aujourd'hui, j'aurais honte. Vous avez apporté le samovar, mais j'ai eu honte de le regarder, le samovar.
L'autre se remit à rire. Quelqu'un s'écria :
– C'est le diable si j'y comprends quelque chose. Je rentre à la maison.
– À la maison ?
– Vous ne savez pas ce que c'est qu'une maison !..
– À la maison ? Vous entendez ? Il veut rentrer à la maison !
Un rire général éclata et un cri terrifiant, puis à nouveau tous se turent, cédant devant l'inexplicable. Et là, non seulement moi, mais tous autant que nous étions, avons senti cela. Cela avançait sur nous venant de ces champs sombres, mystérieux et hostiles ; cela

montait des gorges noires, inaccessibles où, peut-être, perdus et oubliés parmi les rochers, des hommes finissaient de mourir, cela coulait de ce ciel hostile, inouï. Nous nous tenions en silence autour du samovar éteint, l'esprit défaillant de terreur, tandis que du ciel, une ombre massive et informe nous observait en silence. Soudain, tout près de nous, sans doute chez le commandant du régiment, un orchestre se mit à jouer et dans la nuit et le silence, ce fut comme un jaillissement sonore de notes gaies et rageuses. Dans cette rage enjouée, la musique résonnait comme un défi, pressée, discordante, trop forte, trop joyeuse et l'on sentait bien que ceux qui jouaient et ceux qui écoutaient voyaient, tout comme nous, cette même ombre massive et informe qui se levait sur le monde.

Et manifestement, celui qui dans l'orchestre jouait de la trompette, portait déjà en lui, dans son cerveau, dans ses oreilles, cette immense ombre silencieuse. Et le son de cette trompette, saccadé, disloqué, s'agitait, bondissait et fuyait de côté, loin de l'orchestre, seul, secoué de terreur, délirant. C'était comme si les autres sons se retournaient pour le voir ; avec une maladresse infinie, trébuchant, tombant puis se relevant, ils se hâtaient en foule désordonnée, sonnant trop fort, trop gais, trop proches des gorges noires, où, peut-être, perdus et oubliés parmi les rochers, des hommes finissaient de mourir.

Et nous restâmes longtemps autour du samovar éteint, sans prononcer un mot.

Cinquième fragment

... J'étais déjà endormi lorsque le docteur me réveilla en me donnant de légers petits coups. Je poussai un cri en m'éveillant, — ce cri que nous poussions tous quand on nous réveillait — sautai sur mes jambes pour m'élancer hors de la tente. Mais le docteur me retint fermement par le bras en s'excusant :

– Pardon, je vous ai fait peur. Je sais que vous voulez dormir...

– Ça fait cinq nuits... balbutiai-je sur le point de m'endormir, puis

je m'assoupis et je pense avoir dormi longtemps quand le docteur se remit à me parler en me tapant délicatement les flancs et les jambes.
– Il le faut, mon ami, je vous en prie, il le faut absolument. C'est que j'ai constamment l'impression... C'est plus fort que moi. J'ai toujours l'impression qu'il y a des blessés qui sont restés là-bas
– Quels blessés ? Mais vous en avez transporté toute la journée. Fichez-moi la paix. Ce n'est pas juste, cela fait cinq nuits que ne n'ai pas dormi !
– Mon ami, ne vous fâchez pas, bredouilla le docteur en me coiffant maladroitement de ma casquette. Ils dorment tous, impossible de les réveiller. J'ai mis la main sur une locomotive et sept wagons, mais il nous faut des hommes. Je vous comprends bien... J'ai moi-même peur de m'endormir. Je ne me souviens pas quand j'ai dormi pour la dernière fois. J'ai comme des hallucinations. Allons, mon ami, posez vos pieds par terre, allons, d'abord un pied, comme ça, voilà, voilà...
Le docteur était pâle, il titubait et l'on voyait bien qu'il lui eût suffi de s'allonger pour dormir plusieurs jours de suite. Mes jambes aussi ployaient sous moi et je suis sûr de m'être endormi pendant que nous marchions, tant je fus surpris par l'apparition soudaine, surgie on ne sait d'où, des silhouettes noires de la locomotive et des wagons rangés devant nous.
Tout à côté, des hommes allaient et venaient en silence, à peine visibles dans l'obscurité. Il n'y avait pas une seule lanterne, ni sur la locomotive, ni dans les wagons et seule la grille close de la chaudière étendait sur la voie une faible lueur rougeâtre.
– Qu'est-ce que c'est ? demandai-je en reculant.
Mais c'est que nous partons. Vous avez oublié ? Nous partons, balbutia le docteur.
La nuit était froide, il frissonnait et en le regardant, je sentais tout mon corps frénétiquement démangé par le même frisson.
– Quel diable vous a pris ? m'écriai-je avec force. Vous n'auriez pas pu prendre quelqu'un d'autre...

– Moins fort, je vous en prie, moins fort ! Le docteur me saisit le bras. On entendit une voix dans l'obscurité :
– On pourrait faire tirer toute l'artillerie, que personne ne bougerait. Eux aussi, ils dorment. On pourrait s'approcher et ligoter tous les dormeurs. Je viens même de passer devant la sentinelle. Le gars m'a regardé sans rien dire, sans bouger. Il dort aussi sans doute. Je ne sais pas comment il fait pour ne pas tomber...
L'homme qui avait parlé bâilla et on entendit le froissement d'un manteau : il s'étirait sans doute. J'appuyai ma poitrine sur le rebord du wagon pour y monter et aussitôt le sommeil me saisit. Par derrière, quelqu'un me souleva puis me déposa, tandis que je ne sais pourquoi je le repoussais avec mes jambes et à nouveau je sombrai et dans le sommeil, c'était comme les bribes d'une conversation :
– À la septième verste.
– Et les lanternes, vous les avez oubliées ?
– Non, il n'ira pas.
– Par ici, recule un peu. Voilà.
Les wagons sursautaient sur place, quelque chose cognait. Et peu à peu, à cause de tous ces bruits et parce que j'étais confortablement et tranquillement allongé, le sommeil commença à m'abandonner. Le docteur, lui, s'était endormi et quand je pris sa main, elle était comme celle d'un mort : molle et lourde. Cependant, le train avançait lentement, prudemment, avec de légers sursauts comme s'il tâtait la voie. Un étudiant qui faisait office de brancardier alluma la bougie d'une lanterne, éclaira les parois et les ouvertures noires des portières et dit avec humeur :
– Mais bon sang ! Tu parles s'ils ont besoin de nous ! Et lui, il faut le réveiller avant qu'il ne dorme vraiment. Sinon on n'y arrivera plus, je le sais par expérience.
Nous secouâmes le docteur et il s'assit, les yeux allant et venant sans comprendre. Il voulut à nouveau s'allonger, mais nous l'en empêchâmes.

– Je descendrais bien une vodka, dit l'étudiant.

Nous avons bu chacun une gorgée de cognac et le sommeil disparut aussitôt. Le grand rectangle noir de la porte se teinta de rose puis rougit, quelque part, derrière les collines, un embrasement apparut, immense et silencieux, comme si au milieu de la nuit le soleil s'était levé.

– C'est loin. Au moins vingt verstes.

– J'ai froid, dit le docteur en claquant des dents.

L'étudiant jeta un coup d'œil par la porte et me fit signe d'approcher. Je regardai : à divers endroits sur l'horizon, les mêmes embrasements immobiles formaient une chaîne silencieuse, comme si des dizaines de soleils se levaient simultanément. Déjà, il faisait moins sombre. Les collines lointaines, d'un noir épais, découpaient avec précision une ligne hachée et sinueuse, tandis que plus près, tout baignait dans une paisible lueur rouge, muette, immobile. Je regardai l'étudiant : son visage était baigné de ce même rouge, de cette même coloration irréelle de sang qui se transmuait en air et en lumière.

– Il y a beaucoup de blessés ? demandai-je.

Il eut un geste d'impuissance.

– Il y a beaucoup de fous. Plus que de blessés.

– De vrais fous ?

– Et comment les voudriez-vous ?

Il me regarda et dans ses yeux il y avait la même fixité, la même sauvagerie gorgées de terreur froide, que chez le soldat qui était mort d'un coup de soleil.

– Arrêtez, dis-je en me détournant.

– Le docteur est fou lui aussi. Regardez-le donc.

Le docteur n'entendait pas. Il était assis sur ses talons, à la turque, se balançait, remuant les lèvres et le bout de ses doigts en silence. Et, dans son regard, il y avait la même fixité, la même stupéfaction, la même sidération hébétée.

– J'ai froid, dit le docteur et il sourit.

– Allez donc tous au diable ! m'écriai-je, en m'éloignant vers un coin du wagon. Pourquoi est-ce que vous m'avez fait venir ?
Personne ne répondit. L'étudiant contemplait l'embrasement qui s'élargissait silencieusement, il avait des cheveux bouclés sur sa nuque juvénile et quand je la regardais, je ne sais pourquoi, je m'imaginais la main délicate d'une femme ébouriffant ces cheveux. Et cette image m'était à ce point déplaisante que je me mis à haïr cet étudiant et ne pus le regarder sans être pris de dégoût.
– Vous avez quel âge ? demandai-je, mais il ne se retourna pas, ni ne me répondit.
Le docteur se balançait.
– J'ai froid.
– Quand je pense, dit l'étudiant sans se retourner, quand je pense qu'il y a quelque part des rues, des maisons, l'université...
Il s'interrompit comme s'il avait tout dit et resta silencieux. L'arrêt presque inopiné du train me projeta contre la cloison, puis nous entendîmes des voix. Nous sautâmes à terre.
Sur la voie, tout juste devant la locomotive, il y avait quelque chose, un petit tas, d'où une jambe dépassait.
– Un blessé ?
– Non, un mort. La tête arrachée. Bon, faites comme vous voulez, mais moi j'allume la lanterne de l'avant. On va finir par écraser quelqu'un.
On jeta sur le côté le tas avec sa jambe ; la jambe se dressa un instant comme si le tas avait voulu prendre la fuite dans les airs et tout sombra dans le fossé obscur. Le phare s'alluma et aussitôt la locomotive s'obscurcit.
– Écoutez ! murmura une voix glacée de terreur.
Comment avions-nous pu ne pas entendre ! De partout, sans qu'on puisse déterminer précisément d'où, s'élevait une plainte monotone, traversée de grincements, étrangement paisible à force d'être vaste, comme indifférente. Nous percevions de nombreux cris et gémissements, mais cela ne ressemblait à rien de ce que

nous avions pu entendre jusque-là. Sur cette étendue indistincte et rougeâtre, l'œil ne pouvait rien saisir et il semblait alors que c'était la terre elle-même qui gémissait, ou le ciel, éclairé par un soleil qui ne se levait pas.

– Cinquième verste, dit le mécanicien.

– Ça vient de par là, dit le docteur en étendant le bras.

L'étudiant frissonna et se retourna lentement vers nous :

– Mais qu'est-ce que c'est ? Ça n'est pas possible d'entendre une chose pareille !

– On avance !

Nous allâmes à pied devant la locomotive et nos ombres compactes qui s'allongeaient sur la voie n'étaient pas noires mais confusément rouges, à cause de cette lueur immobile et tranquille qui occupait en silence les quatre coins du ciel noir. Et à chacun de nos pas, ce gémissement sauvage, inouï, sans aucune source identifiable, s'amplifiait comme une menace, comme si c'était cet air rouge, comme si c'étaient la terre et le ciel qui gémissaient. Sa constance, son étrange indifférence, faisaient par moments penser à la stridulation de sauterelles dans un pré, la stridulation régulière et ardente de sauterelles dans un pré en été. On tombait de plus en plus régulièrement sur des cadavres. Nous les examinions à la hâte et en débarrassions la voie, ces cadavres indifférents, paisibles, flasques, qui laissaient où ils avaient été étendus des taches sombres et poisseuses de sang, que la terre avait bu et nous les avions d'abord comptés, puis après nous être trompés, nous avions abandonné. Il y en avait beaucoup, beaucoup trop pour cette nuit sinistre, à l'haleine glacée et qui gémissait de chaque parcelle de son être.

– Qu'est-ce-que c'est que ça ? s'écria le docteur en menaçant quelqu'un du poing. Vous, là, écoutez...

Nous nous approchions de la sixième verste, les gémissements se faisaient plus précis, plus vifs et l'on devinait déjà les bouches convulsées qui faisaient entendre ces voix. Nous scrutions fébrilement l'obscurité rose, trompés par sa lueur irréelle, lorsque presque à côté, en bas, près de la voie, quelqu'un poussa un gémissement sonore et suppliant. Nous le trouvâmes tout de suite, ce blessé, dont la face semblait n'avoir gardé que les yeux, tant ils parurent immenses lorsque la lumière de la lanterne tomba sur son visage. Il arrêta de gémir et sur chacun de nous, mais l'un après l'autre, puis sur nos lanternes, il posa son regard et dans ses yeux il y avait la joie insensée de celui qui voit des hommes et des lumières, en même temps que la peur insensée de voir tout cela disparaître comme un mirage. Peut-être avait-il déjà vu en songe des gens penchés sur lui avec des lanternes et qu'ils avaient disparu dans un cauchemar confus et sanglant.

Nous poursuivîmes notre route et presque immédiatement nous tombâmes sur deux blessés ; l'un était couché sur la voie, l'autre gémissait dans le fossé. Quand nous les recueillîmes, le docteur, tremblant de fureur, me dit :

– Et bien quoi ? Et il me tourna le dos. Au bout de quelques pas nous trouvâmes un homme légèrement blessé, qui marchait seul en soutenant un bras avec l'autre. Il avançait droit sur nous, la tête rejetée en arrière, sans même remarquer que nous nous étions écartés pour le laisser passer. Manifestement, il ne nous voyait pas. Arrivé à la locomotive, il s'arrêta un instant, la contourna et se remit à marcher le long des wagons.

Tu ferais bien de monter ! lui cria le docteur, mais l'autre ne répondit pas.

Ce furent là les premiers, ceux qui nous horrifièrent. Ensuite, nous en trouvâmes de plus en plus, sur la voie ou à proximité ; et les alentours, inondés du reflet rouge et immobile des incendies, se mirent à grouiller comme s'ils avaient été vivants, s'allumant de cris sonores, de hurlements, de malédictions et de gémissements. Ces monticules sombres s'agitaient et rampaient tels des écrevisses engourdies échappées de leur panier ; écartelés, inquiétants, ils avaient à peine figure humaine dans leurs mouvements vagues et avortés, leur pesante immobilité. Les uns étaient muets et résignés, les autres gémissaient, hurlaient, juraient et nous haïssaient, nous qui venions leur porter secours, nous haïssaient avec tant de fureur qu'il semblait que c'était nous qui avions conçu cette nuit sanglante, indifférente et leur solitude parmi les ténèbres et les cadavres et leurs effroyables blessures. Déjà nous manquions de place dans les wagons, tous nos vêtements étaient trempés de sang, comme si nous nous étions tenus longtemps sous une pluie de sang et l'on continuait à nous apporter des blessés et le champ continuait son grouillement sauvage, comme revenu à la vie.

Certains venaient à nous d'eux-mêmes, en rampant, d'autres s'approchaient en titubant, en tombant. Un soldat est arrivé jusqu'à nous presque en courant. Dans son visage en bouillie, il ne restait qu'un œil qui brûlait d'un éclat de folie et de terreur. Il était presque nu et semblait sortir du bain. Il me bouscula, son œil identifia le docteur qu'il saisit brusquement au collet.

– Je vais te casser la gueule ! cria-t-il en le secouant et lui adressant de longs jurons cyniques et blessants. Je vais te casser la gueule ! Bande de salauds !

Le docteur se dégagea et avançant sur le soldat, il cria en s'étranglant :

– Je vais te faire passer en cour martiale, crapule ! Te mettre au cachot ! Tu m'empêches de faire mon travail ! Crapule ! Sale bête !

On les sépara, mais longtemps encore le soldat a continué à s'époumoner :

– Salauds, Je vais vous casser la gueule !

Je commençais à perdre mes forces et je me suis éloigné sur le côté pour fumer et me reposer. Le sang qui avait séché sur mes mains les avait comme vêtues de gants noirs, mes doigts se pliaient difficilement, laissant échapper les cigarettes et les allumettes. Et quand je me mis à fumer, l'odeur du tabac me parut tout à fait nouvelle, étrange, d'un goût très particulier, jamais éprouvé, ni auparavant, ni plus tard. C'est là que l'étudiant-brancardier qui était

venu avec nous s'approcha de moi et il me sembla l'avoir rencontré de nombreuses années auparavant, sans jamais parvenir à me souvenir où. Il marchait avec assurance, comme à la parade et son regard me passait à travers le corps pour se poser plus loin, plus haut.
– Ça dort, dit-il apparemment très calme.
Je m'emportai, comme si le reproche m'était destiné.
– Vous oubliez que pendant dix jours, ils se sont battus comme des lions.
– Ça dort, répéta-t-il, en me traversant d'un regard qui alla se poser plus haut. Puis il se pencha sur moi et me menaçant du doigt, poursuivit tout aussi sèchement et calmement :
– Je vais vous dire. Je vais vous dire.
– Quoi donc ?
Il se penchait vers moi, de plus en plus bas, me menaçait du doigt d'un air entendu et, comme s'il avait bien élaboré son idée, il répétait :
– Je vais vous dire. Je vais vous dire. Dites-leur bien.
Et, le regard toujours sévère, il me menaça une nouvelle fois du doigt, prit son revolver et se tira dans la tempe. Je pris ma cigarette dans la main gauche, examinai la blessure en la tâtant du doigt et retournai aux wagons.
– L'étudiant s'est tiré une balle dans le crâne. Je crois qu'il est encore vivant, dis-je au docteur.
Celui-ci prit sa tête entre ses mains et gémit :
– Qu'il aille au diable !... De toute façon, on n'a pas de place. Celui-là, là-bas, il va faire pareil. Parole d'honneur, s'écria-t-il sur un ton furieux et menaçant. Et moi aussi ! Oui ! Et s'il vous plaît, vous voudrez bien aller à pied. Il n'y a pas de place. Vous irez vous plaindre, si ça vous chante.
Et tout en continuant de crier, il me tourna le dos. Je m'approchai de celui qui devait aussi se tirer une balle. C'était un brancardier, un étudiant aussi, semble-il. Il se tenait le front appuyé contre la paroi du wagon et son épaule était secouée de sanglots.

– Arrêtez, dis-je, en lui effleurant l'épaule qui tressaillait.
Mais il ne se retourna pas, ne répondit rien et continua de pleurer. Il avait cette même nuque juvénile que l'autre, tout aussi effrayante et il se tenait là, les jambes grotesquement écartées, comme un homme ivre occupé à vomir et son cou était couvert de sang, il avait dû y porter les mains.
– Alors ? dis-je avec impatience.
Il s'écarta vivement du wagon et, la tête basse, voûté comme un vieillard, il disparut dans l'obscurité, loin de nous tous. Je ne sais pourquoi, je le suivis et nous avons marché longtemps en nous éloignant des wagons, sur le côté. Il me semble qu'il pleurait ; je commençais à trouver le temps long et j'avais envie de pleurer moi aussi.
– Arrêtez-vous ! lui criai-je en m'immobilisant.
Mais il marchait toujours, soulevant lourdement ses jambes, voûté, semblable à un vieillard, avec ses épaules étroites et sa démarche traînante. Et bientôt, il disparut dans la pénombre rougeâtre qui semblait être une lueur, mais qui n'éclairait rien. Et je restai seul.
Sur la gauche, loin de moi déjà, une rangée de lumières ternes s'enfuit, c'était le train qui partait. J'étais seul parmi les morts et les mourants. Combien en restait-il ? Auprès de moi, tout était immobile et mort et au-delà, le champ grouillait comme s'il était vivant, peut-être était-ce une illusion parce que j'étais seul. Mais le gémissement ne faiblissait pas. Il se répandait sur la terre, délicat, désespéré, pareil à un pleur d'enfant ou au cri de milliers de chiots abandonnés et transis. Tel une aiguille acérée, démesurée, glaciale, il pénétrait dans le cerveau et lentement allait et venait, allait et venait...

Sixième fragment

... c'étaient les nôtres. Dans l'étrange confusion de mouvements qui au cours du dernier mois s'était acharnée sur les deux armées, la nôtre et celle de nos ennemis, contrariant tous les ordres, tous les plans, nous étions convaincus que l'ennemi se dirigeait sur nous et plus précisément le quatrième corps. Et tout était prêt pour l'attaque, lorsque quelqu'un distingua nettement à la jumelle nos uniformes et au bout de dix minutes, cette hypothèse se transforma en une tranquille et heureuse certitude : c'étaient bien les nôtres. Et manifestement, ils nous avaient reconnus : ils avançaient très paisiblement vers nous et ce paisible mouvement laissait pressentir que, tout comme nous, ils souriaient joyeusement à cette rencontre inattendue.

Et quand ils se mirent à tirer, pendant un moment nous ne parvînmes pas à comprendre ce que cela voulait dire et nous continuions de sourire sous la grêle nourrie de schrapnells et de balles qui nous arrosait et qui faucha immédiatement des centaines d'hommes. Quelqu'un cria à la méprise et — je m'en souviens très bien — nous vîmes tous que c'était l'ennemi et que cet uniforme était bien le sien et non pas le nôtre et aussitôt nous ripostâmes en ouvrant le feu. C'est probablement un quart d'heure après le début de cet étrange combat que j'eus les deux jambes arrachées et je ne repris connaissance qu'à l'hôpital, après l'amputation.

Je demandai comment s'était terminé le combat, mais l'on me donna une réponse évasive et rassurante et j'en déduisis que nous avions été battus ; puis, moi qui avais perdu mes deux jambes, je fus submergé de joie à l'idée que l'on me renverrait chez moi, que j'étais somme toute vivant — vivant — pour longtemps, pour toujours. Ce n'est qu'au bout d'une semaine que je reçus quelques précisions qui me plongèrent à nouveau dans le doute et dans une peur nouvelle, jamais encore éprouvée.

Oui, il semble bien qu'il se soit agi des nôtres et que c'était un de nos obus, tiré par notre artillerie, par un de nos soldats, qui m'avait emporté les jambes. Personne ne put m'expliquer comment cela était arrivé. Quelque chose s'était passé, avait obscurci les regards et deux régiments d'une même armée, situés à une verste l'un de l'autre, s'étaient réciproquement anéantis, dans l'absolue conviction d'avoir affaire à l'ennemi. Et l'on évoquait cet épisode à contre-cœur, à demi-mot et, plus curieux encore, on sentait que ceux qui en parlaient n'avaient toujours pas admis s'être trompés. Ou plus exactement ils reconnaissaient la méprise, mais pensaient qu'elle était survenue plus tard, qu'au début ils avaient véritablement eu affaire à l'ennemi, mais que celui-ci avait profité de l'agitation générale pour s'éclipser et nous placer sous le feu de nos propres obus. Certains en parlaient sans détour, donnant des explications précises, qui leur semblaient plausibles et évidentes. Quant à moi, aujourd'hui encore, je ne peux dire avec certitude comment a commencé cet étrange malentendu, car j'ai aussi bien distingué, au début, notre uniforme rouge, que plus tard le leur, de couleur orange. Et curieusement, tout le monde oublia très vite cette affaire et l'oublia au point qu'on en parla comme d'une bataille avec l'ennemi véritable et c'est dans cet esprit que furent rédigées et envoyées d'abondantes dépêches, absolument sincères ; je les ai lues une fois rentré chez moi. Avec nous, qui fûmes blessés au cours de ce combat, on se comporta au début de manière un peu étrange : on semblait nous plaindre moins que les autres, mais cela non plus ne dura pas. Et seuls d'autres nouveaux cas, semblables à celui qui a été décrit et notamment celui survenu dans l'armée ennemie, où deux détachements s'étaient pratiquement massacrés jusqu'au dernier homme, allant jusqu'à se battre au corps à corps dans la nuit, m'autorisent à penser qu'il y a véritablement eu méprise.

Notre médecin, celui qui m'avait amputé, un vieil homme sec et osseux, puant l'iode, la fumée de tabac et le phénol, souriant constamment au travers de moustaches clairsemées, d'un gris jauni, me dit en plissant les yeux :

– Vous avez de la chance de rentrer chez vous. Il y a là quelque chose qui cloche.

– Et quoi donc ?

– Comme ça. Quelque chose qui cloche. De notre temps c'était plus simple.

Il avait participé à la dernière guerre en Europe, il y a près d'un quart de siècle et il aimait à en évoquer le souvenir. Celle-ci, il ne la comprenait pas et, comme j'avais remarqué, il en avait peur.

– Oui, ça cloche, dit-il avec un soupir en fronçant ses sourcils derrière un nuage de fumée, je m'en irais bien d'ici moi-même, si c'était possible.

Puis, se penchant sur moi, il me murmura à travers ses moustaches jaunes et enfumées :

– Il va bientôt arriver un moment où plus personne ne partira d'ici. Oui. Ni moi, ni personne.

Et dans ses yeux de vieillard, je reconnus la même fixité, la même sidération hébétée. Et quelque chose d'effrayant, d'insoutenable, semblable à l'écroulement de milliers d'édifices, me traversa l'esprit et je murmurai, glacé de terreur :

– Le rire rouge.

Et il fut le premier qui me comprit, hochant précipitamment la tête pour confirmer :

– Oui. Le rire rouge.

Il s'assit tout près de moi et, regardant de tous côtés, il murmura très vite en remuant son menton gris et pointu, comme le font les vieillards :

– Vous allez bientôt partir et à vous je peux le dire. Avez-vous jamais vu une bagarre dans un asile de fous ? Non ? Moi oui. Et ils se sont battus comme des gens normaux. Vous comprenez, comme des gens normaux !

Il répéta plusieurs fois cette phrase d'un air entendu.

– Et alors ? demandai-je à voix basse, tout aussi inquiet.

– Mais rien. Comme des gens normaux !

– Le rire rouge, dis-je.

– On les a aspergés d'eau.

Je me suis souvenu de la pluie qui nous avait tant effrayés et je me suis emporté :

– Vous êtes devenu fou, docteur !
– Pas plus que vous. Pas plus en tout cas.
Il entoura de ses bras ses genoux pointus de vieil homme et se mit à pouffer de rire puis, louchant dans ma direction par-dessus son épaule et retenant sur ses lèvres sèches l'écho de ce rire lourd et déconcertant, il m'adressa plusieurs clins d'œil malicieux, comme si nous étions tous deux seuls à partager un secret très amusant et ignoré de tous. Ensuite, avec la solennité d'un professeur de magie montrant ses tours, il leva haut son bras, le baissa calmement et avec deux doigts effleura délicatement l'endroit de la couverture sous lequel se seraient trouvées mes jambes si on ne les avait pas coupées.
– Et cela, vous le comprenez ? demanda-t-il sur un ton mystérieux.
Puis, avec la même solennité, le même air entendu il étendit le bras vers les rangées de lits où étaient couchés les blessés et répéta :
– Et cela, vous pouvez l'expliquer ?
– Ce sont des blessés, dis-je. Des blessés.
– Des blessés, répéta-t-il comme en écho. Des blessés. Sans jambes, sans bras, les entrailles déchirées, la poitrine broyée, les yeux arrachés. Vous le comprenez, ça ? À la bonne heure. Donc, vous comprendrez ça aussi ?...
Avec une souplesse surprenante pour son âge, il bascula à terre et se dressa sur ses mains, battant l'air de ses jambes. Son sarrau blanc glissa vers le bas, le sang reflua au visage et, me fixant obstinément de son étrange regard renversé, il éructa péniblement ces mots :
– Et ça... vous le comprenez... aussi ?
– Arrêtez, murmurai-je, effrayé. Je vais crier sinon.
Il se remit d'aplomb, reprit une position naturelle, se rassit à mon chevet et, reprenant son souffle, me fit remarquer sur un ton édifiant :
– Et personne ne comprend ça.
– Hier, il y a encore eu des coups de feu.
– Hier aussi, oui. Et il y en a déjà eu il y a trois jours, confirma-t-il en hochant la tête.

– Je veux rentrer chez moi ! dis-je avec tristesse. Docteur, mon bon docteur, je veux rentrer chez moi. Je ne peux pas rester là. Je cesse de croire qu'il existe une maison où je suis si bien.
Il était absorbé par ses pensées et ne répondit pas et je me mis à pleurer :
– Mon dieu, je n'ai plus de jambes. J'aimais tant pédaler, marcher, courir et aujourd'hui je n'ai plus de jambes. Je faisais se balancer mon fils sur mon genou droit et il riait, mais maintenant... Soyez maudits ! Qu'est-ce que j'irai faire là-bas ? Je n'ai que trente ans... Soyez tous maudits !
Et je sanglotais, je sanglotais en pensant à mes pauvres jambes, mes jambes rapides, puissantes. Qui me les avait prises, qui avait osé me les prendre ?
– Écoutez, me dit le docteur en regardant de côté. Hier, voilà ce que j'ai vu : il est arrivé un soldat, fou. Un soldat ennemi. Il était presque nu, meurtri de coups et de griffures, affamé comme un animal ; il avait une tignasse hirsute, tout comme nous et il ressemblait à un sauvage, à un homme remonté de la préhistoire, à un singe. Il agitait les bras, faisait le pitre, chantait, criait, cherchait la bagarre. On lui a donné à manger et on l'a renvoyé dans la nature. Que voulez-vous qu'on fasse de ces hommes ? Ils sont déguenillés, sinistres, ils errent nuit et jour comme des spectres dans les collines, allant et venant dans toutes les directions, hors des chemins, sans but, sans abri. Ils gesticulent, rient aux éclats, crient et chantent et quand ils se croisent, c'est la bagarre, ou alors ils ne se voient pas et passent leur chemin. Ce qu'ils mangent ? Rien sans doute, ou peut-être des cadavres, qu'ils disputent aux bêtes, à ces gros chiens repus redevenus sauvages et qui hurlent et se battent des nuits entières dans les collines. La nuit, comme des oiseaux réveillés par la tempête, comme d'ignobles papillons, ils se regroupent près des feux et il suffit d'allumer du bois quand il fait froid pour qu'au bout d'une demi-heure surgisse tout autour une dizaine de silhouettes de sauvages criards, en guenilles, semblables à des singes transis. On

leur tire dessus, parfois par erreur, parfois exprès, quand nous en avons assez de leurs cris stupides et qui font peur...
– Je veux rentrer chez moi ! criai-je en me bouchant les oreilles.
Et assourdies, irréelles, de nouvelles et terribles paroles venaient comme à travers de la ouate marteler mon cerveau épuisé :
... Il y en a beaucoup. Ils meurent par centaines dans les ravins, dans les trous à loups destinés à des hommes valides, qui ont toute leur tête et ils meurent pris dans des restes de barbelé et de pieux ; ils participent à des combats véritables, raisonnables et s'y battent comme des héros, toujours à l'avant, toujours pleins de courage ; mais souvent ils s'en prennent aux leurs. Ils me plaisent bien. En ce moment, ma raison n'est encore que défaillante et c'est pourquoi je suis assis là à bavarder avec vous, mais quand elle m'aura définitivement abandonné, j'irai dans les champs, j'irai dans les champs, je lancerai un appel, oui, un appel, je rassemblerai ces braves autour de moi, ces chevaliers sans peur et je déclarerai la guerre à la terre entière. En musique et en chansons, notre joyeuse bande entrera dans les villes et les campagnes et là où nous passerons, tout deviendra rouge, tout entrera dans la ronde et dansera comme du feu. Ceux qui ne sont pas morts se joindront à nous et notre valeureuse armée enflera comme une avalanche pour aller purifier cette terre. Qui a dit qu'il ne fallait pas tuer, brûler, piller ?
Et déjà il s'était mis à crier, ce docteur fou et ce fut comme si ce cri avait réveillé une douleur qui dormait en ceux dont la poitrine et les entrailles avaient été déchiquetées, les yeux arrachés, les jambes emportées. La salle s'emplit d'un vaste gémissement, grinçant, implorant et de tous côtés des visages exténués se tournaient vers nous, d'une pâleur cireuse, certains sans yeux, d'autres si abominablement défigurés qu'ils semblaient revenus de l'enfer. Ils gémissaient et tendaient l'oreille, tandis qu'une ombre noire et informe s'était levée sur le monde et les observait à travers la porte ouverte et le vieux fou continuait de crier en étendant les bras :

– Qui a dit qu'il ne fallait pas tuer, brûler, piller ? Nous, nous tuerons, nous pillerons, nous brûlerons. Avec notre troupe de braves, insouciante et joyeuse, nous détruirons tout, leurs édifices, leurs universités, leurs musées ; nous serons d'ardents gaillards débordant de rire, nous danserons gaiement sur les ruines. Je proclame que l'asile est notre patrie ; je déclare ennemis et fous tous ceux qui ne sont pas encore devenus fous ; et quand, auguste, invincible et radieux, j'instaurerai mon règne sur la terre, unique souverain et maître, quel rire joyeux s'étendra alors sur l'univers !

– Le rire rouge ! m'écriai-je en l'interrompant. À l'aide ! De nouveau, j'entends le rire rouge !

– Mes amis ! poursuivit le docteur en s'adressant aux ombres gémissantes et mutilées. Mes amis ! Nous aurons une lune rouge, un soleil rouge et les animaux auront un gai pelage rouge et nous écorcherons ceux qui sont trop pâles, qui sont trop pâles... Vous n'avez jamais bu de sang ? C'est un peu poisseux, c'est un peu tiède, mais il est rouge et il a un si joyeux rire rouge !

Septième fragment

... c'était un sacrilège, c'était criminel. La Croix Rouge est respectée dans le monde entier comme une chose sacrée, ils ont bien vu que le train transportait non pas des soldats mais d'inoffensifs blessés et ils étaient tenus de prévenir qu'une mine avait été posée. Les malheureux, qui rêvaient déjà de leur maison...

Huitième fragment

... autour d'un samovar, d'un véritable samovar, qui crachait de la vapeur comme une locomotive, même le verre de la lampe était légèrement embué, tant il y avait de vapeur. Et c'étaient bien les mêmes petites tasses, bleues à l'intérieur et blanches à l'extérieur, de très jolies petites tasses qui nous avaient jadis été offertes pour notre mariage. Un cadeau de la sœur de mon épouse, une brave et charmante femme.

– Et toutes sont encore entières ? ai-je demandé d'un air sceptique en tournant mon sucre avec une petite cuiller d'argent toute propre.
– On en a cassé une, dit ma femme distraitement. Elle avait laissé le robinet ouvert, d'où s'écoulait joliment un délicat filet d'eau chaude.
Je me mis à rire.
– Qu'est-ce que tu as ? demanda mon frère.
– Rien. Allons, conduisez-moi encore une petite fois dans mon bureau. Un petit effort pour le héros ! Vous vous êtes tourné les pouces sans moi et maintenant, basta, je vais vous mettre au travail et, pour plaisanter bien sûr, j'entonnai : « Sus à nos ennemis, au front, amis, courons... ».
Ils comprirent ma boutade et sourirent à leur tour, mais ma femme garda la tête penchée sur les petites tasses qu'elle essuyait avec une serviette brodée, bien propre. Dans mon bureau, je revis le papier peint bleu, la lampe avec son abat-jour vert et la petite table sur laquelle était posée la carafe d'eau. Il y avait un peu de poussière dessus.
– Versez-moi donc un peu à boire de cette carafe, commandai-je sur un ton enjoué.
– Mais tu viens de boire du thé.
– Ça ne fait rien, ça ne fait rien, versez m'en. Et toi, dis-je à ma femme, emmène le gamin et restez un peu dans la chambre d'à côté. S'il te plaît.
Et je me mis à boire par petites gorgées délicieuses, tandis que ma femme et mon fils se tenaient dans la pièce d'à côté et que je ne les voyais pas.
– C'est cela, c'est bien. Maintenant venez par ici. Mais pourquoi à cette heure-ci n'est-il pas encore couché ?
– C'est qu'il est heureux que tu sois revenu. Mon chéri, va voir ton père.
Mais l'enfant se mit à pleurer en se cachant dans les jambes de sa mère.
– Pourquoi est-ce qu'il pleure ? demandai-je, troublé, en regardant

autour de moi. Et pourquoi êtes-vous tous si pâles, pourquoi vous taisez-vous et êtes-vous tous après moi comme des ombres ?
Mon frère éclata bruyamment de rire :
– Nous ne nous taisons pas.
Et ma sœur renchérit :
– Nous parlons tout le temps.
– Je vais voir où en est le dîner, dit ma mère en quittant la pièce précipitamment.
– Mais si, vous vous taisez, répétai-je sur un ton soudain plus ferme. Depuis ce matin, je n'ai pas entendu un seul mot de vous, il n'y a que moi qui parle, qui ris et me réjouis. Vous n'êtes pas contents de me voir ? Et pourquoi évitez-vous tous de me regarder, ai-je à ce point changé ? Oui, j'ai à ce point changé. Et je ne vois aucun miroir ici. Vous les avez retirés ? Apportez-moi un miroir.
– Tout de suite, répondit ma femme et elle resta longtemps sans revenir et ce fut la femme de chambre qui vint me donner un petit miroir. Je m'y suis regardé — je m'étais déjà vu dans le train, à la gare — et c'était le même visage, un peu vieilli, mais tout à fait familier. Et eux, on aurait dit qu'ils s'attendaient à ce que je pousse un cri et que je m'évanouisse, tant ils furent soulagés de m'entendre leur demander tranquillement :
– Qu'est-ce qu'il y a d'inhabituel ?
Riant de plus en plus fort, ma sœur sortit brusquement, tandis que mon frère dit d'un ton calme et assuré :
– Rien, tu n'as pas beaucoup changé. Tu as perdu quelques cheveux.
– Estime-toi heureux que j'aie gardé ma tête, répondis-je, sur un ton indifférent. Mais qu'est-ce qu'elles ont toutes à s'enfuir comme ça ? D'abord l'une, puis l'autre. Conduis-moi donc encore un peu parmi les pièces. Qu'il est confortable, ce fauteuil, il est tout à fait silencieux. Vous l'avez payé combien ? Crois-moi, je ne vais pas faire d'économies : je vais m'acheter de ces jambes, bien meilleures que... Tiens, mon vélo !

Il était accroché au mur, encore tout neuf, mais les pneus étaient à plat. Sur celui de la roue arrière, il y avait un peu de boue séchée, de ma dernière virée. Mon frère gardait le silence, ne poussait plus le fauteuil et je compris ce mutisme, cette perplexité.
– Dans notre régiment, seuls quatre officiers sont restés vivants, dis-je d'un air sombre. J'ai eu beaucoup de chance… Et le vélo, prends-le, passe le prendre demain.
– D'accord, je viendrai le prendre, consentit mon frère sur un ton résigné. Oui, tu as eu de la chance. Chez nous, la moitié de la ville est en deuil. Et les jambes, ce n'est pas si…
– Bien sûr. Et puis, je ne suis pas facteur.
Mon frère s'arrêta soudain et me demanda :
– D'où vient que tu as la tête qui tremble ?
– Ce n'est rien. Ça passera m'a dit le docteur !
– Et les mains aussi ?
– Oui, oui. Les mains aussi. Ça va passer, tout ça. Conduis-moi, s'il te plaît, j'en ai assez de rester sur place.
Ils m'avaient troublé, ces gens contrariés, mais la joie m'est revenue quand on s'est mis à préparer mon lit, un véritable lit, un beau lit que j'avais acheté avant mon mariage, il y a quatre ans.
On étendit un drap propre, on battit les oreillers, on borda la couverture et moi j'observais cette cérémonie avec des larmes de rire dans les yeux.
– Et maintenant, déshabille-moi donc et couche-moi, dis-je à ma femme. Comme c'est bien !
– Tout de suite, mon chéri.
– Allons, plus vite !
– Tout de suite, mon chéri.
– Mais qu'est-ce que tu as ?
– Tout de suite, mon chéri.
Elle se tenait derrière mon dos, près de la coiffeuse et je tournais vainement la tête pour l'apercevoir. Et soudain, elle poussa un cri, un cri tel, un de ces cris que l'on ne pousse qu'à la guerre :

– Mais qu'est-ce qui se passe ? Et elle se jeta sur moi, me prit dans ses bras, s'affaissa à côté de moi, cachant sa tête dans mes jambes mutilées, s'en arrachant avec dégoût pour retomber à nouveau et en baiser les moignons en pleurant.
– Comment tu étais avant ! Et dire que tu n'as que trente ans. Tu étais jeune, tu étais beau. Mais qu'est-ce qui se passe ? Que les hommes sont cruels ! Pourquoi tout ça ? Ça a servi à quoi ? Toi, mon doux, mon pauvre, mon chéri, mon chéri...
Et à ce cri les autres ont accouru, ma mère, ma sœur, la nourrice et tous pleuraient, disaient quelque chose, étaient affalés à mes pieds et pleuraient. Et sur le seuil, se tenait mon frère, pâle, vraiment livide, sa mâchoire tremblait et il cria sur un ton aigu :
– Avec vous, là, je vais devenir fou. Je vais devenir fou.
Et ma mère se traînait au pied du fauteuil, elle ne pleurait plus mais râlait en se cognant la tête contre les roues. Et mon lit se trouvait là, tout propre, avec ses oreillers battus, sa couverture bordée, ce même lit que j'avais acheté quatre ans auparavant, pour mon mariage...

Neuvième fragment

... J'étais dans un bain bien chaud, tandis que mon frère se démenait nerveusement dans la petite pièce, s'asseyant, se relevant, saisissant le savon, la serviette, les approchant de ses yeux myopes, les remettant à leur place. Puis, se tournant face au mur et grattant du doigt le plâtre, il poursuivit fiévreusement :
– Juge par toi-même : on ne peut pourtant pas pendant des dizaines, des centaines d'années, enseigner la charité, la raison, la logique, en un mot développer la conscience et tout cela impunément. L'essentiel, c'est la conscience. On peut devenir impitoyable, perdre toute sensibilité, s'habituer à la vue du sang, des larmes, des souffrances, comme les bouchers par exemple, ou bien certains médecins, ou les militaires ; mais comment, après que la vérité nous a été révélée, peut-on la renier ? À mon avis, ce n'est pas possible.

Tout petit, on m'a appris à ne pas faire souffrir les animaux, à être compatissant ; c'est ce même enseignement que m'ont dispensé tous les livres que j'ai lus et je ressens une pitié douloureuse pour tous ceux qui souffrent dans votre maudite guerre. Mais voilà qu'au bout d'un certain temps, je m'habitue à mon tour à toutes ces morts, à ces souffrances, à ce sang ; je sens, que dans la vie de tous les jours, je suis moins sensible, moins compatissant, que je ne réagis plus qu'aux sensations les plus fortes ; mais pour ce qui est de la guerre elle-même, je ne peux pas m'y habituer, ma raison se refuse à comprendre et à expliquer ce qui est une folie dans son principe même. Un million d'hommes se retrouvent en un même lieu et, avec le souci d'accomplir les actions les plus justes, se massacrent les uns les autres et tous en souffrent pareillement, tous sont pareillement malheureux, qu'est-ce que cela, si ce n'est pas de la folie ?

Mon frère se retourna et son regard myope, un peu naïf, me fixa d'un air interrogateur.

– Le rire rouge, dis-je gaiement en barbotant dans mon bain.

– Moi aussi je vais te dire la vérité.

Mon frère posa avec confiance sa main froide sur mon épaule mais comme effrayé qu'elle soit nue et mouillée, il la retira aussitôt.

– Je vais te dire la vérité : j'ai très peur de devenir fou. Je n'arrive pas à comprendre ce qui se passe. Je n'arrive pas à comprendre et c'est terrible. Si quelqu'un pouvait m'expliquer, mais personne ne le peut. Toi, tu as été à la guerre, tu as vu, explique-moi.

– Va au diable ! lui répondis-je sur le ton de la plaisanterie et en éclaboussant.

– Tu vois ? Toi non plus tu ne peux pas, me dit-il tristement. Personne n'est capable de m'aider. C'est terrible. Je cesse de comprendre ce que l'on peut faire, ce que l'on ne doit pas faire, ce qui est raisonnable, ce qui est insensé. Si maintenant je te prends à la gorge, d'abord doucement, comme si je te caressais et puis en serrant plus fort et que je t'étrangle, qu'est ce qui va se passer ?

– Tu dis des bêtises. Personne ne fait ça.

Mon frère essuya ses mains froides, sourit doucement et continua :

– Quand tu étais là-bas, il y avait des nuits où je ne dormais pas, je n'arrivais pas à m'endormir et il me venait alors des pensées étranges : prendre une hache et aller les tuer tous, maman, ma sœur, les domestiques, le chien. Ce n'étaient que des pensées, bien sûr et je ne le ferai jamais.

– J'espère bien, répondis-je en souriant et en m'éclaboussant.

– Et puis aussi, j'ai peur des couteaux, de tout ce qui est pointu et qui brille : je crois que si je prenais un couteau dans la main, j'irais immanquablement égorger quelqu'un. C'est vrai quoi, pourquoi ne pas égorger si déjà le couteau est pointu ?

– Raison suffisante. Quel fantaisiste tu fais, mon frère ! Rajoute-moi donc un peu d'eau chaude.

Mon frère ouvrit le robinet, fit couler l'eau et poursuivit :

– Et vois-tu, la foule aussi me fait peur, les gens, quand il y en a beaucoup. Quand, le soir dans la rue, j'entends du bruit, un cri perçant, alors je sursaute et je me dis que voilà, ça a commencé... le carnage. Quand plusieurs personnes se tiennent les unes en face des autres et que je n'entends pas de quoi elles parlent, je commence à m'imaginer qu'elles vont se mettre à hurler, à se jeter les unes contre les autres et que le massacre va commencer et tu sais, — et il se pencha sur mon oreille avec un air mystérieux — les journaux sont remplis d'informations sur des meurtres, des meurtres bizarres. Ce sont des balivernes que de dire qu'il y a autant d'hommes que de consciences ; l'humanité n'a qu'une seule et unique raison et elle commence à se troubler. Touche ma tête, comme elle est brûlante. C'est du feu à l'intérieur. Et parfois elle est glacée, tout y gèle et se fige atrocement comme de la glace morte. Je vais devenir fou, ne te moque pas, mon frère : je vais devenir fou... Ça fait un quart d'heure, il est temps de sortir de ton bain.

– Encore un peu. Rien qu'une minute.

J'étais si bien dans ma baignoire, comme jadis, à écouter cette voix familière, sans prêter attention aux mots, dans l'intimité de tous ces objets ordinaires de tous les jours : le robinet de cuivre légèrement verdi, les murs avec leurs motifs familiers, mon matériel de photographie, bien rangé sur les étagères. Je vais me remettre à la photographie, faire des photos de paysages simples et paisibles, des photos de mon fils : comme il marche, comme il rit, comme il fait le polisson. On n'a pas besoin de jambes pour faire cela. Et je vais me remettre à écrire, pour parler des livres sérieux, des nouvelles avancées de la pensée humaine, de la beauté et du monde.

– Ho ! Ho ! m'exclamai-je en éclaboussant tout.

– Qu'est-ce que tu as ? dit mon frère, effrayé et pâlissant soudain.

– Rien. Je suis content d'être à la maison.

Il me sourit comme à un enfant, comme à un petit frère, alors que j'avais trois ans de plus que lui, puis il resta pensif, comme un adulte, comme un homme âgé assailli de vastes et lourdes pensées, de vieilles pensées.

– Où partir ? dit-il en haussant les épaules. Chaque jour, vers une heure environ, les journaux branchent le courant et l'humanité entière tressaille Cette simultanéité de sensations, de pensées, de souffrances et d'horreur me fait perdre pied et je suis comme un copeau sur une vague, une poussière dans un tourbillon. On m'arrache avec violence à mon quotidien et chaque matin, il y a ce moment terrible où je suis suspendu au-dessus du gouffre noir de la folie. Et je vais y tomber, inévitablement, je vais y tomber. Et encore, tu ne sais pas tout, mon frère. Tu ne lis pas les journaux, on te cache beaucoup de choses, tu ne sais pas tout, mon frère.

Je pris ce qu'il avait dit pour une plaisanterie un peu sinistre : c'était le sort de tous ceux dont la folie devenait peu à peu semblable la folie de la guerre et qui ainsi nous alertaient. Je pris cela pour une plaisanterie, comme si à ce moment, en barbotant dans l'eau chaude, j'avais oublié tout ce que j'avais vu là-bas.

– Bon, alors qu'ils continuent donc à tout me cacher, mais moi je dois sortir de mon bain, dis-je sur un ton désinvolte. Mon frère sourit, appela un domestique et tous deux me sortirent de l'eau et m'habillèrent. Ensuite je bus un thé délicatement parfumé dans mon verre à facettes, en me disant qu'après tout, on pouvait très bien vivre sans jambes, puis on me conduisit dans mon bureau, à ma table et je me suis préparé à me mettre au travail.

Avant la guerre, je travaillais pour une revue où j'étais chargé de la critique des littératures étrangères et à présent, j'avais à portée de la main une pile de ces chers livres, splendides dans leurs couvertures jaunes, bleues ou marron. Ma joie était si grande, mon plaisir si profond, que je n'osais pas commencer ma lecture et me contentais de prendre l'un après l'autre les livres dans ma main, de les caresser délicatement. Je sentais un sourire s'élargir sur mon visage, un sourire tout à fait idiot sans doute, mais je ne parvenais pas à le retenir, ébloui devant les caractères d'imprimerie, les vignettes, la belle et sévère sobriété du dessin. Quel génie dans tout cela, quel sens de la beauté ! Combien de personnes auront-elles uni leurs efforts et leurs recherches, combien aura-t-il fallu investir de talent, de bon goût pour créer ne serait-ce que cette lettre si simple et élégante, si subtile, si harmonieuse et si éloquente dans l'entrelacs de ses lignes.

– Et maintenant il faut que je m'y mette, dis-je sur un ton sérieux, tout pénétré de respect pour le travail.

Je pris une plume pour écrire un titre et telle une grenouille accrochée à un fil, ma main se mit à avancer par bonds sur la feuille. La plume heurtait le papier, grinçait, s'agitait, glissait irrésistiblement sur le côté, dessinant des lignes informes, tordues, interrompues, dénuées de sens. Je n'ai pas poussé de cri, je n'ai pas fait le moindre mouvement, mais je suis resté glacé, figé dans la conviction qu'une effroyable révélation allait fondre sur moi ; ma main bondissait sur le papier baigné de lumière et chacun de mes doigts tremblait d'une terreur désespérée, aussi réelle, aussi féroce, que s'ils étaient restés là-bas, à la guerre, qu'ils voyaient cet embrasement et ce sang, qu'ils entendaient ces gémissements et ces cris de douleur indicible. Ils se détachaient de moi, ils étaient vivants, ils devenaient des yeux et des oreilles, ces doigts en folie qui frémissaient ; et transi, n'ayant la force ni de crier, ni de bouger, je suivais leur danse enragée sur le papier vierge, d'une blancheur éclatante.

Et tout était calme. Ils pensaient que je travaillais et avaient fermé toutes les portes pour que le bruit ne me dérange pas ; seul, incapable de me mouvoir, j'étais là, dans cette chambre, à regarder docilement mes mains qui tremblaient.

– Ce n'est rien, dis-je à haute voix et, dans le silence et la solitude de mon bureau, ma voix émit un son rauque, mauvais, comme celle d'un forcené. Ce n'est rien. Je vais dicter. Milton était bien aveugle quand il a écrit son « Paradis reconquis ». Je suis capable de penser, c'est l'essentiel, tout est là. Et je me mis à composer une phrase longue et érudite sur la cécité de Milton, mais là encore, les mots s'entremêlaient, comme tombés d'une galée mal composée et quand je parvenais à la fin de ma phrase, j'en avais oublié le début. Je voulais alors me rappeler par quoi j'avais commencé, savoir pourquoi j'avais rédigé ces idées étranges et dénuées de sens à propos d'un je ne sais quel Milton, mais j'en étais incapable.

– « Le paradis reconquis », « Le paradis reconquis », répétai-je, sans comprendre ce que cela voulait dire.

Et là, je m'aperçus que, d'une manière générale, j'oubliais beaucoup de choses, que j'étais devenu terriblement étourdi, que je confondais des visages connus, que même dans une conversation banale, je perdais mes mots et que parfois, tout en connaissant un mot, je n'en comprenais plus le sens. Je me suis représenté clairement le déroulement de ma journée : étrange, courte, amputée tout comme mes jambes, avec des moments vides et énigmatiques, de longues heures sans conscience ni sensibilité et dont le souvenir ne me reviendrait pas.

Je voulus appeler ma femme, mais j'avais oublié comment elle s'appelait, déjà cela avait cessé de m'étonner et de m'effrayer. Doucement, je murmurai :

– Femme !

Ce mot pour m'adresser à ma femme, maladroit et incongru, résonna doucement et s'éteignit sans provoquer de réponse. Et tout était silencieux. Ils craignaient que par mégarde un bruit vienne déranger mon travail et tout était silencieux, un vrai bureau de savant, confortable, calme, invitant à la méditation et à la création. « Famille chérie, comme ils prennent soin de moi ! » pensai-je avec émotion.

... Et l'inspiration, la sainte inspiration me vint. Le soleil illumina mon esprit, ses rayons brûlants et féconds jaillirent sur le monde, semant des fleurs et des chants. Toute la nuit j'ai écrit, sans la moindre fatigue, planant librement sur les ailes d'une sainte et puissante inspiration. J'écrivais des choses immenses, immortelles, des fleurs et des chants. Des fleurs et des chants...

DEUXIÈME PARTIE

Dixième fragment

... heureusement, il est mort la semaine dernière, vendredi. Encore une fois, ce fut une véritable chance pour mon frère. Infirme, sans jambes, tout tremblant, l'âme brisée, perdu dans la folie de son ivresse créatrice, il était effrayant et pitoyable. Depuis cette nuit-là, pendant deux mois entiers, il avait écrit sans quitter son fauteuil, refusant toute nourriture, pleurant et jurant lorsque nous l'éloignions pour un court instant de sa table. Avec une rapidité surprenante, il faisait aller sa plume sur le papier, une plume sèche, écartant les feuilles les unes après les autres, il écrivait, écrivait sans relâche. Il avait perdu le sommeil et nous ne parvînmes à le coucher dans son lit que deux fois, pour quelques heures, grâce à une forte dose de somnifère, puis même la drogue ne parvint plus à vaincre son extase créatrice. Il avait exigé que toutes les fenêtres fussent aveuglées durant toute la journée et qu'une lampe brûlât, créant une illusion de nuit et il fumait une cigarette après l'autre et écrivait. Il semblait manifestement heureux et quant à moi, je n'ai jamais rencontré de personnes saines d'esprit avec un visage à ce point inspiré, un visage de prophète ou de grand poète. Il avait beaucoup maigri, jusqu'à atteindre la transparence cireuse d'un cadavre ou d'un ascète, ses cheveux avaient totalement blanchi ; il avait commencé ce travail névrotique encore relativement jeune et l'avait achevé en vieillard. Parfois, plus encore que d'habitude, il était pressé d'écrire, heurtait le papier de sa plume qui se cassait sans qu'il s'en aperçût ; dans ces moments, il ne fallait pas le toucher car au moindre effleurement, il avait des crises de larmes ou de fou rire ; il y avait de rares moments où il prenait du repos dans une sorte de béatitude, ou s'entretenait amicalement avec moi, me posant chaque fois les mêmes questions : qui étais-je, comment m'appelais-je, cela faisait-il longtemps que je m'occupais de littérature.

Puis il se mettait à me raconter, avec condescendance et toujours dans les mêmes termes, la peur ridicule qu'il avait eue d'avoir perdu la mémoire et de ne plus pouvoir travailler et comment il avait brillamment réfuté cette absurde supposition en entamant son œuvre immortelle et grandiose sur les fleurs et les chants.

– Bien sûr, je ne compte pas sur la reconnaissance de mes contemporains, disait-il avec un orgueil mêlé de modestie en posant sa main tremblante sur un tas de feuilles vierges, mais l'avenir, l'avenir, lui, comprendra mon idée.

Il ne faisait pas la moindre allusion à la guerre et pas une fois, ne parla de sa femme ou de son fils ; irréel, sans fin, son travail avait absorbé son attention de manière si exclusive qu'il n'avait sans doute plus conscience d'autre chose. On pouvait, en sa présence, marcher, parler sans qu'il y prête attention et pas un seul instant son visage ne perdait l'expression d'une inspiration et d'une tension redoutables. Dans le silence des nuits, quand tous dormaient et qu'il restait seul à tisser le fil infini de son délire, il était d'une apparence terrifiante et j'étais, avec sa mère, le seul qui me risquais à l'approcher. Un jour, j'ai essayé de lui donner un crayon à la place de sa plume sèche, me disant que peut-être il allait ainsi véritablement écrire quelque chose, mais sur le papier ne restèrent que quelques lignes informes, interrompues, tordues et dépourvues de sens.

Et il est mort pendant la nuit, en plein travail. Je connaissais bien mon frère et sa folie ne m'avait pas surpris : ce désir passionné de travail qui apparaissait déjà dans ses lettres de guerre et qui avait constitué à son retour le fondement de toute sa vie, devait inévitablement se heurter à la faiblesse de sa raison épuisée et meurtrie et provoquer une catastrophe. Je pense avoir réussi à reconstituer assez précisément toute la séquence des émotions qui l'avaient conduit à cette issue au cours de cette nuit fatale. D'ailleurs, tout ce que j'ai écrit là sur la guerre, je l'ai repris des propos de mon frère défunt, souvent fort confus et incohérents ; quelques images isolées ont néanmoins marqué son cerveau d'une brûlure indélébile et si profonde que j'ai pu les rapporter presque à la lettre, à partir du récit qu'il m'en a fait.

Je l'aimais et sa mort m'oppresse comme une pierre et pèse sur mon cerveau tant elle est absurde. À tout ce qu'il y a d'obscur et qui m'enveloppe le crâne comme une toile d'araignée, elle a encore ajouté un nœud et l'a serré très fort. Toute notre famille est partie à la campagne chez des proches et je suis seul dans la maison, dans cette petite résidence que mon frère aimait tant. Les domestiques ont été remerciés, le matin, le concierge de la maison voisine vient parfois allumer les poêles et le reste du temps je suis seul, tel une mouche enfermée entre les deux vitres d'une fenêtre, qui se démène et se cogne à l'obstacle transparent mais infranchissable. Et je sens et je sais, que je ne sortirai plus de cette maison. Aujourd'hui que je suis seul, la guerre a pris pleine possession de moi et se tient là comme une énigme indéchiffrable, comme un esprit mauvais que je ne peux habiller de chair. Je lui donne toutes sortes de contours : un squelette à cheval et sans tête, je ne sais quelle ombre informe enfantée par des nuages et étreignant silencieusement la terre, mais aucune de ces figures ne me donne de réponse, ni n'épuise cette terreur froide, constante, hébétée qui a pris possession de moi.

Je ne comprends pas la guerre et vais devenir fou comme mon frère, comme les centaines d'hommes que l'on ramène de là-bas. Et cela ne m'effraie pas. Perdre la raison me paraît honorable, comme pour une sentinelle mourir à son poste. Mais cette attente, cette progression lente et inflexible de la folie, ce sentiment soudain de quelque chose d'immense s'écroulant dans un précipice, cette souffrance insupportable d'une pensée mise à la torture… Mon cœur est engourdi, il est mort et ne reviendra pas à la vie, mais ma pensée, elle, est encore vivante, elle se bat encore, elle fut forte autrefois comme Samson et, aujourd'hui, elle est sans défense, faible comme un enfant, elle me fait pitié, ma pauvre pensée. Il m'arrive de ne plus supporter le supplice de ces cercles de fer qui m'écrasent le cerveau ; je suis pris d'une envie irrésistible de sortir en courant, dans la rue, sur la place, là où il y a du monde et de crier :

– Arrêtez immédiatement cette guerre, sinon…

Mais comment ça « sinon » ? Comme s'il y avait des mots capables de les faire revenir à la raison, des mots auxquels on ne trouverait pas à répondre avec d'autres mots, tout aussi sonores et hypocrites ? Ou alors tomber à genoux devant eux et pleurer ? Mais il y en a déjà des centaines de milliers qui ameutent la terre entière avec leurs sanglots, comme si cela donnait le moindre résultat. Ou bien se tuer devant leurs yeux ? Tuer ! Des milliers meurent chaque jour, est-ce que ça change quoi que ce soit ?

Et quand je sens ainsi mon impuissance, je suis saisi de rage, la rage de la guerre, de la guerre que je hais. J'ai envie de faire comme ce docteur, de brûler leurs maisons, avec leurs trésors, leurs femmes, leurs enfants, d'empoisonner l'eau qu'ils boivent ; de relever tous les morts de leurs tombes et de jeter ces cadavres dans leurs maisons impures, dans leurs lits. Qu'ils couchent donc avec eux, comme avec leurs femmes, comme avec leurs maîtresses !

Ah, si j'étais le diable ! Toute l'horreur dont respire l'enfer, j'irais la porter sur leur terre ; je serais le maître de leurs rêves et, quand en s'endormant avec un sourire, ils béniraient leurs enfants, je me dresserais, noir, devant eux...

Oui, je vais devenir fou, mais que ça aille vite. Que ça aille vite...

Onzième fragment

... des prisonniers, un petit groupe d'hommes tremblants et terrifiés. Quand on les a sortis du wagon, la foule a grondé, grondé comme un énorme chien féroce, dont la chaîne est courte et peu solide. Elle a grondé puis s'est tue, la respiration lourde, tandis qu'eux marchaient en petit groupe serré, les mains enfoncées dans les poches, un sourire implorant sur leurs lèvres pâles et ils posaient le pied comme si on allait les frapper derrière le genou avec un grand bâton. L'un d'eux marchait un peu à l'écart, tranquille, sérieux, sans sourire et quand je rencontrai ses yeux noirs, j'y lus une haine ouverte et nue. Je vis clairement qu'il me méprisait et qu'il s'attendait à tout de ma part : si je l'avais tué, là, désarmé, il n'aurait pas eu un cri, il ne se serait pas défendu, ne se serait pas justifié, il s'attendait à tout de ma part. Je courus avec la foule pour retrouver son regard et j'y parvins au moment où déjà ils pénétraient dans la maison. Il était entré le dernier, laissant passer ses camarades et il m'avait regardé une nouvelle fois. Et là, je vis dans ses grands yeux noirs, sans pupille, une telle souffrance, un tel abîme d'horreur et de folie, qu'il me semblait avoir plongé le regard dans l'âme la plus désespérée au monde.

– C'est qui celui-là, avec ces yeux ? demandai-je à l'homme d'escorte.

– Un officier. Il est fou. Il y en a beaucoup des comme ça.

– Il s'appelle comment ?

– Il se tait, il ne le dit pas. Et les siens ne le connaissent pas non plus. C'est comme ça, il erre sans doute. On l'a déjà empêché de se pendre, mais bon... Le garde eut un geste d'impuissance et disparut derrière la porte.

Et voici le soir et je pense à lui. Il est seul au milieu de ses ennemis qu'il estime prêts à tout et les siens ne le connaissent pas. Il se tait et attend patiemment de pouvoir quitter ce monde pour toujours. Je ne crois pas à sa folie et ce n'est pas un lâche : il était le seul à se tenir dignement dans ce groupe d'hommes tremblants et terrifiés, qu'il ne considère visiblement pas non plus comme les siens. À quoi pense-t-il ? Quelle est la profondeur du désespoir dans l'âme de cet homme qui, au moment de mourir, ne veut pas dire son nom ? Donner son nom, pour quoi faire ? Il en a terminé avec la vie et les hommes, il sait leur véritable prix et autour de lui il n'y a personne, ni les siens, ni les autres, quels que soient leurs cris, leur rage, leurs menaces. Je me suis renseigné sur lui : on l'avait pris lors de ce dernier combat, un combat terrible, une véritable boucherie de plusieurs dizaines de milliers de morts et il n'avait pas résisté quand on l'avait capturé : curieusement, il était sans arme et lorsqu'un soldat ennemi, qui ne s'en était pas aperçu, l'avait frappé de son sabre, il était resté assis, sans lever les bras pour se protéger. Mais malheureusement pour lui, sa blessure était légère. Mais peut-être est-il véritablement fou ? Le soldat a dit qu'il y en avait beaucoup comme ça...

Douzième fragment

... ça commence... Quand, la nuit dernière, je suis entré dans le bureau de mon frère, il était assis dans son fauteuil, à sa table encombrée de livres. L'apparition disparut dès que j'allumai une chandelle, mais j'hésitai longtemps avant de m'installer dans le fauteuil où lui s'était assis. Au début j'avais peur — ce sont ces pièces vides où l'on entend sans cesse des bruissements, des craquements qui provoquent cette terreur — mais après, j'y ai même trouvé du plaisir : mieux valait lui qu'un autre. Et finalement je n'ai pas quitté son fauteuil de toute la soirée : il me semblait que si je me levais il viendrait aussitôt se rasseoir à sa place. Et je sortis rapidement du bureau, sans me retourner. Il faudrait allumer des chandelles dans toutes les pièces, mais est-ce bien la peine ? Ce sera sans doute pire encore si, avec la lumière, je distingue quelque chose, là, au moins, il reste un doute.

Aujourd'hui, je suis entré avec une chandelle et il n'y avait personne dans le fauteuil. À l'évidence, ça n'avait été qu'une ombre. Je suis retourné à la gare — j'y vais chaque jour désormais — et j'y ai vu un wagon entier avec nos fous à nous. On n'a pas pris la peine de l'ouvrir et on l'a envoyé sur une autre voie, mais par les fenêtres, j'ai eu le temps d'examiner quelques visages. Ils étaient affreux. Un, surtout. Excessivement allongé, jaune comme un citron, avec une bouche ouverte, toute noire, des yeux fixes, il évoquait à ce point un masque de l'horreur, que je ne pouvais en détacher mon regard. Et ce visage me fixait, était tout entier occupé à me fixer, immobile et c'est ainsi qu'il s'est éloigné, dans le mouvement de son wagon, impassible, sans dévier le regard. Imaginons qu'il m'apparaisse là, maintenant, dans l'embrasure sombre de cette porte, je crois que je ne le supporterais pas. Je me suis renseigné : on avait amené vingt-deux hommes. L'épidémie progresse. Les journaux cachent quelque chose, mais chez nous, en ville, la situation n'est pas bonne non plus, semble-t-il. Sont apparus des sortes de fourgons noirs, verrouillés à double tour, pour la seule journée d'aujourd'hui, j'en ai compté six à divers points de la ville. On m'emmènera sans doute dans l'un d'eux. Et les journaux exigent tous les jours de nouveaux contingents et du sang neuf et moi je comprends de moins en moins ce que ça veut dire. Hier, j'ai lu un article particulièrement louche qui apportait la preuve que de nombreux espions se cachaient parmi la population, des mouchards, des traîtres ; il appelait à être prudent et vigilant et assurait que la colère du peuple saurait trouver elle-même les coupables. Quels coupables, coupables de quoi ? Dans le tramway, en quittant la gare, j'ai entendu une curieuse conversation, sans doute à ce sujet :

– Il faut les pendre, sans jugement, disait l'un, jetant sur tous, y compris sur moi, un regard inquisiteur. Les traîtres, il faut les pendre, oui.

– Sans pitié, affirmait l'autre. On les a assez épargnés.

Je descendis rapidement du tramway. Bien sûr, tout le monde pleure à cause de la guerre et ces gens-là pleurent aussi, qu'est-ce que ça peut vouloir dire ? Une sorte de nuée sanglante enveloppe la terre, obstruant le regard et je commence sérieusement à croire qu'une catastrophe mondiale se prépare. Le rire rouge, celui qu'avait vu mon frère. C'est de là-bas que vient la folie, de ces champs sanglants et roussis et je sens dans l'air son haleine froide. Je suis un homme robuste et vigoureux, je n'ai pas de ces maladies qui corrompent le corps et conduisent à la décomposition du cerveau, mais je sens l'infection me gagner et déjà la moitié de mes pensées ne m'appartient plus. C'est pire que la peste et ses horreurs. La peste, on pouvait la fuir, prendre certaines mesures tout compte fait, mais comment échapper à une pensée qui vous pénètre de partout, qui ne connaît ni distances, ni obstacles ?

Dans la journée je suis encore capable de me battre, mais la nuit, je deviens comme tout le monde l'esclave de mes rêves ; et mes rêves sont horribles et insensés...

Treizième fragment

... partout des carnages, absurdes et sanglants. Le moindre heurt est prétexte à des règlements de compte sauvages et on en vient aux couteaux, aux ciseaux, aux pierres, aux bâtons et peu importe alors qui l'on tue, le sang rouge demande à jaillir et il coule si volontiers, avec une telle profusion.

Ils étaient six, ces paysans, convoyés par trois soldats armés de fusils prêts à tirer. Avec leurs habits frustes et primitifs qui les faisaient ressembler à des sauvages, leurs curieux visages, comme pétris dans la glaise, garnis d'un pelage clairsemé en guise de cheveux, dans les rues de cette ville cossue, sous la garde de militaires disciplinés, ils paraissaient des esclaves de l'antiquité. On les conduisait à la guerre et ils marchaient, obéissant aux baïonnettes, aussi innocents et stupides que des bœufs que l'on mènerait à l'abattoir. Un jeune homme ouvrait la marche, grand, sans barbe, avec un long cou d'oie surmonté d'une petite tête immobile. Il était tout entier penché en avant, comme une branche, les yeux baissés devant lui et tellement fixes que l'on aurait dit que son regard pénétrait au plus profond de la terre. Derrière, marchait un homme courtaud, barbu, âgé déjà ; il n'avait pas l'intention de résister, dans ses yeux il n'y avait aucune pensée, mais le sol retenait ses jambes, s'y accrochait et ne les lâchait pas et il allait ainsi, penché en arrière, comme face à un vent violent. Et à chaque pas, le soldat derrière lui le poussait avec la crosse de son fusil, un pied se décollait alors et se projetait convulsivement vers l'avant, tandis que l'autre restait fermement collé au sol. Les visages des soldats étaient lugubres et hargneux, sans doute marchaient-ils ainsi depuis longtemps, on sentait leur fatigue et leur indifférence à la façon dont ils portaient leurs fusils, marchaient en désordre, comme des rustauds, les pieds en dedans. Comme si la résistance muette, absurde et prolongée de ces paysans avait troublé leur esprit de discipline et qu'ils ne savaient plus ni où ils allaient, ni pourquoi.

– Vous les emmenez où ? demandai-je au soldat le plus proche.

Celui-ci sursauta, me regarda et dans l'éclat aigu de ses yeux, je sentis sa baïonnette si nettement qu'il me sembla qu'elle était déjà dans ma poitrine.

– Ôte-toi de là ! dit le soldat. Ecarte-toi, ou je...

Celui qui était plus âgé profita de l'occasion pour s'enfuir. À petits pas, il courut jusqu'à la grille du boulevard et s'assit sur les talons, comme s'il se cachait. Même un animal n'aurait pas agi de manière aussi bête, aussi insensée. Le soldat explosa de rage. Je le vis s'approcher tout près, se pencher, prendre son fusil dans la main gauche et, de la droite, flanquer un coup sur quelque chose de mou et de plat. Puis un autre. La foule accourut. On entendit des rires, des cris...

Quatorzième fragment

... au onzième rang de l'orchestre. À droite et à gauche, des bras d'inconnus se pressaient contre moi et plus loin, tout autour, des têtes immobiles se dressaient dans la semi-obscurité, faiblement éclairées de rouge depuis la scène. Et peu à peu, la peur me prit devant cette masse de gens confinés dans un espace si réduit. Chacun se taisait et écoutait ce qui se passait sur la scène, ou pensait peut-être à ses propres affaires, mais ils étaient si nombreux que leur silence était plus sonore que les voix des acteurs. Ils toussaient, se mouchaient, faisaient du bruit avec leurs vêtements, leurs chaussures et j'entendais parfaitement leur respiration profonde et inégale qui échauffait l'air. Ils me terrifiaient parce que chacun d'eux pouvait se transformer en cadavre et qu'ils avaient tous des têtes de fous. Dans la quiétude de ces nuques bien peignées, solidement maintenues par des cols blancs et empesés, je sentais à chaque seconde un ouragan de folie prêt à se déchaîner.

Mes mains devenaient de glace quand je pensais combien ils étaient nombreux, effrayants, alors que j'étais si loin de la sortie. Ils sont calmes, mais si on criait « au feu ! »... Et je fus horrifié du désir ardent et morbide que je ressentis et dont le seul souvenir me glace à nouveau les mains et les couvre de sueur. Qu'est-ce qui m'empêcherait de crier, de me lever en me retournant et de crier :

– Au feu ! Sauve qui peut, au feu !

Un spasme de folie saisira leurs membres relâchés. Ils vont bondir, gueuler, hurler comme des bêtes, ils oublieront qu'ils ont des femmes, des sœurs, des mères, ils se mettront à courir dans tous les sens, comme frappés d'une soudain aveuglement et, dans leur frénésie, ils s'étrangleront les uns les autres avec ces mains blanches et parfumées. L'éclairage s'allumera brutalement, quelqu'un, tout pâle sur la scène, ira clamer que tout est en ordre, qu'il n'y a pas d'incendie, l'orchestre, frémissant et trébuchant, entamera un air d'une sauvagerie enjouée, mais eux n'entendront rien de tout cela, ils seront occupés à étouffer, piétiner, frapper des femmes à la tête, sur ces coiffures délicates et sophistiquées. Ils s'arracheront les oreilles les uns aux autres, se mordront le nez, déchireront leurs vêtements jusqu'à se retrouver nus et ils n'en auront aucune honte, car ce sont des fous. Leurs femmes, sensibles, douces, belles, adorées, hurleront et se débattront sans défense à leurs pieds, embrassant leurs genoux, confiantes encore en leur grandeur d'âme, tandis qu'ils frapperont cruellement leurs beaux visages tendus vers eux et iront se ruer vers la sortie. Car ils resteront toujours des assassins et leur sérénité, leur noblesse d'âme ne sont que celles de fauves repus qui se sentent en sécurité.

Et quand ils seront presque des cadavres et que leur petite troupe tremblante et déguenillée d'animaux honteux se rassemblera près de la sortie, je monterai sur la scène et, avec un sourire perfide, je leur dirai dans un éclat de rire :

– Tout ça, c'est parce que vous avez tué mon frère.

J'ai dû chuchoter quelque chose un peu fort, car mon voisin de droite me dit d'un ton irrité, en remuant sur son fauteuil :

– Silence ! Vous nous empêchez d'écouter.

Cela m'a mis de bonne humeur et j'ai eu envie de plaisanter. Avec une mine sévère, comme pour le mettre en garde, je me penchai vers lui :

– Qu'est-ce qu'il y a ? demanda-t-il l'air soupçonneux. Pourquoi me regardez-vous comme ça ?

-Moins fort, je vous en supplie, murmurai-je du bout des lèvres. Vous sentez cette odeur de brûlé ? Il y a le feu dans le théâtre.

Il eut assez de fermeté et de bon sens pour ne pas crier. Son visage blanchit, les yeux s'affaissèrent sur ses joues, énormes comme des vessies de bœuf, mais il ne cria pas. Il se leva discrètement, sans même me remercier et se dirigea vers la sortie en se dandinant et en se retenant convulsivement de courir. Il craignait que les autres ne découvrent l'incendie et l'empêchent se sortir, lui, le seul qui soit digne d'être sauvé et de vivre.

Je fus pris de dégoût et sortis à mon tour, je ne voulais pas trop vite lever mon incognito. Arrivé dans la rue, je regardai le ciel, du côté où c'était la guerre, mais là-bas tout était calme et les nuages nocturnes que les lumières coloraient de jaune, flottaient avec une paisible lenteur. « Peut-être que tout cela n'est qu'un rêve et qu'il n'y a pas du tout de guerre ? », me dis-je, abusé par le calme du ciel et de la ville.

Mais surgissant d'un coin de rue un gamin cria joyeusement :

– Terrible bataille. Pertes immenses. Demandez la dépêche, la dépêche du soir !

Sous un réverbère, je l'ai lue. Quatre mille cadavres. Dans le théâtre, il n'y avait pas eu, semble-t-il, plus de mille personnes. Et durant tout le chemin je me disais : quatre mille cadavres.

A présent, j'ai peur de revenir dans ma maison vide. À peine ai-je introduit ma clé et posé les yeux sur la porte, lisse et muette, que je sens déjà toutes ses chambres sombres et désertes qu'un homme en chapeau va maintenant traverser en regardant tout autour de lui. Je connais bien le chemin, mais dès l'escalier je me mets à frotter des allumettes et les laisse brûler jusqu'à ce que je trouve une chandelle. Cette fois, je n'entre pas dans le bureau de mon frère, il est fermé à clé, avec tout ce qui s'y trouve. Je dors dans la salle à manger, où je me suis définitivement installé : on y est plus au calme et l'air semble y conserver les traces de nos conversations, de rires, de joyeux tintements de vaisselle. Parfois j'entends distinctement le grincement d'une plume sèche ; et quand je me mets au lit...

Quinzième fragment

... Ce rêve, absurde et terrifiant. C'était comme si l'on m'avait retiré la boîte crânienne et que mon cerveau mis à nu et sans défense, absorbait docilement et avidement toutes les horreurs de ces journées de folie sanglante. Je suis couché, roulé en boule, n'occupant tout entier qu'un espace de deux archines, mais ma pensée embrasse le monde entier. Je regarde avec les yeux de tous les hommes et j'écoute avec leurs oreilles ; je meurs avec les tués ; je partage pleurs et affliction avec ceux qui sont blessés et oubliés et quand du sang jaillit d'un corps, je ressens la douleur des blessures et je souffre. Et ce qui n'a pas été et ce qui est loin, je le vois aussi distinctement que ce qui a été et qui est proche, il n'y a pas de limite aux souffrances de mon cerveau mis à nu.

Ces enfants, ces petits enfants, encore innocents. Je les ai vus dans la rue quand ils jouaient à la guerre, quand ils couraient les uns après les autres et déjà, il y en avait un qui pleurait d'une voix fluette d'enfant et quelque chose frémit en moi de terreur et de dégoût. Je rentrai chez moi, la nuit vint et dans mes rêves enflammés, pareils à un incendie au cœur de la nuit, ces petits enfants encore innocents se transformèrent en un immense régiment d'enfants-assassins.

Des flammes menaçantes s'élevaient en un large brasier rouge et, dans la fumée, grouillaient d'abominables enfants-monstres avec des têtes de tueurs adultes. Ils bondissaient avec légèreté et souplesse, tels des chevreaux joueurs et respiraient lourdement, comme s'ils étaient malades. Leurs bouches étaient des gueules de crapauds ou de grenouilles et s'ouvraient en de larges convulsions ; sous la peau transparente de leurs corps nus, du sang rouge faisait une coulée sombre et ils se tuaient les uns les autres, en jouant. Ils furent ce que j'ai vu de plus effrayant, parce qu'ils étaient petits et qu'ils pouvaient se faufiler partout.

Je regardai par la fenêtre et un de ces petits m'aperçut, me sourit et du regard demanda à me rejoindre.

– Je veux venir chez toi, dit-il.
– Tu vas me tuer.
– Je veux venir chez toi, dit-il en pâlissant soudain étrangement et il se mit à griffer le mur blanc pour se hisser, tel un rat, un vrai rat affamé. Il retombait en couinant, disparaissait puis réapparaissait si rapidement sur le mur que je ne pouvais suivre ses mouvements vifs et saccadés.
« Il est capable de passer sous la porte », me dis-je avec effroi et comme s'il avait deviné mes pensées, il devint long et fin et, remuant le bout de sa queue, il s'engouffra lestement dans la fente sombre sous la porte d'entrée. Mais j'eus le temps de me cacher sous la couverture et je l'entendais me chercher, ce petit, dans les pièces sombres, avançant prudemment sur ses minuscules pattes nues. Très lentement, avec des pauses, il se rapprocha de ma chambre et y entra ; et longtemps je n'entendis rien, ni mouvement, ni bruissement, comme s'il n'y avait personne à côté de mon lit. Et c'est là que, soulevé par une petite main, le bord de ma couverture se releva lentement et que l'air froid de ma chambre souffla sur mon visage et ma poitrine. Je retenais fermement la couverture, mais elle glissait de tous côtés, obstinément ; et voilà que j'eus soudain si froid aux jambes qu'elles semblaient avoir été plongées dans l'eau. À présent, elles étaient allongées sans défense dans la froide obscurité de la chambre et il les observait.
Dans la cour, au-delà des murs de la maison, un chien se mit à aboyer, puis se tut et j'entendis cliqueter sa chaîne quand il retourna dans sa niche. Et lui, il regardait mes jambes nues en silence ; mais je savais qu'il était là, je le savais à cause de cette terreur insupportable qui, comme une mort, m'enchaînait dans une immobilité minérale de tombe. Si j'avais pu crier, j'aurais ameuté la ville, ameuté la terre entière ; mais ma voix était morte en moi et sans faire un mouvement, résigné, je sentais sur mon corps l'agitation de petites mains froides qui cherchaient ma gorge.

– Je n'en peux plus ! dis-je avec un gémissement, suffoquant et je me réveillai un court instant pour apercevoir l'obscurité vigilante de la nuit, vivante et mystérieuse, puis à nouveau, j'ai dû m'endormir...
– Calme-toi ! me dit mon frère en s'asseyant sur le lit et le lit grinça, tant il était lourd, tant il était mort. Calme-toi, tu vois tout cela en rêve. C'est dans ton imagination qu'on t'étouffait, mais tu dors profondément dans des pièces sombres où il n'y a personne et moi je suis installé dans mon bureau et j'écris. Aucun d'entre vous n'a compris sur quoi j'écrivais et vous vous êtes moqués de moi comme d'un fou, mais maintenant je vais te dire la vérité. J'écris sur le rire rouge. Tu le vois ?
Une chose immense, rouge, sanglante se tenait au-dessus de moi et riait d'une bouche édentée.
– C'est le rire rouge. Quand la terre devient folle, elle se met à rire comme ça. Tu sais bien, la terre est devenue folle. On n'y trouve plus de fleurs, plus de chants, elle est devenue ronde, lisse et rouge comme une tête dont on a arraché la peau. Tu la vois ?
– Oui, je la vois. Elle rit.
– Regarde ce qui se passe avec son cerveau. Il est rouge comme de la bouillie sanglante, il ne sait plus où il est.
– Elle crie.
– C'est qu'elle a mal. Elle n'a plus ni fleurs, ni chants. Allons maintenant, je vais me coucher sur toi.
– J'ai le cœur lourd, j'ai peur.
– Nous, les morts, nous nous couchons sur les vivants. Tu as assez chaud ?
– Oui.
– Tu es bien ?
– Je meurs.
– Réveille-toi et crie. Réveille-toi et crie. Je m'en vais...

Seizième fragment

… voilà déjà huit jours que dure la bataille. Elle a commencé vendredi dernier, depuis se sont écoulés samedi, dimanche, lundi, mardi, mercredi, jeudi, puis ce fut de nouveau vendredi, qui est passé et cela dure toujours. Les deux armées, des centaines de milliers d'hommes, se tiennent face à face, sans reculer, et s'envoient continuellement des projectiles qui explosent avec fracas ; et à chaque minute des hommes vivants se transforment en cadavres. Même le ciel tremble dans ce fracas et ces vibrations incessantes de l'air ; il amasse au-dessus de leurs têtes des nuages noirs d'orage et eux se tiennent les uns en face des autres, sans reculer, et ils tuent. Quand un homme ne dort pas pendant trois jours, il tombe malade, il perd la mémoire, ceux-là n'ont pas dormi depuis une semaine et ils sont tous fous. C'est pour cela qu'ils ne souffrent pas, c'est pour cela qu'ils ne reculent pas, qu'ils vont se battre et s'exterminer jusqu'au dernier. On dit que dans certaines unités où les munitions manquaient les hommes se sont battus avec des pierres, à mains nues, se sont déchiquetés comme des chiens. Si, parmi ces hommes, ceux qui sont restés vivants rentrent chez eux, ils auront des crocs comme des loups, mais ils ne rentreront pas : ils sont fous et s'extermineront jusqu'au dernier. Ils sont fous. Tout est sens dessus dessous dans leur tête et ils ne comprennent plus rien : si on les attrapait brusquement et qu'on leur faisait faire demi-tour, ils s'en iraient tirer sur les leurs en s'imaginant attaquer l'ennemi.

D'étranges rumeurs… D'étranges rumeurs que l'on colporte à voix basse, en pâlissant de terreur, avec des pressentiments insensés. Frère, mon frère, écoute ce que l'on raconte sur le rire rouge ! On dit que seraient apparus des détachements fantômes, d'immenses régiments de spectres en tout point pareils aux vivants. La nuit, lorsque les hommes devenus fous s'oublient pour un instant dans le sommeil, ou bien dans la journée, dans le feu du combat, quand même le jour le plus clair devient un fantôme, ils apparaissent soudain et tirent de leurs canons fantômes, emplissant l'air d'un grondement fantôme et les hommes, ceux qui sont vivants, mais fous aussi, paralysés par cette soudaineté, se battent à mort contre un ennemi fantôme, perdent l'esprit de terreur, leurs cheveux blanchissent aussitôt et ils meurent. Les fantômes disparaissent aussi vite qu'ils sont apparus et le silence s'installe, tandis que de nouveaux cadavres mutilés jonchent la terre. Qui les a tués ? Sais-tu, mon frère, qui les a tués ?

Quand, après deux batailles, une accalmie survient, que les ennemis sont loin, soudain, dans la nuit noire un coup de feu retentit, solitaire et inquiet. Et tous bondissent et tous se mettent à tirer dans l'obscurité, à tirer longtemps, des heures entières, dans l'obscurité muette d'où aucune réponse ne vient. Qui voient-ils là-bas ? Quel est cet être terrible qui leur présente sa figure muette, respirant l'horreur et la folie ? Tu le sais, mon frère, moi aussi, je le sais, mais les hommes, eux, ne le savent pas encore, ils ont des pressentiments et ils demandent en pâlissant : pourquoi y a-t-il tant de fous ? Voyons, avant, il n'y a jamais eu autant de fous !

– C'est vrai qu'avant, il n'y a jamais eu tant de fous ! disent-ils en pâlissant et ils voudraient croire qu'aujourd'hui c'est comme avant et que cette violence universelle faite à la raison épargnera leur misérable petite cervelle.

– De tous temps les hommes se sont fait la guerre et il n'y aurait jamais rien eu de tel ? Se battre, c'est un principe de vie, disent-ils avec une tranquille certitude, mais ce sont les mêmes qui pâlissent, cherchent des yeux leur médecin et appellent d'une voix pressée : de l'eau, vite, un verre d'eau !

Ils s'accommoderaient volontiers d'être idiots, ces gens-là, ne serait-ce que pour ne plus entendre leur raison s'agiter, leur entendement vaciller dans son combat inégal contre l'absurdité. Ces jours-là, quand on n'en finissait pas de changer les hommes en cadavres, je ne pouvais trouver le repos nulle part et j'allais voir du monde et j'ai entendu beaucoup de ces conversations, j'ai vu beaucoup de ces visages faussement souriants, assurant que la guerre était loin, qu'elle ne les concernait pas. Mais bien plus souvent, je me suis retrouvé face à un effroi absolu et sincère, à des pleurs amers, désespérés, à des appels éperdus de détresse, quand la Raison elle-même, de toutes ses forces, arrache à l'homme le cri d'une dernière prière, d'une dernière malédiction :

– Mais quand est-ce que cette absurde boucherie finira ?

Chez des amis que je n'avais pas vus depuis longtemps, quelques années peut-être, j'ai rencontré par hasard un officier devenu fou et qui était revenu du front. C'était un camarade de classe, mais je ne l'ai pas reconnu ; sa mère non plus ne l'avait pas reconnu, elle qui l'avait mis au monde : s'il avait passé une année au fond d'une tombe, il serait revenu plus semblable à lui-même qu'il ne l'était là. Ses cheveux avaient blanchi, il était tout blanc ; ses traits avaient peu changé et il se taisait, il écoutait quelque chose et cela imprimait sur son visage sévère une telle distance, un tel détachement, qu'on craignait de lui adresser la parole. D'après ce que l'on avait raconté à sa famille, voici comment il avait perdu l'esprit : ils étaient stationnés en réserve au moment où le régiment voisin s'était mis en route pour une attaque à la baïonnette. Les hommes couraient en criant « hourra » si fort qu'ils avaient presque couvert le bruit des coups de feu et soudain les coups de feu avaient cessé et soudain les « hourras » avaient cessé et soudain il y avait eu un silence de mort : c'est qu'ils étaient arrivés et que le combat à la baïonnette avait commencé… Et c'est ce silence que sa raison n'avait pas supporté.

À présent il est calme et tant qu'on parle en sa présence, qu'on fait du bruit, qu'on crie, il prête l'oreille et attend ; mais il suffit d'une minute de silence pour qu'il saisisse sa tête entre les mains, coure se cogner contre le mur, contre les meubles dans un accès de convulsions qui rappelle l'épilepsie. Il a une nombreuse famille qui se relaie auprès de lui, l'entoure de bruits ; mais restent les nuits, les longues nuits silencieuses et c'est là que son père — lui aussi avec des cheveux blancs, lui aussi un peu dérangé — a pris les choses en mains. Sur tous les murs de sa chambre, il a accroché des pendules au tic-tac assourdissant, sonnant presque sans interruption, chacune à des heures différentes et à présent, il s'occupe à lui fabriquer une sorte de cylindre qui fait un bruit interminable de crécelle. Tous conservent l'espoir qu'il va guérir, car il n'a que vingt-sept ans et même en ce moment, chez eux, on serait presque joyeux. On l'habille fort proprement, pas en tenue militaire, on prend soin de son apparence et avec ses cheveux blancs, son visage encore juvénile, pensif, concentré, avec cette noblesse dans ses mouvements, las et indolents, il est même beau.

Lorsqu'on m'eut tout raconté, je me suis approché et lui ai baisé la main, sa main pâle, molle, qui ne se lèverait plus jamais pour frapper et personne n'en fut particulièrement surpris. Seule sa toute jeune sœur me sourit du regard et me fit ensuite une telle cour qu'il sembla que j'eusse été son fiancé et qu'elle m'eût aimé plus que tout autre au monde. Une telle cour, que je fus à deux doigts de lui raconter mon histoire de pièces sombres et vides, parmi lesquelles je suis désespérément seul, âme vile qui ne perd jamais espoir... Et elle fit tout pour qu'il n'y ait que nous deux dans la pièce.

– Comme vous êtes pâle et ces cernes sous vos yeux, dit-elle avec douceur. Vous êtes malade ? Vous avez de la peine pour votre frère ?

– J'ai de la peine pour tous. Et je suis malade, un peu.

– Je sais pourquoi vous avez baisé sa main. Ils n'ont pas compris, eux. C'est parce qu'il est fou, n'est-ce pas ?

– Oui, c'est pour ça.

Elle resta pensive et ressembla alors à son frère, mais en beaucoup plus jeune. Puis elle hésita et rougit, mais sans baisser les yeux :

– Et moi... Et moi, vous me permettez de vous baiser la main ?

Je me mis à genoux devant elle et dis :

– Bénissez-moi

Elle pâlit légèrement, recula et du bout des lèvres murmura :
– Je n'ai pas la foi.
– Moi non plus.
L'espace d'un instant, ses mains effleurèrent ma tête, puis cet instant passa.
– Tu sais, dit-elle, je vais aller là-bas.
– Vas-y. Mais tu ne supporteras pas.
– Peut-être. Mais ils ont besoin de moi, comme toi, comme ton frère. Ce n'est pas leur faute. Tu te souviendras de moi ?
– Oui. Et toi ?
– Oui, je me souviendrai. Adieu !
– Adieu pour toujours !
Et je me sentis apaisé, soulagé, comme si j'avais déjà vécu ce qu'il y avait de pire dans la mort et dans la folie. Et hier, pour la première fois je suis entré dans ma maison sans appréhension, j'ai ouvert le bureau de mon frère et suis longtemps resté assis à sa table. Et quand, pendant la nuit, m'éveillant soudain comme à la suite d'une secousse, j'entendis le grincement d'une plume sèche sur le papier, je ne fus pas effrayé et je me dis en esquissant un sourire :
« Travaille, mon frère, travaille ! Ta plume n'est pas sèche, elle a été trempée dans le sang vivant des hommes. Qu'importe que tes pages semblent vides, ce vide inquiétant en dit plus sur la mort et la raison que tout ce qui a pu être écrit par les esprits les plus brillants. Travaille, mon frère, travaille ! »
... Ce matin, j'ai lu que la bataille continuait et, de nouveau, j'ai été saisi par une terrible angoisse et par l'impression que quelque chose s'écroulait dans mon cerveau. Ça avance, c'est tout près, c'est arrivé sur le seuil des ces chambres vides et claires. Souviens-toi, souviens-toi de moi ma douce jeune fille : je deviens fou. Trente mille morts. Trente mille morts...

Dix-septième fragment

... Il y a un massacre en ville. Les rumeurs sont confuses, terrifiantes...

Dix-huitième fragment

Ce matin dans le journal, en parcourant la liste interminable des morts, je suis tombé sur un nom que je connaissais : le fiancé de ma sœur, un officier appelé au service en même temps que mon frère défunt. Une heure plus tard, le facteur me remit une lettre adressée à mon frère, sur l'enveloppe de laquelle je reconnus l'écriture de l'officier tué : un mort écrivait à un autre mort. Mais c'est quand même mieux que lorsqu'un mort écrit à un vivant ; on m'a présenté une mère qui, pendant tout un mois, avait reçu des lettres de son fils, après avoir appris dans les journaux sa mort atroce ; il avait été déchiqueté par un obus. C'était un fils aimant et chacune de ses lettres était pleine de paroles douces et réconfortantes, d'un naïf et juvénile espoir de connaître un jour une forme de bonheur. Il était mort et chaque jour, avec une régularité satanique, il parlait de la vie, si bien que sa mère avait fini par ne plus croire à sa mort et quand un jour passa sans lettre, un autre, puis un troisième et que s'établit le silence infini de la mort, elle avait pris de ses deux mains l'arme de son fils, un vieux et grand revolver et s'était tiré une balle dans la poitrine. Il paraît qu'elle a survécu, je ne sais pas au juste, je n'ai rien entendu là-dessus.

Je considérais longuement l'enveloppe et me disais : il l'a tenue en main, il l'a achetée quelque part, a donné de l'argent à son ordonnance qui est allé la chercher dans une échoppe, puis il l'a collée, peut-être l'a-t-il lui-même mise à la boîte. C'est alors que la roue d'un mécanisme complexe qui s'appelle la poste s'est mise en mouvement et la lettre a voyagé le long des forêts, des champs et des villes, passant de main en main, mais toute tendue vers son but. Il a mis ses bottes, ce dernier matin et la lettre voyageait toujours ; on l'a tué et elle voyageait ; on l'a jeté dans une fosse, recouvert de cadavres et de terre et elle voyageait le long des forêts, des champs et des villes, fantôme vivant dans une enveloppe grise oblitérée. Et à présent, je la tiens dans mes mains...

Voici le contenu de cette lettre. Elle est écrite au crayon sur des lambeaux de papier et elle est inachevée : quelque chose avait dû le déranger.

« ... Je viens à peine de comprendre l'immense joie de la guerre, cette jouissance antique et primaire de tuer des hommes, des hommes sages, rusés, malins, bien plus exaltants à tuer que des bêtes, même les plus féroces. Ôter la vie sans trêve est aussi agréable que de jouer au lawn-tennis avec les planètes et les étoiles. Mon pauvre ami, comme je te plains de n'être pas avec nous, contraint à te morfondre dans un quotidien insipide. Dans l'atmosphère de la mort, tu aurais trouvé ce à quoi ton âme inquiète et noble a toujours aspiré. Un festin de sang ; dans cette comparaison un peu convenue se cache la vérité même. Nous pataugeons dans le sang jusqu'aux genoux et nous sommes enivrés de ce vin rouge, comme l'appellent en plaisantant mes braves compagnons. Boire le sang de l'ennemi n'est nullement, comme on le pense, une sotte coutume ; ils savaient ce qu'ils faisaient... »

« Les corbeaux crient. Tu entends ? Les corbeaux crient. D'où en vient-il tant ? Le ciel en est tout obscurci. Ils sont installés à côté de nous, enhardis, ils nous accompagnent partout et nous sommes constamment en-dessous d'eux, comme sous une ombrelle de dentelle noire, comme sous un arbre aux feuilles noires et qui marche. L'un d'eux est venu tout près de mon visage pour me donner un coup de bec, il a dû penser que j'étais mort. Les corbeaux crient et cela m'inquiète un peu. D'où en vient-il tant ?

... Hier, nous avons égorgé des hommes endormis. Nous nous sommes avancés silencieusement, posant à peine le pied, comme pour une chasse à l'outarde, nous avons rampé avec tant de ruse et de prudence, que nous n'avons bougé aucun cadavre, ni effrayé le moindre corbeau. Nous nous faufilions tels des ombres et la nuit nous cachait. J'ai moi-même neutralisé une sentinelle : je l'ai renversée et étouffée de mes mains pour qu'il n'y ait pas de cris. Tu comprends : au moindre cri, tout était perdu. Mais l'homme n'a pas crié. Je pense qu'il n'a pas même eu le temps de comprendre qu'on le tuait. »

« Tous dormaient auprès des feux mourants, ils dormaient paisiblement, comme chez eux dans leurs lits. Nous les avons égorgés plus d'une heure durant et seuls quelques-uns ont eu le temps de s'éveiller avant d'être frappés. Ils gémissaient et bien entendu demandaient grâce. Ils cherchaient à mordre. L'un d'eux m'a arraché un doigt de la main gauche avec laquelle je lui maintenais imprudemment la tête. Il m'a arraché le doigt et moi je lui ai proprement cassé le cou ; qu'en penses-tu, est-ce que nous sommes quittes ? Dire que pas un seul ne s'est réveillé ! On s'entendait broyer les os, cisailler la chair. Puis nous les avons entièrement déshabillés et nous nous sommes partagé leurs tuniques. Mon ami, ne m'en veux pas pour cette plaisanterie. Scrupuleux comme tu es, tu vas me dire que tout cela sent fort le maraudage, mais c'est que nous sommes nous-mêmes presque nus, nos habits sont en loques. Cela fait des lustres que je porte un tricot de bonne femme qui me fait plutôt ressembler à…, qu'à un officier d'une armée victorieuse… »

« À propos, tu es marié il me semble et tu dois être gêné de lire de telles choses. Mais… tu comprends ? Les femmes. Bon dieu, je suis jeune et j'ai soif d'amour ! Attends, c'est bien toi qui avais cette fiancée ? C'est toi qui m'as montré la photo d'une gamine en disant que c'était ta fiancée et il y avait quelque chose de très mélancolique écrit dessus, de tellement mélancolique, de tellement triste. Et tu as pleuré. C'était il y a longtemps, je me souviens vaguement, on n'a pas la tête aux sensibleries à la guerre. Et tu as pleuré. Pourquoi tu as pleuré ? Qu'y avait-il là d'écrit de si mélancolique, de si triste, pauvre petite fleur ? Et tu as pleuré, tu n'arrêtais pas de pleurer… Un officier, pleurer, quelle honte ! »

« Les corbeaux crient. Tu entends l'ami, les corbeaux crient. Qu'est-ce qu'ils veulent ? »
Plus loin, les lignes au crayon s'étaient effacées et la signature était illisible.
C'est étrange : la mort de cet homme n'a éveillé en moi aucune compassion. Je me représentais très bien son visage, tout y était souple et tendre, comme chez une femme : la coloration des joues, la lumière et la fraîcheur matinale des yeux, le duvet de sa barbe était doux comme une fourrure et une femme eût pu s'en parer. Il aimait les livres, les fleurs et la musique, fuyait la moindre grossièreté et écrivait des vers, d'excellents vers m'a assuré mon frère qui est critique. Et je ne parvenais pas à relier tout ce que j'avais appris, tous mes souvenirs à ces cris de corbeaux, à ce carnage sanglant, à la mort...
... Les corbeaux crient...
Et soudain, le temps d'un instant, d'un fol instant de bonheur inouï, il m'est apparu clairement que tout cela était un mensonge et qu'il n'y avait aucune guerre. Il n'y avait ni tués, ni cadavres, ni l'horreur de ma pensée misérable et chancelante. Je suis endormi, couché sur le dos et je fais un cauchemar, comme quand j'étais enfant : ces pièces silencieuses et inquiétantes, dévastées par la mort et la peur et moi, là, avec dans la main cette lettre insensée. Mon frère est vivant et ils sont tous là à prendre le thé et on entend tinter la porcelaine... Les corbeaux crient...
Non, c'est la réalité. Misérable terre, c'est bien la réalité. Les corbeaux crient. Ce ne sont pas les divagations d'un plumitif désœuvré à la recherche d'effets bon marché, d'un détraqué qui a perdu l'esprit. Les corbeaux crient. Où est mon frère ? Il était doux et généreux, il ne voulait de mal à personne. Où est-il ? Je vous le demande, maudits assassins ! Je vous le demande devant l'humanité entière, maudits assassins, corbeaux posés sur la charogne, bêtes pitoyables et stupides ! Vous êtes des bêtes ! Pour quelle raison avez-vous tué

mon frère ? Si vous aviez un visage, je vous aurais giflés mais vous n'avez pas de visage, vous avez des gueules de bêtes sauvages. Vous faites semblant d'être des hommes, mais je vois pointer les griffes sous vos gants, sous votre chapeau s'aplatir votre crâne de bête ; je devine la folie dissimulée dans vos doctes discours comme un cliquetis de chaînes rouillées. Avec toute la force de ma douleur, de ma tristesse, de mes pensées avilies, je vous maudis, bêtes pitoyables et stupides !

Dernier fragment

... nous attendons de vous un renouveau de la vie !

L'orateur hurlait, se maintenant avec peine sur une borne, balançant les bras et agitant un drapeau avec l'inscription « À bas la guerre ! » dont les grands caractères se brisaient dans les plis du tissu.

– Vous qui êtes jeunes, vous qui avez la vie devant vous, gardez-vous, gardez les générations à venir de cette abomination, de cette folie. Ça n'est plus supportable, le sang obscurcit nos yeux. Le ciel s'effondre sur nos têtes, la terre s'ouvre sous nos pas. Bonnes gens...

La foule mugissait étrangement et la voix de l'orateur se perdait par moments dans cette rumeur animée et hostile.

– ... Je veux bien être fou, mais je dis la vérité. J'ai un père et un frère qui pourrissent là-bas comme de la charogne. Allumez des feux, creusez des fosses et détruisez, enterrez les armes. Démolissez les casernes et débarrassez les hommes de ces rutilants habits de folie, arrachez-les. Ça n'est plus supportable... Les hommes meurent...

Un homme de grande taille vint le frapper et le fit tomber de sa borne ; le drapeau se dressa une dernière fois et disparut. Je n'ai pas eu le temps d'apercevoir le visage de celui qui avait frappé, car en un instant tout se transforma en cauchemar. Tout se mit à bouger, à hurler ; des pierres, des morceaux de bois jaillirent dans l'air, des poings s'élevèrent par-dessus les têtes, on frappait quelqu'un. Telle une vague vivante, hurlante, la foule me souleva, me déporta de quelques pas, me projetant avec force contre une barrière, me repoussa en arrière, puis sur le côté et enfin m'écrasa contre une pile de bois qui penchait, menaçant de s'écrouler sur nos têtes. Une série de coups secs crépita sur les billes de bois ; il y eut une soudaine accalmie et à nouveau, à gorge déployée, un rugissement immense, terrifiant de sauvagerie. Et encore une fois, il y eut ce crépitement sec et serré, quelqu'un à côté de moi tomba et du sang coula du trou rouge apparu à la place de l'œil. L'extrémité d'un gros morceau de bois qui tournoyait dans l'air vint me heurter le visage, je tombai, m'enfuis à quatre pattes dans le piétinement de la foule et gagnai un endroit dégagé. J'escaladai plusieurs clôtures, me cassant tous les ongles, grimpai sur les piles de bois ; l'une d'elles s'écroula sous moi et je m'étalai au milieu d'une avalanche de rondins qui s'entrechoquaient ; je m'extirpai laborieusement du rectangle noir d'un cul-de-sac et derrière moi, me rattrapant, tout grondait, rugissait, hurlait, craquait. On entendit quelque part le son d'une cloche ; quelque chose s'écroula avec le vacarme qu'aurait fait qu'une maison de cinq étages. Le crépuscule avait fait comme une pause, retenant la nuit et là-bas, les rugissements et les tirs s'étaient comme colorés de rouge et avaient chassé les ténèbres. Sautant de la dernière clôture, je me retrouvai dans une ruelle étroite et tortueuse, semblable à un couloir entre deux murs aveugles et me mis à courir, à courir longtemps, mais la ruelle se révéla sans issue ; elle était obstruée par une palissade et au-delà, on distinguait d'autres piles de bois et des échafaudages. Et une nouvelle fois j'escaladai ces masses mouvantes et instables, m'effondrai dans des sortes de puits, où l'on était au calme et qui sentaient le bois humide, puis à nouveau je m'extirpais de là sans oser regarder derrière moi : car je savais bien ce qui se passait là-bas, je le devinais au vague reflet rougeâtre qui s'était répandu sur les bûches noires et en avait fait comme des géants terrassés. Le sang avait cessé de couler sur mon visage brisé, pétrifié, impénétrable comme un masque de plâtre ; ma douleur avait presque disparu. Il me semble que dans l'un des trous noirs où je suis tombé, j'ai eu un malaise et me suis évanoui, mais je ne saurais dire si cela avait vraiment eu lieu ou si je l'avais imaginé, car, dans mes souvenirs, je ne me vois qu'en train de courir.

Ensuite, j'ai longtemps erré dans des rues inconnues, sans aucun réverbère, parmi des maisons noires comme défuntes, cherchant vainement à m'échapper de ce labyrinthe muet. Il aurait fallu que je m'arrête, que je regarde alentour pour m'orienter, mais c'était impossible : derrière, sur mes talons, encore à distance mais toujours plus proches, le vacarme et les hurlements me poursuivaient ; parfois, au détour inattendu d'une rue, ils me frappaient au visage, rouges, drapés dans des volutes de fumée pourpre, alors je revenais sur mes pas et courais dans tous les sens pour les retrouver à nouveau derrière moi. À un coin de rue, j'ai vu un trait de lumière qui s'est éteint quand je me suis approché : c'était une boutique qu'on fermait à la hâte. Dans le large entrebâillement, j'eus le temps d'apercevoir un morceau de comptoir et une sorte de tonneau, quand, aussitôt, tout fut enveloppé dans un manteau d'obscurité silencieuse. Près de la boutique, je tombai sur un homme qui courait vers moi et nous allions nous heurter dans l'ombre, quand nous nous arrêtâmes à deux pas l'un de l'autre. Je ne savais pas qui c'était : je ne voyais qu'une silhouette sombre, sur le qui-vive.

– Tu viens d'où ? demanda-t-il

– De là-bas.

– Et tu files où comme ça ?

– Je rentre chez moi.

– Ah oui, chez toi ?

Il n'a plus rien dit, puis d'un seul coup il s'est rué sur moi, s'efforçant de me faire tomber, ses doigts glacés cherchaient avidement ma gorge, mais ils s'empêtraient dans mes habits. Je lui ai mordu la main, je me suis dégagé et je me suis enfui. Il m'a poursuivi longtemps dans les rues désertes en faisant claquer les talons de ses bottes. Puis il a abandonné, sans doute le doigt mordu lui faisait-il mal.

J'ignore comment j'ai retrouvé ma rue. Ici non plus, il n'y avait pas de réverbères, les maisons se dressaient, comme mortes, sans le moindre feu et j'y serais passé sans la reconnaître si, en levant les yeux par hasard, je n'avais pas aperçu ma maison. Cependant, j'ai longtemps hésité : ma propre maison, où j'avais vécu tant d'années, me semblait étrangère dans cette rue insolite et sans vie, qui renvoyait l'écho étrange, désolé et sonore de ma respiration. Ensuite, je fus saisi d'une brusque et mortelle terreur à l'idée d'avoir perdu ma clé en tombant et je la cherchai fébrilement, alors qu'elle se trouvait là, dans la poche de mon manteau. Et quand je fis jouer la serrure, l'écho en reprit le grincement avec une intensité si surprenante, qu'il sembla que toutes les portes de la rue, dans toutes les maisons mortes, s'étaient ouvertes ensemble.

J'ai commencé par me cacher dans la cave, mais très vite j'ai été gagné par la peur et par l'ennui, ensuite j'ai vu quelque chose clignoter devant mes yeux, alors, furtivement, je suis allé jusque dans les chambres. À tâtons dans l'obscurité, j'ai verrouillé toutes les portes, puis après un instant de réflexion, j'ai eu l'idée de me barricader avec des meubles, mais les déplacer faisait un tel vacarme dans les pièces vides que cela m'a effrayé.

« Je vais rester comme ça et attendre la mort. De toute façon, quelle importance », décidai-je.

Au lavabo, il y avait toujours de l'eau, elle était chaude et je me suis lavé dans le noir, m'essuyant le visage avec un drap. À l'endroit où j'avais été heurté, ma blessure me brûlait, je sentais la douleur me piquer et je voulus me regarder dans un miroir. Je craquai une allumette et dans sa clarté vacillante et fragile je me vis dévisagé dans l'obscurité par quelque chose de si abominable, de si effrayant, que je jetai précipitamment mon allumette. Visiblement, j'avais le nez cassé.

« Ça m'est égal maintenant, me dis-je. Tout le monde s'en fiche ». Je devins tout joyeux. Avec force contorsions et grimaces, comme on singe un voleur au théâtre, je me dirigeai vers le buffet et me mis à la recherche de restes de nourriture. J'étais tout à fait conscient de l'incongruité de toutes ces contorsions, mais ça me plaisait bien. Avec les mêmes grimaces, je mangeai en jouant le rôle d'un gros glouton. Mais le silence et l'obscurité m'effrayaient. J'ouvris une lucarne qui donnait sur la cour et me mis à écouter. Au début, sans doute parce ce que les voitures ne passaient plus, tout me sembla parfaitement calme. Et il n'y avait pas de coups de feu. Mais très vite, je distinguai un grondement lointain de voix et de cris, les craquements de quelque chose en train de s'écrouler, des rires. Tous ces bruits devenaient de plus en plus forts. Je regardai le ciel : il était pourpre et fuyait rapidement. Le hangar d'en face, les pavés dans la cour, la niche du chien, tout était recouvert de la même couleur rougeâtre. Doucement, j'appelai le chien de ma fenêtre :

– Neptune !

Rien ne bougea dans la niche, tandis qu'à côté je distinguai l'éclat d'un reste de chaîne dans la lueur rouge. Au loin, les cris et les craquements de quelque chose qui s'effondrait se rapprochaient et je fermai la lucarne.

« Ils viennent par ici », pensai-je et je me mis à chercher où me cacher. J'ouvris les poêles, tâtai la cheminée, inspectai les armoires, mais rien de tout cela ne convenait. Je parcourus toutes les pièces, à l'exception du bureau que je ne voulais pas voir. Je savais qu'il était installé là, dans son fauteuil, devant sa table encombrée de livres, mais dans la situation actuelle, cela m'aurait été désagréable.

Peu à peu, l'impression me vint que je n'étais pas seul : autour de moi, dans l'ombre, des gens se déplaçaient en silence. Ils faillirent m'effleurer et même une fois, je sentis une haleine me glacer la nuque.

– Qui est là ? demandai-je dans un murmure, mais personne ne répondit.

Et quand je me remis en marche, ils me suivirent, silencieux et effrayants. Je savais que tout cela n'était que le fruit de mon imagination, parce que j'étais souffrant et de plus en plus fébrile, mais je ne pouvais dominer cette frayeur qui faisait trembler tout mon corps, comme s'il était pris de frissons. Je tâtai ma tête, elle était brûlante, comme en feu.

« Je ferais mieux d'aller là-bas, me dis-je. C'est mon frère, tout de même ».

Il était assis dans son fauteuil, devant sa table encombrée de livres, mais cette fois il ne disparut pas comme tantôt et demeura là. Une lueur rougeâtre traversait les rideaux baissés, à peine visible et qui n'éclairait rien. Je m'assis à quelques pas de lui sur le divan et attendis. La chambre était silencieuse et l'on percevait au loin un grondement uniforme, le craquement de quelque chose qui s'écroulait et des cris épars. Et cela se rapprochait. Et la lueur pourpre devint plus vive et voilà que dans son fauteuil je le vis : profil de fonte noire entouré d'un étroit liséré rouge.

– Mon frère ! dis-je.

Mais il resta silencieux, immobile et noir comme un monument. Une lame de parquet craqua dans la pièce voisine et aussitôt il se fit un silence inouï, un silence qui n'existe que dans les endroits où il y a beaucoup de morts. Tous les bruits s'éteignirent et la lueur pourpre se teinta d'une insaisissable nuance de mort et de silence, devint immobile et légèrement opaque. J'ai pensé que c'était de mon frère qu'émanait un tel silence et je le lui ai dit.

– Non, cela ne vient pas de moi, me répondit-il. Regarde par la fenêtre.

J'écartai le rideau et me jetai en arrière.

– Alors c'est ça !

– Appelle ma femme : elle n'a encore jamais vu ça, m'ordonna mon frère.

Elle était dans la salle à manger en train de coudre et quand elle aperçut mon visage, elle se leva docilement, enfila l'aiguille dans son ouvrage et me suivit. J'écartai les rideaux de toutes les fenêtres et la lueur pourpre ruissela par les larges ouvertures, mais étrangement, la pièce ne s'en trouva pas plus claire : elle resta tout aussi sombre et seules les fenêtres immobiles étaient de grands rectangles rouges en flammes.

Nous nous approchâmes d'une fenêtre. Du mur de la maison jusqu'à la corniche, s'étendait un ciel uniforme, rouge comme du feu, sans nuages, sans étoiles, sans soleil, qui s'enfuyait jusqu'au-delà de l'horizon. Et en dessous, il avait une étendue rouge sombre, tout aussi uniforme, entièrement recouverte de cadavres. Tous les cadavres étaient nus, les pieds tournés vers nous, de sorte que nous ne voyions que les plantes des pieds et les triangles des mentons. Et le silence régnait, à l'évidence tous étaient morts et sur ce champ infini, personne n'avait été oublié.

– Il y en a de plus en plus, dit mon frère.

Lui aussi se tenait près de la fenêtre et tous étaient là : ma mère, ma sœur et tous ceux qui vivaient dans cette maison. On ne voyait pas leurs visages et je ne les reconnaissais qu'à leurs voix.

– C'est une illusion, dit ma sœur.

– Non, c'est la réalité. Regarde bien.

Et en effet, il semblait qu'il y en eût de plus en plus. Nous en cherchâmes attentivement la cause et nous aperçûmes qu'un espace, auparavant vide à côté d'un mort, se trouva soudain occupé par un cadavre : c'était sans doute la terre qui les rejetait. Et tous les intervalles libres se remplissaient rapidement et très vite toute la terre s'éclaira de corps rose pâle, étendus en rang, les plantes des pieds tournés vers nous. Et la chambre s'éclaira d'une lueur rose et morte.

– Regardez, ils n'ont pas assez de place, dit mon frère.

Ma mère répondit :

– Il y en a déjà un ici.

Nous nous retournâmes : derrière nous, un corps nu rose pâle gisait sur le plancher, la tête renversée. Et aussitôt à ses côtés, il en apparut un second, puis un troisième. L'un après l'autre, la terre les rejetait et très vite des rangées régulières de corps morts rose pâle emplirent toutes les pièces.

– Il y en a jusque dans la chambre d'enfants, dit la gouvernante. Je les ai vus.

– Il faut s'en aller, dit ma sœur.

– C'est qu'il n'y a plus d'issue! s'exclama mon frère. Regardez !

Et en effet, ils nous touchaient déjà avec leurs pieds nus, étendus et serrés corps contre corps. Et voilà qu'ils se mirent à bouger, à trembler, puis ils se soulevèrent en nouvelles rangées identiques et régulières : c'étaient de nouveaux cadavres qui sortaient de terre et les repoussaient vers le haut.

– Ils vont nous étouffer ! dis-je. Sauvons-nous par la fenêtre.

– Impossible par là, cria mon frère. Impossible. Regarde ce qu'il y a là-bas !

... Derrière la fenêtre, baigné de lumière pourpre et immobile, se tenait, en personne, le Rire rouge.

8 novembre 1904

Le vol

Traduction d'Olga Artyushkina

I

Le jour de son vol commença par ces deux heureux présages : le rayon de soleil matinal qui s'était faufilé dans la chambre où Iouri Mikhaïlovitch dormait avec son épouse et le beau rêve lumineux et bouleversant, plein de mystère et d'évocations joyeuses, qu'il avait fait juste avant de se réveiller.

Iouri Mikhaïlovitch Pouchkariov était un officier pilote chevronné : en dix-huit mois, il avait exécuté vingt-huit vols — vingt-huit, comme son âge — et il était toujours en vie, il ne s'était jamais écrasé, ne s'était pas fracassé les jambes et les bras, comme certains autres. Il connaissait mieux que les autres, mieux même que son épouse, le prix de cette assurance dérisoire d'homme expérimenté, le prix de la sérénité trompeuse qui semblait effacer le souvenir des malheurs des autres dès son retour sur la terre ferme et rendait ses proches exagérément sûrs d'eux, exagérément confiants, et même, on peut le dire, un peu cruels. Mais c'était un homme courageux qui n'aimait pas penser aux choses qui minent la volonté et privent une vie trop courte de son sens dernier. « Si je dois un jour tomber, qu'il en soit ainsi, pensait-il. Il n'y a rien à faire ; mais peut-être que d'ici-là, on aura inventé une machine qui ne tombera plus, alors je tromperai la mort, je vivrai vieux, comme tout le monde. Mais à quoi bon essayer de lire dans l'avenir ? »

En se disant cela, il avait ce sourire calme pour lequel il était tant aimé et estimé de ses camarades. Mais il y avait aussi quelqu'un d'autre qui vivait dans son corps, quelqu'un qui ne s'en laissait pas conter et savait ce qu'il y avait à savoir ; qui était tantôt très sage, tantôt dénué d'esprit comme un animal ; un autre qui éprouvait une peur primitive et obscure ; et cet autre, à chaque atterrissage réussi, se retrouvait béatement heureux, sûr de lui et même insolent, alors que, la veille du vol, il torturait son âme avec ses soupirs et ses tremblements. Et c'est ce qui s'était passé cette fois-là, la veille de son vol de juillet.

Le soir, avant d'aller dormir, Iouri Mikhaïlovitch, accompagné de son épouse, était allé se promener dans les rues sombres et verdoyantes des faubourgs de la petite ville où ils vivaient temporairement ; c'était calme et doux. À dix heures et demie, alors que la soirée se poursuivait à la maison, il était allé se coucher et s'était immédiatement endormi. C'est à peine s'il avait entendu sa femme le rejoindre une heure, une heure et demie plus tard ; elle s'était déshabillée en silence et s'était couchée sans faire un bruit. Plus tard — il aurait été incapable de dire quand exactement — il avait entendu au-dessus de sa tête le grondement de quelque chose d'énorme qui roulait d'un côté, puis d'un autre, repoussant les limites étroites et sombres du sommeil de la chambre. Il devina que c'était un orage nocturne, sans pour autant se réveiller, mais il se libéra de l'abrutissement morbide auquel l'avait condamné sa peur en lutte contre les pensées et le sentiment d'irrémédiable. Soudain, il se mit à respirer à pleins poumons, avec délice, comme si sa respiration suivait le rythme du tonnerre là-haut, l'accompagnant d'un côté, puis de l'autre ; dans ce long rêve, il avait l'impression de ne plus être un simple humain plongé dans le sommeil, mais de devenir une vague qui monte et descend, animée d'un souffle profond et calme et suivant librement son cours dans l'espace sans limites. Voilà que soudain s'était révélé à lui le sens joyeux de cette course dans l'espace immense, quand la vague se soulève et se creuse, gagnant les profondeurs de l'infini. Il était cette vague depuis un bon moment, il avait percé tous les mystères de la vie quand il entendit des gouttes de pluie tomber sur le toit, éclaboussant tendrement sa poitrine, baisant ses lèvres fermées, se posant, toutes chaudes, sur ses yeux et le plongeant dans l'oubli. Et plus tard, alors qu'on entendait déjà les oiseaux chanter, il avait fait pour la troisième fois dans sa vie un rêve joyeux, bouleversant, qui avait été à chaque fois de bon augure.

Dans ce rêve, il se réveillait à l'aube dans une chambre sombre où il dormait, Dieu sait pourquoi, tout seul, sans son épouse ; et bien que son épouse ne fût pas là et qu'il vît cette chambre pour la première fois, il la connaissait, c'était sa vraie chambre, celle où il avait toujours vécu, celle où il vivait. Il avait été réveillé par un rêve agité et effrayant, le regard sombre, la poitrine oppressée et le cœur lourd ; il se sentait triste. Alors il se levait et allait dans la pièce voisine, plus éclairée, les volets n'étant fermés que d'un côté, tandis que de l'autre, la lumière apaisante, douce et rose pénétrait déjà à l'intérieur. « Comme c'est bon et silencieux : tout le monde dort », pensait-il, en retrouvant son calme ; et, soudain — cela se passait toujours ainsi dans ce rêve merveilleux, soudain il se souvenait qu'il y avait aussi d'autres pièces, tout aussi belles, qu'il n'avait pas visitées depuis longtemps, Dieu sait pourquoi, et qu'il avait même complètement oubliées. Le cœur rempli du pressentiment de la joie à venir, il ouvrait une immense porte blanche et marchait, pieds nus, sur le sol chaud et lisse de ces belles pièces oubliées. Elles étaient nombreuses et avaient les majestueuses et imposantes dimensions qu'on ne voit qu'aux salles d'un palais ; partout, dans tous les coins, régnait cette pâle lumière, mais elle était calme et joyeuse, cette lumière rose du lever du jour. « Comme c'est beau ! Comment avais-je pu les oublier ! » pensait-il et il avançait en glissant doucement dans le silence des hautes salles de plus en plus belles, pleines de lumière, de joie attendrie. Il finissait par arriver face à une porte derrière laquelle résonnaient des voix. Il ouvrait doucement cette porte et voyait deux ouvriers peintres assis par terre, occupés à quelque travail en chantonnant.

Et là, Iouri Mikhaïlovitch se réveilla, heureux et profondément bouleversé ; il lui fallut une bonne minute pour comprendre où s'arrêtait son rêve et où commençait la réalité. La nuit, les volets de leurs fenêtres étaient fermés, et maintenant, quelque chose de brillant l'aveuglait ; il bougea la tête et vit un rayon lumineux qui passait par un petite entaille ronde dans le bois du volet ; il vit une tache ronde sur l'oreiller et la pénombre rose qui flottait dans la chambre. Ensuite, il vit à côté de lui une tache de chevelure brune, un bras nu, il entendit une respiration légère et, aussitôt, il se souvint de tout et comprit : aujourd'hui était le jour de son vol, cette créature adorable qui respirait si doucement près de lui était son épouse et cette chose qui brillait derrière les volets, c'était le soleil de juillet qui devait inonder de lumière le monde entier. Il se demanda s'il avait peur de voler, mais la peur, fermement bridée, avait laissé place à un profond sentiment de joie, comme s'il allait lui arriver ce jour même quelque chose de merveilleux. « Aujourd'hui, je vais voler ! » se dit-il et il pensa pour la première fois, profondément ému, plein d'une joie pure que rien ni personne ne pouvait troubler, à l'infinie grandeur des cieux qui toute la nuit avait hanté son âme. Sans ce rayon de soleil, Iouri Mikhaïlovitch aurait pu dormir encore une heure ou deux ; mais à présent, il lui était impossible de dormir, pas plus que de rester dans la pesante obscurité ; il se leva alors doucement en évitant de regarder son épouse, craignant que son regard ne la réveille, et s'habilla rapidement. Mais sa femme dormait d'un sommeil profond : la veille, tourmentée par l'inquiétude et le tendre amour qu'elle portait à son mari, elle avait eu du mal à s'endormir, puis l'orage avec ses visions effrayantes avaient troublé son sommeil toute la nuit — les rêves des femmes sont bien différents. Et, maintenant, elle se reposait. Iouri Mikhaïlovitch attrapa ses cigarettes et quitta la chambre, toujours sans regarder sa femme. Il entra dans la douce lumière des pièces vides et désordonnées dont les recoins gardaient trace des ombres nocturnes.

Dans la cuisine, son ordonnance à moitié endormi s'occupait déjà du samovar, fendait du petit bois, chassant à chacun de ses mouvements une nuée de mouches paresseuses alourdies par la nuit ; mais, dans la cour et dans le petit jardin, dans la rue bordée de peupliers comme une allée, tout était encore calme et désert. Les oiseaux chantaient depuis longtemps, le chat venait de passer dans la cour en choisissant soigneusement son chemin pour éviter l'ombre froide et humide de la maison, un cocher était déjà parti vers la gare, et pourtant, on avait l'impression que le monde entier était encore plongé dans le sommeil et que seul le soleil vivait, qu'il était le seul être vivant dans ce monde. Le soleil était si doux, avec ses rayons qui réchauffaient les yeux et la moustache, que Iouri Mikhaïlovitch avec un air d'innocence s'arrêta un long moment ; il eut ensuite cette pensée naïve qu'il pouvait parler au soleil ; bien sûr, le soleil n'allait pas lui répondre, mais il pouvait tout de même parler, lui, et cela n'aurait pas moins de sens que de converser avec un être humain.

Avec toujours cet air d'innocence, les yeux fermés, réchauffés par les rayons du soleil, il songea que toute son enfance il avait rêvé de voler. Il se rappela comme il sautait en l'air et retombait par terre, humilié, indigné, ne comprenant pas pourquoi il n'avait pu s'envoler ; il se rappela la première et furtive sensation de voler que lui avait procurée un simple petit saut, cette sensation douloureuse d'être prêt à tout donner, à tout sacrifier, à renoncer à tout, juste pour voler par-dessus la maison voisine. Cette maisonnette bourgeoise sans étage, avec un toit en bois vermoulu, avait pris une importance si grande que, lorsqu'il décolla pour de vrai la première fois, à des milliers de kilomètres de son pays natal, à l'heure où son âme était submergée par des émotions si fortes qu'il ne pouvait ni penser ni se souvenir de quoi que ce soit, c'était la seule chose qui lui était revenue à l'esprit.

Mais était-il vrai qu'il avait déjà réellement volé et qu'il allait voler aujourd'hui ?

Il n'y avait pas un seul nuage dans le ciel et là où, la nuit, avait grondé le tonnerre, où la pluie s'était déversée sur la terre, s'étendait maintenant un azur vertigineux et sans limites. Dans les livres, cela s'appelait l'air, l'atmosphère, mais pour l'homme, c'était et cela resterait toujours le ciel — le but ultime de toutes les ambitions, de tous les espoirs, des grandes quêtes de toujours. « Chaque être humain a peur de mourir et personne ne voudrait voler, si ce n'était que de l'air ! » se dit Iouri Mikhaïlovitch sans quitter des yeux les hauteurs de l'azur scintillant d'une lumière mystérieuse où son esprit faisait surgir les visages hâlés de ses camarades, officiers-aviateurs, qui lui étaient si chers. C'est vrai que leurs conversations étaient futiles et ridicules avec tous ces détails techniques qu'ils croyaient importants ; lui aussi, il devait parler de ses vols de cette manière ; mais tout le monde sait qu'il n'est absolument pas nécessaire d'écouter les conversations des hommes qui, de bonne foi, mentent subtilement ; ce qu'il faut regarder, ce sont leurs visages, la profondeur de leur regard, le blanc immaculé de leurs dents saines. Ces pensées simples et pures, pures comme le soleil de ce matin, ne faisaient qu'amplifier le profond émoi qui depuis son réveil ne le quittait plus ; en marchant vers la maison, Iouri Mikhaïlovitch se fit le serment, une fois de plus, sans savoir pourquoi, de toujours aimer ses camarades et de rester pour eux un ami fidèle. Mais celui qui sait ne pas écouter les conversations et les pensées futiles et regarder au plus profond des yeux, celui qui sait voir le blanc immaculé des dents saines, celui-là aurait compris le sens de ce serment naïf et vain. Il aurait évité, lui aussi, de dire des choses inutiles, il aurait tout simplement embrassé sur les lèvres cet homme qui rentre chez lui en marchant d'un pas léger, cet homme au sourire si calme et bienveillant, dont les yeux scintillent déjà d'une lumière lointaine. En entrant dans la chambre, Iouri Mikhaïlovitch réveilla avec un doux baiser son épouse toujours profondément endormie.

II

Iouri Mikhaïlovitch possédait un don incontestable : il savait se taire de façon agréable et ses silences bienvenus rendaient la conversation avec lui éclairante et profitable. Il n'aimait pas les « oui » et les « non », trop directs et définitifs et, de ce fait, un peu brutaux ; il leur préférait un sourire calme et rassurant ; il était toujours discret dans sa façon de s'exprimer et ne donnait son point de vue qu'à contrecœur, préférant de loin écouter celui des autres. On aurait pu supposer que ce trait de caractère lui donnait une aura de mystère, l'image de quelqu'un de secret, tourné vers son monde intérieur, mais il en allait tout autrement : tous ses camarades du régiment, y compris les jeunes sous-lieutenants fraîchement promus, étaient persuadés de le connaître parfaitement, mieux qu'ils ne se connaissaient eux-mêmes.

Chacun n'était pour lui-même qu'un embrouillamini d'humeurs complexes, changeantes, de pensées improbables, de fluctuations et brusques revirements, alors qu'Iouri Mikhaïlovitch restait toujours égal à lui-même, calme et simple. Et sa vie avec sa jeune et belle épouse qui l'adorait était, elle aussi, simple, claire et limpide. Quand un lieutenant perdait aux cartes, se soûlait et faisait une scène telle qu'il avait honte de se regarder dans une glace le lendemain, il allait immanquablement voir Pouchkariov pour passer un moment avec lui et reprendre ses esprits. Alors, il retrouvait peu à peu son calme, de nouvelles perspectives commençaient à se dessiner devant lui et il regardait Iouri Mikhaïlovitch avec considération ; comparant la

placidité limpide de son camarade avec les profondeurs abyssales de sa propre âme, il se disait : comme tu es serein, mon ami ! Un plaisantin lui avait même trouvé un surnom qui lui allait bien : « Iouri le Sérénissime ». Mais ce surnom, aussi adéquat fût-il, ne lui avait pas collé à la peau : le respect des camarades l'avait emporté et, très vite, n'amusant plus personne, il était tombé dans l'oubli.
En cette belle matinée ensoleillée, Iouri Mikhaïlovitch était, comme à son habitude, agréablement silencieux et serein ; seul un éclat singulier dans ses yeux laissait deviner son excitation joyeuse. Comme d'habitude, il sut communiquer sa sérénité apparente à son épouse, Tatiana Alekseïevna, illuminant d'un doux éclat ses beaux yeux noirs, exagérément brillants et relevés vers les tempes comme chez les Asiatiques. Un instant plus tôt, elle était encore envahie par les appréhensions et les visions de ses peurs nocturnes, mais à présent, en servant le thé à son mari, elle jetait des coups d'œil furtifs par la fenêtre ouverte vers le ciel bleu et gai comme un jour de fête, et elle n'arrivait ni à se rappeler ni à comprendre ce qu'elle pouvait trouver d'effrayant dans cette immensité lumineuse et familière. « Sottises, ce ne sont que des rêves absurdes ! » se disait-elle, en passant le verre de thé chaud à son mari adoré avec délicatesse pour ne pas brûler ses doigts bronzés, fermes, qui ne tremblaient jamais. Soudain, elle éclata de rire, un rire joyeux au début, puis avec quelques notes d'agacement :
– Tu es un véritable illusionniste, Ioura, un hypnotiseur !
Il sourit.
– Pourquoi ?
– Tu es vraiment hypocrite ! Arrête de te moquer ! Quand je suis avec toi, j'ai l'impression qu'il ne peut rien nous arriver, mais ce n'est pas vrai, le malheur peut arriver à tout moment ! Comment se fait-il que je reste aussi calme maintenant, ce n'est pas la vérité, c'est toi qui me fais sentir ça ! Je n'ai pas envie de rester calme, c'est idiot à la fin !

Elle essaya de s'inquiéter, de raviver ses angoisses ; elle se remémora et se mit à raconter, en exagérant un peu, ses rêves affreusement sombres, mais la peur ne revenait pas, et plus l'attention tranquille de Iouri Mikhaïlovitch était profonde, plus les rêves, avant si convaincants, devenaient incohérents et, finalement, stupides. Comme un enfant qui raconte longuement à un adulte une histoire inventée de toutes pièces et voit soudain devant lui de gros poils de barbe, de grands yeux doux, attentifs, mais désespérément intelligents et arrête net son récit : je n'ai plus envie de raconter !

– Non, Ioura, tu es encore pire que d'habitude.

Mais à peine avait-elle prononcé ces reproches qu'elle fut submergée par un profond sentiment de bonheur, poignant et presque douloureux. Elle rougit jusqu'à ses épaules blanches dans l'échancrure de son décolleté, cacha son visage dans ses mains et se pencha au-dessus de la table — à cet instant, pour rien au monde, elle n'aurait pu le regarder ni prononcer le moindre mot. Son cœur battait de plus en plus fort, dans l'attente du premier mot qu'il allait prononcer : son premier mot ! Mais lui, aussi surprenant que son bonheur, ne dit rien et effleura sa gorge redevenue blanche d'un doux et prudent baiser.

Ensuite le temps fila à toute vitesse. C'était l'heure des préparatifs, de l'habillement ; Iouri Mikhaïlovitch se chargea, comme d'habitude, de boutonner de ses doigts fermes et bronzés le chemisier de sa femme ; ce serait lui aussi qui le déboutonnerait lorsqu'ils rentreraient à la maison. Quoi qu'il se passât autour d'elle, ce sentiment de bonheur extraordinaire ne quittait plus Tatiana Alekseïevna, il restait profondément ancré en elle et devenait le sens de la vie elle-même. Et quoi qu'il pût arriver — même si Iouri Mikhaïlovitch tombait mort à ses pieds, même en voyant son cadavre, elle ne croirait pas à sa mort, à son chagrin, à sa solitude, fille du destin. Ce bonheur était la négation de la mort et l'affirmation de la vie, le bonheur ne pouvait être autre chose.

Et comme d'habitude, Iouri Mikhaïlovitch oublia de dire au revoir à son fils et comme d'habitude sa femme le lui reprocha et l'emmena dans la chambre d'enfant. Toute jeune famille invente son langage intime ; ainsi, dans leur langage à eux, le petit Micha âgé de quatorze mois était surnommé Ton-Ton et même Tontchik, dans une variante plus familière. Iouri Mikhaïlovitch n'avait absolument pas la fibre paternelle et l'enfant, avec ses petites jambes courtes, son émerveillement sans raison, son génie, n'éveillait en lui qu'un étonnement condescendant. Il s'étonnait tout autant de son poids insignifiant. À présent, Ton-Ton était installé sur un petit fauteuil percé au milieu et monté sur roulettes ; lorsque Ton-Ton se penchait d'un côté, le fauteuil roulait du même côté et l'empêchait de tomber — on appelait cela « marcher ». Il se promenait de la sorte dans les quatre coins de la pièce, mais il lui arrivait aussi de se fixer un but et même de l'atteindre.

Iouri Mikhaïlovitch éclata de rire ; sa femme se mit à rire elle aussi, mais se ressaisit aussitôt et lui dit, vexée :

– Tu trouves ça drôle, mais pour lui c'est tout aussi difficile que ton aviation. Toi, tu voles uniquement parce que tu tombes tout le temps, alors en quoi est-il moins bon que toi ?

– Tu as bien raison, reconnut Iouri Mikhaïlovitch. Je ne vaux pas mieux que lui.

Mais on ne pouvait pas s'empêcher de rire en regardant Ton-Ton, et Iouri Mikhaïlovitch dit :

– Tu sais, Tania, on devrait donner un fauteuil pareil à nos ivrognes à la sortie de l'Assemblée : imagine, on ne peut ni tomber ni s'endormir. Quelle position affreuse !

Mais Tatiana Alekseïevna ne trouva pas cette idée si drôle que cela et répondit sèchement :

– Je n'aime pas les gens ivres. Prends-le plutôt dans tes bras et embrasse-le. Et tu as tort de croire qu'il n'est intéressé que par tes boutons ; il comprend tout.

III

Lorsque Iouri Mikhaïlovitch et sa femme arrivèrent en fiacre à l'aérodrome, l'azur désert s'anima d'une vie propre : sur l'horizon, se levaient des nuages d'un blanc étincelant, ils déployaient leurs voiles l'une après l'autre et défilaient avec lenteur, solennellement. Le soleil semblait briller d'un éclat plus vif, l'azur du ciel être plus profond ; ses voûtes, ses gouffres bleus, plus insondables que les plus profonds des gouffres marins fascinaient parce qu'inaccessibles ; par moment, cela ressemblait à une magnifique parade : comme si une flottille tout entière avait quitté le port et défilait sous les regards du Tout-Puissant, déployant fièrement ses voiles scintillantes, dissimulant son ivresse.

Tatiana Alekseïevna s'inquiéta :

– Et si un orage arrive, comme hier, que se passera-t-il ?

– Non, répondit fermement Iouri Mikhaïlovitch. Tu vois, ces nuages ont les bords bien découpés. C'est juste une parade, ils ne font que défiler.

– Tu regrettes, tu voudrais monter plus haut qu'eux ?

Il la regarda attentivement, d'une façon un peu étrange — c'est comme cela qu'elle s'en souviendrait plus tard — droit dans les yeux et lui répondit avec son calme sourire habituel :

– Je t'aime à la folie.

L'aérodrome était déjà plein de monde ; les pilotes s'activaient pour le vol, sortaient les machines des hangars, vérifiaient, ajustaient les câbles métalliques ; dans la remise, on entendait quelqu'un jurer, se déchaîner contre ceux qui n'avaient pas livré le bon carburant, une fois de plus ; le moteur du capitaine Kostretsov s'était mis en grève pour une raison incompréhensible, et le capitaine, pestant à tout va et plein de mépris pour le mécanicien, dévissait lui-même les écrous en catastrophe, la figure déjà barbouillée de cambouis et de suie. Mais, globalement, tout était plutôt normal et même satisfaisant, et si on s'inquiétait, si on se plaignait, c'est plutôt pour ne pas provoquer la fortune en se montrant trop chanceux ; on préférait subir de petits tracas pour éviter un grand malheur. Et c'est ce même calcul qui faisait que les pilotes, cachant l'altitude qu'ils visaient réellement, préféraient faire croire qu'ils ne voleraient pas très haut. Mais on savait ce qu'il en était de Pouchkariov : il avait déjà remporté plusieurs prix pour la précision de ses atterrissages et il comptait aujourd'hui battre le record d'altitude. Tous ses camarades étaient convaincus qu'il y arriverait ; le sentiment même de fatalité, de mauvais sort toujours menaçant dans l'air translucide s'affaiblissait en présence de cet homme serein et ferme qui parlait ouvertement et calmement de ses intentions.

On se mit à parler plus fort, plus gaiement ; une foule joyeuse de camarades entoura Pouchkariov ; certains lui donnaient sur les lèvres un baiser ferme et franc de camaraderie. On saluait chaleureusement et gentiment sa femme, on lui baisait la main, mais il était évident qu'elle avait le second rôle ; petit à petit, elle se retrouva à l'écart de son mari. En temps normal, quelqu'un restait toujours auprès d'elle par politesse ou par plaisir de converser avec une dame ; à présent, elle se tenait seule sur la pelouse piétinée et avait ce tendre sourire moqueur d'une femme amusée par la situation : c'était à la fois naturel et un peu ridicule qu'une aussi belle femme qu'elle se retrouve complètement seule et que personne n'ait besoin d'elle, que personne ne s'intéresse à elle, que tous ces hommes, forts, bronzés, riant aux éclats de toutes leurs dents blanches, se frôlant des coudes et des épaules soient réunis pour leur conversation d'hommes, sérieuse et pleine de sens. « Comme ils aiment Iouri ! » pensa-t-elle et elle cessa immédiatement de sourire : de nouveau, elle fut bouleversée par la sensation d'un incommensurable bonheur, d'une joie inexplicable, d'une gratitude sincère envers tous ceux qui aimaient son mari. Et ils ne savaient pas encore à quel point cet homme était noble, magnifique et incroyablement gentil ; s'ils savaient vraiment !

Et lorsque le colonel Priakhine, un vieux galant, s'approcha d'elle et commença à se répandre en toutes sortes de compliments, elle lui dit elle-même d'aller rejoindre son mari :
– Allez retrouver Iouri.
– Mais j'ai déjà vu Iouri Mikhaïlovitch, répondit le colonel et il ajouta, croyant deviner : Avez-vous un message à lui faire passer ?
– Non, répondit-elle avec un sourire en regardant le colonel droit dans les yeux. Allez retrouver Iouri.
À cet instant, en voyant ses yeux brillants et humides, le colonel comprit que devant lui se trouvait une femme folle d'amour, de fierté et de bonheur, et il fut saisi par la peur, car pour la première fois de sa vie il sentait la nature illusoire du soleil, de la terre sur laquelle ses pieds se tenaient si fermement, la nature trompeuse de tout ce qui entoure l'homme et anime sa vie. « Étrange ! » marmonna-t-il, en s'éloignant, et durant toute cette journée jusqu'à sa sombre fin, il répéta ce mot : « Étrange ! », n'ayant pas d'autres mots pour exprimer toute l'étrangeté de l'univers qui s'était ouvert à lui : « Étrange, étrange ! »

Tout le monde s'était dispersé et les vols avaient déjà commencé quand Iouri Mikhaïlovitch rejoignit sa femme et la prit par le bras.
– Pardonne-moi, ma petite Tania, je t'ai délaissée.
– Ce n'est rien, répondit-elle en souriant. Je suis contente pour toi.
– Mais je ne t'ai pas oubliée !
– Ce n'est rien, je suis contente. Qu'est-ce qui vous faisait tant rire ?
– Je leur ai parlé de mon idée de fauteuil percé après l'Assemblée — pour les ivrognes, tu te souviens ?
Mais elle n'aima pas sa réponse et dit :
– Et moi, je pensais à tout autre chose, Ioura ! Ils t'aiment tellement.
– Et moi aussi je les aime. Regarde, Tania, Rymba vient par ici. Aujourd'hui, il ne va vraiment pas bien.
– Parle-lui, Ioura.

– Et toi ? Je dois, tu sais, c'est bientôt mon tour...
– Ce n'est rien, je suis contente. Parle-lui, Ioura.
C'était la première compétition de Rymba et personne ne comprenait pourquoi il tenait à y participer ni même à apprendre à voler : c'était un homme mou, faible, bâti comme une femmelette et à chaque décollage, il avait une peur épouvantable. Son visage marqué était creusé de rides, semblables à des sillons ravinés par la pluie, où brillaient des gouttelettes de sueur froide. Dans ses yeux pâles bordés de rares cils qui fixaient Pouchkariov, on pouvait lire une confiance absolue et une gravité tragique.
– Ioura ! Non, mais dis-moi sérieusement, Ioura, en toute honnêteté : ça ira ? Hein ? Non, sérieusement, dis-moi en toute honnêteté ? Ioura ?
Iouri Mikhaïlovitch réfléchit un moment, le regard rivé au loin et répondit avec une grave assurance:
– Tout ira bien. Tu peux voler.
Rymba marqua à son tour un silence et dit, tout aussi gravement :
– Merci.
Puis il embrassa Iouri Mikhaïlovitch sur les lèvres trois fois, fermement, comme à la fête de Pâques et lui serra la main brièvement, mais avec beaucoup d'émotion. Lorsqu'il passa à côté de Tatiana Alekseïevna et la salua, elle avait l'air heureuse et souriait ; il vit en elle une alliée et répondit à son sourire par un long soupir de soulagement. Imaginez un peu ! Les jambières plissées sur ses hautes bottes d'officier étaient trop larges et retombaient sans cesse, sous sa courte veste grise son pantalon pendouillait par derrière comme un sac, et ne parlons pas de ses talents d'aviateur ! Tatiana Alekseïevna l'accompagna du regard et, sans savoir pourquoi, ne se retourna pas vers son mari, lorsque celui-ci s'approcha d'elle silencieusement et s'arrêta. Toujours sans se retourner, elle continuait à sourire à Rymba l'empoté qui s'éloignait ; elle sentit que son mari la regardait attentivement, fixait sa joue, son profil avec ses cils noirs, ses lèvres

souriantes ; le souffle chaud d'une brise légère lui caressa tendrement et délicatement les yeux ; c'était le bonheur.
– Je t'aime à la folie, dit Iouri Mikhaïlovitch et il toucha doucement son bras juste au-dessus du coude, là où il était chaud et proche sous la fine couche de soie ; et son bras à cet endroit fut heureux. Mais Tatiana Alekseïevna ne se retournait toujours pas, comme si elle n'avait rien entendu ; elle arrêta seulement de sourire et son visage prit une expression docile, timide, tendre envers soi-même ; à cet instant, Tatiana Alekseïevna s'aimait de l'amour que lui portait son mari et ressentait son être comme un grand mais très fragile trésor qui appartenait à quelqu'un d'autre — il fallait veiller sur lui ! L'herbe était verte, une magnifique herbe de la terre, et le vent caressait de son souffle doux et frais sa gorge nue. Et cet officier empoté, Rymba, continuait à marcher, il était déjà très loin. Les drapeaux colorés flottaient sur la tribune, ils voulaient s'arracher à la hampe, s'envoler, mais retombaient doucement.
– Il semble que le vent se lève, dit Tatiana Alekseïevna et elle se retourna vers son mari : il la regardait. Ses yeux brillaient.
Il fallut se dire adieu en public ; le contact de leurs lèvres fut léger comme une toile d'araignée, mais même le plus intense des baisers ne marque pas autant le visage que cette fine toile d'amour ; elle ne pourra l'oublier pendant de longues années, non, elle ne l'oubliera pas. Et encore une chose qu'elle ne pourra oublier : la profonde petite cicatrice rose pâle sur le front de Iouri Mikhaïlovitch, près de la tempe : très jeune, il s'était blessé en jouant avec un bout de fer et, depuis, son front pur était marqué par cette petite cicatrice. Cela non plus, elle ne l'oubliera jamais.
Soudain, la terre se vida de façon évidente et un peu inquiétante ; cela signifiait que Iouri Mikhaïlovitch avait décollé sur son Nieuport. Mais comme c'était étrange ! Son cœur ne tressaillit pas, ne battit pas plus vite : telle était la force inébranlable de son immense bonheur. Et voilà qu'il passait bruyamment juste au-dessus de sa tête : il tourna une

première fois en prenant de l'altitude — et même à ce moment son cœur resta calme. La tête levée vers le ciel comme tous les spectateurs au sol, elle regardait les cercles de l'aéroplane qui montait de plus en plus haut ; elle dit seulement, en soupirant avec un léger sourire : « Bien sûr, maintenant il ne me voit plus ! Il est si haut ! ».

IV

Là où il pleuvait à verse la nuit dernière, où le tonnerre grondait au milieu d'un chaos de nuages, tout était calme, l'azur avait repris son vaste domaine. De rares nuages flottaient en silence, poursuivant leur itinéraire secret sur de larges chemins ; le soleil régnait en maître solitaire, il n'y avait ni bruit, ni voix, ni rien de terrestre qui marquât une limite.

En décrivant les premiers cercles, Iouri Mikhaïlovitch regardait encore en bas : le vert rectangle de l'aérodrome avec sa piste de sable, le noir de la foule immobile, qui ressemblait à une tache d'encre qui aurait coulé ; il prenait encore la terre en compte, prêt à faire face à quelque imprévu de sa part, à un obstacle momentané.

Mais lorsqu'il entama son cinquième cercle, au lieu de faire un nouveau virage en douceur, il fila tout droit et s'envola, résolument, au-delà des limites de l'aérodrome. Et une fois au-dessus des bois, dans l'immensité et le silence, il continua de prendre de l'altitude. « Ça serait agréable de faire une balade dans les bois », se dit-il avec une douce condescendance, et soudain, il sentit très nettement une odeur familière depuis l'enfance, celle de la fraîcheur humide des bois, il sentit l'herbe sous ses pieds et aussi la terre, et peut-être même qu'il aperçut un petit champignon caché sous les feuilles mortes et sombres.

Et c'est seulement à cet instant qu'il réalisa que les bois étaient loin, qu'il n'était pas en train de marcher, comme il le faisait toute sa vie avec ses lourdes semelles de plomb ; il volait, il volait dans les airs, sans appui sur quoi que ce soit, entouré de toutes parts par le vide lumineux et transparent. Il ne s'était écoulé qu'un bref instant depuis que Iouri Mikhaïlovitch avait quitté la terre ferme et voilà qu'il se trouvait à présent dans un tout autre univers, dans un autre élément, léger et sans limites, comme un rêve. Et il ressentit de nouveau avec une force terrifiante, presque avec douleur, cette émotion heureuse qui avait coulé toute la nuit et tout le jour dans son âme et dans son corps, comme un liquide d'or limpide. Ce bonheur lui coupa le souffle, lui fit monter les larmes aux yeux, de l'autre côté des yeux, le côté invisible que seul l'homme connaît de l'intérieur. « Qu'est-ce que j'ai vu de si délicieux ? pensa-t-il. Qu'est-ce que je sens de si délicieux ? C'est si délicieux, si délicieux ».

Et à partir de cet instant, il cessa presque de regarder la terre : elle était très loin, en dessous, avec ses bois verts qu'il connaissait depuis son enfance, avec ses herbes et ses fleurs, avec tout son bonheur et son timide et fragile amour terrestre, si difficile à comprendre et plus difficile encore à se remémorer — l'air brûlant des hauteurs est clair et solide, indifférent à tout ce qui est terrestre. Même les sourires n'étaient pas de mise ici, excepté le sourire du côté invisible, tout comme les larmes : on peut laisser un sourire heureux et humble s'approcher des lèvres, mais il faut le garder secret ; le visage doit rester sévère et grave.

« Je suis déjà monté haut », pensa Iouri Mikhaïlovitch. « C'est déjà haut, mais il faut continuer à monter : ici, il y a tant d'espace que je peux aller en avant, en haut, en arrière, en bas ; je peux faire ce qui me plaît, partout des chemins s'ouvrent à moi. » Et pendant un temps qui lui parut long, il se livra à des manœuvres complexes et s'adonna entièrement au plaisir du pilotage. Même lorsqu'il marchait chaussé de ses semelles de plomb sur la terre, il aimait tous les mouvements spontanés, les virages imprévus, les écarts improvisés ; et c'est pour cette raison que depuis son enfance il n'aimait ni les rues, ni les chemins, ni les routes les plus larges avec leurs parcours tout tracés par ceux qui les avaient déjà empruntés, comme la pensée d'un autre qui reste, figée, dans les circonvolutions de notre cerveau. Ici, il n'y avait aucun chemin tracé, la volonté se sentait divinement libre ; dans sa course sans entrave, elle déployait ses grandes ailes.

À présent, lui et sa machine ailée ne faisaient plus qu'un : ses mains ne semblaient plus être faites de chair et de sang, elles étaient aussi dures que le bois du manche à balai sur lequel elles reposaient ; ainsi fusionnés dans un alliage de fer, ils n'avaient plus qu'une unique volonté. Si du sang humain coulait dans les veines chaudes de ses mains, il coulait également dans le bois et le fer ; au bout des ailes, c'étaient ses nerfs à lui qui s'étiraient jusqu'à leur pointe ; il sentait au bout de ses ailes la délicieuse fraîcheur de l'air qui filait à toute vitesse et les palpitations des rayons de soleil. S'il voulait voler vers la droite, la machine volait vers la droite ; s'il voulait tourner à gauche, monter ou descendre, la machine tournait à gauche, montait, descendait. Il aurait été incapable d'expliquer comment il faisait ; il faisait tout simplement comme il voulait. Et dans cette volonté jubilatoire, il y avait la joie austère et courageuse, que l'on pourrait prendre pour de la tristesse, qui rend mystérieux le visage du guerrier et du triomphateur.

En bas, tout au fond, la coupe de la terre fumait comme un chaudron ; c'était peut-être un nuage qui passait sous lui ; mais il n'avait pas envie de penser à la terre et il n'y pensait pas. Et pour mieux ressentir sa volonté, Iouri Mikhaïlovitch ferma les yeux : durant quelques instants, il vit comme dans une glace le reflet de son visage pâle et radieux ; il eut ensuite une vision : derrière sa tête, coiffée d'un casque brillant orné de plumes qui flottaient au vent, s'étiraient des rubans de rayons lumineux ; il était debout sur un char et serrait fermement dans sa main pétrifiée des rênes d'acier et de flamboyants chevaux célestes l'emportaient vers le firmament. Ensuite, il eut l'impression qu'il n'était plus un être humain, mais un caillot de feu dévastateur qui traverse l'espace, laissant sur son passage des étincelles et des flammes, une traînée brûlante d'étoiles, comme un voile bleu. Il continua à monter pendant longtemps, plus haut encore : une étrange étoile humaine quittait la terre pour rejoindre le ciel. À ce moment, il était monté si haut que le public le perdait sans cesse de vue, et il fallait scruter longuement les étendues de l'océan céleste, se laisser aveugler par le soleil, chercher encore et encore parmi les rares épais nuages pour trouver et apercevoir celui qui volait si haut.

Ces gros nuages dodus qui passaient avaient beau être rares, vus d'en bas, ils semblaient étouffants ; et par moment, on avait l'impression que l'homme qui volait était en train de se frayer un passage entre eux, comme un navigateur qui se faufile avec son bateau entre des îles. En bas, personne ne savait à quel point il était grand et vaste, cet océan céleste, combien ses portes voûtées et ses détroits bleus étaient larges, combien cet archipel était majestueux, ample et libre. Mais les nuages se dissipaient, glissaient pour aller monter la garde à l'horizon, comme des sphinx d'un bleu sombre aux pattes retournées. Et même les yeux qui les regardaient d'en bas voyaient s'épaissir, se densifier et rayonner toute la splendeur de l'immensité sans limites du ciel, cet océan désert.

Iouri Mikhaïlovitch ouvrit les yeux et regarda en bas, vers la terre. Puis il détacha son regard de la terre fumante et pensa : « Voilà que mon merveilleux rêve se réalise, me voilà désormais dans ma maison sacrée, je me promène dans ses hautes salles et il n'y a personne avec moi, rien que la lumière. Mais qu'est que je vois de si délicieux ? Je suis pourtant seul. Quel est ce sentiment délicieux ? Si délicieux, si délicieux ! Mon bonheur, mon cœur, mon bonheur. Je t'aime à la folie. »

De nouveau, avec une force terrifiante, décuplée, avec la douleur du sang versé et des larmes qui coulent, il fut submergé par un sentiment de béatitude, parcouru par le frisson de pressentiments les plus exquis, envahi par l'extase de la fatalité. Loin, très loin, comme la dernière note de la chanson pour qui s'en va, comme la parole indistincte de l'amour terrestre, surgit un visage chéri, le profil des cils noirs, une joue d'un rose tendre qui se languissait avec un cri inaudible de tendresse ; il la revit dormir sans un bruit auprès de lui, se souvint de sa respiration légère, si proche de lui ; il semblait avoir trouvé l'explication de son émerveillement et de son amour. « Chérie, songea-t-il tendrement et son cœur tressaillit, ma chérie, je t'aime à la folie ! » Et l'instant d'après, il l'oublia totalement et pour toujours, il oublia sa bien-aimée. Son cœur allait vers autre chose en s'y abandonnant entièrement avec une austère tendresse. Quelles étaient les dernières pensées de ses derniers instants de vie lorsque, les yeux de nouveau fermés, il volait librement, étranger à toute limite ? Qu'avait-il l'impression d'être ? Il se sentait probablement comme une étoile humaine, une étrange étoile humaine, fuyant la terre, semant des étincelles et de la lumière sur son terrible chemin flamboyant ; voilà ce qu'il était, lui et ses pensées, en ses derniers instants.

La machine se balançait dans les hauteurs du ciel, comme un esquif sur les vagues d'un océan d'air ; dans les virages, elle se couchait sur le flanc et manquait de s'écraser, la chute multipliait sa folle vitesse, le fracas et le cliquetis de l'hélice, les cris et les sifflements de l'air qu'elle fendait l'étourdissaient ; les nuages se dispersèrent, dénudant l'azur glacial, laissant le soleil régner seul.

Le soleil était seul à régner, et entre lui et la terre il n'y avait qu'une seule chose, qu'un seul homme ; il éclairait, tour à tour, sans les réchauffer, les ailes fines et claires et le visage hâlé qui pâlissait; les étincelles scintillaient sur le métal. Et à l'un de ces instants, quand le soleil l'aveugla de son flamboiement, emplissant tout son être d'une lumière légère et exaltante, Iouri Mikhaïlovitch prononça haut et fort cette parole étrange :

– Non !

Personne n'aurait pu entendre ses paroles noyées dans le bruit de la machine, mais il les entendit, lui ; et il dit alors ce que déjà dans ses rêves nocturnes, dans la vision de son ordonnance ensommeillé en train de fendre le bois, dans l'image des visages chéris et des yeux adorés, son âme bouleversée avait reconnu comme un bonheur extraordinaire. Il dit :

– Non ! Je ne reviendrai plus jamais sur terre.

Il prononça ces paroles étranges qui le condamnaient à mort, et se tut, apaisé : même ici il sut préserver son amour pour le silence, son don si agréable. Et il continua sereinement sa course folle dans l'espace. S'il avait pu, il aurait augmenté sa vitesse, il l'aurait augmentée à l'infini, mais la machine imposait ses limites, alors il entreprit de faire autre chose, qui paraissait complètement insensé, en tout cas, c'est ainsi qu'on le comprit sur la terre.

Il se mit à ciseler l'espace avec des lignes courbes, brisées et fantasques, surprenantes et magnifiques comme le vol d'un oiseau nocturne enivré par le clair de lune : en haut, en bas, en arrière, en avant, un virage brusque et effrayant — d'abord à gauche jusqu'à la folie, puis en bas. Le souffle coupé par l'extase, serrant ses dents blanches pour ne pas laisser échapper le moindre cri, pour ne pas chanter des inepties, il transperçait l'air d'amples coups d'ailes, vérifiant que cet espace lumineux ne dissimulait aucune entrave invisible et perfide. Mais non, il n'y avait aucun obstacle, l'espace se laissait fendre partout où il allait, aucune entrave dissimulée, il n'y avait que l'infini de la lumière. Une fois, il faillit tomber — il y eut un moment comme ça ! — mais il parvint à se redresser et fila vers l'infini à toute vitesse.

Mais, même en jouant, il lui était désagréable de perdre de l'altitude ; alors, il s'élança résolument vers le haut, cessa de tournoyer et, comme une fusée au sifflement assourdissant, il fonça vers le haut, vers son but ultime, vers le firmament. Il avait oublié depuis longtemps qui il était, comment il s'était retrouvé dans l'air, il était redevenu une étoile humaine, un caillot de feu féroce qui traverse l'espace, laissant derrière lui une traîne d'étincelles et une flamme bleue.

Soudain, il eut l'impression que ses cheveux flambaient en mèches de feu qui ondoyaient et ruisselaient sur la terre ; brusquement, il réalisa que ce chemin le menait tout droit d'un infini à un autre, il vit clairement qu'il allait passer à toute vitesse d'un infini à un autre, que les hautes portes de sa secrète maison lui étaient déjà grandement ouvertes. « Mais comment pourrai-je retourner sur terre ? » chantait son âme dans un bienheureux oubli. Je vois quelque chose de délicieux, de si délicieux. Mon bonheur, mon cœur, mon bonheur. Je t'aime à la folie.

J'étais encore un petit garçon et je voulais voler par-dessus le toit ; c'était un petit toit vert de rien du tout, ridicule et vermoulu. C'est ma joie qui chante que j'ai été un petit garçon et ma maman m'appelait Ioura, mon petit Ioura. J'ai eu un père et une mère, maintenant ils sont morts tous les deux ; après, il y a eu encore plein de choses extraordinaires, comme le chagrin. Il y a quelqu'un que j'aime à la folie. C'est ma joie qui chante en moi : j'aime quelqu'un à la folie. Mon cher enfant, mon garçon adoré, mon cœur. Je monterai plus haut encore.

Mon corps se détachera de moi et tombera, et moi je monterai encore plus haut, mon garçon bien-aimé, mon cher enfant, je monterai plus haut encore. Je monte plus haut. J'avance. Mon âme palpite, elle veut quitter le corps, elle aspire à un vol lointain, au-dessus des montagnes ; je monte plus haut, vers l'infini. Mon âme palpite, ô mon cher petit garçon, ô mon enfant bien-aimé, mon âme palpite ! » Des larmes coulaient sur son visage, mais il ne le savait pas. Ses dents blanches luisaient entre ses lèvres entrouvertes, ses yeux au regard figé par l'éternité regardaient fixement là-haut, là où derrière les arcades bleues de la voûte céleste resplendissaient des lointains véritablement sans limites. Des larmes coulaient sur son visage.

– Quelle extase, quelle extase !

V

Il ne revint jamais sur terre. La chose qui fut précipitée du haut du ciel en tournoyant, entraînée par le poids de la chair et des os brisés et qui finit par s'enfoncer dans le sol, ce n'était pas lui, ce n'était pas un être humain, ce n'était personne. L'attraction terrestre, la loi morte de la gravitation l'arracha au ciel, l'attrapa et le jeta par terre, mais ce qui tomba, le petit amas qui revint sur terre, s'écrasa, se retrouva aplati sur le sol, silencieux et mort, ce n'était plus Iouri Mikhaïlovitch Pouchkariov.

Il ne revint jamais sur terre.

L'abîme

Traduction de Laetitia Decourt

I

Le jour déclinait déjà, mais les deux jeunes gens marchaient et causaient sans discontinuer, sans remarquer quelle heure il était ni quel chemin ils prenaient. Devant eux, sur la pente douce d'une colline, se dessinait un petit bois sombre. À travers les branches des arbres, le soleil rouge vif brûlait comme un charbon ardent, embrasant l'air qu'il transmuait en une flamboyante poussière d'or. Le soleil était si proche et si brillant qu'il semblait tout éclipser alentour, il ne restait plus que lui, il colorait le chemin et l'aplatissait. Ils eurent mal aux yeux et firent demi-tour : aussitôt, devant eux, tout s'assombrit, devint calme, petit, net et distinct. Quelque part au loin, à une distance d'une verste, si ce n'est plus, le crépuscule rouge s'était emparé du haut tronc d'un pin qui semblait brûler au milieu de vertes frondaisons, telle une bougie dans une pièce sombre. Le chemin devant eux, sur lequel chaque pierre désormais projetait une longue ombre noire, se couvrit d'une pellicule pourpre, tandis que les cheveux de la jeune fille, traversés par les rayons du soleil, chatoyaient en une auréole d'un rouge doré. Un cheveu fin et bouclé s'était dégagé des autres et s'enroulait, tremblait dans l'air comme le fil d'or d'une toile d'araignée.

Même quand le chemin devant eux s'était assombri, ils ne s'étaient pas interrompus, n'avaient pas changé de sujet. Le cours limpide de cette discussion intime et paisible n'avait qu'un seul objet : la force, la beauté et l'immortalité de l'amour. Ils étaient tous deux très jeunes : la jeune fille n'avait que dix-sept ans, Nemovetski en avait quatre de plus, et ils portaient tous les deux leur uniforme d'étudiant, elle, une modeste robe de lycéenne couleur marron, lui, le bel uniforme des étudiants de l'institut de technologie. Comme leurs paroles, tout en eux était jeune, beau et pur : leurs silhouettes sveltes et déliées, comme gorgées d'air et faites du même matériau, leur démarche légère et souple, leurs voix fraîches qui, même dans les mots simples, résonnaient d'une tendresse pensive, tout comme tinte un ruisseau dans le calme d'une nuit de printemps, alors qu'il reste encore de la neige sur les champs sombres.

Ils marchaient, suivant les tours et détours de ce chemin inconnu, et leurs longues ombres qui s'affinaient progressivement, comiques avec leurs têtes minuscules, tantôt se mouvaient séparément devant eux, tantôt se rejoignaient sur le côté en une seule bande, étroite et longue comme l'ombre d'un peuplier. Mais ils ne les voyaient pas, ils discutaient et, tout en parlant, il ne quittait pas des yeux son joli visage où, semblait-il, le coucher du soleil rose avait laissé une partie de ses tendres couleurs, tandis qu'elle gardait les yeux au sol, scrutant le chemin, écartant de son parapluie les petits cailloux et observait tantôt l'un, tantôt l'autre bout pointu de ses bottines se montrer au-dessous de sa robe sombre.

Le chemin était coupé par un fossé dont les bords poussiéreux s'étaient à moitié effondrés sous l'effet du passage des piétons, et ils s'arrêtèrent un instant. Zinotchka releva la tête, jeta autour d'elle un regard embrumé et demanda :

– Savez-vous où nous sommes ? Je ne suis jamais venue ici.

Il étudia attentivement les alentours.

– Oui, je connais cet endroit. La ville est là-bas, derrière cette butte. Donnez-moi la main, je vais vous aider.

Il lui tendit sa main, la main d'un homme qui ne travaillait pas, une main fine et blanche, comme celle d'une femme. Zinotchka se sentait joyeuse, elle avait envie de sauter par-dessus le fossé seule, de se mettre à courir et de crier : « Vous ne me rattraperez pas ! », mais elle se retint, inclina légèrement la tête dans un geste de gratitude digne et, avec un peu d'appréhension, lui tendit une main qui conservait encore les rondeurs délicates d'une main d'enfant. De son côté, il aurait tant aimé serrer cette petite main palpitante qu'il en avait mal, mais il se domina, lui aussi, et prit sa main en s'inclinant avec respect, puis se détourna modestement lorsque, au moment du saut, sa cheville se découvrit légèrement.

Ils se remirent à marcher et parler, mais leurs têtes étaient pleines de la sensation de leurs mains qui s'étaient touchées pendant un instant. Elle ressentait encore la chaleur sèche de sa paume et de ses doigts robustes ; elle en éprouvait du plaisir et quelque honte. Il sentait la douceur docile de sa minuscule main et voyait la silhouette noire de son pied, la petite chaussure qui l'étreignait avec tendresse et naïveté. Il y avait quelque chose de poignant, d'inquiétant dans cette image mentale indélébile d'une étroite frange de jupons blancs et d'un pied fin qu'il étouffa par un effort inconscient de sa volonté. Alors, il devint joyeux, sa poitrine était si large et son cœur si libre qu'il eut envie de chanter, de tendre les bras au ciel et de crier : « Courez, je vous rattraperai ! », cette formule ancienne, qui exprimait l'amour primitif, au cœur des forêts et dans le tumulte des cascades.

Sous le coup de tous ces désirs, les larmes lui montèrent à la gorge. Leurs longues ombres comiques disparurent et la poussière du chemin devint grise et froide, mais ils parlaient toujours sans rien remarquer. Chacun d'eux avait lu beaucoup de bons livres, et les lumineux personnages qui avaient aimé, avaient souffert et étaient morts pour leur amour pur défilaient devant leurs yeux. Leur mémoire ressuscitait des passages de poèmes lus dans un passé lointain, qui vêtaient l'amour d'un habit d'harmonie sonore et d'exquise tristesse.

– Vous souvenez-vous dans quel poème se trouve ceci ? demandait Nemovetski en récitant : « et celle que j'aime est de nouveau à mes côtés, celle à qui j'avais caché, silencieux, toute ma mélancolie, toute ma tendresse, tout mon amour… »

– Non, répondit Zinotchka en répétant, pensive : « toute ma mélancolie, toute ma tendresse, tout mon amour… »

– Tout mon amour, lui fit écho involontairement Nemovetski.

Ils reprirent le fil de leurs souvenirs. Ils se remémoraient les jeunes filles, pures comme des lys blancs, qui revêtaient l'habit noir des moniales et erraient, solitaires, dans un parc recouvert de feuilles d'automne, heureuses dans leur malheur. Ils se rappelaient aussi les hommes, fiers, énergiques, mais souffrants, implorant l'amour et la compassion délicate d'une femme. Ces personnages étaient tristes mais, à travers leur tristesse, l'amour apparaissait plus clairement, sous une forme plus pure. Il s'élevait devant eux, vaste comme le monde, clair comme le soleil, et beau comme un miracle. Il n'y avait rien de plus puissant, rien de plus beau.

– Pourriez-vous mourir pour celle que vous aimez ? demanda Zinotchka en regardant sa main qui était encore un peu celle d'une enfant.

– Oui, je le pourrais, répondit d'un ton décidé Nemovetski, en la regardant ouvertement, avec sincérité. Et vous ?

– Oui, moi aussi.

Elle resta pensive un instant.

– Ce serait un tel bonheur, de mourir pour son bien-aimé. Je voudrais bien, un jour.

Leurs yeux, clairs et calmes, se rencontrèrent, s'envoyèrent mutuellement quelque chose de bon, et leurs lèvres sourirent. Zinotchka s'arrêta.

– Attendez, dit-elle. Il y a un fil sur votre veston.

Confiante, elle leva la main jusqu'à son épaule et ôta le fil avec précaution, n'utilisant que deux doigts.
– Voilà ! dit-elle puis, devenant sérieuse, elle demanda : Pourquoi êtes-vous si pâle et maigre ? Vous devez beaucoup étudier, n'est-ce pas ? Il ne faut pas vous épuiser à cela.
– Vos yeux sont bleus, avec de petits points clairs, comme des étincelles, répondit-il en la regardant dans les yeux.
– Les vôtres sont noirs. Non, marrons, d'une couleur chaude. Et ils ont...
Zinotchka n'acheva pas et se détourna. Son visage rougissait lentement, ses yeux devinrent confus et timides, tandis que ses lèvres souriaient involontairement. Sans attendre Nemovetsky qui souriait de satisfaction pour une raison quelconque, elle se remit en marche, mais bientôt s'arrêta.
– Regardez, le soleil s'est couché! s'exclama-t-elle avec un étonnement peiné.
– Oui, en effet, lui répondit-il dans un vif et soudain accès de tristesse.
La lumière s'éteignit, les ombres moururent, et tout devint pâle, muet et sans vie. Là où brillait auparavant un soleil ardent s'élevaient sans bruit des amas sombres de nuages qui, petit à petit, engloutissaient le bleu clair du ciel. Lentement, pesamment, les nuées moutonnaient, se heurtaient, modifiaient leurs contours de monstres qui s'étaient éveillés et avançaient de mauvaise grâce comme si une force terrifiante, implacable, les forçait à se déplacer contre leur volonté. Seul, séparé des autres, un petit nuage lumineux et vaporeux s'agitait, faible et effrayé.

II

Les joues de Zinotchka pâlirent, ses lèvres devinrent rouges, presque sanglantes, sa pupille s'élargit imperceptiblement, assombrissant ses yeux, et elle chuchota doucement :
– J'ai peur. Il n'y a pas un bruit ici. Serions-nous perdus ?

Nemovetski fronça ses épais sourcils et inspecta du regard les environs. Sans la lumière du soleil, balayés par l'haleine fraîche de la nuit proche, ils semblaient froids et inhospitaliers. De tous côtés, un champ gris s'étendait, couvert d'une herbe basse comme si elle avait été piétinée, entrecoupé de ravins, de buttes et de trous argileux. Ceux-ci étaient nombreux, certains étaient des crevasses profondes, verticales, d'autres de petits trous couverts d'une herbe rampante. Sans faire un bruit, l'obscurité silencieuse s'y était déjà installée pour la nuit. Cet endroit avait été fréquenté durant le jour, il avait vu une certaine activité humaine, mais à présent les gens étaient partis : cela rendait le lieu encore plus désert et triste. Ici et là, tels des morceaux compacts d'un froid brouillard couleur lilas, se dressaient des bois et des bosquets, comme pour attendre ce que leur diraient ces trous dans la terre, abandonnés.
Nemovetski étouffa le sentiment pénible et confus qui naissait en lui en disant :
– Non, nous ne sommes pas perdus. Je connais le chemin. D'abord, il faut traverser le champ, puis cette petite forêt. Avez-vous peur ?
Elle sourit courageusement et répondit :
– Non, plus maintenant. Mais il faut que je sois bientôt rentrée pour le thé.
Ils repartirent d'un pas rapide et décidé, mais ralentirent peu après. Ils regardaient droit devant eux mais ressentaient l'hostilité maussade du champ raviné qui les entourait d'un millier d'yeux vitreux et immobiles, et ce sentiment les rapprochait en leur rappelant leurs souvenirs d'enfance. Ces souvenirs étaient pleins de lumière, celle du soleil, des feuilles vertes, de l'amour et du rire. C'était comme si tout cela n'était pas la vie, mais une vaste et douce chanson, dont ils constituaient eux-mêmes les sons, deux petites notes : l'une sonore et pure, comme le tintement du cristal, l'autre un peu moins forte, mais plus nette, comme une clochette.
Deux personnes apparurent, deux femmes, assises au bord d'une

profonde crevasse argileuse. L'une avait croisé les jambes et regardait fixement vers le fond. Son fichu s'était soulevé, découvrant des touffes de cheveux emmêlés. Son dos voûté faisait saillir vers l'arrière sa blouse sale aux liens défaits, décorée de fleurs grosses comme des pommes. Elle ne jeta pas un regard à ceux qui passaient. L'autre femme était à demi allongée non loin, la tête renversée en arrière. Elle avait un visage grossier, large, avec des traits d'homme, et sous chacun de ses yeux, sur ses pommettes saillantes, s'étalaient deux taches rouges en forme de brique, semblables à des écorchures toutes fraîches. Elle était encore plus sale que la première et les regardait carrément. Lorsqu'ils l'eurent dépassée, elle se mit à chanter d'une voix profonde d'homme :

– *Pour toi seul, mon aimé,*
Telle une fleur odorante, j'ai éclos...

– Varka, tu entends ?, lança-t-elle à sa silencieuse compagne et, quand elle ne reçut pas de réponse, éclata d'un rire fort et gras.

Nemovetski savait qui étaient de telles femmes, sales même lorsqu'elles portaient une belle robe de prix, il y était habitué et elles glissaient à présent sous ses yeux, disparaissaient sans laisser de trace. Mais Zinotchka, dont la modeste robe marron les touchait presque, sentit que quelque chose d'hostile, de pitoyable, de méchant lui entrait dans le cœur pour un instant. Quelques minutes plus tard, cette impression s'évanouit, comme l'ombre d'un nuage passant rapidement sur une prairie dorée. Et lorsque les dépassèrent un homme vêtu d'une veste et d'une casquette, mais pieds nus, et une femme aussi sale que les autres, elle les vit, mais n'eut pas le même sentiment. Sans s'en rendre compte, elle suivit encore longtemps des yeux la femme, s'étonnant un peu que celle-ci eût une robe si fine, qui collait à ses jambes comme si elle était mouillée, dont toute la partie inférieure était maculée d'une large bande d'argile grasse qui avait pénétré le tissu. Il y avait dans le tressaillement de ce tissu fin et boueux quelque chose d'inquiétant, de maladif et de terriblement désespéré.

Et toujours ils marchaient, ils parlaient, et derrière eux, la sombre nuée avançait à contre-cœur, projetant une ombre transparente qui les effleurait avec précaution. Sur les flancs distendus des nuages, des taches d'un jaune terne, couleur de cuivre, apparaissaient puis se perdaient dans cette lourde masse, à travers des passages lumineux, moutonnant sans bruit. Et l'obscurité s'épaississait de manière si imperceptible, si furtive qu'il était difficile de croire en sa réalité, qu'il semblait que c'était encore le jour, mais un jour gravement malade, mourant à petit feu. À présent, ils parlaient des sentiments et des pensées terribles qui nous rendent visite la nuit, lorsque nous ne dormons pas et qu'aucun son, aucune parole ne vient nous déranger. Ils parlaient aussi de la manière dont les ténèbres, cette chose vaste aux mille yeux qu'est la vie, se collent à notre visage.

– Pouvez-vous vous représenter l'infini ? demande Zinotchka, les yeux fortement plissés, en portant à son front sa main potelée.

– Non. L'infini... Non, répondit Nemovetski en fermant aussi les yeux.

– Moi, je le vois parfois. La première fois, c'était lorsque j'étais encore petite. C'est comme des chariots. Voilà un chariot, en voilà un autre, un troisième et au loin, sans fin, ce ne sont que des chariots, encore et encore... C'est terrifiant.

Elle frissonna.

– Mais pourquoi des chariots ? sourit Nemovetski, alors qu'il était mal à l'aise.

– Je ne sais pas. Des chariots, les uns derrière les autres... sans fin.

Les ténèbres épaississaient subrepticement, la nuée avait déjà dépassé leurs têtes et c'était comme si elle se retournait pour regarder leurs visages blêmes et baissés. De plus en plus souvent s'élevaient les silhouettes sombres de femmes sales et dépenaillées, comme si les profondes crevasses, creusées pour une raison inconnue, les rejetaient à la surface, tandis que le bas de leurs robes mouillées s'agitait fébrilement. Elles apparaissaient tantôt seules, tantôt par deux ou par trois, et leurs voix résonnaient fort, d'une manière étrangement solitaire dans l'air stagnant.

– Qui sont ces femmes ? Pourquoi y en a-t-il tant ? demandait Zinotchka d'une voix douce et craintive. Nemovetski savait qui étaient ces femmes, et il s'alarmait d'être arrivé dans un endroit si dangereux et sinistre, mais il répondit calmement :

– Je l'ignore. C'est ainsi. Il ne faut pas en parler. Nous allons à présent traverser ce petit bois, puis nous arriverons à la porte de la ville. Je regrette que nous soyons partis si tard.

Elle trouva drôle qu'il dise « tard », alors qu'ils étaient partis à quatre heures, et elle le regarda en souriant. Mais il garda les sourcils froncés et elle proposa, pour l'apaiser et le réconforter :

– Marchons plus vite. J'ai envie de boire du thé. Et puis, nous sommes déjà presque au bois.

– Si vous voulez.

Lorsqu'ils entrèrent dans le bois et que les arbres, au-dessus de leurs têtes, refermèrent silencieusement leurs sommets, il fit très sombre, mais c'était agréable et paisible.

– Donnez-moi votre main, proposa Nemovetski.

Elle lui tendit sa main en hésitant, et ce fut comme si ce léger contact avait dissipé l'obscurité. Leurs mains étaient immobiles et ne s'étreignaient pas, Zinotchka s'éloigna même un peu de son compagnon, mais toute leur conscience se concentra sur leur sensation, à ce petit endroit de leur corps où se touchaient leurs mains. À nouveau, ils avaient envie de parler de la beauté et de la force mystérieuse de l'amour, mais sans briser le silence, d'en parler non avec des mots, mais avec des regards. Ils pensaient qu'ils devaient se regarder, ils le voulaient, mais ils n'osaient pas.

– Ah, voilà encore des gens ! dit gaiement Zinotchka.

III

Dans une clairière, où l'on voyait mieux, trois personnes étaient assises près d'une bouteille vide et, sans un mot, observaient les nouveaux arrivants. L'un, rasé comme un acteur, se mit à rire et siffla comme pour dire :

– Mazette !

Le cœur de Nemovetski se serra brusquement et défaillit sous l'effet d'une terrible angoisse. Pourtant, comme s'il était poussé par-derrière, il se dirigeait droit vers les hommes assis au bord du chemin. Ces derniers attendaient, et trois paires d'yeux sombres les fixaient d'un regard effrayant. Dans l'espoir confus d'amadouer ces hommes renfrognés et débraillés dont le silence cachait une menace, cherchant à éveiller leur compassion en demandant de l'aide, il dit :

– Quel est le chemin de la ville ? Est-ce par ici ?

Mais ils ne lui répondirent pas. Le rasé siffla un air vague et moqueur, les deux autres ne disaient rien et les fixaient d'un œil lourd et sinistre. Ils étaient ivres et pleins de haine, assoiffés d'amour et de destruction. Celui qui avait les joues rouges et le corps bouffi se releva sur les coudes puis, pataud comme un ours, il s'appuya sur ses pattes et se leva en poussant un profond soupir. Ses camarades lui jetèrent un rapide coup d'œil puis, avec la même intensité, se remirent à fixer Zinotchka.

– J'ai peur, dit-elle du bout des lèvres.

Sans entendre ses mots, Nemovetski comprit ce qu'elle voulait dire en la sentant appuyer lourdement son bras sur le sien. Et, tentant de garder une apparence de calme, mais sentant l'inéluctabilité funeste de ce qui allait se produire, il se mit à marcher d'un pas régulier et assuré. Les trois paires d'yeux s'approchèrent, luirent un moment, puis restèrent dans leur dos. « Il faut courir, pensa Nemovetski, puis il se répondit à lui-même : Non, surtout pas. »

– Quel avorton, ce type, c'est carrément injuste, dit le troisième, un chauve à la barbe rousse clairsemée. Mais la fille est pas mal, elle ferait envie à n'importe qui.

Ils éclatèrent d'un rire un peu forcé.
– Monsieur, attends, je dois te dire deux mots ! dit le grand d'une voix de basse, puis il regarda ses camarades. Ils se redressèrent.
Nemovetski marchait sans se retourner.
– Faut attendre, quand on te le demande, dit le roux. Sinon, tu pourrais prendre des coups.
– On te parle ! aboya le grand et il les rattrapa en deux bonds.
Une main énorme s'abattit sur l'épaule de Nemovetski et le secoua. En se retournant, il rencontra, tout près de son visage, des yeux ronds, protubérants et terrifiants. Ils étaient si proches, comme s'il les voyait à travers une loupe : il distinguait clairement les vaisseaux sanguins rouges sur le blanc des yeux et les sécrétions jaunes sur les cils. Lâchant la main engourdie de Zinotchka, il fouilla dans sa poche en marmonnant :
– De l'argent !.. Tenez, de l'argent. Je vous le donne avec plaisir.
Les yeux globuleux devenaient encore plus ronds et luisants. Lorsque Nemovetski détourna le regard, le grand recula un peu et, sans prendre d'élan, par au-dessous, le frappa au menton. Sa tête se renversa en arrière, ses dents claquèrent, sa casquette glissa sur son front, puis sur le sol, et il tomba à la renverse en agitant les bras une fois. Sans un mot, sans un cri, Zinotchka se retourna et s'élança, gagnant aussitôt toute la vitesse dont elle était capable. Le rasé partit d'un long hurlement étrange :
– A-a-ah !..
Puis, avec un cri, il se lança à sa poursuite.
Chancelant, Nemovetski sauta sur ses pieds, mais il n'avait pas encore eu le temps de se rétablir qu'un coup dans la nuque le faucha à nouveau. Ils étaient deux, et lui seul, faible, ignorant tout du combat, mais il lutta un long moment, griffant comme une femme, mordant et sanglotant de désespoir inconscient. Quand ses forces l'abandonnèrent, il fut soulevé ; il résista, mais sa tête bourdonnait, il ne comprenait plus ce qui lui arrivait et il se laissa pendre dans les

bras qui le portaient. La dernière chose qu'il vit fut un morceau de barbe rousse qui lui tombait presque dans la bouche et, plus loin, l'obscurité de la forêt et la blouse claire de la jeune fille qui fuyait. Elle courait en silence et vite, comme lorsqu'ils avaient joué à chat tous les deux, quelques jours auparavant. Derrière elle, à petites foulées, le rasé la rattrapait. Puis Nemovetski sentit le vide autour de lui, son cœur défaillit et il bascula dans une pente, gémit de tout son corps lorsqu'il s'abattit sur la terre, et perdit connaissance.
Après avoir jeté Nemovetski dans le fossé, le grand et le roux restèrent là un moment, à écouter ce qui se produisait tout au fond. Mais leurs visages et leurs yeux étaient tournés du côté où était Zinotchka. Il leur parvint un cri de femme aigu et étouffé, qui s'arrêta aussitôt. Et le grand poussa un cri de colère :
– Le salaud !
Et il courut droit devant lui, comme un ours, en écrasant les branchages coupés.
– Moi aussi ! moi aussi ! criait le roux d'une voix aigrelette en s'élançant à sa suite. Il était chétif et haletait. Il avait pris un coup au genou dans la bagarre et il était irrité que lui, le premier à en avoir eu l'idée, serait le dernier à avoir la jeune fille. Il s'arrêta un instant, frotta son genou de la main, se moucha d'un doigt et se remit à courir en geignant :
– Moi aussi ! moi aussi !
La nuée ténébreuse avait gagné tout le ciel et une nuit sombre et calme commença. Dans l'obscurité, la silhouette courtaude du roux disparut bientôt, mais le piétinement irrégulier de ses pieds, le bruissement des feuilles qu'il écartait et son cri plaintif et tremblant résonnèrent encore longtemps :
– Moi aussi, les gars, moi aussi !

IV

Nemovetski avait de la terre dans la bouche, ça crissait sous ses dents. Sa première sensation, la plus forte, qu'il éprouva en reprenant connaissance, fut l'odeur puissante et calme de la terre. Il était hébété, la tête comme couverte de plomb terne, si bien qu'il peinait à la remuer. Une douleur sourde emplissait tout son corps, son épaule lui faisait particulièrement mal, mais il n'avait rien de cassé ni d'écorché. Nemovetski s'assit et regarda longuement vers le haut, sans penser, sans se souvenir de rien. Exactement au-dessus de lui poussait un buisson à larges feuilles noires, à travers lesquelles on apercevait le ciel enfin dégagé. La nuée était passée sans lâcher une goutte de pluie mais elle avait rendu l'air sec et léger. Très haut, au milieu du ciel, s'était levé un quartier de lune, dont le bord semblait fondre, tant il était transparent. C'étaient ses dernières nuits et sa lumière était froide, triste et solitaire. De petits lambeaux de nuages passèrent rapidement en altitude, où, manifestement, un vent fort soufflait toujours, mais ils contournèrent soigneusement la lune, sans la cacher. Dans la solitude de la lune, dans les précautions des hauts nuages clairs, dans le souffle du vent insensible au sol, on sentait la profondeur mystérieuse de la nuit qui régnait sur la terre. Nemovetski se souvint de tout ce qui s'était produit et ne put y croire. Tout ceci était terrifiant, ne ressemblait pas à la vérité qui ne pouvait être aussi horrible, et lui-même, d'ailleurs, assis en pleine nuit à regarder par en-dessous la lune à l'envers et des nuages qui fuyaient, lui aussi était étrange, différent de lui-même. Il pensa que c'était un cauchemar ordinaire, très effrayant, insupportable. Et ces femmes, qu'ils avaient croisées en nombre, faisaient aussi partie du cauchemar.

– Ce n'est pas possible, affirma-t-il et il hocha faiblement sa tête lourde. Cela ne peut pas être.

Il tendit la main et se mit à chercher sa casquette avant de partir, mais elle n'était nulle part. Son absence clarifia brusquement tout. Il comprit que ce qui s'était passé n'était pas un cauchemar, mais l'horrible vérité. L'instant d'après, le cœur étreint d'horreur, il escaladait déjà le fossé, dégringolait avec la terre qui croulait sous

ses pieds, grimpait de plus belle et s'agrippait aux branches souples du buisson.
Une fois en haut, il se mit à courir droit devant lui, sans réfléchir, sans choisir une direction, et il courut en rond entre les arbres pendant longtemps. Tout aussi soudainement, sans réfléchir, il fit volte-face et se remit à courir. De nouveau, les branches lui frappaient le visage, de nouveau, tout se mit à ressembler à un rêve. Il semblait à Nemovetski que quelque chose de ce genre lui était déjà arrivé : l'obscurité, les branches invisibles qui lui fouettaient le visage, lui qui courait les yeux fermés et pensait que tout n'était qu'un rêve. Nemovetski s'arrêta, puis il s'assit, prenant la pose inconfortable de quelqu'un qui n'a pas l'habitude de s'asseoir à même le sol, sans rien pour le surélever. Il eut de nouveau une pensée pour sa casquette et dit :
– C'est moi. Il faut que je me tue. Il faut que je me tue, même si c'est un rêve.
Il sauta sur ses pieds et se remit à courir, puis il reprit ses esprits et marcha d'un pas plus lent, se représentant confusément l'endroit où ils avaient été attaqués. Dans la forêt, il faisait tout à fait noir, mais parfois un pâle rayon de lune parvenait à passer et éclairant les troncs blancs d'une façon trompeuse. Alors, la forêt semblait pleine de gens immobiles qui, pour une raison inconnue, se taisaient. Cela aussi, c'était déjà arrivé auparavant, cela aussi ressemblait à un cauchemar.
– Zinaïda Nikolaevna ! appelait Nemovetski, prononçant fort le premier mot, mais doucement le second, comme s'il perdait, avec le son, l'espoir que quelqu'un lui réponde.
Personne ne lui répondait.
Puis il retrouva par hasard le chemin, le reconnut et parvint jusqu'à la clairière. Là, pour de bon cette fois, il comprit que tout était vrai et, saisi d'horreur, se mit à courir en tous sens et à crier :
– Zinaïda Nikolaevna ! C'est moi ! C'est moi !

Personne ne lui répondit et, tournant le visage dans la direction où devait se trouver la ville, Nemovetski cria en détachant les syllabes :

– Au-se-cours !..

Il reprit ses va-et-vient, chuchotant indistinctement, battant les buissons, lorsque, littéralement sous ses pieds émergea quelque chose de blanc et de flou, comme une tache figée de lumière faible. C'était Zinotchka, allongée par terre.

– Seigneur Dieu ! Qu'est-ce que c'est que ça ? dit Nemovetski, les yeux secs mais avec des sanglots dans la voix et, s'agenouillant, il tendit la main vers la jeune fille allongée.

Sa main rencontra le corps nu, lisse, souple, froid sans être mort et, dans un frisson, Nemovetski retira sa main.

– Ma chère, ma colombe, c'est moi, chuchotait-il en cherchant son visage dans le noir.

Il tendit la main à nouveau, dans une autre direction, et trouva encore le corps nu. Où qu'il tende la main, il rencontrait partout ce corps nu de femme, lisse, souple, qui semblait se réchauffer à son contact. Parfois, il retirait sa main rapidement, mais parfois il s'attardait et, tout comme lui-même, sans casquette, les vêtements déchirés, n'avait pas l'impression d'être réel, il ne parvenait pas à faire le lien entre ce corps dénudé et Zinotchka. Ce qui s'était produit là, ce que ces hommes avaient fait à ce corps de femme muet, lui apparaissait dans toute sa répugnante clarté, et résonnait dans tous ses membres par une sorte de force étrange, bavarde. S'étirant si bien que ses articulations craquèrent, il fixa bêtement son regard sur la tache blanche et fronça les sourcils, comme quelqu'un qui pense. L'horreur de ce qui s'était passé refroidissait à l'intérieur de lui, se repliait en une boule qui se logeait dans son âme, comme quelque chose d'étranger à lui, d'impuissant.

– Seigneur Dieu ! Qu'est-ce que c'est que ça ? répéta-t-il, mais le son n'était pas sincère, comme forcé.

Il tâta son cœur dont les battements étaient faibles mais réguliers et, lorsqu'il se pencha vers le visage, il sentit un souffle léger, comme si Zinotchka n'était pas profondément évanouie, mais qu'elle dormait seulement. Il l'appela doucement :

– Zinotchka, c'est moi.

Il sentit alors brusquement que ce serait bien si elle restait encore longtemps endormie. Il jeta un regard autour de lui et, retenant son souffle, lui caressa la joue avec précaution, baisa d'abord ses yeux fermés, puis ses lèvres, qui s'écartèrent délicatement sous la force de son baiser. Il eut peur de la réveiller, alors il s'écarta et s'immobilisa. Mais le corps était muet et immobile, et il y avait dans son impuissance, sa disponibilité quelque chose de pitoyable et d'irritant qui l'attirait inexorablement. Avec une profonde tendresse, une précaution craintive de voleur, Nemovetski tentait de la couvrir des lambeaux de sa robe, et la sensation double du tissu et du corps nu était acérée comme un couteau, incompréhensible comme la folie. Il était à la fois le défenseur et l'assaillant. Il cherchait de l'aide auprès de la forêt et de l'obscurité, mais ni l'une ni l'autre ne lui en donnait. Ici festoyaient les bêtes sauvages. Rejeté brusquement sur l'autre rive de la vie humaine simple et compréhensible, il flairait une brûlante volupté répandue dans l'air et dilatait ses narines.

– C'est moi ! C'est moi !, répétait-il, incohérent, hébété et tout empli du souvenir de la frange blanche de ses jupes, de la silhouette noire du pied et du soulier qui l'enserrait tendrement. Ecoutant la respiration de Zinotchka, sans quitter des yeux l'endroit où se trouvait son visage, il avança la main. Il tendit l'oreille et avança encore sa main.

– Qu'est-ce que c'est que ça ? s'exclama-t-il dans un cri désespéré et, s'effrayant lui-même, fit un bond en arrière.

L'espace d'un instant, le visage de Zinotchka passa devant ses yeux dans une lueur avant de disparaître. Il essayait de comprendre que ce corps était la Zinotchka avec laquelle il avait marché aujourd'hui, qui parlait d'infini, mais en vain. Il essayait de ressentir l'horreur de ce qui se produisait, mais, si l'on pensait que tout était vrai, l'horreur était si grande qu'elle refusait d'apparaître.

– Zinaïda Nikolaevna !, cria-t-il en l'implorant. Pourquoi ? Zinaïda Nikolaevna !

Mais le corps malmené demeurait muet et Nemovetski se laissa tomber au sol en prononçant des paroles incohérentes. Il implorait, menaçait, disait qu'il se tuerait, la harcelait en la serrant contre lui si fort qu'il plantait presque ses ongles en elle. Le corps réchauffé se prêtait mollement à ses efforts, suivant docilement ses mouvements, et tout ceci était si effrayant, si incompréhensible et sauvage que Nemovetski recula à nouveau et cria d'une voix hachée :

– Au secours !

Mais le son était faux, comme forcé.

Il se jeta à nouveau sur le corps sans résistance, il l'embrassait, pleurait, se sentant au bord d'un abîme sombre, terrifiant, attirant. Nemovetski n'était plus, Nemovetski était resté quelque part, en arrière, et celui qui était là à présent pétrissait ce corps chaud avec une expression de volupté féroce, et disait, avec le sourire sournois du fou :

– Réponds-moi ! Ou bien tu ne veux pas ? Je t'aime, je t'aime.

Avec le même sourire rusé, il approcha ses yeux écarquillés tout contre le visage de Zinotchka et murmura :

– Je t'aime. Tu ne veux pas parler, mais tu souris, je le vois. Je t'aime, je t'aime, je t'aime.

Il serra plus fort contre lui le corps souple, inerte, dont la docilité et l'absence de volonté éveillaient une passion sauvage, il se tordait les mains et murmurait d'une voix inaudible, ne conservant de l'homme que la faculté de mentir :

– Je t'aime. Nous ne le dirons à personne, et personne ne le saura. Je t'épouserai, demain, quand tu voudras. Je t'aime. Je vais t'embrasser et tu vas me répondre, d'accord ? Zinotchka...

Il se serra avec force contre ses lèvres, il sentit ses dents s'enfoncer dans ce corps et ses derniers instants de lucidité se perdirent dans la douleur et la force du baiser. Il lui sembla que les lèvres de la jeune fille avaient frémi. L'espace d'un instant, une horreur ardente, étincelante, illumina ses pensées, découvrant devant lui un abîme noir.

Et l'abîme noir l'engloutit.

C'est l'histoire de...

Traduction de Serge Rolet

I

Lavrenti Pétrovitch Kochevérov, un marchand riche et solitaire, était venu à Moscou pour se soigner. Comme sa maladie était intéressante, il avait été hospitalisé dans un service universitaire. Il avait laissé sa valise avec ses affaires et sa pelisse à la loge et, à l'étage, où se trouvait son lit, on lui avait retiré ses habits de drap et son linge de corps et donné en échange la robe de chambre réglementaire, du linge de corps marqué « Salle n° 8 » et des pantoufles.

La chemise s'avéra trop petite pour Lavrenti Pétrovitch et la fille de salle partit en chercher une autre.

– C'est que vous êtes drôlement fort ! dit-elle en sortant de la salle de bains où l'on procédait à l'échange de vêtements des malades.

À moitié nu, Lavrenti Pétrovitch attendait patiemment et docilement, sa grosse tête chauve penchée en avant, il examinait avec application sa poitrine volumineuse qui pendait comme celle d'une vieille femme et son ventre gonflé qui lui tombait sur les cuisses. Lavrenti Pétrovitch fréquentait les bains tous les samedis et là-bas, il voyait son corps, mais à présent, pâle, couvert de chair de poule à cause du froid et, malgré sa force apparente, il lui semblait nouveau, absolument pitoyable et malade. Depuis qu'on lui avait retiré ses vêtements habituels, il semblait ne plus s'appartenir du tout et il était prêt à faire tout ce qu'on lui commanderait. La fille de salle revint avec du linge et, bien qu'il restât à Lavrenti Pétrovitch assez de force pour l'assommer d'une simple chiquenaude, il lui permit humblement de l'habiller et passa gauchement sa tête dans le col de la chemise qu'elle lui tendait retroussée, comme un collier de cheval. Avec la même gaucherie docile, il attendit, la tête levée, que la fille de salle lui attache les cordons autour du cou, puis il la suivit dans la salle. Il allait sur ses jambes arquées, comme un ours, avec l'hésitation et la circonspection d'un enfant que les adultes emmènent il ne sait où, peut-être pour le fouetter. La chemise était toujours trop petite, elle tirait aux épaules et craquait quand il marchait, mais il ne se résolut pas à le dire à la fille de salle, bien que chez lui, à Saratov, il lui suffisait de froncer les sourcils pour que des dizaines de personnes se mettent à s'agiter nerveusement. « Voici votre place », dit la fille de salle, en indiquant un lit haut, aux draps impeccables et une petite table à côté. C'était un endroit exigu, juste un coin de la salle, mais c'est précisément ce qui plut à cet homme éreinté par la vie. Hâtivement, comme s'il cherchait à échapper à des poursuivants, Lavrenti Pétrovitch enleva sa robe de chambre, ses pantoufles et se coucha. Et à partir de ce moment, tout ce qui le matin encore l'irritait et le tourmentait le quitta, devint étranger et futile. À toute vitesse, dans un tableau fulgurant, sa mémoire reproduisit toute sa vie au cours des dernières années : la maladie implacable qui dévorait ses forces jour après jour ; la solitude parmi la masse cupide de la parentèle, dans une ambiance de mensonge, de haine et de peur ; sa fuite ici, à Moscou et tout aussi soudainement, elle estompa ce tableau, ne laissant dans son âme qu'une douleur obtuse, qui allait en s'atténuant. Et, sans penser à rien, avec la sensation agréable du linge propre et du calme, Lavrenti Pétrovitch s'enfonça dans un lourd et profond sommeil. Les murs blancs comme neige, un rayon de soleil sur l'un d'entre eux, furent les dernières choses que perçurent ses yeux mi-clos et ensuite ce furent de longues heures d'oubli total.

Le lendemain, un écriteau noir apparut au-de ssus du lit de Lavrenti Pétrovitch, portant la mention : « Lavrenti Pétrovitch, marchand, 52 ans, entré le 25 février ». Les deux autres malades qui occupaient la salle n° 8 avaient des écriteaux et des mentions semblables ; sur le premier était écrit : « Filipp Spéranski, diacre, 50 ans », sur l'autre : « Konstantin Torbetski, étudiant, 23 ans ». Les lettres blanches tracées à la craie se détachaient, belles, mais sinistres sur le fond noir et, quand le malade était étendu sur le dos, les yeux fermés, l'inscription en blanc continuait à dire quelque chose de lui et acquérait une ressemblance avec les indications mortuaires selon lesquelles ici, dans cette terre humide ou gelée, quelqu'un avait été enterré. Le même jour, on pesa Lavrenti Pétrovitch ; il s'avéra qu'il faisait six pouds et quatre founts. En énonçant ce chiffre, l'infirmier sourit légèrement et eut cette remarque plaisante : « Vous êtes le plus lourd de tous les services ». L'infirmier était un jeune homme qui parlait et agissait comme un docteur, parce qu'il ne devait qu'au hasard de n'avoir pas reçu de formation supérieure. Il s'attendait à ce que, en réponse à sa plaisanterie, le malade sourie comme tous les malades, même les plus gravement atteints, souriaient aux plaisanteries réconfortantes des docteurs, mais Lavrenti Pétrovitch ne sourit pas et ne dit pas un mot. Ses yeux profondément enfoncés regardaient vers le bas et ses mâchoires massives, couvertes d'une barbe poivre et sel clairsemée, étaient serrées comme des mâchoires de fer. Et l'infirmier, qui attendait une réponse, éprouva malaise et désagrément : il y avait belle lurette, soit dit en passant, qu'il s'occupait de physiognomonie et d'après sa calvitie large et mate, il avait rangé le marchand dans la catégorie des gentils ; dorénavant, il fallait le mettre dans celle des méchants. Sans accorder foi à ses observations, l'infirmier — il s'appelait Ivan Ivanovitch — décida de

demander, au bout d'un certain temps, au marchand de lui montrer quelques mots écrits de sa main, pour déterminer plus précisément les traits de sa mentalité d'après son écriture.
Peu de temps après la pesée, les docteurs examinèrent Lavrenti Pétrovitch ; ils étaient vêtus de grandes blouses blanches qui leur donnaient un air particulièrement important et sérieux. Et par la suite, ils l'examinèrent tous les jours, une fois, deux fois, quelquefois seuls, mais le plus souvent accompagnés par des étudiants. À la demande des docteurs, Lavrenti Pétrovitch retirait sa chemise et, toujours aussi docilement, s'allongeait sur son lit, en un énorme tas de chair. Les docteurs frappaient sa poitrine avec de petits marteaux, y appliquaient un cornet et écoutaient, tout en échangeant des remarques et en attirant l'attention des étudiants sur tel ou tel point. Ils commençaient souvent par demander à Lavrenti Pétrovitch quelle vie il avait menée avant et il leur répondait à contre-cœur, mais avec docilité. Il ressortait de ses réponses hachées qu'il avait beaucoup mangé, beaucoup bu, beaucoup aimé de femmes et beaucoup travaillé et à chaque nouveau « beaucoup », Lavrenti Pétrovitch se reconnaissait toujours moins dans l'homme dont ses réponses dessinaient les contours. Il était étrange de penser que lui, le marchand Kochévérov, avait agi envers lui-même de manière aussi mauvaise et nocive. Et tous les vieux mots, vodka, vie, santé, se remplissaient d'un contenu nouveau et profond.
Les étudiants l'auscultaient et le martelaient eux aussi. Ils se présentaient souvent en l'absence des docteurs et les uns lui demandaient de se dévêtir franchement et sans détour, les autres timidement, avec embarras et l'examen de son corps recommençait de plus belle, plein d'intérêt et d'attention. Pénétrés de l'importance de ce qu'ils étaient en train de faire, ils tenaient le journal de sa maladie et Lavrenti Pétrovitch se disait qu'il était maintenant transféré tout entier dans des pages de notes. De jour en jour, il s'appartenait de moins en moins et durant presque toute la journée,

son corps était exposé au regard de tous et soumis à tous. Sur l'ordre des filles de salle, il portait péniblement ce corps à la salle de bains ou bien l'asseyait à la table à laquelle tous les malades capables de se déplacer mangeaient et prenaient le thé. On le palpait de tous les côtés, on le manipulait comme personne ne l'avait fait dans sa vie d'avant et, malgré cela, tout au long de la journée, il avait un sentiment trouble de profonde solitude qui ne le quittait pas. On eut dit que Lavrenti Pétrovitch était en route pour un lieu très éloigné et qu'autour de lui tout avait un caractère éphémère et inadapté à un séjour prolongé. Une froide distance émanait des murs blancs, sans la moindre tache et des plafonds hauts ; les parquets étaient toujours trop nets et brillants, l'air trop égal : même dans les maisons les plus propres, l'air a toujours une odeur particulière, celle qui n'appartient qu'à cette maison-ci et à ces gens-ci. Ici, au contraire, il était indéterminé et n'avait pas d'odeur. Les docteurs et les étudiants étaient toujours attentifs et prévenants : ils plaisantaient, donnaient des tapes sur l'épaule des malades, les consolaient, mais quand ils quittaient Lavrenti Pétrovitch, l'idée lui venait que c'étaient des employés qui étaient près de lui, des convoyeurs sur une route inconnue. Ils en avaient fait passer des milliers et ils en faisaient passer tous les jours et leurs conversations et leurs questions ne portaient que sur le billet. Et plus ils s'occupaient du corps, plus profonde et effrayante était la solitude de l'âme.

– C'est quand les jours de visite, ici ? demanda Lavrenti Pétrovitch à une fille de salle.

Il était laconique et ne regardait pas ceux à qui s'adressaient ses paroles.

– Les dimanches et les jeudis. Mais si on demande aux docteurs, d'autres jours sont possibles aussi, répondit la volubile fille de salle.

– Est-ce qu'on peut faire en sorte d'empêcher qu'on vienne me voir ?

La fille de salle fut étonnée, mais répondit que c'était possible et cette réponse, visiblement, mit en joie le morose malade. Et,

pendant toute la journée, il fut un peu plus gai et, bien qu'il ne soit pas devenu plus causant, il écoutait tout de même la mine moins renfrognée toutes les jacasseries que le diacre malade lui adressait gaiement, à profusion, à pleine voix.
Le diacre, venu de la province de Tambov, était entré à la clinique un jour avant Lavrenti Pétrovitch, mais il connaissait déjà bien les pensionnaires des cinq salles situées à l'étage supérieur. Il était de petite taille et si maigre que, quand il se déshabillait, chacune de ses côtes ressortait, mais il avait le ventre creusé et tout son corps malingre et faible, blanc et net, ressemblait à celui d'un petit garçon non formé de l'âge de dix ans. Il avait les cheveux épais, longs, presque complètement blancs, avec le bout recourbé qui tirait sur le jaune. Son petit visage sombre en sortait comme d'un cadre trop grand, hors de proportions avec ses traits réguliers de miniature. En raison de sa ressemblance avec les figures sombres et sèches des icônes anciennes, l'infirmier Ivan Ivanovitch mit le diacre dans la catégorie des personnes strictes et intolérantes, mais dès le premier entretien, il changea d'idée et éprouva même pour quelque temps une certaine déception quant à la valeur de la science physiognomonique. Le père diacre, comme toute le monde l'appelait, parlait volontiers et ouvertement de lui-même, de sa famille et des gens qu'il connaissait et il posait des questions avec tant de curiosité et de naïveté qu'il était impossible d'en être fâché et que tous lui racontaient leur vie tout aussi ouvertement. Quand quelqu'un éternuait, le diacre criait à la cantonade d'une voix joyeuse :
– À vos souhaits ! À la bonne heure ! et il faisait le signe de croix.
Personne ne venait le voir et il était gravement malade, mais il ne se sentait pas seul, parce qu'il avait fait connaissance non seulement avec tous les patients, mais aussi avec les gens qui leur rendaient visite et il ne trouvait pas le temps long. Tous les jours, plusieurs fois par jour, il souhaitait aux malades de guérir et aux valides de passer le temps de manière plus joyeuse et prospère et trouvait quelque chose de bon

et d'agréable à dire à chacun. Tous les matins, il souhaitait quelque chose à tout le monde : le jeudi un bon jeudi, le vendredi un bon vendredi et, quoi qu'il se passe dehors, où il n'allait pas, il affirmait constamment que le temps de ce jour serait des plus agréables. Ce faisant, il riait constamment et joyeusement d'un long rire silencieux, les mains appuyées sur son ventre creusé, se tapait sur les cuisses et quelquefois battait même des mains. Et il remerciait tout le monde ; il était quelquefois difficile de savoir de quoi. Ainsi, après le thé, il remerciait de sa compagnie le morose Lavrenti Pétrovitch. « Eh bien, quel plaisir de boire le thé ensemble, comme au ciel ! Pas vrai, chef ? » disait-il, bien que Lavrenti Pétrovitch ait pris le thé à part et n'ait pu tenir compagnie à personne.

Il était très fier de son titre de diacre, qu'il n'avait reçu que trois ans plus tôt, alors qu'auparavant il était sacristain. Et il demandait à tous, aux malades comme à ceux qui venaient du dehors, quelle était la taille de leur femme.

– Parce que la mienne, de femme, elle est très grande, disait-il fièrement après qu'on lui eut répondu. Et mes enfants lui ressemblent tous. De vrais grenadiers, à la bonne heure !

Tout dans l'hôpital provoquait son enthousiasme et son attendrissement : la propreté, le coût modéré, l'amabilité des docteurs, les fleurs dans le corridor. Tantôt riant, tantôt se signant devant l'icône, il exprimait ses sentiments devant le taciturne Lavrenti Pétrovitch et quand il ne savait plus que dire, il s'exclamait :

– À la bonne heure ! Comme devant Dieu, à la bonne heure ! »

Le troisième malade de la salle n° 8 était un étudiant brun nommé Torbetski. Il ne se levait presque pas de son lit et recevait tous les jours la visite d'une grande jeune fille aux yeux timidement baissés et aux gestes légers et assurés. Mince et gracieuse dans sa robe noire, elle traversait rapidement le corridor, s'asseyait au chevet de l'étudiant malade et restait auprès de lui jusqu'à quatre heures précises, au moment où l'accueil des visiteurs prenait fin et où la fille de salle servait le thé aux malades. Quelquefois ils parlaient beaucoup, avec vivacité, en souriant et en baissant la voix, mais le hasard voulait que, justement, des mots isolés prononcés à haute voix leur échappent, de ces mots qu'on doit dire dans un murmure : « Ma joie ! », « Je t'aime » ; quelquefois ils restaient longtemps sans parler et ne faisaient qu'échanger un regard embué de mystère. Alors le diacre toussait et sortait de la salle, l'air affairé et austère, tandis que Lavrenti Pétrovitch faisait semblant de dormir et, les yeux plissés, les voyait s'embrasser. Et une douleur s'allumait dans son cœur et celui-ci commençait à battre avec force, irrégulièrement, cependant que remuaient les muscles saillants de sa mâchoire massive. Et il tombait des murs toujours la même froide distance et il y avait dans leur blancheur impeccable une étrange et triste moquerie.

II

La journée commençait tôt dans la salle, aux premiers rayons de l'aurore, dès que les contours émergeaient vaguement dans la grisaille et elle était longue, claire et vide. À six heures, on servait aux malades le thé du matin et ils le buvaient lentement, ensuite on apportait les thermomètres et on prenait les températures. Beaucoup, comme le diacre, avaient entendu parler pour la première fois de l'existence de leur température et ils se la représentaient comme quelque chose de mystérieux et sa mesure comme une affaire des plus sérieuses. Le petit bâton de verre avec ses traits noirs et rouges devenait l'indicateur de la vie et un dixième de degré de plus ou de moins rendait le malade gai ou triste. Même le diacre, qui était éternellement gai, se rembrunissait une minute et secouait la tête avec perplexité si la température de son corps s'avérait inférieure à celle qu'on lui avait présentée comme normale.
– En voilà une histoire, chef. C'est mal parti, disait-il à Lavrenti Pétrovitch, le thermomètre à la main et le scrutant d'un œil réprobateur.

– Garde-le donc encore un peu. Ne lâche pas l'affaire, répondait Lavrenti Pétrovitch, moqueur.
Le diacre ne lâchait pas l'affaire et s'il parvenait à gagner un dixième de degré, il devenait joyeux et remerciait chaudement Lavrenti Pétrovitch de ses conseils. La prise de la température orientait les pensées sur les questions de santé pour la journée entière et tout ce que recommandaient les docteurs était exécuté exactement et avec une certaine solennité. Le diacre apportait une solennité particulière à ses soins et, tenant le thermomètre, avalant un remède ou exécutant une prescription quelconque, il prenait un air grave et sérieux, comme quand il était question du titre qui lui avait été conféré. On lui donna, pour les besoins de l'analyse, plusieurs récipients qu'il disposa dans un ordre rigoureux et il demanda à l'étudiant d'inscrire dessus les numéros, un, deux, trois..., car lui-même n'avait pas une assez belle écriture. Il se mettait en colère contre les malades qui ne respectaient pas les prescriptions des docteurs et faisait constamment et sévèrement la leçon au gros Minaïev de la salle n° 10 : les docteurs lui avaient interdit la viande et il en piquait en douce à ses voisins de table et avalait les morceaux sans mâcher.
À partir de sept heures, la salle était inondée par la lumière éclatante du jour, qui entrait par les immenses fenêtres et il faisait aussi clair que dehors; les murs blancs, la literie, les cuvettes de cuivre astiquées et les parquets, tout brillait et resplendissait dans cette lumière. Au-delà des murs de la clinique, la rue et le monde entier avaient perdu tout intérêt. Il était rare que quelqu'un aille à la fenêtre. Là-bas, des gens vivaient, là-bas, rempli de voyageurs, un tram circulait, un détachement gris de soldats marchait, des pompiers étincelants passaient, les portes des magasins s'ouvraient et se fermaient, mais ici, des malades étaient étendus sur les lits, tout juste capables de tourner leur tête sans force vers la lumière ; vêtus de robes de chambre grises, ils se traînaient indolemment sur le parquet poli ;

ici, ils connaissaient la maladie et la mort. L'étudiant recevait un journal, mais ni lui-même ni les autres n'y jetait plus qu'un coup d'œil et la moindre irrégularité dans le fonctionnement de l'estomac du voisin émouvait et touchait plus qu'une guerre et les événements qui par la suite reçoivent le qualificatif de planétaires. Vers onze heures, les docteurs et les étudiants arrivaient et l'examen minutieux qui durait des heures recommençait. Lavrenti Pétrovitch restait toujours étendu calmement à regarder le plafond, répondant par monosyllabes, l'air sombre ; le diacre était agité et parlait de manière si abondante et confuse, avec un tel désir d'être agréable et de faire preuve de respect pour tous qu'on avait du mal à le comprendre. De lui-même il disait : « Quand je fus accueilli dans cette clinique... » et quand il parlait de la fille de salle : « Elle a daigné m'administrer un lavement... »

Il savait toujours avec exactitude à quelle heure précise il avait ressenti une brûlure ou avait eu la nausée, à quel moment de la nuit et combien de fois il s'était réveillé. À la sortie des docteurs, il devenait plus gai, remerciait, se montrait ému et était toujours content de lui si, au moment où ils prenaient congé, il avait réussi à saluer les docteurs non tous ensemble, mais chacun en particulier. « Voilà qui est fait comme il convient, se réjouissait-il, comme au ciel ! » Et il montrait une fois encore au taciturne Lavrenti Pétrovitch et à l'étudiant souriant comment il s'était incliné d'abord devant le docteur Alexandre Ivanovitch, puis devant le docteur Sémion Nikolaïevitch.

Il était atteint d'une maladie incurable et ses jours étaient comptés, mais il ne le savait pas et parlait avec enthousiasme du voyage à la Laure de la Trinité Saint-Serge qu'il accomplirait quand il serait guéri et du pommier de son jardin qui s'appelait « Transparence blanche » et dont il attendait les fruits pour cet été. Et quand la journée était belle, que les murs et les sols parquetés de la salle étaient généreusement inondés par les rayons du soleil, incomparables par leur force puissante et par leur beauté, que les ombres sur les draps blancs comme neige prenaient une transparence bleue tout à fait estivale, le diacre se mettait à chanter à haute voix ce chant émouvant : « Magnifions par nos hymnes celle qui est plus haute que les cieux et plus pure que les rayons du soleil, la Reine du monde, qui nous a délivrés de la malédiction !... »

Sa voix de ténor, faible et douce, commençait à trembler et avec une émotion qu'il s'efforçait de cacher à ceux qui l'entouraient, le diacre portait à ses yeux son mouchoir et souriait. Puis, après avoir traversé la pièce, il s'approchait tout près d'une fenêtre et levait les yeux vers le ciel profond, immaculé : vaste, éloigné de la terre, d'une beauté sereine, il semblait lui-même un majestueux chant divin. À ses notes solennelles s'unissait la voix humaine tremblante, habitée par la ferveur palpitante de la prière :

« À cause de mes nombreux péchés, mon corps est épuisé, tout comme l'est mon âme, aussi j'accours vers toi, Pleine de grâce, espérance des sans-espoirs, viens à mon secours. »

À heures fixes, on servait le repas, à nouveau le thé, le dîner et à neuf heures l'ampoule électrique était coiffée par un abat-jour de tissu bleu foncé et c'était le commencement de la nuit, tout aussi longue et vide.

L'hôpital s'endormait. Seules, dans le corridor éclairé sur lesquels donnaient les portes des salles ouvertes en permanence, les garde-malades tricotaient des bas, parlaient et se chamaillaient à voix basse et, de loin en loin, un homme de peine passait, faisant résonner le sol et le bruit de chacun de ses pas se détachait et se perdait avec une régularité de métronome. Vers onze heures, ces derniers échos de la journée passée s'éteignaient eux aussi et on pouvait entendre le silence qu'on aurait dit de verre, à l'affût du moindre son, transmettre de salle en salle la respiration endormie de ceux qui guérissaient, la toux et les faibles plaintes des malades dans un état grave. Ces sons nocturnes étaient légers et trompeurs et il s'y cachait souvent une énigme effrayante : était-ce le malade qui râlait ou bien la mort elle-même rôdait-elle déjà entre les lits et les murs froids ? À part la première nuit où il s'abîma dans un sommeil profond, Lavrenti Pétrovitch passa toutes les autres sans dormir et elles étaient pleines de pensées nouvelles et effrayantes. La tête posée sur ses bras velus, sans un mouvement, il regardait fixement le tortillon lumineux du fil à travers l'abat-jour bleu et pensait à sa vie. Il ne croyait pas en Dieu, ne voulait pas de la vie et n'avait pas peur de la mort. Tout ce qu'il y avait en lui de force et de vie, tout avait été dilapidé et épuisé sans nécessité, sans utilité, sans joie. Quand il était jeune et que ses cheveux bouclaient sur sa tête, il avait volé son patron, on l'avait attrapé et cruellement, impitoyablement battu et il avait haï ceux qui l'avaient battu. Dans son âge mûr, il s'était servi de son capital pour étrangler de petites gens et n'avait que mépris pour ceux qui tombaient entre ses mains et eux le payaient de retour de leur haine farouche et de leur crainte. La vieillesse était venue et avec elle la maladie et on s'était mis à le voler lui aussi et il attrapait les imprudents et les battait cruellement, impitoyablement. Ainsi avait passé toute sa vie, elle était pleine de rancœur amère et de haine et les feux follets de l'amour s'y étaient vite éteints, ne laissant dans son âme que cendre et braise refroidie. À présent, il voulait quitter la vie, oublier, mais la nuit silencieuse était cruelle et implacable et, tantôt il riait de la bêtise humaine et de sa bêtise à lui, tantôt il serrait convulsivement ses mâchoires de fer et étouffait une longue plainte. Refusant de croire que quiconque puisse aimer la vie, il tournait la tête vers le lit voisin où dormait le diacre. Il scrutait longuement et attentivement le léger renflement blanc aux contours indéterminés et la tache sombre du visage et de la barbe et murmurait avec une joie mauvaise : « L'imb-bécile ! » Ensuite, il regardait l'étudiant endormi à qui la jeune fille avait donné des baisers pendant la journée et se reprenait avec une joie encore plus mauvaise : « Les imbéciles ! »

Pendant la journée, en revanche, son âme était au repos et son corps faisait tout ce qu'on lui commandait, prenait les médicaments et ne cessait de se tourner et de se retourner. Mais il s'affaiblissait chaque jour et il fut bientôt complètement laissé en paix, immobile, énorme, semblant valide et fort dans son énormité trompeuse.

Le diacre déclinait lui aussi : il allait moins dans les autres salles, riait moins souvent, mais quand le soleil donnait dans la salle, il se mettait à jaser abondamment et joyeusement, remerciait tout le monde et le soleil et les docteurs et se rappelait de plus en plus souvent son pommier « Transparence blanche ». Ensuite il entonnait « Magnifions par nos hymnes... » et son visage sombre, émacié, s'éclairait et se faisait aussi plus grave : on voyait toute de suite que c'était un diacre qui chantait et non un sacristain. Quand il avait fini de chanter, il allait auprès de Lavrenti Pétrovitch et lui parlait du papier qu'on lui avait remis à son ordination. « Grand comme ça, disait-il en écartant les mains et partout dessus, des lettres, plein de lettres. Des noires et d'autres, rehaussées d'or. On ne voit pas ça tous les jours ! » Il faisait le signe de croix devant l'icône et ajoutait, empreint de respect pour lui-même :

– Et en bas, il y avait le sceau épiscopal, énorme, ma parole, on aurait dit une vatrouchka. C'est le mot, à la bonne heure. Pas vrai, chef ?

Et il éclatait d'un long rire sonore qui dissimulait ses yeux délavés dans un réseau de fines petites rides. Mais le soleil se cachait derrière un nuage gris porteur de neige, on n'y voyait plus bien clair dans la salle et le diacre s'étendait sur son lit en soupirant.

III

Il restait encore de la neige sur les pelouses et dans les jardins, mais les rues, nettes et sèches, n'en avaient plus du tout depuis longtemps et elles étaient même poussiéreuses aux endroits de grand trafic. Seules, de minces coulées d'eau s'échappaient des jardinets entourés de grilles de fer et des cours d'immeubles, pour former des flaques sur l'asphalte lisse ; et de chacune de ces flaques partaient dans les deux sens des traces de pieds mouillés, d'abord sombres et nombreuses, mais, plus loin, rares et peu marquées, comme si d'un coup la foule qui passait là avait été soulevée de terre pour n'y être à nouveau déposée qu'à côté de la flaque suivante. Le soleil déversait dans la salle de vrais torrents de lumière et apportait tant de chaleur qu'il fallait s'en préserver comme en été et on avait peine à croire que derrière les minces carreaux des fenêtres l'air était froid, cru et humide. Quant à la salle, dans cette lumière, avec ses hauts plafonds, elle semblait un réduit exigu et étouffant dans lequel on ne pouvait pas tendre un bras sans se cogner au mur. Les doubles fenêtres empêchaient que la rumeur de la rue pénètre dans la clinique, mais quand, le matin, on ouvrait le large vasistas, le pépiement enivré, joyeux, assourdissant des moineaux y faisait irruption brusquement, d'un coup. Tous les autres sons étaient suspendus, discrets et comme vexés, cependant que leur cri envahissait triomphalement les corridors, montait les escaliers, faisait hardiment irruption dans un laboratoire, courant à grand bruit d'une éprouvette à l'autre. Ce cri naïf, pareil à celui d'un petit garçon insolent, faisait sourire les malades qui s'étaient éloignés dans le corridor et le diacre fermait les yeux, tendait les bras en avant et murmurait : « Un moineau ! À la bonne heure, un moineau ! » On fermait le vasistas, le cri sonore des moineaux mourait tout aussi soudainement qu'il était né, mais on aurait dit que les malades espéraient encore lui trouver des échos cachés, ils rentraient en hâte dans la salle et respiraient avidement les derniers effluves d'air frais. Les malades venaient maintenant plus souvent aux fenêtres et y restaient un bon moment, à frotter de leurs doigts les vitres qui de toute façon n'avaient pas besoin d'être lavées ; ils prenaient leur température de mauvaise grâce, en maugréant, et ne parlaient que de l'avenir. Et cet avenir, tous l'imaginaient radieux et bon, même le gamin de la salle onze qui, un beau jour, avait été transféré dans une chambre à part et ensuite avait disparu nul ne savait où, « avec un bon de sortie », comme disaient les filles de salle. Pas mal de malades l'avaient vu transporter, étendu dans ses draps, dans une chambre à part ; on le portait la tête devant et il était immobile, seuls ses yeux sombres, enfoncés, allaient d'un objet à un autre et il y avait en eux une sorte de tristesse résignée qui faisait peur, si bien que les malades se détournaient tous, incapables de soutenir son regard. Puis, tous devinèrent que le petit était mort, mais cette mort n'émut ni ne troubla personne : ici, elle était quelque chose d'aussi habituel et simple qu'elle devait l'être, probablement, à la guerre. Un autre malade de cette même salle onze était mort à peu près en même temps. C'était un petit vieux tout rabougri, à première vue encore plutôt frais, cassé par la paralysie ; il marchait en avançant tout le corps d'un seul tenant à partir de l'épaule et racontait une histoire, toujours la même, à tous les malades : le baptême de la Russie sous Saint Vladimir. Nul ne sut ce qui le touchait dans cette histoire parce qu'il parlait tout bas et indistinctement, qu'il mangeait les mots et en escamotait la fin, mais lui-même, apparemment, s'extasiait, il agitait le bras droit et roulait de l'œil droit — l'autre partie de son corps était paralysée —. S'il était de belle humeur, il terminait son récit en criant sur un ton enthousiaste, avec une force qui surprenait : « Dieu est avec nous ! » après quoi il s'en allait hâtivement, avec un rire confus et en se voilant naïvement la face. Mais il était le plus souvent affligé et se plaignait qu'on ne lui fasse pas prendre un bain chaud, qui aurait immanquablement dû lui permettre d'aller mieux. Un soir, quelques jours avant sa mort, on lui en prescrivit un et il passa la journée à s'exclamer : « Dieu est avec nous ! » et à rire ; une fois qu'il fut installé dans la baignoire, les malades qui passaient à côté entendirent une roucoulade impatiente et pleine de félicité : c'était le petit vieux qui pour la dernière fois faisait part de l'histoire du baptême de la Russie sous Saint Vladimir au garde qui veillait sur lui. Il n'y eut pas d'évolution notable dans la situation des malades de la salle n° 8. L'étudiant Torbetski se remettait, mais Lavrenti Pétrovitch et le diacre baissaient de jour en jour : la vie et la force les quittaient avec tant de sinistre discrétion qu'eux-mêmes ne se doutaient presque de rien et il semblait qu'ils n'avaient jamais déambulé à travers la salle, mais qu'ils étaient toujours restés bien tranquilles dans leurs lits.

Toujours avec la même régularité, les docteurs en blouses blanches et les étudiants venaient, auscultaient et martelaient et parlaient entre eux.

Le vendredi de la cinquième semaine du grand carême, on conduisit le diacre à un cours magistral et il revint de l'amphithéâtre excité et volubile. Il avait de longs rires, comme les premiers temps, faisait le signe de croix, remerciait et portait de temps à autre son mouchoir à ses yeux, après quoi ses yeux devenaient tout rouges.

– Qu'est-ce que vous avez à pleurer comme ça, père diacre ? lui demandait l'étudiant.

– Ah, taisez-vous donc, chef, répondait le diacre attendri, c'est merveilleux, à la bonne heure ! Sémion Nikolaïevitch m'a fait asseoir sur un fauteuil et, debout à côté, il dit aux étudiants : « Voici, il dit, un diacre… »

À cet instant, le diacre prit un air grave, se rembrunit, mais il eut à nouveau les larmes aux yeux et, en se détournant pudiquement, il expliqua :

– C'est qu'il est touchant, quand il fait cours, Sémion Nikolaïevitch. Tellement touchant que ça vous met l'âme à l'envers. C'est l'histoire, il dit, d'un diacre…

Le diacre eut un sanglot.

– C'est l'histoire, il dit, d'un diacre…

Les larmes empêchèrent le diacre de continuer, mais, une fois couché, sous la couverture, il souffla d'une voix étouffée :

– Toute ma vie, il l'a racontée. Que j'avais été sacristain, que je n'avais pas mangé à ma faim. Ma femme aussi, qu'il en soit remercié,

il n'a pas oublié d'en parler. C'est tellement émouvant, tellement émouvant. C'est comme si vous étiez mort et que quelqu'un faisait votre éloge. C'est, il dit, l'histoire, il dit, d'un diacre...
Et pendant que le diacre parlait, tout le monde vit bien qu'il allait mourir, cela devint d'une clarté aussi indiscutable et terrifiante que si la mort avait été là, au milieu d'eux. Il émanait du joyeux diacre un froid de ténèbres, invisible et effrayant et quand, avec un nouveau sanglot, il disparut sous la couverture, Torbetski frotta nerveusement ses mains refroidies, tandis que Lavrenti Pétrovitch éclata d'un rire grossier avant de se mettre à tousser.
Les derniers jours, Lavrenti Pétrovitch fut pris d'une forte agitation. Il tournait sans arrêt la tête en direction du ciel bleu qui resplendissait à travers la fenêtre. Infidèle à son immobilité, il se tournait et se retournait convulsivement sur son lit, geignait et se mettait en colère contre les filles de salle. Cette agitation ne cessait pas quand le docteur venait le voir, lors de sa tournée quotidienne et il finit par s'en apercevoir. C'était un homme généreux et bon et il demanda avec sympathie :
– Qu'est-ce qui vous arrive ?
– J'ai le cafard, dit Lavrenti Pétrovitch.
Et il dit cela de la voix qu'ont les enfants qui souffrent et il ferma les yeux pour cacher ses larmes. Et dans son « journal », parmi les notes sur l'état de son pouls et de sa respiration, ou sur le nombre de ses malaises, il apparut une nouvelle mention : « Le malade se plaint d'avoir le cafard. »
Comme précédemment, l'étudiant recevait les visites de la jeune fille qu'il aimait et l'air frais enflammait ses joues d'un feu si vif et si doux qu'on avait, sans savoir pourquoi, un plaisir un peu mélancolique à les regarder. Le visage penché sur celui de Torbetski, elle disait :
– Regarde comme j'ai les joues brûlantes.
Et il regardait, non avec les yeux, mais avec les lèvres, il regardait longuement et ardemment, car il était sur le chemin de la guérison

et avait repris des forces. Maintenant, ils ne se gênaient plus avec les autres malades et s'embrassaient sans se cacher ; le diacre détournait la tête avec délicatesse et Lavrenti Pétrovitch, sans plus faire semblant de dormir, les regardait, ironique et provocateur. Et ils aimaient le diacre et n'aimaient pas Lavrenti Pétrovitch.
Le samedi, le diacre reçut une lettre de chez lui. Il l'avait attendue toute la semaine et tout le service avait su que le diacre attendait une lettre et s'inquiétait avec lui. Ragaillardi et joyeux, il se leva de son lit et se promena d'une salle à l'autre, montrant partout la lettre, écoutant les congratulations, s'inclinant et remerciant. Tout le monde était au courant de la haute taille de sa femme mais, ce jour-là, il livra à son sujet un détail nouveau :
– Qu'est-ce qu'elle peut ronfler ! Une fois qu'elle est couchée, vous pouvez lui taper dessus à coups de limonière, vous ne la ferez pas lever. Elle ronfle et tout est dit. Ah c'est quelqu'un, ma parole !
Puis le diacre clignait de l'œil avec un air futé et s'écriait :
– Vous avez déjà vu une chose pareille ? Hein, chef ?
Et il montrait la quatrième page de la lettre, où était tracé le contour maladroit et tremblant d'une main d'enfant aux doigts écartés avec, au beau milieu, juste à l'endroit de la paume, les mots : « Tossik a apposé sa griffe. » Avant d'apposer sa griffe, Tossik était apparemment occupé à faire usage d'eau et de boue, car aux endroits qui correspondaient à la paume et à la pulpe des doigts, le papier conservait des traces distinctes de taches.
– C'est mon petit-fils, n'est-il pas mignon ? Quatre ans seulement et intelligent, tellement intelligent que je ne saurais vous dire. Il a apposé sa griffe, vous avez vu ?
Ravi de sa spirituelle plaisanterie, le diacre se frappait les cuisses et se courbait dans un accès de rire irrésistible et silencieux. Et son visage d'une pâleur tirant sur le jaune, qui n'avait pas vu l'air du dehors depuis longtemps, devenait pour une minute celui de quelqu'un de bien portant, dont les jours n'étaient pas encore

comptés. Et sa voix se faisait forte et ample et les sons du chant émouvant étaient pleins d'allant :
« Magnifions par nos hymnes celle qui est plus haute que les cieux et plus pure que les rayons du soleil, la Reine du monde, qui nous a délivrés de la malédiction !.. »
Le même jour, ce fut Lavrenti Pétrovitch qu'on emmena à la faculté. Il en revint tout agité, avec les mains qui tremblaient et un sourire en coin, moqueur, il envoya promener avec colère la fille de salle qui l'aidait à se coucher et ferma aussitôt les yeux. Mais le diacre, qui était déjà passé par la faculté, attendit le moment où Lavrenti Pétrovitch ouvrirait les yeux pour commencer à lui poser des questions avec une curiosité sympathique sur les détails de l'examen.
– Dis, chef, si ça ne fait pas quelque chose, hein ? Sûr que de toi aussi il a dit : c'est l'histoire, il a dit, d'un marchand...
Le visage de Lavrenti Pétrovitch se déforma de colère : après avoir incendié le diacre du regard, il lui tourna le dos et ferma résolument les yeux à nouveau.
– Ce n'est rien, chef, ne t'en fais pas, tu vas guérir et te mettre à danser, ça vaudra le coup de voir, comme au ciel ! poursuivit le diacre.
Il était étendu sur le dos et regardait rêveusement le plafond sur lequel jouait un rayon de soleil reflété par quelque objet. L'étudiant partit fumer et pendant les minutes de silence, on entendit la respiration pénible et rapide de Lavrenti Pétrovitch.
– Oui, chef, disait le père diacre, lentement, avec une joie tranquille, si tu passes par chez nous, viens à la maison, j'habite à quatre ou cinq verstes de la gare, le premier moujik venu t'y amènera. Ma parole, viens, je te paierai à boire, à la bonne heure ! J'ai un kvass, je ne saurais même pas te dire, tellement il est doux !
Le diacre soupira et, après une pause, reprit :
– J'irai à la Trinité. Je consacrerai pour toi un morceau de la prosphore. Ensuite, je ferai le tour des églises. J'irai aux bains.

Comment est-ce qu'ils s'appellent, déjà ? Commerciaux, c'est ça ? Lavrenti Pétrovitch ne répondit pas et le diacre décida lui-même de la réponse :
– Oui, commerciaux. Et là, à la bonne heure, je rentre chez moi ! »
Le diacre se tut, tout à sa béatitude et dans le silence qui s'installait, la respiration courte et entrecoupée de Lavrenti Pétrovitch rappelait le renâclement d'un vapeur à l'arrêt sur une voie de dégagement. Le tableau du bonheur à venir que le diacre avait imaginé ne s'était pas encore effacé devant ses yeux quand lui vinrent aux oreilles des mots incompréhensibles et effrayants. À eux seuls, les sons en étaient déjà horribles. Horrible était la voix grossière et vindicative, qui égrenait des mots insensés et cruels :
– C'est au cimetière de Vagankovo que tu vas aller, oui !
– Qu'est-ce que tu dis, chef ? disait le diacre, sans comprendre.
– À Vagankovo, au cimetière, je te dis, c'est là qu'il est temps que tu ailles, répondit Lavrenti Pétrovitch. Il tourna la tête vers le diacre et la souleva même de l'oreiller, pour qu'aucun mot ne manque celui vers lequel il était dirigé. Ou alors, ils vont te balancer au département d'anatomie et ils vont te couper en morceaux, à la bonne heure !
Lavrenti Pétrovitch éclata de rire.
– Tais-toi, tais-toi, que Dieu te préserve ! bredouilla le père diacre.
– Moi, ça va, il me préserve, mais alors, comment ils enterrent les morts, c'est ça qui vaut le coup d'œil. D'abord, ils leur coupent un bras et ils l'enterrent. Après, une jambe et ils l'enterrent. Il y en a un, le pauvre, ça fait un an qu'ils le trimbalent, ils n'arrivent pas à en venir à bout.
Le diacre restait silencieux et regardait fixement Lavrenti Pétrovitch, qui, lui, continuait à parler. Et il y avait quelque chose de dégoûtant et de misérable dans la franchise sans vergogne de ses paroles.
– Je te regarde, père diacre et je me dis : tu es vieux, bête, il faut le dire, jusqu'à la sainteté. Qu'est-ce que tu as à ne pas vouloir lâcher le morceau ? : « J'irai à la Trinité, j'irai au bains ». Et pareil, avec

ton pommier « Transparence blanche ». Il te reste tout juste une semaine à vivre et toi, tu…

– Une semaine ?

– Mais oui, une semaine. Ce n'est pas moi qui le dis, c'est les docteurs. J'étais couché, tantôt, je faisais semblant de dormir et toi, tu n'étais pas là. Les étudiants, ça parle, alors il y a un qui a dit : « Il n'en a plus pour longtemps, notre diacre. Il ne passera pas la semaine. »

– Passera pa-as ?

– Parce que tu crois que, elle, elle va te faire une faveur ?

Lavrenti Pétrovitch prononça le mot « elle » avec une expressivité effrayante. Puis il leva en l'air son poing énorme et noueux dont il admira avec nostalgie les contours massifs et il poursuivit :

– Regarde un peu ! Si j'en attrape un, je l'allonge et, pour lui, ce sera mal parti. Et puis quoi encore ? Non mais, franchement. Ah, pauvre diacre qui n'as rien dans la tête : « À la Trinité, j'irai aux bains. » Il y en a qui valaient mieux que toi et même eux, ils sont morts.

Le diacre avait le visage jaune comme le safran ; il ne pouvait ni parler, ni pleurer, ni même gémir. Lentement et sans rien dire, il s'affaissa sur son oreiller et avec précaution, fuyant la lumière et les mots de Lavrenti Pétrovitch, il s'enveloppa dans sa couverture et ne bougea plus. Mais l'autre ne pouvait pas ne pas parler : chacun des mots dont il avait frappé le diacre lui apportait joie et réconfort. Et il dit avec une fausse bonhomie :

– C'est comme ça, mon père. Dans une petite semaine. Comme tu dis : c'est mal parti. S'il y en a un qui est mal parti, c'est bien toi. Et, toi, tu veux aller aux bains, pauvre imbécile ! Dans l'autre monde, peut-être que toi et moi on se fera frictionner avec des branches de bouleau bien brûlantes, c'est bien possible, il n'y a pas de raisons.

Mais à ce moment un étudiant entra et Lavrenti Pétrovitch fut forcé de se taire. Il essaya de tirer sur lui sa couverture, comme le diacre, mais sortit bientôt la tête de l'obscurité et regarda l'étudiant d'un air moqueur.

– Aujourd'hui non plus, elle ne viendra pas, la frangine, à ce que je vois ? lui demanda-t-il avec la même fausse bonhomie et un mauvais sourire.
– Non, elle est souffrante, lança brièvement l'étudiant maussade, depuis la fenêtre.
– Quel dommage ! fit Lavrenti Pétrovitch en secouant la tête. Qu'est-ce qu'elle a donc ?
Mais l'étudiant ne répondit pas : il semblait ne pas avoir entendu la question. C'était la troisième fois que la jeune fille qu'il aimait manquait l'heure des visites ; ce jour-là non plus, elle ne viendrait pas. Torbetski faisait mine de regarder dans la rue par la fenêtre par désœuvrement, mais en réalité il s'efforçait de voir sur la gauche, là où se trouvait une entrée inaccessible au regard et collait son front à même la vitre. C'est ainsi que, entre l'horloge et la fenêtre, les yeux braqués sur l'une puis sur l'autre, il passa le temps habituellement dévolu à l'accueil des visiteurs : de deux à quatre heures. Fatigué et pâli, il prit le thé sans appétit et se coucha sans remarquer l'étrange mutisme du diacre, ni la volubilité tout aussi étrange de Lavrenti Pétrovitch.
– Elle n'est pas venue, la frangine ! dit Lavrenti Pétrovitch avec son mauvais sourire.

IV

Cette nuit-là, accablante de longueur et de vacuité, l'ampoule brillait comme toujours sous l'abat-jour bleu et le silence sonore tressaillait et s'effrayait, portant de salle en salle les faibles plaintes, le ronflement et la respiration des malades. Une petite cuiller tomba sur une dalle et elle fit un tintement pur comme celui d'une clochette qui dura longtemps dans l'air calme et immobile. Dans la salle n° 8, personne ne dormait cette nuit-là, mais tous étaient couchés sans faire de bruit et semblaient sommeiller. Seul Torbetski, indifférent à la présence d'autres personnes dans la salle, était agité et se retournait, tantôt sur le dos, tantôt sur le ventre, soupirait profondément et remettait à sa place sa couverture qui glissait. À deux reprises, il alla fumer et finit par s'endormir, cédant aux exigences de son organisme convalescent. Et son sommeil était profond et sa poitrine se soulevait régulièrement, avec facilité. Il faut croire qu'il faisait de beaux rêves : un sourire apparut sur ses lèvres et y resta longtemps, étrange et touchant, alors que son corps était profondément immobile et ses yeux fermés.

Loin, dans un amphithéâtre sombre et vide, trois heures venaient de sonner quand un son tremblant et mystérieux entra dans l'oreille de Lavrenti Pétrovitch, assoupi depuis peu. Il apparut aussitôt après le battement musical de l'horloge et, la première seconde, sembla doux et beau comme une chanson lointaine et mélancolique. Lavrenti Pétrovitch prêta l'oreille : le son prenait de l'ampleur et grandissait, toujours aussi mélodieux, il ressemblait maintenant aux pleurs d'un enfant enfermé dans une chambre sans lumière et qui a peur du noir, peur de ceux qui l'ont enfermé et retient dans sa poitrine les sanglots et les soupirs qui montent. La seconde suivante, Lavrenti Pétrovitch se réveilla pour de bon et trouva tout de suite la solution de l'énigme : c'était un adulte qui pleurait, ses pleurs n'avaient rien de beau, il haletait, étouffé par ses larmes.

– Qui c'est ? demanda Lavrenti Pétrovitch, effrayé, mais il ne reçut pas de réponse.

Les pleurs cessèrent et la salle en devint encore plus triste et plus douloureuse. Les murs blancs étaient immobiles et froids et il n'y avait pas âme qui vive auprès de qui se plaindre de sa solitude, de sa peur et à qui demander protection.

– Qui est-ce qui pleure ? répéta Lavrenti Pétrovitch. Diacre, c'est toi ?

Le sanglotement eut l'air de se cacher quelque part, juste là, près de Lavrenti Pétrovitch et maintenant, n'étant plus retenu par rien, il se donna libre cours. La couverture qui enveloppait le diacre se mit à onduler et une lamelle de métal tapa sur un objet en fer qu'on entendit vibrer.

– Voyons, arrête, bredouilla Lavrenti Pétrovitch, ne pleure pas !

Mais le diacre pleurait et la lamelle tapait de plus en plus fréquemment, secouée par son corps sanglotant et hoquetant. Lavrenti Pétrovitch s'assit sur son lit, resta un instant à se demander ce qu'il allait faire et posa sur le sol ses pieds engourdis. Quand il se mit debout, quelque chose de chaud et de bruyant lui cogna dans la tête, comme si une bonne dizaine de meules s'étaient mises à tourner en grondant dans son cerveau, sa respiration s'interrompit et le plafond glissa rapidement vers le bas. Tenant difficilement sur ses jambes sous l'effet de ce soudain vertige, ressentant les battements de son cœur avec autant de netteté que si, au-dedans de sa poitrine, quelqu'un frappait avec un marteau, Lavrenti Pétrovitch reprit son souffle et franchit résolument l'espace d'un pas et demi qui le séparait du lit du diacre. Là, il lui fallut à nouveau souffler un peu. Reniflant péniblement, par à-coups, il posa sa main sur le renflement tressautant, qui s'était écarté pour lui laisser de la place sur le lit et dit d'une voix suppliante :

– Ne pleure pas. Ce n'est pas la peine de pleurer. Tu as peur de mourir ?

Le diacre retira brusquement la couverture de sa tête et s'écria plaintivement :

– Ah, chef !

– Eh bien quoi ? Tu as peur ?

– Non, chef, je n'ai pas peur, répondit le diacre de la même voix chantante et plaintive et il secoua la tête avec énergie. Non, je n'ai pas peur, répéta-t-il et après s'être remis sur le côté, il gémit et hoqueta sous l'effet des sanglots.

– Il ne faut pas te fâcher de ce que je t'ai dit tantôt, implora Lavrenti Pétrovitch, ce serait bête de se fâcher, vieux.

– Mais je ne suis pas fâché. De quoi est-ce que je pourrais bien me

fâcher ? Comme si c'était toi qui faisais venir la mort ? Elle n'a pas besoin qu'on l'appelle...
Et le diacre poussa un soupir d'une voix haute, qui partait dans les aigus.
– Qu'est-ce que tu as à pleurer comme ça ? demandait Lavrenti Pétrovitch, perplexe, avec la même lenteur.
La pitié pour le diacre commençait à passer et à laisser place à une perplexité douloureuse.
Son regard interrogateur allait du visage sombre du diacre à sa pauvre petite barbe toute blanche, il sentait sous sa main les soubresauts impuissants de son corps et restait perplexe.
– Qu'est-ce donc qui te fait brailler ? demandait-il avec insistance.
Le père diacre se couvrit le visage de ses mains et, agitant la tête, prononça, d'une voix haute, chantante :
– Ah, chef, chef ! Le soleil va me manquer ! Si seulement tu savais comment il brille par chez nous, dans la province de Tambov. À la..., à la bonne heure !
– De quoi ? Le soleil ?
Lavrenti Pétrovitch ne comprit pas et se fâcha contre le diacre. Mais il se souvint alors du flot de lumière brûlante qui pendant la journée se déversait par la fenêtre et dorait le sol, il se souvint de la lumière que le soleil jetait sur la Volga dans la province de Saratov, sur la forêt, sur le sentier poussiéreux et sur la campagne et il battit des mains et se frappa la poitrine et il tomba avec un sanglot enroué, la tête en bas, sur l'oreiller, côte à côte avec le visage du diacre. Alors, ils pleurèrent tous les deux. Ils pleurèrent le soleil qu'ils ne verraient plus, le pommier « Transparence blanche », qui donnerait des fruits sans eux, les ténèbres qui allaient les envelopper, la douce vie et la mort cruelle. Le silence sonore reprenait leurs sanglots et leurs soupirs et les portait de salle en salle, les mêlant au ronflement robuste des garde-malades fatiguées par la journée, aux plaintes et à la toux des patients gravement atteints et à la respiration légère

de ceux qui étaient sur la voie de la guérison. L'étudiant dormait, mais le sourire avait disparu de ses lèvres et des ombres sans vie bleu sombre étaient descendues sur son visage immobile que l'immobilité même rendait triste et douloureux. L'ampoule électrique répandait une lumière sans le moindre clignement, inerte et il émanait des hauts murs blancs une indifférence obtuse.

Lavrenti Pétrovitch mourut la nuit suivante à cinq heures du matin. Dès la soirée, il s'était endormi profondément, s'était réveillé avec la conscience de mourir et de devoir faire quelque chose : demander de l'aide, pousser un cri ou faire le signe de croix et il perdit connaissance. Sa poitrine s'éleva haut et s'abaissa, ses jambes se crispèrent et se détendirent, sa tête alourdie pendit au bord de l'oreiller et son poing massif roula lourdement de sa poitrine dans le vide. Dans son sommeil, le diacre entendit le crissement du drap et demanda sans ouvrir les yeux :

– Qu'est-ce qui te prend, chef ?

Mais nul ne lui répondit et il se rendormit. Le lendemain les docteurs lui assurèrent qu'il vivrait et il les crut et en fut heureux : il salua simplement de la tête, qu'il garda sur l'oreiller, remercia et souhaita à tous de joyeuses pâques.

L'étudiant était heureux lui aussi et dormait à poings fermés, comme quelqu'un de bien portant. La veille, la jeune fille était venue le voir, elle l'avait embrassé ardemment et avait dépassé de vingt minutes exactement l'heure autorisée.

Le soleil se leva.

5-16 février 1901

Le retour

Traduction d'Olga Artyushkina

...Ensuite nous avons parlé des rêves qui comportent tant de merveilleux ; et voici l'histoire que m'a racontée Sergueï Sergueïtch quand tout le monde fut reparti chez soi et que nous nous sommes retrouvés seuls dans une grande pièce plongée dans la pénombre.
J'ignore encore aujourd'hui ce que c'était. Bien sûr, c'était un rêve, cela relève du simple bon sens, mais il y avait encore autre chose, très proche de la réalité ou alors du délire avec ses visions trompeuses. Mais je sais une chose : je n'étais plus allongé dans mon lit, j'étais en train de déambuler dans ma cellule lorsque j'ai eu cette vision — il me semble que j'avais gardé les yeux ouverts — quoi qu'il en soit, dans mes souvenirs, ce rêve... ou cette histoire ? a la même importance que toutes les choses qui sont réellement arrivées. Et peut-être même plus d'importance que toutes ces choses.
Cela eut lieu à la tombée de la nuit. J'étais en détention préventive à Saint-Pétersbourg depuis trois ans pour une affaire politique ; j'étais dans une cellule à l'isolement ; j'ignorais tout du destin de mes camarades. Petit à petit, je sombrais dans l'indifférence et l'abrutissement, accablé par le sentiment que la vie s'était arrêtée et que tous les jours qui défilaient se ressemblaient.

Je lisais très peu, je passais la plupart de mon temps à arpenter ma cellule qui faisait à peine quatre mètres en marchant très lentement pour éviter le vertige, et je déroulais dans ma tête, encore et encore, les mêmes images estompées, les mêmes événements révolus depuis longtemps, les mêmes visages lointains, à moitié oubliés. Mais d'un de ces visages, même s'il était le plus inaccessible de tous, je me souvenais nettement : c'était celui de Maria Nikolaïevna, une très belle jeune fille, ma fiancée restée en liberté. Par chance, elle avait échappé à l'arrestation, mais j'ignorais tout de son sort ; je pouvais seulement supposer qu'elle était en vie, rien de plus.

Et, en ces crépuscules précoces habituels à l'automne de Saint-Pétersbourg, je pensais à Maria Nikolaïevna ; je marchais lentement, en long et en large, sur le sol bitumé et je pensais à elle. Il y avait ce silence propre aux prisons ; la nuit tombait, les murs gris passaient l'un après l'autre devant moi, encore et encore, jusqu'au moment où j'eus l'impression d'être parfaitement immobile et de devenir le pivot de ma cellule qui tournait silencieusement autour de moi. Soudain, je me suis retrouvé à Moscou ; je continuais à marcher du même pas le long de la rue de Tver en direction des boulevards. Cela se passait dans la journée, en hiver ; il faisait clair et il y avait beaucoup de monde dehors, la rue était très animée à cause de la circulation des traîneaux. Je regardai ma montre — il était trois heures passées, mais je me fis la remarque qu'« à Saint-Pétersbourg, la nuit tombe plus tôt » et, soudain, je me sentis angoissé. J'étais venu à Moscou avec Maria Nikolaïevna pour régler quelques affaires du parti ; nous avions loué une chambre au vieil hôtel Loskoutny en nous faisant passer pour un couple marié et elle était restée toute seule dans la chambre. Il est vrai que je lui avais dit de s'enfermer à clé et de ne laisser entrer personne... Mais qui sait ?Quelqu'un pouvait arriver, quelqu'un pouvait la faire sortir, quelqu'un pouvait lui tendre un piège ; il fallait rentrer sur le champ !

Je pris un fiacre pour aller à l'hôtel ; une fois arrivé, en toute hâte,

je grimpai les marches de l'escalier et franchis les deux couloirs qui me séparaient de notre chambre ; je m'arrêtai devant la porte : soulagé, je vis que la clé n'était pas pendue au crochet extérieur : Maria Nikolaïevna devait donc être là. Je frappe à la porte de la façon convenue. J'attends. Rien. Je frappe plus fort, je tire sur la poignée, toujours rien. Soit il lui est arrivé quelque chose, soit elle est sortie. Par chance, Vassili, le garçon d'étage, passait juste à ce moment-là. Je m'empresse de lui demander :
– Vassili, savez-vous si mon épouse est là ? Ou est-ce qu'elle est sortie ? Elle n'a pas reçu de visites ?
Vassili ne sut pas me répondre immédiatement, car il y avait pas mal de monde dans l'hôtel, mais il finit par se rappeler :
– Mais oui, bien sûr, bien sûr, Sergueï Sergueïtch. Madame est sortie, je l'ai vue moi-même partir ; elle a mis la clé dans sa poche.
– Elle était seule ?
– Non, elle était avec ce Monsieur, une de vos connaissances. Un grand Monsieur, il portait une chapka en mouton noir.
Vassili ne pouvait pas en dire plus sur cet inconnu, il l'avait vu passer rapidement.
– A-t-elle laissé un message pour moi ?
– Non, Sergueï Sergueïtch, rien.
– Ce n'est pas possible, Vassili, vous avez dû oublier !
– Mais non, Sergueï Sergueïtch, pas de message. Mais il faut demander au suisse, peut-être qu'elle lui a dit quelque chose à lui.
Nous allâmes voir le suisse. Vassili m'accompagna, car il avait compris que j'étais très inquiet : nous n'étions pas censés connaître qui que ce soit à Moscou et ce grand monsieur en chapka noire me faisait très peur. Finalement, le suisse n'avait aucun message de la part de Maria Nikolaïevna ; cela ne présageait rien de bon.
– Savez-vous au moins dans quelle direction ils sont partis ? demandai-je encore au suisse. Je n'avais aucune idée de ce que je devais faire ni où chercher.

– Attendez, Sergueï Sergueïtch, j'avais complètement oublié : je leur ai trouvé un fiacre, mais oui !
– Pour aller où ?
– Je ne sais pas où, j'ai seulement hélé le cocher. Mais le voilà, il est là, avec son fiacre ; il est de retour. C'est lui, c'est sûr !
À ce moment-là, nous étions déjà sortis dans la rue et nous nous tenions près de la porte cochère : le suisse appela le cocher et celui-ci nous raconta qu'il venait, en effet, de déposer deux passagers, une dame et un monsieur. C'était une longue course : il ne connaissait pas le nom de la rue où étaient descendus ses deux clients, car il se rendait rarement de ce côté-là et ne faisait que suivre leurs indications. Que faire ?
– Mais tu pourrais peut-être la retrouver de mémoire, cette rue ? lui demanda le suisse qui désirait m'aider. Tu as du métier tout de même !
Le cocher réfléchit un moment, puis accepta :
– Pour trouver, je trouverai, c'est sûr, mais mon cheval est fatigué. J'hésite, je ne sais pas s'il va y arriver.
Mais je finis par le convaincre, en lui promettant de bien le payer pour sa peine ; nous nous mîmes donc en route. Je me souviens encore que le suisse ajusta la couverture en m'aidant à m'installer et qu'il me cria :
– Bonne chance, Sergueï Sergueïtch !...
Au début, cette course fut même agréable : j'avais trouvé une piste, ce n'était pas rien, et la suite n'était qu'une question de temps ; cela prendrait une demi-heure ou, dans le pire des cas, une heure ; les rues étaient pleines de vie. Les réverbères n'étaient pas encore allumés, alors que les lumières brillaient déjà dans les magasins et les boutiques, il y avait du monde et du bruit partout. On devait patienter aux carrefours ; le cheval attelé au fiacre qui nous suivait posait presque sa tête aux naseaux fumants sur mon épaule. Toute cette joyeuse agitation faisait penser aux soirées avant

Noël ; d'ailleurs, c'était exactement cela — comment avais-je pu l'oublier ! — sur la place du Théâtre enneigée se profilait un petit bois de jeunes sapins d'un vert profond ; ils sentaient très bon et ne ressemblaient en rien aux arbres coupés. Tout autour déambulaient des silhouettes sombres vêtues de pelisses et de cafetans ; elles aussi dégageaient une odeur de forêts lointaines et ne semblaient pas appartenir à la ville.

Nous passâmes ainsi par deux ou trois rues animées d'une bruyante agitation ; les réverbères s'allumèrent enfin, ajoutant la touche finale à cette ambiance de fête, pleine de joie et de légèreté comme aux temps de l'enfance. Mais on ne voyait pas la fin de ces rues et certaines semblaient interminables ; nous finîmes par nous retrouver dans les quartiers de Moscou que je ne connaissais pas du tout. Au début, mon cocher donnait les noms des rues aux sonorités inhabituelles et étranges, mais une fois engagé dans les ruelles, il se tut ; c'était le début de l'inconnu pour lui aussi.

Il est en soi assez désagréable de rouler dans une ville inconnue : ces passages étranges et tortueux entre les bâtiments perdent toute cohérence et ne ressemblent même plus à des rues ; on n'est plus sûr de la direction, on n'est plus sûr de rien et naît alors une vague impression d'être dans une impasse ; lorsque je me rendis compte que Moscou, que j'avais pourtant l'impression de bien connaître, était devenue cette ville inconnue, je ressentis un malaise et bientôt de l'horreur. Nous nous enfoncions dans un gouffre de ruelles sombres et anonymes qui sentaient le danger, le mensonge, la trahison. Je pensais sans cesse à Maria Nikolaïevna et à cet inconnu en chapka de mouton noir ; j'avais envie de fuir, de lancer le cheval au galop, mais le cocher, silencieux, continuait de faire avancer notre fiacre avec la même lenteur pénible, à tourner encore et encore, en tirant sur les rênes d'un geste hésitant.

Son dos immobile hypnotisait mon regard et je finis par avoir l'impression que je n'avais connu, depuis toujours, que ce dos qui se présentait à moi comme quelque chose de parfaitement abouti, d'éternel et de fatal, égal à lui-même. Les réverbères devenaient plus rares, on voyait de moins en moins de magasins illuminés et de fenêtres éclairées dans les maisons, comme si c'était déjà la nuit et que tout le monde dormait. Le cocher s'arrêta au coin de la rue.

– Qu'est-ce qui t'arrive ? Ton cheval n'avance plus. Pourquoi t'es-tu arrêté ? lui demandai-je, inquiet.

Le cocher ne répondit rien. Et, soudain, il fit demi-tour, manquant de me faire tomber du traîneau penché.

– Tu es perdu ?

Il ne dit rien pendant quelque temps, puis finit par répondre, à contrecœur :

– Nous sommes déjà passés par ici. Vous ne reconnaissez donc pas ?

Je regardai autour de moi. Et en effet, je reconnus les lieux : le réverbère, le trottoir avec un tas de neige sur le côté — mais oui, nous sommes déjà passés par ici ! Et c'est à ce moment-là que commença le plus insupportable : nous nous mîmes à tournoyer pendant un temps interminable dans les rues et les ruelles que nous avions déjà empruntées : peu importe où l'on tournait — nous finissions immanquablement par retourner au même endroit vu, probablement, plus d'une fois. Nous traversâmes une large rue pleine de monde avec des magasins, et je la reconnus. Un peu plus tard, nous la traversions de nouveau, avec ce même sergent de ville au carrefour.

– On pourrait demander notre chemin à quelqu'un ? proposai-je, indécis.

– Et qu'est-ce qu'on va demander ? répondit le cocher, l'air maussade. Nous ne savons même pas ce qu'on cherche.

– Mais tu m'avais dit que...

– J'avais dit, j'avais dit... Je sais bien.

– Allez, essaie, mon brave ! C'est très important pour moi, vraiment.

Le cocher ne disait rien. Nous avançâmes encore jusqu'au milieu de la ruelle et il me dit, à contrecœur :

– Mais j'essaie, qu'est-ce que vous croyez ?
Nous finîmes par nous sortir de ce cercle envoûté : cette ruelle avec une longue palissade, je ne l'avais pas encore vue. Le cocher sembla lui aussi plus sûr de lui, il tira sur les rênes d'un geste plus assuré et me lança, sans se retourner :
– C'est bien par ici.
– On arrive bientôt ?
– Je ne sais pas. Non, on en a pour un moment encore.
Et c'est à ce moment-là que commença pour moi un nouveau cauchemar : une obscurité presque absolue, une enfilade de palissades sans fin, de vieux jardins avec des arbres énormes dont les branches pendaient au milieu de la route, des terrains vagues, des maisons sombres et maléfiques, sans aucune lumière, qui semblaient inhabitées. Comment Maria Nikolaïevna avait-elle pu se retrouver ici ? Qu'avait-il pu lui arriver ? C'était, sans aucun doute, un piège ; une trahison immonde et cruelle, c'est certain. Qui était ce grand type qui l'avait emmenée avec lui ? On ne connaissait personne à Moscou ; d'ailleurs, nous n'étions pas censés connaître qui que ce soit.
Les palissades s'étiraient toujours, interminables ; et je ne comprenais plus rien : étaient-ce de nouvelles palissades ou bien était-ce un nouveau cercle infernal et nous ne faisions que tourner encore en rond ; peut-être, étions-nous en train de nous éloigner. Tout semblait à la fois connu et inconnu ; mon cœur se mit à battre à grand coups sourds et saccadés, mais soudain le cocher annonça :
– On arrive.
– Où ça ?
– Vous voyez la palissade par-là. Il y a un portillon.
Oui, voilà la palissade et le portillon ; il fait nuit, mais on le voit bien. Nous nous arrêtons. En me prenant les pieds dans la couverture, je saute à toute vitesse du fiacre, j'enjambe un tas de neige et m'approche du portillon. Il est fermé. Pas une trace de

sonnette, ni même de poignée que l'on pourrait tirer. De vieux arbres muets couverts de neige surplombent la palissade ; pas un bruit. Cela devient une vraie énigme : quelle nécessité fatale a conduit ici Maria Nikolaïevna ? J'ai le souffle coupé par le douloureux pressentiment d'un malheur et de quelque chose de malfaisant, mes jambes faiblissent et tremblent, je sens la terre se dérober sous mes pieds.

Je frappe timidement. Aucune réponse. Je frappe plus fort. Aucune réponse. Toujours le même silence, les branches muettes qui semblent des serpents peints en blanc d'un seul côté. Il y a une fente dans la palissade. J'en profite pour regarder : j'aperçois une allée déneigée ; au fond du jardin, tapie dans l'ombre, une maison, sombre, effrayante, sans aucune lumière. Mais il y a des gens à l'intérieur, il se passe quelque chose, je le sens nettement, je le sais, car cette horrible maison tapie là, avec ses fenêtres d'une fausse obscurité, sent clairement la trahison.

Alors je ne crains plus rien, je me mets à tambouriner de toutes mes forces au portillon. Je me mets à crier. Ouvrez ! Les coups se suivent et finissent par se confondre en un seul grondement qui résonne dans toute la rue avec ses palissades nues ; je me noie dedans, je n'entends plus mes propres cris. J'en ai mal aux mains, mais je continue à cogner de plus belle, avec rage ; le portillon, la palissade, toute la rue résonne, comme un pont en bois piétiné par un convoi de pompiers lancé au grand galop. Mais voilà que j'entrevois une lumière jaune ; elle se faufile par la fente, glisse sur les branches, vacillante. Quelqu'un s'approche avec une lanterne !

J'arrête de frapper. La lumière est de plus en plus proche. On distingue le bruit des pas et des voix qui parlent tout bas : on approche ! Mon cœur bat la chamade, saisi par la peur et l'attente : il y a quelque chose d'effrayant dans ces voix sourdes, dans cette lumière vacillante. Ils se sont arrêtés derrière le portillon, mais ils ne sont pas pressés, Dieu sait pour quelle raison. Mais voilà qu'on

entend le cliquetis métallique des clés, c'est tout un trousseau, le mécanisme cède en émettant un grognement et une vive lumière m'éblouit : le portillon est ouvert.
Le portillon est ouvert et derrière se trouve le geôlier de ma prison, de ma prison à moi, une lampe à la main, accompagné de ses subalternes. Mon geôlier ! Que fait-il ici ? Je n'arrive pas à comprendre ce qui se passe. Où suis-je arrivé ? À quelle porte ai-je frappé ?
Il fait noir dans ma cellule, alors que le geôlier et son subalterne sont en pleine lumière ; derrière eux, je vois un couloir éclairé. Mais je n'ai toujours pas l'impression d'être dans ma cellule, je me crois encore dehors, dans cette rue ; je crois que ce n'est pas la porte de ma cellule qui vient de s'ouvrir, mais ce portillon effrayant et mystérieux. Je crois que j'ai crié :
– Qui est là ?
Les deux hommes sont toujours là, sur le seuil de la porte, en pleine lumière, et me regardent d'un air étonné. Le gardien dit :
– Qu'avez-vous à frapper comme ça, Sergueï Sergueïtch ? J'allais vous porter une lampe et voilà que j'entends un vacarme pas possible ! Tenez la lampe, je vais vous apporter de l'eau chaude. Mais il faut arrêter de taper comme ça, ce n'est pas bien.
Et me voilà, la lampe à la main, et voilà le bruit familier de la porte qui se referme. Oui, c'est bien ma cellule de prison ! Oui, je suis seulement dans ma cellule.
...Voilà ce qu'était mon rêve ou ce qu'on appelle un rêve. Mon départ était un retour ; après avoir longuement et péniblement tourné en rond, j'ai accompli le dernier cercle et frappé à la porte de ma propre prison.

Extrait d'un récit qui ne sera jamais achevé

Traduction de Jean-Luc Goester

Épuisé par la terrible incertitude qui avait marqué la journée, je m'étais endormi tout habillé sur mon lit, lorsque ma femme me réveilla. La flamme d'une bougie tremblait dans sa main, et au milieu de la nuit, elle me sembla aussi lumineuse qu'un soleil. Et derrière la bougie, il y avait un menton pâle qui tremblait, et deux immenses yeux immobiles et sombres, que je ne connaissais pas.

– Tu sais, dit-elle, tu sais, dans notre rue on élève des barricades.

Tout était silencieux, et nous nous regardions l'un l'autre, nous nous regardions droit dans nos yeux d'inconnus et je sentais pâlir mon visage. La vie s'en était allée quelque part, puis était revenue avec de forts battements de cœur. Tout était silencieux, la flamme de la bougie tremblait, elle était petite, terne, mais pointue comme un sabre à lame recourbée.

– Tu as peur ? ai-je demandé.

Le menton pâle trembla, mais les yeux restèrent fixes et m'observaient sans le moindre clignement, et ce n'est qu'à ce moment que je me rendis compte à quel point ils m'étaient étrangers, combien ils étaient effrayants. Je les avais regardés dix ans durant, je les connaissais mieux que les miens, mais là, il y avait en eux quelque chose de nouveau, que je ne savais pas nommer. J'aurais pu appeler cela de l'orgueil, mais il y avait autre chose, quelque chose de nouveau, d'absolument nouveau. Je lui pris la main : elle était froide, elle me répondit en serrant fermement la mienne, et dans cette étreinte, il y avait quelque chose de nouveau, que je ne connaissais pas. Jamais encore elle ne m'avait serré la main comme ça.

– Ça fait longtemps ? demandai-je.

– Depuis une heure. Et ton frère est déjà parti. Il a sans doute craint que tu ne le laisses pas y aller, et il s'est éclipsé en douce. Mais je l'ai vu.

C'est donc la vérité : c'est arrivé. Je me suis levé et, allez savoir pourquoi, j'ai fait longuement ma toilette, comme tous les matins, quand j'allais travailler, et ma femme m'éclairait. Ensuite, nous avons soufflé la bougie et nous nous sommes approchés de la fenêtre qui donnait sur la rue. C'était le printemps, le mois de mai, et par la fenêtre ouverte s'est engouffré un air tel qu'il n'y en n'avait jamais eu auparavant dans cette vieille ville immense. Depuis plusieurs jours déjà, les usines et le chemin de fer avaient cessé le travail, et l'air, débarrassé de la fumée du charbon, était imprégné de l'odeur des champs, des jardins en fleur et aussi de rosée, semblait-il. Je ne sais pas ce qui sent si bon, les nuits de printemps, quand on s'éloigne loin, très loin de la ville. Et pas un seul réverbère, pas un seul équipage, pas le moindre bruit de la ville au-dessus de l'étendue infinie de pierre, et en fermant les yeux, on se serait véritablement cru à la campagne. Et voilà justement un chien qui aboie ! Pas une seule fois je n'avais entendu aboyer un chien dans une ville, et j'en ai ri de bonheur.

– Un chien ! Tu entends ?

Ma femme me prit dans ses bras et me dit :

– Ils sont là-bas, au coin.

Nous nous sommes penchés à la fenêtre et là-bas, dans la profondeur sombre et transparente, nous avons aperçu comme un mouvement. Non pas des gens, mais un mouvement. On démolissait quelque chose, et on construisait. Quelqu'un bougeait, insaisissable comme une ombre. Soudain, des coups retentirent : une hache ou un marteau. C'était si sonore, si joyeux, c'était comme dans une forêt, au bord d'une rivière, quand on répare une barque ou quand on construit un barrage. Et, tout heureux à la perspective de me joindre à un travail joyeux et bien mené, j'ai serré vigoureusement ma femme dans mes bras, tandis que, par-dessus les maisons, par-dessus les toits, elle regardait le croissant aigu de la jeune lune qui commençait à s'incliner sur l'horizon. Il était si jeune, si drôle, tout pareil à une jeune fille qui rêve, qui n'ose raconter ses rêves à personne, et il ne brillait que pour lui-même.

– Quand elle sera pleine...

– Non, il ne faut pas ! Il ne faut pas, m'interrompit ma femme, prise d'une peur incompréhensible pour moi. Il ne faut pas parler de ce qui va arriver. À quoi bon ? Ça a peur des mots. Viens, allons par là.

Il faisait sombre dans la chambre, longtemps nous sommes restés silencieux, sans nous voir, mais nous pensions à la même chose. Et quand j'ai dit quelque chose, il m'a semblé que c'était quelqu'un d'autre qui parlait : je n'avais pas peur, mais cet autre avait une voix rauque, comme étouffée par la soif.

– Et alors, comment ?...

– Et eux ?

– Tu resteras avec eux, leur mère leur suffira. Et moi je ne peux pas.

– Et moi, je peux ?

Je suis sûr qu'elle n'a pas bougé de sa place, mais j'ai senti clairement : elle s'éloignait, elle était loin, elle était loin. Et il a fait soudain si froid, et j'ai tendu mes bras, mais elle les a repoussés.

– Des fêtes comme ça, ça n'arrive aux hommes qu'une fois tous les cent ans, et tu voudrais m'en priver ? Et pour quelle raison ? dit-elle.

– Mais on pourrait te tuer. Et nos enfants mourront.

– La vie sera bienveillante pour eux. Et même s'ils meurent...

Et c'est elle qui disait cela, ma femme, une femme avec laquelle j'avais vécu dix ans ! Hier encore, il n'y avait pour elle rien d'autre que ses enfants, et elle vivait dans une peur constante pour eux ; hier encore, pleine de frayeur, elle cherchait à déceler les signes menaçants de l'avenir. Que lui était-il arrivé ? Hier... Mais c'est que moi aussi, j'avais tout oublié de ce qu'il y avait eu hier.

– Tu veux venir avec moi ?

– Ne te fâche pas ! Elle croyait que j'étais fâché. Ne te fâche pas ! Ce matin, quand ils ont commencé à taper et que tu dormais encore, j'ai compris, j'ai soudain compris que mon mari, mes enfants, tout cela, c'était juste comme ça, que c'était pour un moment. Je t'aime, je t'aime très fort, — elle trouva ma main et la serra de cette même nouvelle étreinte que je ne connaissais pas — mais tu entends, ils tapent, n'est-ce pas ? Ils tapent et c'est comme si tombaient... comme si tombaient des murs, et tout est si vaste, si ample, si libre. Dehors c'est la nuit, mais il me semble que le soleil brille. J'ai trente ans, je suis vieille déjà, mais j'ai l'impression d'avoir dix-sept ans, et d'aimer quelqu'un pour la première fois, d'un amour si immense, si infini !

– Quelle nuit ! dis-je. C'est comme si la ville n'existait pas. C'est vrai, et moi aussi j'ai oublié l'âge que j'ai.

– Ils tapent, et c'est comme une musique, comme un chant, dont j'ai rêvé toute ma vie. Et je ne savais pas qui j'aimais de cet amour fou, de cet amour qui donne envie de pleurer, de rire, de chanter. C'est si vaste, si ample, ne m'enlève pas ce bonheur, laisse-moi mourir avec ceux qui travaillent là-bas, qui appellent l'avenir avec tant d'audace et qui, dans les tombes, raniment un passé défunt.

– Le temps n'existe pas

– Qu'est-ce que tu dis ?

– Le temps n'existe pas. Qui es-tu ? Je ne te connaissais pas. Tu es un être humain ?

Elle se mit à rire aussi fort que si elle avait eu dix-sept ans.

– Oui. Et dire que moi non plus je ne le savais pas. Et toi aussi tu es un être humain ? Comme c'est curieux, comme c'est beau : un être humain.

Il y a longtemps que s'est passé ce dont je parle ici, et ceux qui aujourd'hui dorment du lourd sommeil de leur vie grise, et qui meurent sans se réveiller, ceux-là ne me croiront pas : en ces jours, le temps n'existait pas. Le soleil se levait, se couchait, l'aiguille avançait sur le cadran, mais le temps n'existait pas. Et il y a eu bien d'autres événements miraculeux et grandioses ces jours-là, et ils ne me croiront pas, ceux qui dorment du lourd sommeil de leur vie grise, et qui meurent, sans se réveiller.

– Il faut y aller, dis-je.

– Attends, je vais te servir à manger. C'est que tu n'as rien mangé aujourd'hui. Et tu vois comme je suis raisonnable : je m'en irai demain. J'irai donner les enfants, et je te retrouverai.

– Camarade, dis-je.

– Oui, camarade.

Par les fenêtres ouvertes, l'air des champs s'engouffrait, et le silence, et parfois, gai et sonore, un coup de hache, et j'étais assis à table, je regardais, j'écoutais, et tout était si étrangement nouveau que j'avais envie de rire. Je regardais les murs et ils me semblaient transparents. Comme si j'embrassais l'éternité d'un seul regard, je les voyais s'écrouler, et moi seul j'étais là depuis toujours, et serais là pour toujours. Tout passera, et moi je resterai. Et tout me paraissait étrange et comique, tellement irréel : la table, la nourriture, et tout ce qui était en dehors de moi. Transparent et léger, n'existant que pour l'occasion, que pour un moment.

Pourquoi est-ce que tu ne manges pas ? me demanda ma femme.

Je souris :

– Du pain, c'est tellement étrange.

Elle jeta un coup d'œil sur le pain, le morceau sec et rassis de pain, et curieusement, son visage s'assombrit. Tout en le regardant, elle arrangea doucement son tablier et sa tête se tourna, se tourna très légèrement du côté où dormaient les enfants.

– Ils te font pitié ? demandai-je.

Elle fit non de la tête, sans quitter le pain des yeux.
– Non. Mais j'ai pensé à ce qu'il y avait eu dans la vie, à ce qu'il y avait eu avant. C'est tellement incompréhensible ! Et tout, — elle balaya la chambre d'un regard étonné, comme si elle sortait d'un long sommeil — et tout est tellement incompréhensible. C'est ici que nous avons vécu.
– Tu étais ma femme.
– À côté, il y a nos enfants.
– Là, de l'autre côté de ce mur, ton père est mort.
– Oui, il est mort. Il est mort sans se réveiller.
La plus petite, qu'un rêve avait dû effrayer, se mit à pleurer. Et ce simple gémissement d'enfant qui réclamait son dû avec insistance me parut si étrange, parmi ces murs irréels, alors qu'en bas, on élevait des barricades.
Elle pleurait et réclamait son dû, des caresses, des mots pour faire rire, des promesses pour rassurer. Et très vite elle se calma.
– Allez, va ! me dit ma femme en chuchotant.
– Je voudrais les embrasser.
– J'ai peur que tu les réveilles.
– Mais non, ça ne fait rien.
D'ailleurs, l'aîné ne dormait pas, il entendait tout et comprenait tout. Il n'avait que neuf ans, mais il avait tout compris et il m'accueillit avec un regard tellement profond, tellement sévère.
– Tu prendras ton fusil ? demanda-t-il, l'un air pensif et grave.
– Oui.
– Il est sous le poêle ?
– Et comment tu sais ça ? Allez, embrasse-moi. Tu penseras à moi ?
Il bondit sur son lit, tout brûlant de sommeil dans sa petite chemise, et se jeta à mon cou. Et ses bras étaient chauds, si tendres, si doux. Je soulevai ses cheveux sur sa nuque et embrassai son petit cou chaud et délicat.
– On va te tuer ? chuchota-t-il à mon oreille.

– Non. Je vais revenir.
– Mais pourquoi ne pleurait-il pas ? Il lui arrivait de pleurer, parfois, il suffisait que je sorte de la maison. Se pouvait-il qu'il se sentît concerné lui aussi ? Qui sait ? Il s'est passé tant de choses incroyables en ces jours héroïques !
J'ai regardé les murs, le pain, la bougie, dont la flamme continuait de trembler, et j'ai pris la main de ma femme.
– Eh bien, au revoir.
– Oui, au revoir.
Et ce fut tout, et je suis parti. Dans les escaliers, il faisait sombre, cela sentait la vieille crasse, et cerné de tous côtés par les murs de pierre et par l'obscurité, cherchant prudemment les marches, j'ai senti cette chose nouvelle, inconnue et radieuse, vers laquelle je me dirigeais, débordant d'une joie intense.

1907

Cela fut

Traduction de Serge Rolet

I

Sur la place se dressait une énorme tour noire avec des murs fortifiés et de rares meurtrières. Elle avait été construite par des chevaliers-brigands pour leur propre usage, mais le temps les avait emportés. Une moitié de la tour servait aujourd'hui de prison pour les criminels importants et dangereux, l'autre d'habitation. À chaque siècle, de nouvelles constructions s'y étaient ajoutées, adossées à la forteresse et appuyées les unes aux autres, si bien que, petit à petit, elle s'était transformée en une véritable petite ville perchée, avec sa forêt inégale de cheminées, de tourelles et de toits pointus. Quand le ciel s'éclairait à l'ouest, tirant sur le vert, et que des feux s'allumaient ici et là aux fenêtres, en hauteur ou tout en bas, toute la masse noire de la forteresse prenait des contours improbables et fantastiques, et sans qu'on sache bien pourquoi, on pouvait croire que ce n'était pas du simple pavé qui s'étendait à ses pieds, mais une mer, un immense océan salé. Et on pensait aux temps anciens, morts et oubliés depuis longtemps.

Sur la tour, il y avait une vieille horloge, énorme, visible de loin. Son mécanisme complexe occupait tout un étage et était surveillé par un homme borgne, qui n'avait pas de difficulté à se servir d'une loupe. C'est pour cette raison qu'il s'était fait horloger et s'était longtemps occupé de petites montres, avant qu'on lui confie la grande horloge. Alors il se sentit à son aise et, souvent sans nécessité, de jour comme de nuit, il venait dans la pièce où roues dentées et leviers tournaient lentement, et où le balancier fendait l'air d'un mouvement large et régulier. Arrivé au sommet de son oscillation, le balancier disait : « Cela fut. » Il retombait, s'élevait vers un nouveau sommet, et ajoutait : « Cela sera Cela fut — cela sera. Cela fut — cela sera. » C'est par ces mots que l'horloger borgne traduisait le son monotone et mystérieux du balancier. La proximité de la grande horloge l'avait rendu philosophe, comme on disait alors.

La ville antique où s'élevait la tour et le pays tout entier étaient dominés de très haut par un seul homme, souverain énigmatique de la ville et du pays, et son pouvoir mystérieux, le pouvoir d'un seul sur des millions, était aussi vieux que la ville elle-même. Il s'appelait le roi, et on le surnommait « Vingtième », suivant le nombre de ses prédécesseurs du même nom, mais cela n'expliquait rien. De même que nul ne connaissait l'origine de la ville, nul ne savait non plus de quand datait cet étrange pouvoir, et aussi loin que pût remonter la mémoire humaine, du plus profond du passé émergeait, immuable, la même figure énigmatique d'un seul qui commandait à des millions. C'était là l'antiquité muette, sur laquelle la mémoire humaine n'avait plus de pouvoir. Mais il arrivait tout de même qu'elle ouvre la bouche : elle laissait échapper une pierre, une petite tablette noircie de signes, un fragment de colonne, une brique tombée d'un mur écroulé, et dans ces signes était déjà gravée l'histoire d'un seul qui commandait à des millions. Les titres, les noms et les surnoms passaient, mais l'image demeurait inchangée, comme immortelle. Étant donné que le roi naissait et mourait, comme tout le monde, et étant donné son aspect, propre à tout un chacun, il était un homme, mais quand on se représentait la masse

immense de pouvoir et de puissance qu'il possédait, il devenait plus facile de se dire qu'il était un dieu. D'autant plus que Dieu était toujours figuré semblable à un homme, et cela ne nuisait pas à son essence, toute particulière et inaccessible à l'entendement.
Vingtième était roi. Cela signifiait qu'il pouvait faire le bonheur ou le malheur des autres ; il pouvait enlever les biens, la santé, la liberté, la vie même ; sur un mot de lui, des dizaines de milliers d'hommes allaient à la guerre tuer et mourir ; en son nom s'accomplissait le juste et l'injuste, le bien et le mal, la dureté et la clémence. Et ses lois n'avaient pas moins d'autorité que celles de Dieu même ; et il était grand en cela encore que Dieu ne change jamais ses lois, alors que lui pouvait constamment modifier les siennes. Lointain ou proche, il était toujours au-dessus de la vie : en naissant, on trouvait un roi en même temps que la nature, les villes et les livres ; en mourant, en même temps que la nature, les villes et les livres, on quittait un roi. L'histoire orale et écrite du pays donnait des exemples de rois magnanimes, justes et bons, et bien qu'il ait toujours existé sur terre des gens meilleurs qu'eux, il semblait tout de même aller de soi que ce soit eux qui commandent. Mais il arrivait plus souvent que le roi soit le pire homme sur terre, dépourvu de vertus, cruel, injuste et même fou, mais même alors il restait mystérieux, seul à commander à des millions, et son pouvoir grandissait en même temps que ses crimes. Tous le haïssaient et le maudissaient, mais il commandait, lui seul, à ceux qui le haïssaient et le maudissaient, et ce pouvoir insensé devenait une énigme, et à la crainte de l'homme face à l'homme s'ajoutait la terreur mystique de l'inconnu. En sorte que la sagesse, la vertu et l'humanité affaiblissaient le pouvoir et le rendaient contestable, tandis que la tyrannie, la folie et la méchanceté le renforçaient. En sorte qu'il était hors de portée du plus puissant de ces énigmatiques souverains de créer quelque chose et de faire le bien, alors que le plus faible d'entre eux surpassait le diable et les puissances infernales dans la destruction et le mal. Il

ne pouvait donner la vie, mais, mystérieuse créature, suppôt de la folie, de la mort et du mal, il donnait constamment la mort ; et plus son trône était haut, plus nombreux étaient les ossements sur lesquels il reposait.

Et dans les pays voisins trônaient pareillement des souverains, et leur pouvoir se perdait dans l'infinité des temps. Il pouvait arriver que, dans l'un ou l'autre de ces États, le mystérieux souverain disparaisse pour des années et des siècles ; mais il n'arrivait jamais que la terre entière en soit délivrée. Ensuite, des siècles passaient, et, venu on ne savait d'où, un trône réapparaissait dans cet État, et quelqu'un d'énigmatique y prenait place, mélange inaccessible à l'entendement de faiblesse et de puissance immortelle. Il charmait les hommes de son mystère : à toute époque il s'en trouvait parmi eux, et ils étaient nombreux, qui l'aimaient plus que soi-même, plus que leurs femmes et leurs enfants et, avec docilité, comme de la main de Dieu même, sans un murmure, sans un regret, ils acceptaient de lui et en son nom la mort la plus cruelle et la plus infâmante.

Vingtième et ses prédécesseurs apparaissaient rarement au peuple, et peu nombreux étaient ceux qui le voyaient ; mais tous aimaient gratifier le peuple de leur effigie, gravée sur les monnaies, taillée dans la pierre, imprimée sur d'innombrables étoffes et partout décorée et rendue plus parfaite par l'inventivité des artistes. On ne pouvait faire un pas sans tomber sur sa figure, une figure toujours identique, simple et mystérieuse, que la multiplication faisait pénétrer de force dans la mémoire, qui s'imposait à l'imagination et acquérait une trompeuse omniprésence, comme elle avait déjà acquis l'immortalité. C'est pourquoi les gens, qui se rappelaient leur aïeul avec peine et ne savaient rien des traits de leur bisaïeul, connaissaient bien ceux des souverains, cent, deux cents, mille ans après leur règne. C'est pourquoi, aussi simple qu'ait été la figure de celui qui, seul, commandait à des millions, elle restait marquée par le mystère et par une terrifiante énigme : c'est ainsi que la figure d'un mort est toujours énigmatique et grave, car à travers ses traits communs et familiers, c'est le mystère et la puissance de la mort qui transparaît.

C'est ainsi que le roi se tenait au-dessus de la vie. Les hommes mouraient, des lignées entières disparaissaient, mais lui ne changeait que de surnom, comme les serpents changent de peau : après le onzième venait le douzième, puis le quinzième, puis à nouveau le premier, le cinquième, le second, et dans ces nombres froids résonnait l'inéluctable, comme dans le mouvement du balancier marquant les minutes : « Cela fut — cela sera. »

II

Et il arriva que dans le vaste royaume dont Vingtième était le souverain, une révolution survint, soulèvement de millions d'hommes, aussi mystérieux que l'était le pouvoir d'un seul. Il se passa quelque chose d'étrange dans les liens puissants qui unissaient le roi et le peuple, et ils commencèrent à se défaire, silencieusement, imperceptiblement, comme dans un corps que la vie a quitté, et sur lequel des forces nouvelles, restées dissimulées, ont commencé leur travail. C'était toujours le même trône et le même palais, toujours le même Vingtième, mais le pouvoir, sans qu'on y prête attention, était mort, et personne ne connaissait l'heure de cette mort, et tous croyaient qu'il était seulement malade. Le peuple perdit l'habitude de se soumettre, rien de plus, et d'un coup, issu d'une multitude des petites résistances particulières, imperceptibles, grandit un mouvement immense, invincible. Et dès que le peuple cessa de se soumettre, il découvrit toutes ses plaies, vieilles de plusieurs siècles, et il ressentit avec colère la faim, l'injustice et l'oppression. Et il l'exprima dans un cri. Et il exigea la justice. Et brusquement il se cabra, bête énorme, hérissée, se vengeant en une minute de colère indomptée de toutes ces années d'humiliations et des tortures.

Ces millions d'hommes ne se mirent pas plus d'accord pour se soulever qu'ils ne s'étaient mis d'accord pour se soumettre ; et d'un coup, de partout, le soulèvement afflua vers le palais. Étonnés d'eux-mêmes et surpris de leurs actes, oubliant le chemin parcouru, les gens s'approchaient toujours plus près du trône : leurs mains palpaient déjà les motifs sculptés et les dorures, ils venaient voir la chambre royale et s'asseyaient par curiosité sur les chaises royales. Le roi saluait, la reine souriait, et beaucoup parmi le peuple pleuraient d'émotion en regardant Vingtième de si près ; les femmes caressaient de leurs doigts précautionneux le velours de la veste et la soie de la robe royale ; les hommes amusaient l'enfant royal avec une débonnaire gravité.

Le roi saluait, la pauvre reine souriait et, venu des appartements voisins, un noir filet de sang passait sous la porte : un gentilhomme s'était donné un coup de poignard, car il n'avait pas supporté le spectacle de ces doigts anonymes, malpropres, qui touchaient la veste du roi, et il s'était tué.

Et, en se dispersant, ils criaient :

– Vive Vingtième !

Quelqu'un plissa le front ; mais il y avait tant de gaîté qu'il oublia lui aussi son dépit, et avec un rire, comme quand, au carnaval, on couronne un bouffon bariolé, il vociféra :

– Vive Vingtième !

On riait. Mais le soir venu, il y eut des visages sombres et des soupçons dans les regards : comment avaient-ils pu faire confiance à celui qui depuis des millénaires trompait son peuple, son bon peuple si crédule, avec une fourberie diabolique ? Le palais est dans l'ombre ; l'obscurité tombe des immenses fenêtres aux reflets trompeurs : on fomente quelque chose à l'intérieur. On y jette des sorts. On y invoque les ténèbres, où l'on va chercher des bourreaux pour les lancer contre le peuple ; on s'y essuie la bouche avec dégoût après des baisers perfides et on y lave l'enfant que le peuple a souillé de ses attouchements. Il n'y a peut-être personne là-bas. Dans les salles immenses et sombres, il n'y a peut-être que le gentilhomme

suicidé, et le vide : ils ont tous disparu. Il faut crier, le faire venir ici, pour peu qu'il y subsiste âme qui vive.
– Vive Vingtième !

Blafard, troublé, le ciel du soir éclaire les visages blêmes tournés vers le haut ; des nuages étirés se hâtent de fuir, effrayés, et les immenses fenêtres brillent d'une lumière trompeuse, funeste et énigmatique.
– Vive Vingtième !
Une sentinelle toute fripée vacille dans la foule ; l'homme a perdu son fusil et sourit ; comme pris de fièvre, le verrou des portes de fer cliquette par intermittence ; sur les hautes tiges de fer de l'enceinte ont poussé de monstrueux fruits noirs, des troncs crispés, des bras tendus, quelque chose de pâle, venu du ciel, et quelque chose de noir, venu de la terre. Un amas de nuages passe, regardant vers le bas. On crie. Quelqu'un a allumé une torche, et les fenêtres du palais se sont embrumées, elles se sont teintées de sang et se sont approchées de la foule. Quelque chose a grimpé aux murs et disparaît sur le toit. Le château se tait. La grille est couverte de monde, et soudain elle a disparu, et l'agitation a cessé : la foule se met en mouvement.
– Vive Vingtième !
Derrière les fenêtres, de pâles lueurs se sont mises à s'agiter. Un visage difforme s'est pressé contre la vitre avant de s'effacer. Tout s'éclaire. Les feux grandissent, se multiplient, vont et viennent, on dirait une drôle de danse ou une procession. Puis, les feux se rapprochent les uns des autres, s'inclinent, et au balcon apparaissent le roi et la reine. La lumière vient de derrière, leurs visages sont dans l'ombre, et ce ne sont peut-être pas eux.
– De la lumière ! Vingtième, mets-toi dans la lumière. On ne te voit pas !
Les torches lancent des gerbes de lumière oblique, et dans l'antre enfumé, deux visages écarlates se détachent et vacillent. Hurlements dans les derniers rangs :

– Ce n'est pas eux ! Le roi s'est sauvé !

Mais déjà les plus proches crient, tout à leur joie d'avoir eu peur pour rien :

– Vive Vingtième !

Les visages écarlates bougent lentement, vers le haut et vers le bas, tantôt éclairés par l'éclatante lumière rouge, tantôt absorbés par la pénombre : ils sont en train de s'incliner devant le peuple. C'est le dix-neuvième, le cinquième, le second qui s'inclinent devant le peuple ; dans la fumée écarlate, ce sont ces créatures énigmatiques, détentrices de tant de pouvoir impénétrable, presque divin, qui s'inclinent, et avec elles les assassinats, les exécutions, la grandeur, la peur disparaissent dans la profondeur du passé, lui aussi écarlate et fumant. Il faut qu'il parle, il faut une voix humaine ; tant qu'il se tait et que son visage de feu s'incline, sa vue fait peur, comme si c'était le diable qu'on aurait fait remonter de l'enfer.

– Parle, Vingtième ! Parle !

Un geste étrange de la main, appelant au silence, geste étrange, impérieux, aussi ancien que le pouvoir même ; et une voix calme, inconnue, laissant tomber sur la foule des mots anciens, des mots étranges :

– Je suis content de voir mon bon peuple.

C'est tout ? Mais est-ce que ça ne suffit pas ? Il est content ! Vingtième est content ! Ne te fâche pas contre nous, Vingtième. Nous t'aimons, Vingtième, aime-nous toi aussi. SI tu ne nous aimes pas, nous reviendrons chez toi, dans le cabinet où tu travailles, dans la salle à manger où tu manges, dans la chambre où tu dors, et nous te forcerons à nous aimer.

– Vive Vingtième ! Vive le roi ! Vive notre maître !

– Esclaves !

Qui a dit : esclaves ? Les torches s'éteignent. Ils s'en vont. Les feux pâles repartent, les fenêtres s'assombrissent, s'embrument, se teintent de sang et on cherche quelqu'un dans la foule. Les nuages

fuient en regardant autour d'eux. Il était ici, ou bien était-ce juste un rêve ? Il faudrait le palper, toucher de la main ses vêtements, son visage : tant pis s'il crie d'effroi ou de douleur.
Ils se dispersent en silence, ils n'entendent plus les cris isolés, couverts par le bruit irrégulier des pas, pleins d'obscurs souvenirs, de pressentiments et d'horreur. Toute la nuit, de terribles songes planent sur la ville.

III

Il avait déjà tenté de s'enfuir. Il envoûtait les uns, hypnotisait les autres, et il était déjà sur le point de retrouver sa liberté diabolique quand un loyal fils de la patrie le reconnut sous son déguisement de valet crasseux. N'étant pas sûr de sa mémoire, il regarda une pièce de monnaie à son effigie, et les cloches sonnèrent l'alarme, et les maisons expulsèrent des gens effrayés, pâles : c'est lui ! Maintenant il est dans la tour, dans l'énorme tour noire, aux murs épais et aux fenêtres étroites ; et ce sont les loyaux fils de la patrie qui le gardent, insensibles à la corruption, à la flatterie et à l'envoûtement. Pour ne pas avoir peur, les gardes boivent et rient, et ils lui soufflent la fumée de leurs pipes droit dans la figure quand, avec ses rejetons, il sort faire sa promenade de prisonnier ; pour qu'il ne puisse envoûter le voisinage, ils ont bouché le bas des fenêtres avec des planches épaisses, masqué le haut de la tour où il se promène quelquefois, et seuls les nuages vagabonds, quand ils regardent autour d'eux, peuvent apercevoir son visage. Mais il est plus fort. Il transforme le rire spontané en larmes serviles ; à travers les murs épais, il sème la trahison et le parjure, dont les fleurs noires poussent parmi le peuple, tachant le manteau doré de la liberté, comme la fourrure d'une bête fauve. Les traîtres et les ennemis sont partout. Descendus de leurs trônes, des souverains tout aussi puissants se rassemblent aux frontières et y mènent des hordes de brutes qu'ils ont embobinées, de matricides venus tuer leur mère, la liberté. Dans les maisons, dans les rues, dans le lointain énigmatique des forêts et des campagnes, dans les fiers palais de l'assemblée du peuple, partout couve la perfidie et se glisse l'ombre noire de la trahison. Malheur au peuple ! Il est trahi par ceux qui avaient brandi les premiers l'étendard du soulèvement, et leurs cendres indignes sont retirées des tombeaux abusés, et la terre est déjà gorgée de leur sang noir. Malheur au peuple ! Il est trahi par ceux à qui il a remis son âme ; ceux qui le trahissent sont des élus aux visages honnêtes, des incorruptibles aux discours sévères, dont les poches sont remplies de l'or d'autrui.

On fouillait déjà la ville. Il avait été édicté que chacun devait se trouver à son domicile à midi ; et quand, à l'heure dite, la cloche sonna, ses battements lugubres bourdonnèrent dans les rues désertes et sans voix. Depuis que la ville existait, elle n'avait pas connu pareil silence ; pas âme qui vive près des fontaines, les magasins fermés, d'un bout à l'autre de la rue, pas un seul passant, pas un seul attelage. Le long des murs qui se taisent se glissent des chats inquiets, surpris ; ils ne comprennent pas si c'est le jour ou la nuit ; et le silence est tel qu'on croit entendre le bruit velouté de leurs petites pattes qui se posent sur le sol dans leur course. Les rares coups de la cloche parcourent les rues, comme des balais noirs invisibles, et on dirait qu'ils nettoient la ville. Les chats ont disparu, effrayés par on ne sait quoi. Désolation, silence.

Et dans toutes les rues, des poignées d'hommes armés apparaissent en même temps. Ils parlent fort et battent franchement le sol de leurs pieds, et ils ont beau être peu nombreux, ils semblent s'agiter et faire plus de bruit que la ville entière, avec ses milliers de gens et d'équipages qui vont et viennent. Chaque maison les avale et les rejette à tour de rôle, et rejette avec eux une ou deux personnes pâles de colère ou rouges de fureur. Ils marchent en mettant leurs mains dans leurs poches en signe de mépris, en ces jours étranges, nul n'avait peur de la mort, pas même les traîtres, et se perdent dans la noire profondeur des prisons. Les loyaux fils du peuple ont trouvé dix mille traîtres ; ils ont trouvé et emprisonné dix mille renégats. À présent il est agréable et effrayant de jeter un coup d'œil sur les prisons, tant elles sont pleines, de bas en haut, de trahison et d'odieuse forfaiture. Pour un peu, les murs céderaient et s'écrouleraient.

Et ce soir-là, il y eut des réjouissances dans la ville. Les maisons se vidèrent et les rues se remplirent de nouveau, et une foule noire sans fin se mit à grouiller en une danse étrange et enivrante, mêlant des mouvements brusques et inattendus. On dansait d'un bout à l'autre de la ville. Près des lanternes, comme un flux écumeux au pied d'un écueil, on pouvait distinguer des formes jaillissantes, des bras entrelacés, des visages aux rires ardents, de grands yeux, qui tournaient sans cesse, disparaissaient, changeaient d'apparence ; et plus loin, dans la profondeur, quelque chose de noir, d'un seul tenant ou en plusieurs parties, s'agitait vaguement, tantôt tournant en rond comme un tourbillon, tantôt s'écoulant vivement comme un cours d'eau. Un pendu, un traître qui n'avait pas réussi à aller jusqu'à la prison, se balançait à une lanterne. Ses jambes tendues cherchaient avidement le sol, les têtes des danseurs effleuraient ses pieds, c'est pourquoi il avait l'air de danser, d'être le grand chef d'orchestre qui réglait les danses.

Puis ils se rendaient à la tour noire et, la tête levée, ils criaient en direction des murs épais :

– À mort Vingtième ! À mort !

Dans les meurtrières brillaient de chaudes lueurs : c'étaient les loyaux fils du peuple qui gardaient le tyran. Et tranquillisés, certains qu'il était ici et ne pouvait s'échapper, les gens criaient, plutôt en plaisantant, pour faire peur :

– À mort Vingtième !

Et ils s'en allaient, cédant la place à d'autres braillards. Mais la nuit, des songes terribles planaient au-dessus de la ville, et, comme un

poison avalé et non expulsé, les tours noires de la prison, ouvertes par la trahison et la forfaiture, lui brûlaient les entrailles.
Déjà, on mettait à mort les traitres. On aiguisa sabres, haches et faux ; on apporta de larges billots et de lourdes pierres, et on œuvra dans les prisons pendant deux jours, jusqu'à être épuisé de fatigue. On dormait sur place, n'importe où ; on mangeait sur place. La terre ne buvait plus le sang épais, et il fallut étendre de la paille mais, trempée elle aussi, elle se transforma en un fumier brun. On en tua sept mille. Sept mille traîtres s'en allèrent dans la terre, afin de purifier la ville et de donner vie à la liberté naissante.
On retourna voir Vingtième pour exhiber devant lui les têtes coupées et les cœurs arrachés des poitrines. Et il les regarda. Cependant, la confusion et l'horreur régnaient dans l'assemblée du peuple : on cherchait celui qui avait donné l'ordre de tuer et on ne le trouvait pas. Quelqu'un avait bien donné l'ordre ! Pas toi ? Ni toi ? Ni toi ? Qui donc ose donner des ordres, alors que seule l'assemblée du peuple dispose du pouvoir ? Certains sourient : ils savent quelque chose.
– Assassins !
– Non ! Mais nous, nous défendons la patrie, tandis que vous, vous défendez les traîtres.
Mais le calme ne vient pas, et la trahison enfle et grandit, elle s'insinue jusque dans le cœur du peuple. Que de souffrances endurées, que de sang versé, et tout cela pour rien ! À travers les murs épais, lui, le souverain mystérieux, continue à semer la trahison et l'envoûtement. Malheur à la liberté ! De l'ouest parviennent de terribles nouvelles : on parle de terribles querelles, de batailles, on dit qu'une partie du peuple en folie a fait sécession et se dresse, armée, contre sa mère, la liberté. Au sud on voit apparaître des périls ; venus du nord et de l'est, descendus de leurs trônes, des souverains énigmatiques et leurs hordes sauvages se rapprochent toujours plus. D'où que viennent les nuages, ils sont imprégnés de l'haleine des ennemis et

des traîtres ; d'où que souffle le vent, du nord ou du sud, il apporte le murmure hostile des périls et de la colère, il sonne agréablement à l'oreille de celui qui est détenu dans la tour, et il est comme le glas aux oreilles des citoyens. Malheur au peuple ! Malheur à la liberté ! La nuit, la lune est claire et brillante, comme au-dessus des ruines, alors que le soleil se couche chaque soir dans le brouillard, étouffé par l'amoncellement des nuages noirs, bossus, monstrueux, difformes. Ils s'abattent, étouffent et, tous ensemble, d'une seule masse écarlate, s'abîment derrière l'horizon. Il y a peu, le soleil a réussi pour un instant à transpercer les nuages. Que ce rayon de lumière fut triste, effrayant, apeuré ! Délicat et pressé, il se blottit sur la cime des arbres, des maisons et des églises, jeta un regard de ses grands yeux lumineux et effrayants, s'assombrit, fondit, s'éteignit et, comme la crête hirsute d'une montagne, il chavira dans l'océan lointain, emportant avec lui le soleil. Malheur au peuple ! Malheur à la liberté !

Cependant, en haut de la tour, l'horloger borgne, à qui il est si facile de regarder à travers une loupe, va et vient entre roues dentées et poulies, entre leviers et courroies et, la tête penchée sur le côté, observe le mouvement de l'énorme balancier.

– Cela fut — cela sera. Cela fut — cela sera.

Un jour, quand il était encore jeune, l'horloge s'était détraquée et était restée arrêtée deux jours entiers. Et cela faisait si peur : on aurait dit que la totalité du temps était tombée de toute sa masse invisible pour se perdre on ne sait tout. Et quand l'horloge fut réparée, les choses allèrent mieux : maintenant, le temps glisse entre les doigts, il tombe goutte après goutte, se divise en petits morceaux, et s'en va, petit à petit. L'énorme disque d'airain se balance avec des reflets ternes, et jette des éclats jaunes sur l'œil plissé, et un pigeon roucoule quelque part sur une corniche.

– Cela fut — cela sera. Cela fut — cela sera.

IV

Déjà, la monarchie millénaire était renversée. On n'avait pas besoin de vote par tête : tous ceux qui faisaient partie de l'assemblée populaire se levèrent, et elle se remplit du haut en bas de gens debout, qui avaient l'air d'avoir grandi. Un député malade, qu'on avait amené sur un fauteuil, se leva lui aussi. Soutenu par ses amis, il étendit ses vieilles jambes brisées par la paralysie et se dressa, pareil à un grand tronc desséché soutenu par deux jeunes arbres.

– La République est adoptée à l'unanimité, dit quelqu'un d'une voix sonore, dont il essayait vainement de contenir l'allégresse.

Mais tous restent debout. Une minute passe, puis une autre ; sur la place, remplie d'une foule dans l'expectative, un hurlement de joie monte déjà, comme le tonnerre, mais ici, c'est le mutisme et le silence, comme dans une église, un respect plein de fierté fige les visages majestueux et graves. Qui est celui devant qui ils se sont levés ? Il n'y a plus de roi ; plus de dieu, il n'y a plus ce tyran, ce roi du ciel : il a lui aussi été renversé depuis longtemps de son trône céleste. Ils se sont levés devant la liberté. Un vieux député, pris depuis longtemps d'un tremblement sénile, a maintenant le fier port de tête d'un jeune homme ; le voici qui écarte ses amis d'un geste aisé de la main : il arrive à se tenir debout tout seul. La liberté a accompli un miracle ! Depuis longtemps, ces gens s'étaient déshabitués de pleurer, à force de vivre dans le déchaînement de l'émeute et dans le sang, mais maintenant ils pleurent. Les yeux d'aigle cruels qui, sans ciller, regardaient calmement le soleil sanglant de la révolution, n'ont pas supporté le doux éclat de la liberté, et ils pleurent.

Silence dans la salle. Grondement derrière les fenêtres, qui se renforce et s'élargit, se fait plus grave ; égal et puissant, il fait penser à la clameur de l'océan infini. Maintenant, tous ces gens sont libres. Libre, celui qui est en train de mourir, libre, celui qui est en train de naître, libre, celui qui vit. Il s'est effondré, le vieux pouvoir mystérieux d'un seul, qui pendant des millénaires avait tenu

des millions dans les fers, elles sont tombées, les voûtes noires de la prison, et on a le ciel bleu au-dessus de la tête.
– Liberté ! murmure quelqu'un doucement, à voix basse, comme s'il prononçait le nom de sa bien-aimée.
– Liberté ! dit un autre, haletant d'une joie immense, tout entier élan, tout entier inspiration et envol.
– Liberté ! sonne le fer.
– Liberté ! chantent les cordes.
– Liberté ! gronde l'océan aux voix sans nombre.
Il est mort, le vieux député. Son cœur n'a pas résisté à l'immensité de sa joie et s'est arrêté, et son dernier battement fut : liberté. Ce fut le plus heureux des hommes ! Il emportera avec lui le rêve infini de la jeune liberté dans l'ombre mystérieuse du tombeau.
Dans la ville, on s'attendait à des folies, mais il n'y en eut pas. Le souffle de la liberté rendit les gens plus nobles, et ils furent doux et tendres, et pudiques, en manifestant leur joie, comme des jeunes filles. Ils s'abstinrent même de danser. Ils faillirent même ne pas chanter du tout. Ils se contentèrent de se regarder, de se caresser en s'effleurant prudemment de la main : il était si agréable de caresser quelqu'un de libre et de regarder ses yeux. Et on ne pendit personne ! Il se trouva un insensé pour crier dans la foule : « Vive Vingtième ! » ; il se frisa la moustache et se prépara à une courte lutte et à une longue agonie dans l'étreinte mortelle du peuple en fureur. Et certains avaient déjà des visages sombres, mais d'autres, les plus nombreux, furent juste étonnés et commencèrent à considérer avec attention le crieur, comme une foule de badauds sur un quai considère un singe rapporté du Brésil.
Et on le laissa partir.
On ne se souvint de Vingtième que tard dans la nuit. Une poignée de citoyens incapables de dire adieu à ce grand jour, ayant décidé de traîner dans les rues jusqu'à l'aube, se souvint de Vingtième par hasard et prit la direction de la tour. Noire, elle se confondait presque

avec le ciel et à ce moment, quand les citoyens s'approchèrent, elle était en train d'avaler une étoile. La petite étoile lumineuse s'approcha tout près, scintilla, et disparut dans l'espace sombre. Deux fenestrons étaient éclairés d'une chaude lumière, à une hauteur plutôt faible au-dessus du sol : c'étaient les gardes qui veillaient. Deux heures sonnèrent.

– Il sait ou il ne sait pas ? dit l'un des arrivants, scrutant vainement la masse noire et cherchant à en percer l'énigme. Une silhouette sombre se détacha du mur, et une voix molle, fatiguée, répondit :

– Il dort, citoyens.

– Qui êtes-vous, citoyen ? Vous m'avez fait peur : vous marchez sans faire de bruit, comme un chat.

Plusieurs silhouettes sombres, venant de tous côtés, s'approchèrent encore et s'arrêtèrent en silence devant les arrivants.

– Alors, pourquoi est-ce que vous ne répondez pas ? Si vous êtes un mirage, disparaissez en vitesse : l'assemblée a aboli les visions.

Un inconnu répondit, tout aussi mollement :

– Nous gardons le tyran.

– C'est la commune qui vous en a chargés ?

– Non, nous le faisons de nous-mêmes. Nous sommes trente-six ici. Nous étions trente-sept, mais il y en a un qui est mort. Nous gardons le tyran. Nous vivons au bas de ces murs depuis deux mois, peut-être plus. Nous sommes fatigués.

– La nation vous remercie. Vous savez ce qui s'est passé aujourd'hui ?

– Oui, nous avons entendu dire des choses. Nous gardons le tyran.

– Que c'est maintenant la république ? La liberté ?

– Oui. Nous gardons le tyran. Nous sommes fatigués.

– Embrassons-nous, mes frères !

Des lèvres froides effleurèrent des bouches brûlantes.

– Nous sommes fatigués. Il est si rusé et dangereux. Jours et nuit, nous gardons les yeux fixés sur toutes les fenêtres et toutes les portes. Moi, je surveille cette fenêtre-là : à l'heure qu'il est, vous ne pouvez pas la voir. Alors vous dites : la liberté ? C'est très bien. Mais il faut que nous, nous regagnions nos postes. Soyez tranquilles, citoyens : il dort. Nous recevons des nouvelles toutes les demi-heures. Il dort. Les silhouettes se balancèrent, s'éloignèrent, se perdirent, comme disparues dans le mur. La tour noire parut encore plus haute, et un nuage tout aussi sombre, informe, s'étira à partir du créneau gauche, en direction de la ville. On aurait dit que la tour grandissait et qu'elle tendait les bras. Soudain, dans le mur uniformément obscur, une flamme s'alluma et s'éteignit, comme une sorte de signal. Le nuage recouvrit la ville et prit une teinte jaune, venue de la lueur des torches : une petite pluie se mit à tomber. Il régnait un silence inquiet.

Est-il bien vrai qu'il dort ?

V

Les nouvelles et délicieuses sensations de liberté durèrent quelques jours encore, et de nouveau, comme des veines noires dans le marbre blanc, les fils sombres de la défiance et de la peur s'étirèrent partout. Le tyran accueillit avec une sérénité douteuse la nouvelle de sa déposition. Comment un homme dépossédé de son règne peut-il être serein, s'il n'a pas quelque terrifiante idée en tête ? Et comment le peuple, lui, peut-il être serein, si quelqu'un d'énigmatique, qui possède la force néfaste d'envoûter, vit en son sein ? Renversé, il continue de faire peur ; enfermé, il manifeste librement son pouvoir diabolique, qui grandit au fur et à mesure qu'on s'éloigne. Ainsi la terre, sombre quand on la voit de tout près, semble une étoile lumineuse si on la regarde depuis les profondeurs bleutées de l'espace. Et puis, quand il est tout près, on pleure sur ses souffrances. On a vu une femme qui baisait la main de la reine ; on a vu un garde essuyer une larme ; on a entendu un orateur qui appelait à la clémence. Comme si, même maintenant, il n'était pas plus heureux que des milliers de gens qui n'ont jamais vu la lumière et qu'on veut encore et toujours lui sacrifier. Qui peut se porter garant que, dès demain, le pays ne retournera pas à l'ancienne folie et ne se traînera pas à genoux pour implorer son pardon, et ne lui élèvera pas à nouveau le trône qu'il avait eu tant de mal et de douleur à détruire ! Le peuple, hérissé de fureur et de crainte, ce peuple de millions d'hommes prête l'oreille aux discours de l'assemblée. Discours étrange, effrayantes paroles ! Ils parlent de son inviolabilité, ils disent qu'il est inviolable, qu'on ne peut pas le juger comme on juge tout le monde, qu'on ne peut pas le châtier comme on châtie les autres, qu'on ne peut pas le mettre à mort, parce qu'il est le roi. Par conséquent, les rois existent encore ! Et ils disent cela en jurant qu'ils aiment le peuple et la liberté, ceux qui le disent sont des gens d'une probité éprouvée qui haïssent la tyrannie, des fils du peuple sortis du plus profond de ses entrailles, torturés par le pouvoir implacable et sacrilège des rois. Funeste cécité !

Déjà, la majorité penche du côté de celui qui a été déposé : on dirait qu'un brouillard jaune venu de la tour fait irruption dans le palais sacré de la raison populaire, et rend aveugles les yeux qui voyaient clair, et étouffe la jeune liberté, la jeune fiancée aux fleurs blanches, touchée par la mort à l'heure de la cérémonie nuptiale. La tristesse et le désespoir se coulent dans les cœurs, et bien des mains cherchent convulsivement une arme : plutôt mourir avec Brutus que vivre avec Octave.

Derniers éclats de voix, pleins d'une mortelle indignation :

– Vous voulez qu'il n'y ait dans ce pays qu'un seul être humain et trente-cinq millions de bestiaux !

Oui, ils le veulent. Ils se taisent, les yeux baissés, ils sont fatigués de se battre, fatigués de vouloir, et dans leur lassitude, dans les mouvements qu'ils font pour s'étirer et dans leurs bâillements, dans leurs discours ternes, froids, mais qui ont la magie de convaincre, se dessinent déjà, dirait-on, les contours d'un trône. Éclats de voix isolés, discours ternes et silence aveugle de la trahison unanime. Elle meurt, la liberté, la pauvre fiancée aux fleurs blanches, touchée par la mort à l'heure de la cérémonie nuptiale.

Mais, écoutez ! On entend des bruits de pas. On vient. On dirait le lourd roulement de dizaines de tambours géants qui battent l'alarme. Tram-tram-tram. Les faubourgs sont en marche. Tram-tram-tram. Ils vont défendre la liberté ! Tram-tram-tram. Malheur aux traîtres. Tram-tram-tram. Malheur aux renégats !

– Le peuple demande l'autorisation de passer devant l'assemblée.

Mais peut-on retenir une avalanche déjà déclenchée ? Qui osera dire à un tremblement de terre : jusque-là la terre est à toi, mais pas plus loin !

Les portes s'ouvrent largement : les voici, les faubourgs ! Visages terreux. Poitrines dénudées. Incroyables haillons multicolores, qui tiennent lieu de vêtements. Enthousiasme des gestes brusques, non retenus. Formidable harmonie du désordre ; chaos en marche. Tram-tram-tram. Yeux flamboyants. Piques, faux, tridents. Pieux arrachés à une barrière. Hommes, femmes, enfants. Tram-tram-tram.

– Vivent les représentants du peuple ! Vive la liberté ! Mort aux traîtres !

Les députés sourient, se renfrognent, s'inclinent courtoisement. Ce défilement bigarré, interminable, fait tourner la tête : c'est comme une rivière impétueuse qui traverse une caverne. Tous les visages se ressemblent ; tous les cris se fondent en une seule clameur uniforme ; le bruit des pas est pareil à celui de la pluie qui tambourine sur un toit : il engourdit, paralyse la volonté, pénètre au cœur de la conscience. Toit gigantesque, gouttes gigantesques.

— Tram-tram-tram.

Une heure passe, une autre, une troisième. Visiblement, la nuit est déjà tombée. Des torches rouge écarlate fument. Les deux ouvertures, celle par laquelle le peuple afflue, et celle par laquelle il s'en va, sont noires comme deux gueules béantes : on dirait qu'un ruban noir, traversé de reflets de cuivre et de fer, s'étire de l'une à l'autre. Les yeux fatigués dessinent des mirages. Tantôt une interminable lanière ; tantôt un énorme ver tout gonflé et velu ; ceux qui surplombent la porte ont l'impression d'être sur un pont et de descendre le courant. Conscience vive, claire et inhabituelle par moments : mais c'est le peuple ! Alors, orgueil, sentiment de puissance, et soif d'une liberté grandiose, inouïe. Le peuple, libre, quel bonheur !

Tram-tram-tram.

Ils défilent depuis huit heures, et on n'en voit toujours pas la fin. Des deux côtés, de celui où le peuple fait son apparition et de celui où il disparaît, gronde un chant révolutionnaire. On entend à peine les paroles ; seuls se dégagent distinctement la cadence musicale, les montées et les descentes, le silence momentané et les explosions menaçantes. Aux armes, citoyens ! Formez vos bataillons ! Marchons, marchons !

Ils marchent.

Nul besoin de voter. La liberté est sauve, une fois encore.

VI

Arriva le grand jour où fut jugé le roi. Un pouvoir mystérieux, vieux comme le monde, allait devoir répondre au peuple qu'il avait tenu en esclavage pendant des millénaires, au peuple qu'il avait couvert de honte, comme une absurdité triomphante. Privé de ses jouets de bouffon et de son trône doré, privé de ses titres ronflants et de tous les étranges symboles du pouvoir, mis à nu, il va comparaître devant le peuple et lui donner une réponse claire : pourquoi était-il le pouvoir, qu'est-ce qui lui avait donné le droit de commander, lui seul, à des millions, de commettre impunément le mal et la violence, d'enlever la liberté, de causer la mort et de blesser ? Vingtième est condamné à l'avance par la conscience du peuple tout entier ; il n'y aura pas de clémence et il ne peut y en avoir, et il faudrait aussi qu'avant le supplice, il dévoile les mystères de son âme, qu'il fasse connaître aux gens non ses actes — ils sont connus de tous —, mais les pensées et les sentiments des tsars. Le dragon légendaire, qui dévore les jeunes filles et tient le pays dans la terreur, est enchaîné, on l'a traîné en place publique, et à présent les gens viennent voir son dos couvert d'écailles, sa langue fourchue, sa gueule cruelle qui souffle le feu.

On avait peur de quelque chose. Depuis la nuit, des troupes faisaient mouvement dans plusieurs directions à travers les rues silencieuses, se massant sur les places, aux points de passage, couvrant tout l'itinéraire du roi d'une forêt de baïonnettes, d'un mur de visages sombres, solennels, graves. Au-dessus des silhouettes noires, aiguës et carrées, des bâtiments et des églises, étrangement imprécises dans l'obscurité de la nuit finissante, le ciel nuageux, tirant sur le jaune, s'éclaira faiblement. C'était un ciel de ville, froid, vieux comme les maisons couvertes de suie et de rouille. Il faisait penser à une gravure dans l'une des salles sombres d'un vieux château au temps des chevaliers.

La ville dormait dans l'attente austère du grand et terrible jour, cependant, dans les rues, retenant leur pas lourd et sonore, des masses bien ordonnées de citoyens transformés en soldats passaient sans bruit, tandis que dans un vacarme insolent, le menton abaissé vers la terre, des canons passaient, avec chacun la mèche rougeoyante. Des ordres brefs étaient donnés à mi-voix, presque dans un murmure, comme par crainte de réveiller quelqu'un qui aurait eu le sommeil fragile, sensible au moindre bruit. Avaient-ils peur pour le roi, pour sa sécurité, ou bien avaient-ils peur du roi, personne ne le savait ; mais tous savaient qu'il fallait se préparer, qu'il fallait trouver et réunir toute la force que possède le peuple.

Longtemps, le jour se fit attendre. Des nuages jaunes, serrés, duveteux, sales, comme tachés par un chiffon mouillé, étaient suspendus, maussades, au-dessus des clochers ; et ce fut seulement au moment où le roi sortait de la tour que, dans une trouée bleue, le soleil s'enflamma. Signe prémonitoire, favorable pour le peuple, sévère avertissement pour le tyran.

On l'amena ainsi : dans un étroit corridor formé par une ligne continue et compacte de soldats, des détachements armés passaient : un premier, un autre, un dixième, on ne pouvait les compter ; puis venaient les canons qui grondaient, grondaient, puis, étroitement entourée de fusils, de sabres et de baïonnettes, une voiture sombre avançait à peine. Et à nouveau, canons et détachements. Et sur tout le parcours, long de plusieurs verstes, et devant la voiture, et derrière, et tout autour, le silence. À un endroit, sur une place, on entendit quelques voix mal assurées qui criaient :

– À mort, Vingtième !

Mais la foule ne reprit pas ce cri, qui se disloqua et se perdit. Ainsi, à la chasse au sanglier, il n'y a que les roquets qui jappent, ceux qui vont donner la mort et la recevoir se taisent, faisant provision de haine et de force.

Bruit contenu et discussions parmi les membres de l'assemblée. Cela fait plusieurs heures qu'ils attendent le tyran qui avance lentement, et ils déambulent, pris d'agitation, à travers les couloirs, ils changent de place à chaque minute, rient tout seuls, bavardent avec animation. Mais beaucoup restent assis sans bouger, comme des sculptures de pierre ; leurs visages aussi font penser à de la pierre. Des visages jeunes, mais de vieilles rides profondes, comme creusées à la hache ; des cheveux rêches ; des yeux tantôt funestement rétractés au fond du crâne, tantôt laborieusement exorbités, larges, avec un vaste angle de vision, comme dépourvus de cils, flambeaux dans les niches noires sur l'enceinte de la prison. Il n'y a rien au monde face à quoi ces yeux aient dû se porter en tremblant ; rien au monde de cruel, de triste, de trouble et d'irréel, devant quoi ce regard, chauffé à blanc dans le creuset de la révolution, ait cillé. Ceux qui les premiers ont lancé ce mouvement grandiose sont morts depuis longtemps, dispersés à la surface de la terre, oubliés ; oubliées aussi, leurs idées, leurs espoirs et leurs rêves. Le tonnerre qui jadis grondait dans leurs discours semble un joujou dans les mains d'un petit enfant ; la grandiose liberté à laquelle ils rêvaient semble un drap dans le petit lit d'un enfant, avec un voile pour le protéger des mouches et de la vive lumière du jour. De drôles de petits hommes, des pygmées, qui faisaient des trous dans une montagne. Mais il y avait ceux-ci, grandis au milieu des tempêtes et restés vivants dans les tempêtes, enfants chéris des jours terribles : enfants des têtes ensanglantées plantées sur des piques, comme des citrouilles ; des cœurs charnus, lippus, qu'on presse pour en faire sortir le sang, des discours héroïques, où la parole est plus acérée qu'un poignard et la pensée plus implacable que la poudre. Dociles à la seule volonté du peuple souverain, ils ont convoqué le fantôme du pouvoir mystérieux, et maintenant, froids comme des anatomistes, comme des juges, comme des bourreaux, ils vont observer le scintillement bleu qui émane de lui, qui effraie les ignorants et les superstitieux, ils vont démembrer son corps fantôme, trouver le poison noir de la tyrannie et le livrer à l'ultime supplice.

Voici que la rumeur derrière les murs se tait, et le silence se fait profond et noir comme le ciel nocturne ; voici le fracas des canons qui s'approchent. On ne les entend plus. Léger mouvement à l'entrée. Tous sont assis ; ils doivent le rester quand le tyran arrivera. Ils essaient de paraître indifférents. Lourd bruit de pas des détachements qui prennent position à l'appel de leur nom, léger cliquetis des armes. Derrière les murs, ultime fracas des derniers canons qu'on amène. Ils entourent le bâtiment d'un anneau de fer, gueules tournées vers l'extérieur, en direction du monde entier, vers l'ouest et l'est, le nord et le sud.

Quelque chose de petit entra.

Du haut des bancs éloignés, c'est un petit bonhomme grassouillet aux mouvements rapides, mais incertains. De près, c'est un gros homme de taille moyenne, au grand nez rougi par le froid, avec des

bajoues, de petits yeux ternes, mélange peu banal de bonhomie, de nullité et de bêtise. Il tourne la tête, ne sachant pas s'il doit saluer ou non, et esquisse un salut ; il se tient debout sans assurance, les jambes écartées, ne sachant pas s'il peut s'assoir ou non. Personne ne dit rien, mais il y a une chaise sur l'arrière, apparemment pour lui, et il s'assied, pour commencer sur le bord, puis il prend ses aises, puis prend une pose altière. Apparemment, il est enrhumé. D'un geste pressé, il sort un mouchoir et se mouche avec délectation à deux reprises, chaque fois en émettant avec le nez un son éclatant de trompette. Il se redresse, se rajuste, cache le mouchoir et se fige dans une pose altière. Il est prêt.
C'était lui, Vingtième.

VII

On attendait un roi, et parut un bouffon. On attendait un dragon, et c'est un bourgeois tout en nez qui est arrivé, avec son mouchoir. C'est drôle, bizarre, et un peu angoissant. Et si ce n'était pas le vrai ?
– C'est moi, le roi, dit Vingtième.
Oui, c'est bien lui : qu'est-ce qu'il est drôle ! Tu parles d'un roi ! Les gens souriaient, haussaient les épaules, se retenant difficilement de rire, ils s'adressaient d'un bout à l'autre de la salle des sourires moqueurs et des gestes de connivence, comme s'ils se demandaient :
– Il est ridicule, non ?
Les députés, eux, étaient très sérieux, terriblement sérieux, ils étaient même pâles ; le poids de leur responsabilité pesait certainement sur eux, mais le peuple, lui, s'amusait doucement. Comment avait-il réussi à se faufiler dans l'assemblée ? De la même façon que l'eau : il s'était infiltré par les hautes fenêtres, par quelque interstice, pour un peu, il serait passé par les trous de serrures. Des centaines d'improbables inconnus, vêtus de guenilles bariolées, mais extraordinairement avenants et polis. Bousculant un député, ils demandent : « Je ne vous gêne pas, citoyen ? »

Ils sont polis. Il y en a des nids entiers, sombres, qui se collent aux rebord des fenêtres, comme des oiseaux, masquant la lumière, et télégraphient quelque chose de leurs mains à destination de la place, en bas. Quelque chose de drôle, apparemment.
Mais les députés étaient sérieux, très sérieux, ils étaient même pâles. Comme des verres grossissants, ils pointent leurs yeux saillants sur Vingtième, ils l'observent longtemps, bizarrement, et détournent le regard, les sourcils froncés. Certains vont jusqu'à fermer les yeux : visiblement, regarder le tyran les rebute.
– Citoyen député ! murmure l'un des avenants inconnus, effrayé et joyeux. Regardez comme le tyran a les yeux qui brillent.
Sans lever les paupières baissées :
– Oui.
– Comme il s'est gorgé de notre sang !
– Oui.
– Dites donc, vous n'êtes pas bavard, citoyen !
Silence. Cependant, Vingtième est déjà en train de marmonner quelque chose. Il ne comprend pas de quoi on peut l'accuser. Il a toujours aimé son peuple, et le peuple l'a toujours aimé. Et maintenant il continue de l'aimer, malgré toutes les offenses qu'il a subies, et si on pense que la république est meilleure pour le peuple, alors va pour la république : il n'a rien contre.
– Mais alors pourquoi as-tu fait appel aux autres tyrans ?
– Je n'ai pas fait appel à eux, ils sont venus d'eux-mêmes.
Réponse mensongère : des documents établissant la réalité des négociations ont été découverts dans une armoire cachée. Mais il s'enferre de manière grossière et stupide, comme le premier aigrefin pris la main dans le sac. Il va jusqu'à se vexer : en réalité, il n'a jamais fait que penser au peuple. Il n'est pas vrai qu'il soit cruel, il a toujours épargné ceux qui pouvaient être épargnés, il n'est pas vrai qu'il ait ruiné l'État : il a dépensé pour lui-même aussi peu que tout modeste citoyen. Il n'a jamais été un débauché ni un panier percé. Il aimait

les classiques grecs et latins, et l'artisanat ; tous les meubles de son cabinet de travail étaient faits de ses propres mains.

C'est la vérité. D'ailleurs, si on regarde bien, il a bel et bien l'aspect d'un humble bourgeois : on en trouve des quantités les jours de fête au bord de la rivière, de ces gros avec de grands nez qui font un bruit de trompette, qui pêchent pendant des heures. Insignifiants, ridicules, avec de grands nez.

Mais enfin, il avait tout de même été le roi ! Qu'est-ce que cela signifiait donc ? Alors, tout le monde peut être roi ; alors, même un gorille peut devenir le maître absolu des hommes ? Et on va lui élever un trône doré, et on va le révérer comme un dieu, et il va fixer les lois qui régiront la vie des gens, ce gorille au corps velu, piteux débris qui se dandine dans les bois.

Le bref jour d'automne finit déjà, et le peuple commence à exprimer de l'impatience : à quoi bon faire traîner le procès du tyran ? Et si c'était une nouvelle trahison ? Cela se passe dans la pénombre d'une pièce, où deux députés qui ont quitté l'assemblée se rencontrent discrètement. Leur yeux s'habituent à la pénombre, ils se reconnaissent et déambulent côte à côte sans rien dire, en évitant, Dieu sait pourquoi, de se toucher. Ils déambulent.

– Mais où est-il, le tyran ? éclate brusquement l'un d'eux, et il serre l'épaule de l'autre. Dis-moi, où est le tyran ?

– Je ne sais pas. J'ai honte d'aller là-bas.

– C'est horrible d'y penser ! Est-il imaginable que ce soient précisément les nullités qui soient la tyrannie. Est-il imaginable que ce soient les nuls qui soient des tyrans ?

– Je ne sais pas. J'ai honte.

Tout était calme dans la petite pièce, mais de partout, du côté de l'assemblée, de la place où se massait le peuple, parvenait une clameur égale. Chacun parlait peut-être à voix basse, mais l'ensemble donnait un grondement instinctif, semblable à celui de l'océan. Des traînées et des taches rouges se mirent à courir sur les murs : on avait allumé des flambeaux, en bas, derrière les murs. Quelque part dans le voisinage, un lourd bruit de pas et un léger cliquetis d'armes se firent entendre : on était en train de relever les gardes. Qui gardaient-ils ? Celui-là, vraiment ?

– Il faut l'expulser du pays.

– Non, le peuple ne le permettra pas. Il faut le tuer.

– Mais voyons, ce serait une nouvelle trahison.

Les taches écarlates font des bonds sur le mur, de vagues ombres d'un gris cendré rampent et s'agitent : on dirait que les jours ensanglantés du passé et du présent défilent dans un rêve obscur, et que cela ne s'arrêtera jamais. Sur la place, la clameur enfle ; on croit déjà distinguer des cris qui s'en détachent.

– Aujourd'hui, pour la première fois de ma vie, j'ai ressenti de la peur.

– Et du désespoir. Et de la honte.

– Du désespoir, oui. Donne-moi la main, mon frère. Comme elle est froide !... Ici, face à un péril inconnu, à un moment d'immense honte, nous allons jurer que ce n'est pas nous qui allons trahir la pauvre liberté. Nous allons mourir, je l'ai senti aujourd'hui, mais en mourant nous crierons : « Liberté ! Liberté, mes frères ! » Nous crierons de telle sorte que tout ce monde d'esclaves frémira d'horreur. Serre ma main plus fort, mon frère !

Tout était calme, et les taches écarlates éclataient sur les murs, et les ombres vaporeuses et muettes fuyaient, tandis que derrière les fenêtres, l'abîme grondait avec toujours plus de fureur. On aurait dit qu'un vent terrible s'était levé, qui soufflait du nord et du sud, de l'ouest et de l'est, et que, sous l'effet de la peur, il avait fait se dresser la masse palpitante. Des bribes de chansons deviennent un hurlement, et dans le chaos des sons, en lignes énormes, dentelées et noires se détache le mot :

– À mort ! À mort le tyran !

Ils se tenaient là, qui écoutaient et suivaient le cours de leur pensée. Le temps s'écoulait, et ils se tenaient toujours là, parmi les ombres mouvantes des torches et de la fumée, et il semblait qu'ils se tenaient là, immobiles, depuis des milliers d'années. Des milliers d'années transparentes les encerclaient du grandiose, du formidable silence de l'éternité, cependant que les ombres étaient prises de frénésie, que des cris montaient et tombaient, et qu'ils s'approchaient des fenêtres, comme une eau qui se cabre. Par moments, on pouvait clairement saisir le rythme énigmatique et terrifiant d'une vague et le fracas du ressac qui retombe.

– À mort ! À mort le tyran !

Léger mouvement dans la foule.

– Bon, allons-y.

– Oui, allons-y. Que je suis bête ! Moi qui croyais que ce jour marquerait la fin de la lutte contre la tyrannie.

– Elle ne fait que commencer. Allons-y !

Couloirs sombres, marches de pierre des escaliers, salles silencieuses et froides, sans fenêtres, comme des caves, et soudain une lumière brilla, on sentit une chaleur, comme venue d'un creuset incandescent, un bruit décousu, indistinct, de voix pressées cogna dans les oreilles, comme si des centaines de perroquets dans des cages discouraient à qui mieux mieux. Encore une porte basse grand ouverte, et sous leurs pieds, dans un demi-jour, s'ouvre une fosse immense, piquée de têtes bigarrées, pleine de fumée ; des langues de lumière rouge qui manquent d'air et s'étouffent. On entend quelqu'un parler, il y a des applaudissements ; apparemment, il a terminé.

Au fond de la cavité, entre deux bougies en train de se noyer, se tient la petite silhouette de Vingtième. Il s'essuie le front de son mouchoir, se courbe très bas sur la table, et marmonne quelque chose d'incompréhensible. En réalité, il plaide sa cause pour la première fois. Comme il a chaud ! Eh bien voyons, Vingtième ! Tu es le roi, tout de même. Élève ta voix, ennoblis la hache et le bourreau ! Non. Il bredouille quelque chose, le sot, tragiquement sérieux.

VIII

Nombreux étaient ceux qui regardaient l'exécution du roi depuis les toits ; mais même sur les toits, il n'y avait pas de place pour tout le monde, et ainsi, certains n'ont pas pu voir comment on exécute les rois. Cependant, les hautes maisons étroites, avec, à la place des toits, ces drôles de cheveux noirs qui remuaient, avaient l'air d'être devenues vivantes ; et leurs fenêtres grand ouvertes ressemblaient à des yeux noirs qui battent des paupières. Au-delà des maisons, des clochers d'apparence habituelle, arrondis et pointus, se dressaient dans le ciel, mais si on regardait bien, on y voyait un certain nombre de lignes en travers, trop noires, et qui donnaient l'impression de bouger. Il y avait des gens dessus. Il était impossible de voir quoi que ce soit de là-bas, mais ils regardaient quand même.

Vu des toits, l'échafaud paraissait petit comme un jouet d'enfant, un peu comme une petite brouette retournée, avec les poignées cassées. Quelques hommes isolés près de l'échafaud, les seuls qu'on pouvait voir distinctement sur toute la place, car les autres se fondaient en une seul masse compacte, sorte de gazon noir. Les hommes près de l'échafaud faisaient penser à des fourmis dressées sur leurs pattes de derrière. Tout semblait plat, et ils se hissaient lentement, péniblement, sur des degrés invisibles et s'affairaient. Et il était si étrange que, tout à côté de soi, sur le toit, il y ait des gens de grandes dimensions, avec de grosses têtes, une grosse bouche, un gros nez.
Les tambours battaient.
Une petite voiture noire s'approcha dans un mouvement fluide, et il fut longtemps impossible de rien distinguer. Puis un petit groupe se détacha et gravit très lentement les degrés invisibles. Le petit groupe se divisa en plusieurs parties, se dispersa, et au milieu il ne resta plus qu'un petit homme.
Les tambours battaient. Le cœur se serrait. Soudain, éraillée, la ligne déchirée du roulement des tambours se tut. Ce fut le calme. La

petite silhouette solitaire leva un bras, le baissa, le leva à nouveau. Il doit dire quelque chose, mais on n'entend rien. Qu'est-ce qu'il dit ? Qu'est-ce qu'il dit ? On entend les tambours exploser, gronder, se disperser, déchirant l'air en milliards de particules vibrantes qui empêchent de regarder. Du mouvement sur l'échafaud. La petite silhouette a disparu. C'est le moment du supplice. Les tambours grondent, et soudain, d'un coup, la même ligne éraillée se défait, les tambours se taisent. Silence. À l'endroit où, l'instant d'avant, se tenait Vingtième, il y a une nouvelle silhouette qui tend un bras. Elle tient quelque chose de minuscule, avec un côté clair et un côté sombre, comme une tête d'épingle de deux couleurs. C'est la tête du roi. Enfin...

On emporta le cercueil contenant le corps et la tête du roi, en passant sur les gens avec de grands cris : on craignait que la fureur du peuple n'épargne pas la dépouille du tyran. C'est qu'il faisait peur, le peuple. En proie à la crainte ancestrale des esclaves, il ne croyait toujours pas qu'il fût possible que le puissant maître, inviolable, inaccessible, ait placé sa tête sous la hache du bourreau, désespérément, sans retenue, la foule se rua vers l'échafaud : souvent les yeux sont trompeurs, les oreilles mentent souvent, il faut palper l'échafaud, humer l'odeur du sang royal, y tremper les mains jusqu'aux coudes. Les gens se battaient, s'étouffaient, tombaient et hurlaient. Quelque chose de mou, comme un ballot de nippes, roule et s'accroche obstinément aux jambes. C'est quelqu'un qui a été piétiné. Encore et encore. Parvenu au tas de décombres restant de l'échafaud, d'une main tremblante, ils en détachent des morceaux, les arrachent avec les ongles, les brisent, attrapent des poutres entières avec une avidité aveugle pour, après quelques pas, s'écrouler aussitôt sous leur poids. Et la foule se refermait sur la tête de ceux qui étaient tombés, tandis que la poutre, comme douée de vie, faisait surface et flottait, comme suivant un courant, plongeait à nouveau, faisant ressortir une extrémité toute tailladée, et finissait par se perdre quelque part. On trouvait une flaque de sang encore non absorbée par le sol ni piétinée, et y trempait les mouchoirs, les vêtements ; beaucoup appliquaient ce sang sur leurs lèvres et oignaient leurs fronts de signes étranges : avec le sang royal s'accomplissait l'onction qui ouvrait le nouveau règne de la liberté.

On s'enivrait d'une joie sauvage. Sans chansons, sans paroles, on tournait, hors d'haleine à force de danser ; on courait en brandissant vers le ciel des mouchoirs ensanglantés, on se répandait dans la ville, apportant avec soi des cris, une clameur, et d'étranges et irrépressibles éclats de rire. On essaya de chanter, mais la chanson était trop lente, le rythme trop régulier, et on revint aux éclats de rire et aux cris. On partait remercier l'assemblée d'avoir libéré la patrie du tyran, mais en chemin on eut à cœur de pourchasser un traître qui criait : « Le roi est mort, vive le roi ! Vive Vingt-et-unième ! » Et on se dispersa rapidement. On pendit quelqu'un.

Beaucoup de ceux qui continuaient d'aimer le roi en secret ne supportèrent pas l'idée qu'il avait été mis à mort et devinrent fous ; beaucoup, même des couards, se tuèrent. Jusqu'à la dernière minute, ils avaient attendu, espéré quelque chose et croyaient que leurs prières aboutiraient ; et quand l'exécution fut accomplie, ils furent pris de désespoir et se tuèrent d'un coup de couteau, l'un d'entre eux dans un geste de morne accablement, d'autres avec des expressions de colère et des blasphèmes. Il s'en est trouvé qui, follement assoiffés de martyre, sortaient dans la rue à la rencontre de l'avalanche populaire qui déferlait, et criaient avec rage : « Vive Vingt-et-unième ! », et succombaient.

Le jour finissait, et la nuit tombait sur la ville, la nuit de la vérité, car elle n'avait pas d'yeux pour ce qui est visible. La ville était encore éclairée par les feux, mais sous le pont, le fleuve était noir comme de la suie liquide ; et c'est seulement là-bas, à un coude, là où le

pâle et froid coucher du soleil mourait derrière la large tour évasée, que des reflets froids de métal poli faisaient scintiller le fleuve. Deux hommes se tenaient sur le pont et, accoudés à la pierre, ils regardaient l'obscurité profonde et mystérieuse.
– Tu crois que la liberté a commencé aujourd'hui ? demanda l'un à voix basse, parce qu'il y avait encore des feux qui brûlaient dans la ville, alors que l'eau sous le pont était noire.
– Regarde, il y a un cadavre qui flotte, dit l'autre. Il le dit à voix basse, parce que le cadavre était tout proche, que sa large face tournée vers le haut faisait une tache bleue.
– Il y en a beaucoup qui descendent le courant. Ils vont dans la mer.
– Je ne crois pas à leur liberté. Ils se réjouissent trop de la mort de la Nullité.
Une clameur de voix, des rires et des chansons arrivèrent de la ville, où brûlaient encore des feux. On s'amusait bien là-bas.
– Il faut tuer le pouvoir, dit le premier.
– C'est les esclaves qu'il faut tuer. Il n'y a pas de pouvoir, il n'y a que l'esclavage. Voilà encore un cadavre, et encore un autre. Qu'est-ce qu'il y en a ! D'où sortent-ils ? Ils font si soudainement leur apparition sous le pont.
– Mais ils l'aiment, la liberté.
– Non, ils ont juste peur du fouet. Quand ils aimeront la liberté, ils seront libres.
– Allons-nous-en d'ici. La vue des cadavres me donne envie de vomir.
Et ils se détournèrent pour s'en aller, et là, alors que des feux brûlaient encore dans la ville et que le fleuve était noir comme de la suie délayée, ils virent une chose pesante et trouble, enfantée par les ténèbres et la lumière. Du côté opposé au couchant, là où le fleuve se perdait dans les berges noires et où les ténèbres épaisses foisonnaient, comme douées de vie, une chose immense, sans forme ni contour, s'éleva. Elle s'éleva et resta immobile et, bien que sans

bras, elle regarda, et bien qu'elle soit sans bras, elle les étendait vers la ville, et bien qu'elle soit morte, elle vivait et respirait. Cela faisait peur.

– C'est de la brume qui monte du fleuve, dit l'un.

– Non, c'est un nuage, dit l'autre.

C'était à la fois un nuage et de la brume.

– On dirait que ça nous regarde !

Ça regardait en effet.

– On dirait que ça entend !

Ça entendait en effet.

– Ça vient vers nous !

Non, la chose restait immobile. La chose restait immobile, immense, sans forme ni contour, et d'étranges excroissances y reflétaient en rouge les feux de la ville, alors qu'en bas, à ses pieds, la rivière noire se perdait dans les berges noires, et que les ténèbres foisonnaient, comme douées de vie. Avec un balancement sinistre, les cadavres flottaient vers elle et se perdaient dans l'obscurité, et d'autres venaient sans bruit les remplacer et s'éloignaient en se balançant, innombrables, silencieux, perdus dans leurs pensées, aussi noires et aussi froides que l'eau qui les emportait.

Mais sur la haute tour, où on était venu chercher le roi au petit matin, l'horloger borgne dormait profondément sous le balancier. Ce jour-là, il était content du silence de la tour, il chantait même — le borgne chantait ! — et jusqu'à la nuit il se promena parmi les roues dentées et les leviers, comme un amoureux. Il éprouva les câbles de la main, resta un moment assis sur un escabeau, en balançant les jambes et en ronronnant, sans accorder un regard au balancier, parce qu'il faisait semblant de lui en vouloir. Mais après, il lui lança un regard oblique et pouffa de rire, et le balancier tout réjoui répondit en riant aux éclats. Il oscillait, souriait largement de sa gueule de bronze et s'esclaffait :

– Cela fut — cela sera !

– Eh bien, quoi ? l'encourageait le borgne, et il se tordait de rire.
– Cela fut — cela sera !
Quand vint l'obscurité, le borgne se coucha sans attendre et s'endormit profondément ; mais le balancier, lui, resta éveillé et il continua son mouvement toute la nuit au-dessus de sa tête, porteur lui inspirant des rêves étranges.

Octobre 1905

Petka à la datcha

Traduction de Serge Rolet

Le barbier Ossip Abramovitch avait ajusté une serviette sale sur la poitrine du visiteur, la lui avait enfoncée de ses doigts dans le col et avait crié un « Garçon, de l'eau ! » brusque et saccadé. Le client, qui était en train d'examiner sa physionomie dans le miroir, avec une attention aiguë et un intérêt qui n'existe que chez le barbier, remarquait qu'un point noir de plus lui était venu au menton et détournait avec déplaisir son regard qui tombait droit sur une petite main toute maigre sortie de quelque part sur le côté et tendue vers la tablette pour y poser un bol en fer blanc contenant de l'eau chaude. Quand il levait les yeux, il voyait le reflet du barbier, étrange et comme déformé et saisissait le coup d'œil rapide et menaçant que celui-ci lançait en bas sur une tête anonyme et le mouvement qu'un chuchotement inaudible mais expressif imprimait sur ses lèvres. Si ce n'était pas Ossip Abramovitch qui le rasait, mais l'un ou l'autre des apprentis, Procopi ou Mikhaïla, le chuchotement devenait perceptible et prenait la forme d'une menace indéterminée : « Tu vas voir ! »

Cela signifiait que le petit n'avait pas donné l'eau assez vite et serait corrigé. « Bien fait pour eux », pensait le client, penchant la tête sur le côté et contemplant tout près de son nez une grosse main moite, dont trois doigts étaient dépliés, les deux autres, poisseux et odorants, effleurant sa joue et son menton en douceur, tandis que le rasoir émoussé ôtait avec un crissement désagréable la mousse savonneuse et les poils durs de sa barbe.

Dans la boutique de ce barbier, imprégnée d'une morne odeur de parfums bon marché, pleine de mouches tenaces et de saleté, le client n'était pas regardant : c'étaient des gardiens d'immeubles, des commis, quelquefois de petits employés ou des ouvriers, souvent des gaillards à la beauté voyante mais louche, aux joues colorées, aux petites moustaches fines et aux yeux brillants et effrontés. Non loin de là se trouvait un quartier qui regorgeait de maisons de débauche à bas prix. Ils étaient les maîtres des lieux et leur donnaient une touche particulière, sordide et inquiétante.

Le petit garçon qui se faisait le plus souvent disputer s'appelait Petka, il était le plus petit de tous les employés de l'établissement. Nikolka, un autre gamin, comptait trois ans de plus et devait bientôt passer apprenti. Dès à présent, quand le client entrant dans la boutique ne payait pas de mine et qu'en l'absence du patron, les apprentis avaient la flemme de travailler, ils envoyaient Nikolka faire la coupe et riaient de le voir se mettre sur la pointe des pieds pour atteindre la nuque velue de l'imposant portier. Quelquefois le client se fâchait d'avoir les cheveux mal coupés et se mettait à crier, alors les apprentis eux aussi criaient sur Nikolka, mais pas sérieusement, juste pour donner satisfaction au cornichon tondu trop court. Mais cela n'arrivait pas souvent et Nikolka faisait l'important et se tenait comme un grand : il fumait des cigarettes, crachait entre ses dents, jurait vilainement et se vantait même devant Petka de boire de la vodka, mais c'était sûrement des histoires. Avec les apprentis, il courait dans la rue d'à côté regarder les grosses bagarres et quand il en revenait, heureux et hilare, Ossip Abramovitch lui donnait deux taloches, une sur chaque joue.

Petka avait dix ans ; il ne fumait pas, ne buvait pas de vodka et ne jurait pas, mais il connaissait beaucoup de vilains mots et enviait son camarade dans tous ces domaines. Quand il n'y avait pas de clients et que Procopi qui passait ses nuits quelque part sans dormir et, la journée, tombant de sommeil, s'écroulait dans un coin sombre derrière un bout de mur et que Mikhaïla lisait la « Feuille de Moscou » où il cherchait, parmi les descriptions de vols et de fric-frac, le nom bien connu de l'un des clients habituels, Petka et Nikolka causaient. Ce dernier était toujours plus gentil quand ils se trouvaient seuls tous les deux et il expliquait au « petit » ce que signifiait une coupe à la polonaise, en brosse ou avec une raie.

Parfois ils s'asseyaient à la fenêtre, à côté du buste de femme en cire aux joues roses, aux yeux de verre étonnés et aux cils rares et tout droits et ils regardaient le boulevard qui s'éveillait dès le petit matin. Les arbres du boulevard, gris de poussière, étaient figés, immobiles sous le soleil brûlant, impitoyable et donnaient une ombre tout aussi grise, sans fraîcheur. Il y avait des hommes et des femmes sur tous les bancs, portant de drôles de vêtements malpropres, sans fichus ni couvre-chefs, comme s'ils habitaient là et n'avaient pas d'autre logis. Les visages étaient indifférents, mauvais ou relâchés, mais tous étaient empreints d'une fatigue extrême et de dédain pour ce qu'il y avait tout autour. Souvent une tête chevelue s'inclinait, sans forces, sur une épaule et le corps cherchait involontairement un espace pour dormir, comme il arrive à un passager de troisième classe qui a parcouru des milliers de verstes d'une traite sans avoir de place pour s'allonger. Muni d'un bâton, un gardien bleu vif déambulait dans les allées et veillait à ce que personne ne s'effondre sur un banc ou ne se vautre dans l'herbe roussie par le soleil, mais si moelleuse et fraîche. Les femmes, toujours mieux apprêtées, faisant même écho à la mode, avaient toutes plus ou moins le même air et le même âge, bien qu'on ait pu en voir une ou deux de vraiment vieilles ou de jeunettes, presque des enfants. Elles parlaient toutes d'une voix éraillée, heurtée ; elles juraient, embrassaient les hommes aussi simplement que s'il n'y avait eu personne sur le boulevard, quelquefois elles buvaient de la vodka et grignotaient quelque chose avec en pleine rue. Il arrivait qu'un homme ivre batte une femme aussi ivre que lui ; elle tombait, se relevait et tombait à nouveau, mais personne ne prenait sa défense. Des sourires joyeux découvraient les dents, les visages prenaient un air plus futé et plus éveillé, un cercle se formait autour des adversaires, mais dès que le gardien bleu vif approchait, chacun repartait nonchalamment à l'endroit d'où il venait. Seule la femme battue pleurait et débitait des injures insensées. Ses cheveux défaits traînaient dans le sable, son corps à moitié dénudé, sale et jaune à la lumière du jour, s'exposait aux regards, cynique et pitoyable. On la faisait monter dans un fiacre et on l'emmenait et sa tête pendante ballotait comme celle d'une morte.

Nikolka connaissait par leur nom beaucoup de ces femmes et de ces hommes, il racontait sur eux de vilaines histoires et riait, découvrant ses dents pointues. Petka, lui, s'étonnait qu'il soit aussi intelligent et intrépide et se disait que lui aussi, un jour, il serait comme lui. Mais, pour l'heure, il avait envie de s‘en aller quelque part ailleurs… Il en avait très envie.

Les jours de Petka s'écoulaient, étonnamment monotones et semblables, comme des frères. Été comme hiver, il voyait les mêmes miroirs, dont l'un était fissuré, tandis que l'autre était irrégulier et drôle. Au mur tout taché était toujours accrochée la même gravure représentant deux femmes nues au bord de la mer, leurs corps roses étaient juste de plus en plus piquetés de traces laissées par les mouches et il y avait de plus en plus de noir de fumée au-dessus de l'endroit où, l'hiver, la lampe à pétrole restait allumée presque du matin au soir. Et le matin et le soir et toute la sainte journée, il y avait, prêt à s'abattre sur Petka, toujours le même cri brusque : « Garçon, de l'eau ! » et il tendait et tendait le bol, encore et toujours. Il n'y avait pas de jours de fête. Le dimanche, quand les fenêtres des magasins et des échoppes cessaient d'éclairer la rue, la boutique du barbier jetait sur la chaussée une éclatante gerbe de lumière et le passant voyait une petite silhouette frêle, voûtée dans un coin sur sa chaise et plongée dans ses pensées, à moins que ce ne soit dans une torpeur profonde. Petka dormait beaucoup et, Dieu sait pourquoi, il avait tout le temps sommeil et il lui semblait souvent que ce qui l'entourait n'était pas la réalité, mais un long rêve désagréable. Il renversait souvent le bol, n'entendait pas le cri brusque : « Garçon, de l'eau » et ne faisait que maigrir, tandis que de vilaines croûtes étaient apparues sur sa tête tondue à ras. Même les clients peu délicats regardaient avec répulsion ce gamin malingre, avec des taches de son et dont les yeux étaient toujours endormis, la bouche entrouverte, les mains et le cou d'une effarante saleté. Il avait autour des yeux et sous le nez de fines ridules, comme gravées avec une épingle acérée, qui le faisaient ressembler à un vieux nain. Petka ne savait pas s'il s'ennuyait ou s'il était gai, mais il avait envie de partir dans un endroit dont il ne pouvait dire où il se situait et à quoi il ressemblait. Quand sa mère, la cuisinière Nadejda, venait le voir, il mangeait sans entrain les sucreries qu'elle apportait, ne se plaignait pas et demandait juste qu'elle l'emmène avec elle. Mais, ensuite, il oubliait sa prière, disait au revoir à sa mère avec indifférence et ne demandait pas quand elle reviendrait. Alors Nadejda, peinée, pensait qu'elle n'avait qu'un seul fils et qu'en plus il était un peu simplet.

Est-ce que Petka menait cette vie depuis longtemps ou non, il ne le savait pas. Toujours est-il qu'un jour sa mère arriva au moment du repas, parla avec Ossip Abramovitch et dit qu'on le laissait partir, lui, Petka, à la datcha, à Tsaritsyno où vivaient ses maîtres. Au début, Petka ne comprit pas, puis il eut un rire silencieux qui couvrit son visage de petites rides et il se mit à presser Nadejda.

Celle-ci était obligée, par souci des convenances, de demander à Ossip Obramovitch des nouvelles de sa femme et pendant ce temps-là Petka la poussait vers la porte et la tirait par le bras. Il ne savait pas ce qu'était une datcha, mais supposait que c'était l'endroit où il avait tellement envie d'aller. Et il oublia égoïstement Nikolka, qui, les mains dans les poches, était planté là et s'efforçait de regarder Natacha avec son insolence habituelle. Mais loin de toute insolence, c'est une profonde tristesse qui brillait dans ses yeux : il n'avait pas de mère du tout et, à ce moment précis, il aurait bien voulu en avoir une comme la grosse Natacha. En fait, lui non plus n'était jamais allé à la campagne.

Avec sa cohue et sa clameur discordante, le fracas des trains qui arrivaient, les coups de sifflet des locomotives, tantôt épais et courroucés comme la voix d'Ossip Abramovitch, tantôt perçants et grêles comme celle de sa femme malade, avec ses passagers pressés qui allaient et venaient comme s'ils devaient ne jamais s'arrêter, la gare apparut aux yeux éberlués de Petka et le remplit d'un sentiment d'excitation et d'impatience. Tout comme sa mère, il avait peur d'être en retard, alors qu'il restait une bonne demi-heure avant le départ du train qui menait à la datcha ; et quand ils furent montés dans le wagon et que le voyage eut commencé, Petka se colla à la vitre et seule sa tête rasée tournait sur son cou mince comme sur une tige de métal.

Il était né et avait grandi en ville, c'était la première fois de sa vie qu'il se retrouvait en pleine nature et tout était pour lui d'une nouveauté et d'une étrangeté frappantes : qu'on puisse voir si loin que la forêt paraissait comme de l'herbe et le ciel, dans ce nouveau monde, étonnamment clair et vaste, comme si on était sur un toit. Petka le voyait en regardant de son côté, mais quand il se retournait vers sa mère, le même ciel se détachait en bleu dans la fenêtre opposée et de joyeux petits nuages blancs y flottaient, comme des angelots. Quand il ne frétillait pas à sa fenêtre, Petka courait à l'autre bout du wagon, posant naïvement une main mal lavée sur les épaules et les genoux de passagers inconnus, qui lui souriaient en retour. Mais un monsieur qui lisait son journal et que l'ennui ou une fatigue extrême faisait bailler sans cesse, lança par deux fois au gamin un regard en coin peu amène et Nadejda s'empressa de s'excuser :

– C'est la première fois qu'y prend l'train, il est curieux.

– Bon-bon ! bougonna le monsieur avant de se replonger dans son journal.

– Nadejda avait très envie de lui raconter que Petka était placé depuis trois ans chez un barbier qui avait promis de s'occuper de lui et que ce serait une très bonne chose, parce qu'elle était une femme seule et démunie et que, en cas de maladie ou de grand-âge, elle n'aurait pas d'autre soutien. Mais le monsieur avait l'air mauvais et Natacha garda ses réflexions pour elle.

Il y avait sur la droite de la voie une plaine irrégulière, d'un vert assombri par une humidité permanente et, à son extrémité, de petites maisons grises pareilles à des jouets semblaient avoir été jetées là et puis, sur une haute colline verdoyante, au pied de laquelle brillait une bande argentée, se dressait une église blanche et elle avait l'air d'un jouet elle aussi. Quand le train, dans un bruit de métal tonitruant brusquement redoublé, s'engagea sur un pont et parut suspendu dans l'air au-dessus d'une rivière à la surface miroitante, Petka tressaillit de peur et de surprise et s'écarta d'un pas de la fenêtre, mais il y revint aussitôt, craignant de laisser échapper le plus infime détail du parcours. Les yeux de Petka avaient depuis longtemps cessé de paraître endormis et ses ridules avaient disparu. Comme si on lui avait appliqué un fer à repasser sur le visage, qu'on en avait effacé les rides, lui rendant sa blancheur et son éclat.

Les deux premiers jours que Petka passa à la campagne, la richesse et la force des impressions nouvelles qui l'inondaient eurent raison de sa petite âme timide. Contrairement aux sauvages des temps

passés, désorientés par le passage du désert à la ville, ce sauvage contemporain, arraché à l'étreinte minérale des empilements urbains, se sentait faible et vulnérable face à la nature. Pour lui, tout ici était vivant, tout était doué de sensibilité et de volonté. Il avait peur de la forêt qui bruissait paisiblement au-dessus de sa tête, sombre, pensive et si effrayante dans son immensité ; il aimait les clairières lumineuses, vertes, joyeuses, semblant chanter de toutes leurs fleurs éclatantes et il aurait voulu les cajoler comme des sœurs, tandis que le ciel d'un bleu sombre l'appelait à lui et riait comme une mère. Petka s'émouvait, sursautait et pâlissait, souriait à quelque chose, déambulait d'un pas mesuré, comme un vieillard, à la lisière de la forêt et sur la rive boisée d'une mare. Là, harassé, hors d'haleine, il s'écroulait dans l'herbe épaisse et un peu humide et se noyait dedans ; seul son nez parsemé de taches de son émergeait de la surface verte. Les premiers jours, il revenait souvent voir sa mère, restait dans ses jupes et, quand le barine lui demandait si c'était bien, la datcha, il souriait, confus et répondait « Oui, c'est bien !... » Et après, il repartait vers l'inquiétante forêt et l'eau tranquille et on aurait dit qu'il cherchait à leur faire avouer quelque chose.
Mais deux jours encore passèrent et Petka se trouva en plein accord avec la nature. La chose se produisit avec la collaboration du lycéen Mitia, de Tsaritsyno-le-Vieux. Le lycéen Mitia avait la figure bronzée, jaune comme un wagon de seconde classe, ses cheveux, qui sur le sommet du crâne formaient un toupet, étaient tout à fait blancs, décolorés par le soleil. Quand Petka l'aperçut, il était en train de pêcher dans la mare. Petka entra en conversation avec lui sans cérémonie et se sentit à l'aise avec une rapidité étonnante. Il confia à Petka une de ses cannes à pêche et, après, il l'emmena se baigner dans un endroit éloigné. Petka avait très peur d'entrer dans l'eau mais quand il fut dedans, il n'eut plus envie d'en sortir et fit semblant de nager : il levait le nez et les sourcils, la voix toute crispée, battait des mains, soulevant des gerbes d'eau. À cet instant,

il ressemblait beaucoup à un chiot jeté à la rivière pour la première fois. Quand Petka se rhabilla, il était tout bleu de froid, comme un mort et parlait en claquant des dents. Suivant la proposition de Mitia, qui n'était jamais à court d'inventions, ils explorèrent les ruines d'un palais ; ils montèrent sur le toit envahi par la végétation et déambulèrent au milieu des murs écroulés de l'énorme bâtisse. On s'y sentait très bien. Il y avait partout des tas de pierres éboulées sur lesquels il était difficile de grimper et, dans les intervalles, de jeunes aubiers et des bouleaux avaient poussé. Il y régnait un silence de mort et on avait l'impression que quelqu'un allait surgir au coin d'un mur, ou que dans l'embrasure éventrée d'une fenêtre allait apparaître une trogne des plus effrayantes. Progressivement, Petka se sentit comme chez lui à la datcha et il oublia complètement qu'il existait dans ce monde un Ossip Abramovitch et sa boutique de barbier. « Regardez un peu comme il a profité. Un vrai marchand ! » se réjouissait Nadejda, elle-même grosse et rouge comme un samovar en cuivre à force d'être aux fourneaux. Elle attribuait cela au fait qu'elle lui donnait beaucoup à manger. Mais Petka mangeait peu, non parce qu'il n'avait pas faim, mais parce qu'il n'avait pas de temps à perdre. Si seulement on pouvait ne pas mâcher, avaler tout rond, mais il fallait mâcher et dans les intervalles, balancer les jambes, vu que Nadejda mangeait avec une lenteur infernale, rongeait les os, s'essuyait avec son tablier et racontait des tas de choses sans intérêt. Alors que lui, il ne savait pas où donner de la tête : il fallait se baigner cinq fois, tailler une canne à pêche dans un noisetier, trouver des vers et ça prenait du temps, tout ça. Maintenant Petka courait pieds nus et c'était encore mille fois plus agréable qu'avec des bottes à grosses semelles : tantôt la terre rugueuse lui brûlait doucement les pieds, tantôt elle les rafraîchissait. Il avait aussi ôté sa veste de lycéen élimée qui lui donnait une allure de solide compagnon de la corporation des coiffeurs et il avait étonnamment rajeuni. Il ne la mettait que le soir, quand il allait sur la digue voir les maîtres faire de la barque : élégamment vêtus, joyeux, ils montaient dans la barque qui tanguait et celle-ci fendait lentement l'eau étale comme un miroir, tandis que les reflets des arbres ondulaient comme s'ils étaient agités par le vent.

Au bout d'une semaine, le barine revint de la ville avec une lettre adressée à la « cuistancière Nadejda » et, quand il la lut à la destinataire, la destinataire se mit à pleurer, étalant largement sur son visage la suie qu'elle avait sur son tablier. D'après les bribes de mots qui accompagnaient cette opération, on comprenait qu'il s'agissait de Petka. Cela se passa à la tombée de la nuit. Dans la cour de derrière, Petka jouait tout seul à la marelle, en gonflant les joues, parce que comme ça les sauts étaient nettement plus faciles. C'est le lycéen Mitia qui lui avait enseigné cette pratique stupide, mais intéressante et maintenant Petka se perfectionnait en solitaire, comme un vrai sportif. Le barine sortit, lui posa la main sur l'épaule et dit :

– Il va falloir y aller, mon gars ! Petka souriait d'un air confus sans rien répondre.

– Drôle de zigoto ! se dit le barine. Il faut y aller, mon petit gars.

Petka souriant toujours. Nadejda s'approcha, les larmes aux yeux et confirma :

– On doit y aller, fiston !

– Où ça ? s'étonna Petka.

Il avait oublié la ville et l'autre endroit où il avait toujours eu envie d'aller, il l'avait trouvé.

– Chez ton patron, Ossip Abramovitch.

Petka continuait à ne pas comprendre, bien que tout soit clair comme le jour. Mais il avait la gorge sèche et sa langue se mouvait avec difficulté quand il demanda :

– Mais comment faire pour la pêche demain ? Il y a la canne qui est là...

– On ne peut rien y faire !... Il exige que tu rentres. Procopi, il est tombé malade, il dit, ils l'ont emmené à l'hôpital. Il dit qu'il n'y a personne. Ne pleure pas : si ça se trouve, il te laissera partir une autre fois, c'est un brave homme, Ossip Abramovitch.

Mais Petka n'avait pas l'intention de pleurer et ne comprenait toujours pas. D'un côté il y avait un fait : la canne à pêche et de l'autre, un fantôme : Ossip Abramovitch. Mais progressivement les idées de Petka s'éclaircirent et il se produisit un étrange changement : Ossip Abramovitch devint un fait et la canne à pêche qui n'avait même pas eu le temps de sécher se transforma en fantôme. C'est alors que Petka étonna sa mère, mit le barine et la barynia mal à l'aise et se serait étonné lui-même, s'il avait été capable d'introspection. Il ne se contenta pas de pleurer comme pleurent les enfants de la ville, maigres et vidés de leurs forces, il se mit à brailler plus fort que le plus gueulard des bonshommes et commença à se rouler à terre, comme les femmes, là-bas, sur le boulevard. Sa petite main toute maigre se refermait et il frappait du poing le bras de sa mère, le sol, tout ce qui se trouvait là, sentant la douleur causée par les cailloux et les grains de sable mais s'efforçant de l'accroître encore.

Opportunément, Petka se calma et le barine dit à la barynia, occupée à piquer une rose dans ses cheveux, face à un miroir :

Tu vois, il a fini par s'arrêter, le chagrin des enfants ne dure jamais longtemps.

– J'ai tout de même grandement pitié de ce pauvre petit.

– Tu as raison, ils vivent dans des conditions épouvantables, mais il y en a pour qui c'est encore pis. Tu es prête ?

Et ils partirent au jardin de Dipman où l'on donnait ce soir-là un spectacle de danse et où jouait déjà la musique militaire.

Le lendemain matin, par le train de sept heures, Petka était déjà en route pour Moscou. Les vertes prairies passaient à nouveau devant lui, blanchies par la rosée, seulement elles ne défilaient pas dans le même sens qu'auparavant, mais dans le sens inverse. La petite veste de lycéen élimée enveloppait son corps maigre, laissant voir à son cou le haut d'un petit col de coton blanc. Petka ne frétillait pas à la fenêtre et ne regardait presque pas au dehors, mais restait assis tranquille et réservé, les mains sagement posées sur les genoux. Ses yeux étaient endormis et apathiques, de fines ridules, comme en ont les personnes âgées, avaient fait leur apparition autour de ses yeux et sous son nez. Voici que passèrent à la fenêtre les piliers et les chevrons d'un quai et le train s'arrêta.

Jouant des coudes au milieu des passagers pressés, ils débouchèrent dans une rue bruyante et la grande ville avide avala sa petite proie avec indifférence.

– Range bien la canne à pêche, dit Petka, quand sa mère l'eut conduit au seuil de la boutique du barbier.

– Je la range, mon petit, je la range ! Tu y retourneras peut-être.

Et de nouveau, dans la boutique crasseuse et étouffante du barbier retentissait le brusque « Garçon, de l'eau ! » et le client voyait, en-dessous de la tablette, la petite main toute sale qui se tendait et il entendait chuchoter la menace indéterminée : « Tu vas voir ! » Cela voulait dire que le petit, somnolent, avait renversé le bol ou avait confondu les ordres. Et la nuit, à l'endroit où Nikolka et Petka dormaient côte à côte, une petite voix émue parlait tout bas de la datcha et racontait des choses qui n'existent pas, que personne n'avait jamais vues ni entendues. Dans le silence qui s'installait, on entendait le souffle irrégulier des poitrines enfantines et une autre voix, avec une grossièreté qui n'avait rien d'enfantin, éructait avec énergie :

– Ah, les salauds ! Qu'ils rôtissent en enfer !

– C'est qui, les salauds ?

– Je ne sais pas, moi...Tous.

Une charrette passait dans un grand fracas, couvrant les voix des gamins et un cri plaintif, affaibli par la distance, qui depuis longtemps parvenait du boulevard : un homme ivre était en train de battre une femme aussi ivre que lui.

Septembre 1899

Trois nuits

Traduction d'Olga Artyushkina

SONGE

I

Lorsque viendra le moment, je mourrai — faites venir les vieilles femmes qui attendent ; qu'elles lavent mon corps mort avant qu'il ne refroidisse. Qu'elles l'habillent après l'avoir lavé de mes plus beaux habits et qu'elles le couchent dans un cercueil. Fabriquez-moi un cercueil grand et noir, spacieux et étanche, large à l'endroit de ma poitrine et étroit à l'endroit où seront mes pieds. Que mon corps soit à l'aise dans ce cercueil noir et spacieux.
Et lorsque mon corps sera couché, hissez le lourd cercueil sur vos épaules et portez-le là-haut, en gravissant lentement et prudemment l'escalier, pour ne pas faire tomber le mort et périr sous le poids de son corps sans vie. Continuez à monter l'escalier, passez par des salles claires et des passages obscurs, là où dans les ténèbres l'araignée tisse sa toile séculaire ; marchez ainsi jusqu'au sommet de la plus haute des tours et posez le cercueil sur un catafalque noir : que la terre et le ciel le voient.
Et recouvrez mon corps d'un linceul noir, mais laissez mon visage découvert jusqu'à ce qu'il se corrompe : que le ciel et la terre voient le visage du mort.

Achetez des étoffes noires en quantité et enveloppez-en la tour et la maison ; qu'elles retombent en larges plis sur la terre ; que ces noires étoffes recouvrent la terre avec leur ombre noire.
Posez de chaque côté du cercueil quatre gros cierges en cire noire sur de grands chandeliers : que la cire soit de bonne qualité et les cierges bien épais, que leur flamme résiste au vent léger qui souffle toujours au sommet. La flamme, jaune et fuligineuse, vacille, mais elle ne s'éteint pas ; le vent l'arrache à sa racine et la jette dans le précipice froid, mais elle ne s'éteint pas, non, elle renaît de sa racine et continue à briller dans les ténèbres.
Et lorsque la première nuit tombera, n'allumez pas de lumière dans la maison, pas une seule lumière. Que ceux qui ont peur de la solitude se réunissent et gémissent dans les ténèbres, se frôlant de leurs épaules en entendant les voix et les soupirs qui rempliront les ténèbres. Que ceux qui osent rester seuls le fassent. Mais qui oserait affronter seul les ténèbres ? La peur aura raison de celui qui vaincra les ténèbres.
Je suis mort.

II

N'est-ce pas les étoiles qui se reflètent sur les fenêtres ? La maison est noire, sans aucune lumière, mais il y a cette clarté morte qui luit aux fenêtres. Quatre cierges répandent la fumée de leur flamme. Longue est la première nuit ; longues et pénibles sont ces heures d'obscurité ; on entend rarement le clocher sonner. Mais ces heures, languissantes, passent et le jour se lève.
Et lorsque le jour pâle se lèvera, dispersez-vous dans mes champs et mes prairies, mes jardins et toutes mes propriétés ; allez dans tous ces endroits que j'ai acquis par mon dur labeur et où j'ai peiné jusqu'au jour de ma mort. Allez là où j'ai vécu, là où j'ai connu la joie, le plaisir et la douleur jusqu'au jour de ma mort ; là où j'ai ri et pleuré, où on m'a embrassé et où j'ai embrassé, où j'ai été trompé et où on m'a trompé à mon tour ; là où on m'a aimé et où j'ai aimé.

Entrez dans la chambre où j'ai vu des songes ; dites à ma couche, en gémissant et en pleurant à chaudes larmes : pourquoi restes-tu ici, toute froide ? Il est mort ! Et la couche disparaîtra alors et il n'y aura plus que le vide à l'endroit où vous aurez parlé. Les songes qui flottaient, il y a un instant encore au chevet de mon lit, s'en iront, effrayés. À l'endroit où était la chambre ne restera plus que le vide ; plus de couche, plus de songes.

Continuez votre chemin et franchissez le seuil de l'atelier où je travaillais, là où mes œuvres sont rassemblées, les œuvres achevées et à peine commencées, les œuvres commencées et inachevées, mais aussi ces œuvres, inachevées et jamais commencées, invisibles et impalpables que l'esprit de mon atelier est le seul à connaître. Dites-leur, gémissant et pleurant : que faites-vous là, objets sans âme ? Ne savez-vous donc pas ? Il est mort et il ne reviendra plus ! Et disparaîtront mes œuvres et les embryons de mes œuvres, et l'endroit où vous aurez parlé deviendra vide.

Poursuivez votre chemin et pénétrez dans le jardin que j'ai soigné, avec ses fleurs et ses arbres fruitiers, avec ses sentiers dorés et ses marches de pierre et ses eaux ruisselantes qui jaillissent des entrailles de la terre. Dites en sanglotant et pleurant à chaque arbre que j'ai planté, à chaque fleur que j'ai fait pousser, à chaque graine que j'ai semée et qui n'a pas encore germé, dites à chaque goutte d'eau ruisselante et à chaque grain de sable doré : pourquoi vivez-vous encore ? Pourquoi étalez-vous votre beauté, portant des fruits et exhalant des parfums délicieux ? Il est mort !

Et alors les fleurs se faneront et deviendront noires, comme frappées par le gel en pleine nuit, elles se flétriront et tomberont ; les arbres perdront leurs feuilles, comme arrachées par une rafale de vent soudaine ; les fruits gémissants tomberont, sans vie ; les troncs d'arbres se coucheront par terre, sans force ; l'eau retournera sous la terre. Et la terre que j'ai soignée jusqu'au jour où la mort m'a emporté deviendra nue et déserte.

Continuez votre chemin et, d'un pas léger et craintif, entrez dans ces lieux malheureux où mon épouse est déjà en train de vous attendre, celle qui était ma compagne lorsque je vivais encore, avec ses généreuses entrailles maternelles, son amour doux et humble, son oreille toujours prête à écouter. Dites-lui, sans pleurs ni sanglots, sans gémissements ni soupirs, sans cris qui effraient tant le cœur sensible d'une femme : qu'attends-tu, malheureuse ? Il est mort !

Au début, elle ne croira pas vos paroles, même si elle les attendait ; elle cachera son visage entre les mains et se mettra à pleurer, incrédule. Alors vous hausserez la voix et lui répéterez encore une fois pour qu'elle entende à travers le rempart fragile de ses mains et de ses doigts pâles : regarde la tour du haut de laquelle il t'avait montré le monde. N'est-elle pas noire tout entière, telle une ombre nocturne ? N'y a-t-il pas quatre cierges noirs qui répandent leur flamme dans le vide ? Ton époux est allongé dans un cercueil noir et le ciel pâle regarde son visage mort.

Et elle vous croira, et l'endroit où vous aurez parlé deviendra vide. Allez plus loin et, sans hésiter, poussez la porte de ces lieux pleins de joie où mes enfants s'amusent, heureux dans leur ignorance. Criez d'une voix menaçante à ces enfants qui rient : dehors, vous, fantômes de l'immortalité ! Dehors, mensonge séculaire ! Il est mort et vous n'existez pas. Et l'endroit où vous aurez parlé deviendra vide. Tout est vide ! Tout est vide ! Je suis mort et tout est en train de mourir avec moi. Tout n'est plus que vide.

III

Et lorsque tombera la deuxième nuit, il n'y aura point de lumière qui brille dans la maison remplie de ténèbres immobiles. Qui sera là pour gémir et pleurer ? Il n'y aura plus un seul être vivant. Les salles noires sont vides et les passages étouffants n'entendent plus le moindre souffle ; les marches de pierre sont silencieuses, le cuivre retient sa voix. La cloche a sonné pour la dernière fois, rendant

son dernier souffle ; l'éternité avance d'un pas mesuré : le passé est encore tout proche et l'avenir n'a pas de fin, il n'en aura jamais.
La maison noire est silencieuse, tout autour d'elle se fait silence ; il n'y a plus un arbre qui bruisse dans le vent, plus de fleurs qui baissent leurs têtes délicates engourdies par le doux sommeil ; plus de fruits dont on devine la maturité langoureuse au bruit sonore de leur chute. Les eaux ont rejoint les entrailles de la terre et se taisent, et le silence enveloppe leur lit desséché.
Je reste seul dans mon cercueil et essaie en vain d'entendre le moindre soupir : les ténèbres sont muettes, mon cœur a arrêté de battre et reste silencieux, tout comme mon sang, figé. Je ne respire plus, et les plis de mes habits restent immobiles et morts ; même la soie, éternellement vivante sur les corps vivants, est réduite au silence.
Je reste seul dans mon cercueil et essaie en vain d'entendre le moindre souffle. J'ouvre mes yeux morts et je vois au-dessus de mon corps, ô horreur, quatre cierges noirs se consumer en lançant leur fumée et leur flamme dans le vide.

IV

Courez ! Courez ! Courez ! Le jour s'est levé. Courez, mes hérauts, courez partout pour annoncer en gémissant haut et fort, en pleurant : il est mort !
Ne cachez pas mon désespoir, déchirez vos habits, criez, hurlez : il est mort !
Engouffrez-vous dans la demeure blanche avec des fleurs aux fenêtres, là où les cœurs sont pleins de joie, où l'heureux fiancé tend la main à son heureuse promise pour la conduire à l'autel et criez d'une voix puissante : que faites-vous, pauvres fous ? Ne savez-vous donc pas qu'il est mort !
Et le visage de la fiancée deviendra aussi blanc que sa robe et tous, effarés, se mettront à tournoyer, semblables à des spectres, avant de

s'enfuir en hurlant. Et l'endroit où était la maison deviendra vide. Engouffrez-vous comme le vent, faisant trembler d'innombrables portes, semant l'effroi dans la fête, là où se trouvent la lumière et la musique et les jeux passionnés, là où les discussions sont légères et insouciantes, les regards échangés pleins de tendresse, les lèvres d'un rouge écarlate et les dents blanches, là où la mort exécute sa danse tentatrice, la gorge dénudée, en secouant ses seins. Criez-leur d'une voix pareille au vent glacial : que faites-vous, pauvres fous ? Ne savez-vous donc pas qu'il est mort ?

Et s'arrêtera la musique, s'éteindra la lumière. Les spectres s'enfuiront, tournoyant et hurlant, par les fenêtres brisées, se glissant entre les portes qui claquent. L'une après l'autre, les portes claqueront avant de se taire pour toujours. Mais il y aura encore quelqu'un qui s'attardera, vous entendrez ses pas : c'est quelqu'un qui cherche une sortie en avançant d'un pas hésitant, en silence, saisi par la peur. L'écho fait résonner ses pas avant qu'il s'évanouisse, lui aussi, à son tour.

Courez ! Courez ! Courez ! Laissez flotter vos cheveux au vent, faites rouler vos yeux où se découvre la folie, ne cachez pas mon désarroi : je suis mort.

Approchez-vous du temple avec le prêtre et l'autel du sacrifice fumant et les fidèles qui se tiennent devant ; le temple est fait de blocs de pierre ; ses murs sont sourds et résistants. Le portail en fer vous barrera le chemin. Vous frapperez, résolument, mais il n'y aura pas de réponse. Seul le grincement des écrous du portail répercutera vos coups. Alors abandonnez-vous à votre rage, à votre colère, arrachez les écrous du portail, pliez et brisez, tordez et détruisez, jusqu'à ce que les niches de pierre soient complètement vides. Alors il n'y aura plus d'obstacle entre votre rage et l'autel du sacrifice fumant ; le prêtre blêmira, les fidèles se prosterneront devant vous. Vous monterez sur l'autel et crierez au prêtre blême : tais-toi, pauvre fou ! Ne sais-tu donc pas comme le temple est étroit ? Il n'y a point

de place pour le cercueil noir. Regarde donc les murs tomber !
Et les murs faits de blocs de pierre s'écrouleront et il n'y aura plus d'appui pour le dôme lourd qui tombera par terre. Et l'endroit où se tenaient l'autel et le prêtre et le temple fait de blocs de pierre deviendra vide.

Approchez-vous de la mer déchaînée et dites à ses vagues : pourquoi grondez-vous, insensées ? Où allez-vous ? Ne savez-vous donc pas qu'il est mort et qu'il n'y a plus rien ?
Et l'endroit où était la mer avec ses vagues déchaînées deviendra vide. Tout est vide ! Tout est vide ! Je suis mort et tout est en train de mourir avec moi : tout est vide.
Gravissez la montagne jusqu'à son sommet le plus haut et dites au soleil, à la lune, aux étoiles : pourquoi répandez-vous vos lumières, insensés ? Ne savez-vous donc pas qu'il est mort et qu'il n'y a plus rien ?
Et l'endroit où vous aurez parlé deviendra vide ; s'éteindront le soleil, la lune, les étoiles et toutes les lumières de l'univers ; il n'y aura plus que les ténèbres profondes, le noir incommensurable et terrifiant, car toute lumière sera éteinte.
Ô, mon soleil merveilleux ! Ô, ma lune et mes étoiles merveilleuses ! Vous n'êtes plus là et je demeure seul dans mon vaste cercueil noir. J'ouvre mes yeux morts et je vois, horrifié, que les cierges au-dessus de moi sont éteints, il n'y a plus que les ténèbres sans fin, que le noir absolu et impénétrable, car toute lumière est éteinte.

V

Et alors viendra la troisième et dernière nuit.

Ben-Tovit

Traduction de Serge Rolet

Le jour terrible où s'accomplit l'injustice du monde et où Jésus-Christ fut crucifié sur le Golgotha, au milieu des bandits, ce jour-là le négociant de Jérusalem Ben-Tovit fut pris dès le matin d'une rage de dents insupportable. Cela avait commencé la veille au soir : le côté droit de la mâchoire s'était mis à lui lancer et c'était comme si une dent, la dernière avant la dent de sagesse, était un peu plus haute, et quand la langue passait dessus, elle lui faisait un peu mal. Après le repas, pourtant, la douleur s'était calmée tout à fait, et, rasséréné, Ben-Tovit l'avait oubliée : il avait le jour même échangé son vieil âne contre une bête jeune et robuste, il était tout guilleret et n'avait pas prêté sens à ces mauvais présages.

Et il avait très bien et très profondément dormi, mais avant le lever du jour, quelque chose avait commencé à l'alerter, comme si on l'appelait pour une affaire de première importance, et quand Ben-Tovit se réveilla, de méchante humeur, il avait une rage de dents, une rage de dents franche et mauvaise, qui le tenaillait et le transperçait tout entier. Et il n'était déjà plus question de savoir si c'était la même dent que la veille qui faisait mal, ou si la douleur venait aussi des dents voisines : la bouche et la tête de Ben-Tovit étaient toutes pleines d'une horrible sensation de souffrance, comme si on le forçait à mâcher des milliers de clous chauffés au rouge. Il se bassina la bouche avec l'eau d'une cruche en terre ; le feu de la douleur disparut une minute, ses dents furent prises d'une convulsion et ondulèrent comme une vague, et cette sensation fut même agréable, comparée à la précédente. Ben-Tovit se recoucha, se rappela son nouvel âne, pensa combien il serait heureux si ses dents ne le tourmentaient pas, et chercha à se rendormir. Mais l'eau tiédit et, cinq minutes plus tard, la douleur revint encore plus furieuse qu'avant, et Ben-Tovit, assis sur sa couche, se balançait comme le pendule d'une horloge. Son visage était tout ridé et se plissait autour de son grand nez, blême de douleur, au bout duquel perlait une gouttelette de sueur froide. C'est ainsi que, se balançant et gémissant, il reçut les premiers rayons du soleil, auquel il allait être donné de voir le Golgotha avec ses trois croix, et de pâlir d'horreur et d'amertume.

Ben-Tovit était un bon et brave homme qui haïssait l'injustice, mais quand sa femme se réveilla, il eut des mots désagréables et, n'ouvrant qu'à peine la bouche, il se plaignit qu'on l'eut laissé seul, comme un chien du désert, hurler et se tordre de douleur. Sa femme prit ces reproches immérités avec indulgence, car elle savait qu'ils n'avaient pas été dits par méchanceté, et apporta force remèdes : de la fiente de rat séchée à appliquer sur la joue, de la liqueur de scorpion et un petit morceau de roche, véritable éclat des tables de la Loi brisées par Moïse. La fiente de rat l'apaisa quelque peu, mais cela ne dura pas, ce fut la même chose avec la liqueur de scorpion et la pierre, mais à chaque fois, après une amélioration momentanée, la douleur revenait avec une force nouvelle. Et en ces courts instants de répit, Ben-Tovit se consolait en pensant à son âne et rêvait de lui, mais quand le mal empirait, il geignait, se mettait en colère contre sa femme et menaçait de se casser la tête contre une pierre, si la douleur ne se calmait pas. Et il allait sans cesse d'un coin à l'autre du toit en terrasse de sa maison, n'osant pas s'approcher du côté qui donnait sur la rue, car il avait la tête tout enrubannée dans un foulard, comme une femme. À plusieurs reprises, ses enfants vinrent le voir pour lui raconter quelque chose d'une voix pressée à propos de Jésus de Nazareth. Ben-Tovit s'arrêtait, les écoutait une minute, le visage creusé de rides, mais bientôt il tapait du pied avec colère et les chassait : c'était un homme plein de bonté qui aimait ses enfants, mais maintenant il se fâchait qu'on l'importune pour trois fois rien. Il était tout aussi désagréable de voir la rue et les toits avoisinants remplis de badauds qui ne faisaient rien que regarder avec étonnement Ben-Tovit et sa tête bandée comme celle d'une femme. Il s'apprêtait déjà à descendre quand sa femme lui dit : « Regarde, les voici qui amènent les bandits. Cela te distraira peut-être.

– Laisse-moi, s'il te plaît. Ne vois-tu pas comme je souffre ? » répondit Ben-Tovit avec colère.

Mais les paroles de sa femme sonnaient comme la vague promesse que sa rage de dents puisse passer, et il s'approcha malgré lui du parapet. La tête penchée sur le côté, fermant un œil, la joue dans la main, il prit un visage dégoûté et larmoyant et regarda en bas.

Dans la rue étroite qui menait à la colline, une foule énorme avançait en désordre, entourée de poussière et de cris sans fin. Au milieu, ployant sous le poids des croix, avançaient les criminels, et au-dessus d'eux les fouets des soldats romains se tordaient comme des serpents. L'un d'eux, celui qui avait les cheveux clairs et la tunique déchirée et ensanglantée, heurta la pierre qu'on lui lançait dans les jambes et tomba. Les cris redoublèrent et la foule, telle une vague marine multicolore, submergea celui qui s'était écroulé. Ben-Tovit tressaillit brusquement de douleur. C'était comme si quelqu'un lui avait enfoncé dans la dent une aiguille brûlante et l'y avait remuée, il gémit : « ou-ou-ou », et s'écarta du parapet, plein d'indifférence dégoûtée et d'irritation.

« Comme ils crient ! » dit-il avec envie, en imaginant les bouches

aux dents fortes et saines largement ouvertes et les cris qu'il aurait poussés lui-même, s'il avait été valide.
Et à cette idée, la douleur redoubla de fureur, et il secoua la tête à plusieurs reprises et beugla : « M-ou-ou… »
« On raconte qu'Il guérit les aveugles » dit sa femme, qui ne quittait pas le parapet, et elle jeta un caillou à l'endroit où, lentement, Jésus avançait, relevé par le fouet. « Mais bien sûr ! Il n'a qu'à guérir la rage de dents que voici » ironisa Ben-Tovit et, irrité, il ajouta : « Qu'est-ce qu'ils font comme poussière ! Un vrai troupeau ! Il faudrait les chasser tous à coups de bâtons ! Conduis-moi en bas, Sarah ! »
Sa femme avait raison : le spectacle dérida un peu Ben-Tovit ; la fiente de rat avait peut-être fini par agir, et il parvint à s'endormir. Et quand il se réveilla, la douleur avait presque disparu, et c'était tout juste si une légère fluxion lui gonflait le côté droit de la mâchoire, mais elle était si petite qu'on la remarquait à peine. Sa femme disait que cela ne se voyait pas du tout, mais Ben-Tovit souriait d'un air malicieux : il savait combien sa femme était bonne et aimait faire plaisir. Un voisin, le tanneur Samuel, arriva, et Ben-Tovit l'emmena voir son âne et écouta avec orgueil les chaudes louanges que Samuel leur faisait, à lui-même et à l'animal.
Puis, à la demande de la curieuse Sarah, tous trois s'en allèrent au Golgotha voir les crucifiés. En chemin, Ben-Tovit raconta par le menu à Samuel comment, la veille, il avait ressenti une gêne dans la mâchoire, du côté droit, et comment, la nuit suivante, il avait été réveillé par une horrible douleur. Pour faire plus d'effet, il prenait un visage de martyr, fermait les yeux, secouait la tête et gémissait, tandis que Samuel, avec sa barbe blanche, opinait et disait : « Aïe-aïe-aïe ! Quelle douleur ! »
L'approbation plut à Ben-Tovit, et il répéta son récit, et ensuite il en vint aux temps éloignés où pour la première fois il avait eu une dent gâtée, en bas, à gauche. Conversant ainsi avec animation, ils arrivèrent au Golgotha. Le soleil, condamné à éclairer le monde en ce terrible

jour, était descendu derrière les collines lointaines, et à l'ouest une traînée pourpre, comme une trace de sang, flambait. Les ombres indistinctes des croix s'y détachaient, et au pied de celle du milieu, des silhouettes agenouillées faisaient de vagues taches blanches.
Les gens étaient partis depuis longtemps : le froid tombait, et, après avoir jeté un regard furtif aux crucifiés, Ben-Tovit prit le bras de Samuel et le ramena avec précaution vers la maison. Il se sentait particulièrement en verve, et il avait envie d'achever son histoire de rage de dents. Ils marchèrent donc, et sous les signes de compassion et les exclamations de Samuel, Ben-Tovit faisait une mine de martyr, secouait la tête et gémissait avec art, alors que la nuit noire montait des gorges abruptes, des plaines lointaines et calcinées. Comme si elle avait voulu cacher aux regards du ciel le suprême méfait de la terre.

1903

Le récit des sept pendus

Traduction de Jean-Luc Goester

À Léon Tolstoï

1. À une heure de l'après-midi, Votre Excellence

Comme le ministre était une personne avec beaucoup d'embonpoint et une disposition à l'apoplexie, c'est avec toutes les précautions nécessaires, pour lui éviter toute émotion néfaste, qu'on l'informa qu'un très grave attentat se préparait contre lui. On constata que le ministre accueillait cette nouvelle avec calme, et même avec le sourire, aussi lui en communiqua-t-on les détails : l'attentat devait avoir lieu le lendemain matin, au moment où il sortirait muni de son rapport ; une poignée de terroristes, déjà dénoncés par un indicateur et désormais placés sous la surveillance vigilante des enquêteurs, devait se retrouver à une heure, à proximité du perron de sa résidence avec des bombes et des revolvers, et attendre qu'il sorte. C'est là qu'ils seraient arrêtés.

– Attendez, dit le ministre étonné, d'où savent-ils donc que je sortirai à une heure pour présenter mon rapport, quand je ne l'ai moi-même appris qu'il y a deux jours ?

Le chef de la sécurité écarta les bras en un geste évasif :

– Précisément à une heure de l'après-midi, Votre Excellence.

Soit qu'il fût surpris, soit qu'il approuvât l'action de la police qui avait tout si bien organisé, le ministre hocha la tête et sourit d'un air maussade de ses grosses lèvres sombres ; et c'est avec ce même sourire que, docilement, avec le souci de ne pas entraver plus avant le travail de la police, il se hâta de préparer ses affaires, et s'en alla passer la nuit dans un autre palais que le sien où on lui avait offert l'hospitalité. Sa femme et ses deux enfants furent eux aussi éloignés de la dangereuse demeure où se retrouveraient, le lendemain, les lanceurs de bombe.

Tant que le palais étranger était resté illuminé, que des visages accueillants et familiers saluaient, souriaient et s'indignaient, le haut personnage avait éprouvé un agréable effet d'excitation, comme si, inopinément, on venait de lui remettre, ou on allait lui remettre une importante distinction. Mais on prit congé, les lustres s'éteignirent et, traversant le miroitement du vitrage, la lueur des réverbères électriques se posa en dentelles irréelles sur les plafonds et les murs. Etrangère à cette résidence, à ses tableaux, à ses statues et au silence qui pénétrait de la rue, cette lueur, elle-même calme et imprécise, éveillait le sentiment angoissant de la vanité des verrous, des statues, des gardiens et des murs. Alors, dans la nuit, dans le silence et la solitude, le dignitaire fut saisi d'une terreur insoutenable.

Il avait quelque chose aux reins et, à chaque émotion violente, une rétention d'eau lui enflait le visage, les jambes et les bras et il devenait alors encore plus imposant, plus gros, plus massif. Et là, tel une montagne de chair gonflée s'élevant sur les ressorts comprimés du lit, il sentait avec l'accablement du malade son visage bouffi, comme devenu celui d'un autre, et restait obsédé par l'idée du sort cruel que lui préparaient ces hommes. L'un après l'autre, il fit défiler dans sa mémoire tous les cas horribles survenus récemment, où on avait jeté des bombes sur des personnalités du même rang que lui, voire des excellences encore plus considérables, et ces bombes déchiraient les corps en lambeaux, dispersaient les cervelles sur les briques crasseuses des murs, arrachaient les dents des mâchoires.

Et, à ces souvenirs, son corps étendu sur le lit, obèse et souffrant, lui semblait déjà devenu celui d'un autre et éprouver la puissance foudroyante de l'explosion ; il sentait alors ses bras se détacher du tronc aux épaules, ses dents tomber, sa cervelle se disperser en petits morceaux, ses jambes s'engourdir et rester docilement allongées, les orteils dressés, comme chez les défunts. Il s'obligeait à bouger, respirait fort, toussait pour ne ressembler à rien qui rappelât un cadavre, s'entourant des bruits de la vie, comme le grincement des ressorts, le froissement de la couverture ; et pour finir de montrer qu'il était vraiment vivant, qu'il n'était pas décédé pour deux sous, qu'il était éloigné de la mort, comme tout un chacun, il martelait d'une voix de basse tonitruante dans le silence et la solitude de la chambre :

– Bravo les gars, bravo les gars, bravo, bravo, bravo !

Cet éloge s'adressait aux enquêteurs, à la police, aux soldats et à tous ceux qui protégeaient sa vie, et qui avaient su si opportunément et si habilement déjouer cet attentat. Mais, tout en remuant et en applaudissant, tout en moquant avec des grimaces et des rires forcés l'échec de ces ânes de terroristes, il n'arrivait pas encore à croire qu'il était hors de danger, ni que la vie ne pourrait le quitter là, brusquement. C'était comme si la mort qu'avaient imaginée pour lui les terroristes, et qui n'était encore que dans leurs pensées et leurs intentions, se tenait déjà tout à côté, comme si elle restait là, et ne s'en irait pas tant qu'ils ne seraient pas arrêtés, privés de leurs bombes et enfermés dans de solides cachots. C'est dans ce coin, là-bas, qu'elle se tient, et elle ne s'en va pas, elle ne peut pas s'en aller, telle un soldat discipliné, placé en faction par la volonté et sur l'ordre d'on ne sait qui.

– À une heure de l'après-midi, Votre Excellence ! Cette phrase qu'on avait prononcée passait par tous les registres : tantôt gaie et moqueuse, tantôt irritée, tantôt têtue et stupide. C'était comme si l'on avait placé dans la chambre des centaines de gramophones

remontés, et que tous, l'un après l'autre, avec une application stupide de machine, éructaient des paroles de commande :
– À une heure de l'après-midi, Votre Excellence !
Et cette « heure de l'après-midi » du lendemain qui, il y a si peu, ne se distinguait en rien des autres, qui n'était jusque-là que le mouvement paisible d'une aiguille sur le cadran de sa montre en or, avait soudain acquis une force de conviction lugubre, avait sauté hors du cadran pour s'animer d'une vie propre, s'était allongée comme un énorme poteau noir, divisant la vie en deux. Il semblait que ni avant elle, ni après, il n'eût jamais existé d'autres heures, et qu'elle seule, effrontée et prétentieuse, avait droit à une forme d'existence particulière.
– Alors ? Qu'est-ce que tu veux ? demanda le ministre irrité, en sifflant entre les dents.
Les gramophones hurlaient :
– À une heure de l'après-midi, Votre Excellence ! Et le poteau noir ricana en faisant une révérence.
Le ministre se redressa sur son lit en grinçant des dents, s'assit, appuyant son visage sur ses paumes. Il ne pourrait décidément pas s'endormir de toute cette horrible nuit.
Et c'est avec une netteté terrifiante, en se couvrant le visage avec ses mains potelées et parfumées, qu'il se représenta comment il se serait levé le lendemain matin, sans se douter de rien, comment il aurait ensuite pris son café, sans se douter de rien, il aurait mis sa pelisse dans l'entrée. Et ni lui, ni le portier, en la lui lui tendant, ni le domestique qui lui aurait apporté son café, n'auraient su qu'il était tout à fait absurde de boire du café, de revêtir une pelisse quand, quelques instants plus tard, tout cela, et la pelisse, et tout le corps, avec le café à l'intérieur, seraient anéantis par une explosion, seraient ravis par la mort. Voilà le portier qui ouvre la porte vitrée... Et c'est lui, ce portier si aimable, si bon, si prévenant, avec ses yeux bleus de militaire et sa poitrine constellée de décorations, lui qui,

de ses propres mains, ouvre la porte fatidique, l'ouvre parce qu'il ne se doute de rien. Tous sourient, parce qu'ils ne se doutent de rien.

– Oooh ! s'écria soudain le ministre en retirant lentement les mains de son visage.

Et posant loin devant lui son regard dans les ténèbres, les yeux fixes et pleins d'appréhension, il étendit lentement la main, chercha l'interrupteur à tâtons, et alluma la lumière. Puis il se leva et, sans ses pantoufles, pieds nus sur le tapis, il fit le tour de la chambre étrangère et inconnue, trouva un nouvel interrupteur, cette fois celui d'une applique, et alluma. Une clarté agréable se répandit, et seuls le lit en bataille et la couverture qui avait glissé par terre témoignaient d'un effroi qui n'était pas complètement passé.

En chemise de nuit, la barbe embroussaillée par son agitation affolée, le regard furieux, l'Excellence ressemblait à n'importe quel vieillard irrité, en proie à l'insomnie et à une forte crise d'asthme. La mort que des hommes préparaient pour lui l'avait comme mis à nu, l'avait arraché au luxe et à la pompe impressionnante qui l'entouraient, et il était difficile d'imaginer qu'il avait tant de pouvoir, et que c'était son corps, si ordinaire, si banalement humain, qui devait périr de manière si épouvantable, dans le feu et le fracas d'une monstrueuse explosion. Sans s'habiller ni sentir le froid, il s'assit dans le premier fauteuil qu'il trouva, appuya sa barbe embroussaillée sur sa main, et s'absorba dans une profonde et paisible méditation, en fixant du regard les moulures inconnues du plafond.

C'était donc ça ! C'était pour ça qu'il avait eu si peur, qu'il s'était fait un sang d'encre ! C'était pour ça qu'elle était là, dans le coin, qu'elle ne s'en allait pas, qu'elle ne pouvait pas s'en aller !

– Les imbéciles ! dit-il avec un air de mépris et d'autorité.

– Les imbéciles ! répéta-t-il plus fort, tournant légèrement la tête vers la porte, afin de bien se faire entendre de ceux que cela concernait. Et cela concernait précisément ceux qu'il venait de

gratifier d'un « bravo les gars » et qui, par excès de zèle, lui avaient donné tous les détails de l'attentat qui se préparait contre lui.
« Evidemment, se dit-il, profondément absorbé dans des réflexions devenues subitement plus assurées et plus rationnelles, maintenant qu'on m'a tout raconté, je sais, et j'ai peur, mais avant, bien sûr, je n'aurais rien su et j'aurais tranquillement bu mon café. Et puis ensuite, évidemment, il y aurait eu cette mort, mais ai-je vraiment à ce point peur de la mort ? Tenez, j'ai les reins malades, je vais bien mourir un jour, et je n'ai pas peur, parce que je ne sais rien. Et ces imbéciles qui me disent : à une heure de l'après-midi, votre Excellence. Ils se sont dit, ces imbéciles, que j'allais me réjouir, et au lieu de ça, la voilà qui s'est installée dans le coin et qui ne s'en va pas. Elle ne s'en va pas, parce que c'est ma propre pensée. Ce n'est pas la mort qui est terrible, mais de savoir qu'on va mourir ; et il serait tout à fait impossible à l'homme de vivre, s'il savait avec une absolue précision le jour et l'heure de sa mort. Et ces imbéciles te préviennent : « À une heure de l'après-midi, votre Excellence ! »
Il se sentit aussi délicieusement soulagé que si on lui avait dit qu'il était désormais immortel et ne mourrait jamais. Et, se trouvant à nouveau puissant et sage parmi ce troupeau de crétins qui avaient si absurdement, si effrontément, fait irruption dans le mystère de la destinée, il se prit à rêver au bonheur de l'ignorance au fil de ses pensées lourdes de vieil homme malade qui a beaucoup vécu. Il n'a été donné à aucun être vivant, homme ou bête, de connaître le jour et l'heure de sa mort. Récemment, il avait été malade, et les médecins lui avaient dit qu'il allait mourir, qu'il devait prendre ses dernières dispositions, et lui ne les avait pas crus et était effectivement resté en vie. Dans sa jeunesse, il y avait eu une époque où il avait fait fausse route, et il avait décidé d'en finir ; le revolver était prêt, il avait écrit des lettres, et même arrêté l'heure du suicide, et au dernier moment, il avait brusquement changé d'avis. Toujours, à l'ultime instant, quelque chose peut changer, une circonstance

imprévue se produire, et par conséquent, personne ne peut se dire quand il mourra.
« À une heure de l'après-midi, votre Excellence ! » avaient dit ces braves ânes, et bien qu'ils l'eussent dit seulement parce que l'attentat avait été déjoué, le seul fait de connaître l'heure où il aurait été possible, l'avait rempli de terreur. On pouvait parfaitement admettre qu'un jour on le tuerait, mais demain, c'était exclu, — demain c'était exclu — et il pouvait dormir aussi tranquillement que s'il avait été immortel. Ces imbéciles n'avaient pas idée de la loi suprême qu'ils avaient transgressée, de la brèche qu'ils avaient ouverte, quand ils avaient dit avec leur stupide amabilité : « À une heure de l'après-midi, votre Excellence ».
– Non, pas à une heure de l'après-midi, Votre Excellence, mais on ne sait pas quand. On ne sait pas quand. Qu'est-ce que vous dites ?
– Rien, répondit le silence. Je n'ai rien dit.
– Si, tu as dit quelque chose.
– Rien, des bêtises. J'ai dit demain, à une heure de l'après-midi.
Et le cœur soudain accablé d'angoisse, il comprit qu'il n'y aurait pour lui ni sommeil, ni repos, ni joie, tant que cette heure maudite et noire, qu'on avait arrachée du cadran, ne se serait écoulée. Ce n'était que l'ombre vague de ce que doit ignorer tout être vivant, qui se tenait là dans le coin, mais elle suffisait à abolir la lumière et à plonger l'homme dans les ténèbres impénétrables de l'épouvante. Une fois réveillée, l'angoisse de la mort se répandait dans son corps, pénétrait au cœur des os, faisait sourdre sa face blafarde de chaque pore.
Ce n'étaient plus les assassins du lendemain qu'il craignait — disparus, oubliés, mêlés désormais à la foule des personnages et des événements hostiles qui enveloppaient son existence humaine — mais quelque chose de soudain et d'inéluctable : une attaque d'apoplexie, une crise cardiaque, ou bien la rupture de cette fragile et stupide aorte qui ne supporterait plus la pression du sang et qui éclaterait comme un gant trop tendu sur des doigts gonflés.

Et son cou, ras et massif, lui parut affreux, il ne supportait plus de voir ses doigts courts et boudinés, de les sentir si courts et gonflés de sérosités porteuses de mort. Et si, tout à l'heure dans l'obscurité, il avait dû bouger pour ne pas ressembler à un cadavre, à présent, dans l'éclat de cette effrayante lumière froidement hostile, il lui paraissait épouvantable, impossible de faire un geste pour prendre une cigarette ou sonner un domestique. Ses nerfs se tendaient. Chaque nerf semblait un fil de fer dressé et crochu, surmonté d'une petite tête aux yeux fous exorbités de terreur et percée d'une bouche convulsive et béante, suffoquant en silence. Il étouffait.

Et soudain, dans l'obscurité, parmi la poussière et les toiles d'araignées, une sonnette électrique s'anima quelque part sous le plafond. La petite langue de métal, prise de spasmes terrifiés, faisait tinter le bord de la clochette, se taisait, puis reprenait à l'infini le frétillement terrorisé de sa sonnerie. C'était son Excellence qui sonnait de sa chambre.

On accourut. Çà et là, parmi les lustres et sur les murs, quelques ampoules s'allumèrent, pas assez pour faire de la lumière, mais suffisamment pour faire surgir des ombres. Elles apparurent partout, se dressèrent dans les coins, s'allongèrent sur le plafond, s'accrochant en palpitant à chaque relief, s'étendant contre les murs ; et il était difficile de comprendre où avaient bien pu se trouver auparavant ces ombres innombrables, monstrueuses et taciturnes, âmes muettes de choses muettes.

Une voix épaisse et tremblante prononça des paroles sonores. Puis, on téléphona pour exiger un médecin : le dignitaire avait un malaise. On fit également venir la femme de Son Excellence.

2. À la peine de mort par pendaison

Tout se passa comme l'avait prévu la police. Quatre terroristes, trois hommes et une femme, armés de bombes, de machines infernales et de revolvers, furent pris devant le perron, on trouva et on arrêta une cinquième complice dans l'appartement où se réunissaient les conspirateurs et dont elle était la propriétaire. On saisit dans le même temps une grande quantité de dynamite, des bombes en cours d'amorçage, ainsi que des armes. Tous les captifs étaient très jeunes : le plus âgé des hommes avait vingt-huit ans, la plus jeune des femmes à peine dix-neuf. Ils furent jugés dans la forteresse même où on les avait enfermés après leur arrestation, on les jugea rapidement et à huis-clos, comme cela était habituel en ces temps impitoyables. Au tribunal, tous les cinq furent calmes, mais très graves et pensifs : ils avaient un si grand mépris pour les juges qu'aucun ne s'essaya à illustrer son audace par un sourire déplacé ou une feinte bonne humeur. Ils montrèrent autant de sérénité qu'il était nécessaire pour préserver leur âme plongée dans les ténèbres solennelles qui précèdent la mort de l'hostilité hargneuse de regards étrangers. Parfois, ils refusaient de répondre aux questions, parfois, ils donnaient des réponses brèves, simples et précises, comme si ce n'était pas à des juges qu'ils s'adressaient, mais à des statisticiens chargés de renseigner quelque inventaire. Trois d'entre eux, une femme et deux hommes, déclinèrent leur véritable identité, deux refusèrent de donner leurs noms, et restèrent ainsi des inconnus pour les juges. L'intérêt qu'ils manifestaient pour ce qui se passait au procès, semblait comme atténué par un brouillard, phénomène que l'on observe chez les personnes gravement malades, ou se trouvant sous l'emprise d'une idée grandiose qui les submerge. Ils jetaient de brefs regards, saisissaient au vol un mot qui leur paraissait plus intéressant que les autres, puis reprenaient le cours de leurs pensées là où ils l'avaient laissé.

Celui qui était placé le plus près du juge était un homme qui avait donné son nom, Sergueï Golovine, fils d'un colonel à la retraite, et lui-même ancien officier. C'était encore un tout jeune homme, blond, large d'épaules, respirant à ce point la santé que ni la prison, ni l'attente d'une mort inéluctable n'avaient pu effacer la couleur de ses joues, et la candeur heureuse et juvénile qu'exprimaient ses yeux bleus. Il n'arrêtait pas de pincer énergiquement sa barbiche claire et ébouriffée, à laquelle il n'était visiblement pas encore habitué, et regardait fixement par la fenêtre, plissant les paupières et clignant des yeux.

Cela se passait à la fin de l'hiver, lorsque parmi les tempêtes de neige et les mornes journées de gel, le printemps tout proche envoie en précurseur une journée claire, tiède et ensoleillée, ou même une seule heure, mais si printanière, si avidement jeune et étincelante, que les moineaux de la rue en perdent la tête de joie, et que les gens sont comme ivres. Et à présent, à travers la fenêtre supérieure, dont on n'avait pas nettoyé la poussière depuis l'été précédent, on apercevait un ciel très étrange et très beau : à première vue, il semblait d'un gris laiteux, cendré, et quand le regard s'y attardait, des nuances azurées transparaissaient, d'un bleu de plus en plus intense, éclatant, insondable. Et de ne pas se dévoiler d'un coup, mais de rester pudiquement dissimulé dans le gris des nuages transparents, il en devenait doux comme une jeune fille aimée ; pinçant sa courte barbe, plissant l'un après l'autre ses yeux aux longs cils duveteux, Sergueï Golovine regardait le ciel, plongé dans une profonde réflexion. Une fois même, il remua vivement les doigts, tandis qu'une expression de joie lui fronça naïvement le visage, mais il regarda autour de lui, et s'éteignit comme une étincelle sur laquelle on a posé le pied. Et presque aussitôt, succédant à une pâleur à peine esquissée, une nuance livide et terreuse vint plomber la coloration de ses joues ; et, arraché à son menton dans la douleur, un poil soyeux restait serré comme dans un étau entre ses doigts blanchis. Mais la joie de vivre et le printemps étaient plus forts, et au bout d'un instant, il avait retrouvé son visage naïf et juvénile et le tendait vers le ciel clair.

C'est ce même ciel que regardait une pâle jeune fille, au nom inconnu et surnommée Moussia. Elle était plus jeune que Golovine, mais son expression sévère et le noir de son regard franc et fier la faisaient paraître son aînée. Seuls le cou, si mince et délicat, et ses bras de jeune fille de la même finesse, trahissaient son âge, il s'y ajoutait encore quelque chose de fugitif, qui est la jeunesse elle-même, et qui sonnait si clair dans sa voix, une voix pure, harmonieuse, accordée à la perfection comme un instrument de prix, quelque chose qui sonnait dans chacune de ses paroles, de ses exclamations, et laissait entendre le cœur de leur mélodie. Elle était d'une grande pâleur, non pas morbide mais de cette blancheur incandescente des êtres embrasés par un feu intérieur, immense et puissant et dont le corps opalescent luit comme une fine porcelaine de Sèvres. Elle était assise, presque immobile, tâtant de temps à autre, d'un geste imperceptible, une marque profonde sur le majeur de sa main droite, la trace qu'y avait laissée une bague retirée depuis peu. Il n'y avait ni tendresse ni souvenirs heureux dans le regard qu'elle fixait sur le ciel, mais dans la salle crasseuse et officielle, ce bout de ciel bleu était ce qu'il y avait de plus beau, de plus pur et de plus sincère, et il n'exigeait rien de ses yeux en retour.

Les juges avaient de la pitié pour Sergueï Golovine, mais elle, ils la haïssaient.

Son voisin, lui aussi un inconnu et surnommé Werner, était tout aussi immobile, assis dans une pose légèrement affectée, les mains serrées entre ses genoux. Si on peut fermer son visage comme on verrouille une porte, alors l'inconnu avait fermé le sien comme une porte de fer, à laquelle il avait accroché un cadenas de fer. Il plongeait un regard fixe sur le plancher sale, et l'on ne savait pas s'il était calme ou éperdu d'inquiétude, s'il était occupé par ses propres pensées ou s'il écoutait les dépositions que les enquêteurs présentaient au tribunal. Il était de taille moyenne, ses traits étaient fins et nobles. Sa douceur et sa beauté évoquaient une nuit de pleine lune, quelque part dans le sud, au bord de la mer, avec des cyprès et leurs ombres noires, il donnait le sentiment d'une force immense et tranquille, d'une détermination invincible, d'un courage insolent et glacé. La politesse même avec laquelle il formulait ses réponses, courtes et précises, paraissait dangereuse sur ses lèvres ou quand il s'inclinait à demi. Si la casaque du prisonnier semblait un accoutrement ridicule sur tous les autres, elle était invisible sur lui, tant ce costume lui était étranger. Et, bien qu'on eût trouvé des bombes et des machines infernales sur les autres terroristes, et que Werner ne fût en possession que d'un pistolet noir, les juges estimèrent cependant que c'était lui le chef, et le traitèrent avec une certaine déférence, usant comme lui de propos brefs et concrets.

Celui qui suivait, Vassili Kachirine, était tout entier constitué d'une insoutenable angoisse de mort, et du désir acharné de la maîtriser pour la dissimuler aux juges. Dès le matin, au moment où on les avait conduits au tribunal, il avait été pris d'étouffements provoqués par les battements précipités de son cœur ; la sueur perlait continuellement à son front, ses mains aussi étaient moites et glacées, sa chemise humide et froide lui collait au corps et gênait ses mouvements. Contenir le tremblement de ses doigts, parler d'une voix assurée et distincte, calmer son regard, tout cela lui coûtait des efforts surhumains. Il ne voyait rien autour de lui, les voix lui parvenaient comme à travers un brouillard, et c'est dans ce même brouillard qu'il lançait ses efforts désespérés : répondre avec fermeté, répondre d'une voix forte. Mais après avoir répondu, il oubliait aussitôt et la question et sa réponse, et il reprenait sa lutte silencieuse et terrible. Et la mort se manifestait en lui de manière si explicite, que les juges évitaient de le regarder. Il était difficile de lui donner un âge, comme à un cadavre en voie de décomposition. D'après son passeport, il n'avait que vingt-trois ans. À une ou deux reprises, Werner lui avait effleuré le genou de la main, et à chaque fois, il avait répondu brièvement :

– Ce n'est rien.

Ce qu'il y avait de pire pour lui, c'était quand il lui prenait soudain une envie irrépressible de pousser un cri, sans paroles, juste un cri désespéré de bête. Alors il effleurait Werner et celui-ci répondait doucement, sans lever les yeux :

– Ce n'est rien Vassia. C'est bientôt fini.

Les embrassant tous d'un regard maternel et attentionné, Tania Kovaltchouk, la cinquième terroriste, était au comble de l'inquiétude. Elle n'avait jamais eu d'enfants, elle était encore très jeune, avec des joues rouges comme Sergueï Golovine, mais elle semblait leur mère à tous, tant ses regards, son sourire et ses angoisses débordaient de sollicitude et d'un amour infini. Elle n'accordait pas la moindre attention à l'événement, insignifiant pour elle, qu'était le procès, elle écoutait uniquement les réponses de ses compagnons : leur voix tremblait-elle, avaient-ils peur, fallait-il leur porter à boire.

Regarder Vassia était au-dessus de ses forces, tant elle était affligée, et elle passait son temps à tordre discrètement ses doigts poupins. Elle jetait des regards pleins de fierté et d'estime en direction de Moussia et de Werner, son visage était alors grave et concentré, quant à Sergueï Golovine, elle cherchait continuellement à lui communiquer son sourire.

« Mon doux Sergueï regarde le ciel. Regarde, regarde, mon petit, lui adressait-t-elle en pensée. Et Vassia ? Mais qu'est-ce qu'il a donc ? Mon Dieu, mon Dieu... Comment faire pour l'aider ? Si je lui parle, ce sera pire encore : d'ici qu'il se mette à pleurer ! »

Et comme un étang calme qui reflète à l'aube la course du moindre nuage, son visage plein de bonté, doux et rond, était le reflet des sentiments les plus fugaces et des pensées de ses quatre compagnons. L'idée qu'elle aussi serait jugée, qu'elle aussi serait pendue, ne l'effleurait pas, lui était d'une indifférence absolue. C'était dans son appartement que l'on avait trouvé l'arsenal de bombes et de dynamite ; et, à la surprise générale, c'était elle qui avait accueilli la police avec des tirs et qui avait blessé un enquêteur à la tête.

Le procès prit fin vers huit heures, alors qu'il faisait déjà sombre. Peu à peu, devant les yeux de Moussia et de Sergueï Golovine, le bleu du ciel s'était éteint, mais sans passer par le rose, ni par le sourire calme des soirs d'été, il s'était troublé, avait tourné au gris, pour devenir brusquement froid et hivernal. Golovine poussa un soupir, s'étira, regarda encore une fois ou deux par la fenêtre, mais dehors s'étendait déjà la froide obscurité de la nuit ; et tout en pinçant sa barbiche, il se mit à observer les juges avec une curiosité d'enfant, puis les soldats avec leurs fusils, et il sourit à Tania Kovaltchouk. Quand le ciel se fut obscurci, Moussia, tranquillement et sans baisser les yeux vers le sol, porta son regard sur un coin du mur où une toile d'araignée palpitait doucement sous l'imperceptible souffle du poêle ; elle resta ainsi jusqu'à ce que la sentence fût prononcée.

Le verdict rendu, après avoir pris congé de leurs avocats en tenue et évité de croiser leurs regards impuissants, désemparés, pitoyables et honteux, les accusés se retrouvèrent un instant près de la porte, où ils purent avoir une courte conversation.

– Ce n'est rien, Vassia. Tout sera bientôt fini, dit Werner.

– Mais tout va bien, mon vieux, s'exclama Kachirine d'une voix forte et tranquille, presque enjouée.

Et effectivement, son visage avait légèrement rosi et ne ressemblait plus à celui d'un cadavre en voie de décomposition.

– Que le diable les emporte, c'est qu'ils nous ont pendus quand même, pesta naïvement Golovine.

– Il fallait s'y attendre, répondit Werner d'une voix tranquille.

– Demain on prononcera le verdict définitif, et on nous mettra ensemble, dit Kovaltchouk d'une voix réconfortante. Jusqu'à l'exécution nous resterons ensemble.

Moussia restait silencieuse. Puis elle avança résolument.

3. Il ne faut pas me pendre

Deux semaines avant le procès des terroristes, le même tribunal militaire de la région, mais dans une composition différente, avait jugé et condamné à mort par pendaison Ivan Janson, un paysan.
Cet Ivan Janson était valet de ferme chez un paysan aisé et ne se distinguait en rien des autres ouvriers agricoles sans biens ni famille. Il était né à Wesenberg, en Estonie, et en passant d'une ferme à une autre, il s'était au bout de quelques années rapproché de la capitale. Il parlait très mal le russe, et comme son patron était un Russe, du nom de Lazarev, et qu'il n'y avait aucun Estonien dans le voisinage, Janson n'avait pas prononcé un seul mot pendant près de deux ans. À l'évidence, il n'était pas bavard de nature, et il gardait le silence non seulement parmi les hommes, mais aussi avec les animaux : c'est sans un mot qu'il menait boire le cheval, sans un mot qu'il l'attelait, se déplaçant autour de l'animal à petits pas lents, paresseux et mal assurés, et quand le cheval, agacé par le silence, se mettait à faire des caprices et à vouloir jouer, il le battait avec son fouet, sans un mot. Il le battait cruellement, avec une détermination froide et mauvaise, et quand cela coïncidait avec une gueule de bois, cela allait jusqu'à la frénésie. Alors, les cinglements du fouet portaient jusqu'à la maison, auxquels se mêlait le martèlement terrifié, pressé et douloureux des sabots sur les lattes du plancher de la grange. C'est parce que Janson battait son cheval que son patron battait Janson, mais comme il ne parvenait pas à le corriger, le patron avait renoncé.
Une ou deux fois par mois, Janson se soûlait, et cela se passait généralement quand il conduisait son patron au train, à la grande gare, où il y avait un buffet. Après l'avoir déposé, il s'éloignait d'une demi-verste et là, immobilisant son traîneau et son cheval en pleine neige, à l'écart de la route, il attendait le départ du train. Le traîneau était de travers, presque couché sur le flanc, le cheval, les pattes écartées, disparaissait jusqu'au ventre, dans une congère. De temps en temps l'animal baissait la tête pour lécher la neige molle

et duveteuse, tandis que Janson, inconfortablement allongé dans le traîneau, semblait dormir. Les oreillettes dénouées de sa chapka miteuse pendaient pitoyablement comme les oreilles d'un chien couchant, et son petit nez rouge était tout humide.

Puis, Janson retournait à la gare, où il se dépêchait de se saouler. Au retour, il parcourait au galop les dix verstes qui restaient jusqu'à la ferme. Battu comme plâtre, au comble de la terreur, la pauvre rosse galopait des quatre fers comme une furie, emportant à toute allure le traîneau qui se balançait, se penchait, heurtait les poteaux, tandis que Janson, qui avait lâché les rênes et manquait d'être éjecté à chaque instant, chantait, ou plutôt hurlait en estonien des phrases inarticulées et obscures. La plupart du temps, il ne chantait même pas mais fonçait sans un mot, les mâchoires soudées dans un brusque débordement de rage, de souffrance et d'exaltation. Il était comme aveugle : il ne voyait pas ceux qui venaient en face, ne s'annonçait par aucun cri, ne ralentissait son allure déchaînée ni dans les virages, ni dans les descentes. La façon dont il s'y prenait pour ne jamais renverser personne, ni lui-même se tuer pendant une de ces courses folles, reste un mystère.

Il aurait fallu le renvoyer depuis longtemps, comme l'avaient fait ses anciens patrons, mais il n'était pas cher, ni pire que les autres ouvriers, et on l'avait gardé ainsi pendant deux ans. Il ne se passait absolument rien dans la vie de Janson. Un jour, il avait reçu une lettre, écrite en estonien, mais comme il ne savait pas lire, et que les autres ne comprenaient pas l'estonien, la lettre ne fut pas lue ; et comme s'il ne réalisait pas qu'elle lui apportait des nouvelles de son pays, Janson, avec une indifférence stupéfiante, monstrueuse, l'avait jetée dans le fumier. Il avait aussi tenté de faire la cour à la cuisinière, souffrant visiblement du manque de femme, mais il n'avait eu aucun succès, et avait été grossièrement repoussé et moqué : de petite taille, chétif, avec des taches de rousseur sur un visage mou, il avait des yeux endormis couleur de bouteille sale.

Janson avait accueilli son insuccès avec indifférence et avait cessé d'importuner la cuisinière.
Mais, s'il parlait peu, Janson était constamment à l'écoute de quelque chose. Il écoutait les champs mornes et enneigés recouverts de monticules de fumier gelé, qui semblaient des rangées de petites tombes recouvertes de neige, il écoutait l'azur délicat du lointain, le murmure des poteaux du télégraphe et les conversations entre les hommes. Il était seul à savoir ce que lui confiaient les champs et les poteaux du télégraphe, tandis que les conversations des hommes étaient alarmantes, pleines de rumeurs d'assassinats, de vols et d'incendies criminels. Et une nuit, dans le hameau voisin, on avait entendu le tintement fluet et craintif de la petite cloche d'un temple, semblable à celui d'un grelot, ainsi que le crépitement des flammes d'un incendie : des inconnus avaient dévalisé une riche ferme, avaient tué le propriétaire et sa femme, puis avaient mis le feu à la maison.
Dans leur ferme aussi, on vivait dans l'inquiétude : non seulement la nuit, mais aussi dans la journée, on laissait courir les chiens et le patron dormait avec un fusil à portée de la main. Il avait voulu en donner un pareil à Janson, à un seul canon toutefois, et plus ancien, mais celui-ci, après l'avoir l'examiné dans tous les sens, avait secoué la tête et, allez savoir pourquoi, n'en avait pas voulu. Son maître n'avait pas compris le motif de ce refus et l'avait traité de tous les noms ; la raison en était que Janson avait plus confiance en la robustesse de son couteau finnois qu'en cette vieille pétoire rouillée.
– C'est moi qu'il va tuer ce fusil, avait dit Janson en fixant le patron de son regard vitreux et somnolent.
Le fermier avait eu un geste de désespoir :
– Quel crétin tu fais, Ivan. Mais qu'est-ce que vous voulez que je fasse avec de tels ouvriers !
Et c'est par un soir d'hiver, alors qu'on avait envoyé l'autre ouvrier à la gare, que ce même Ivan Janson, qui se méfiait d'un fusil, s'était rendu coupable d'une tentative particulièrement compliquée de vol

à main armée, de meurtre et de viol. Il avait commis cela de manière étonnamment simple : après avoir enfermé la cuisinière dans sa cuisine, avec l'air alangui d'un homme en proie à une irrépressible envie de dormir, il s'était approché de son patron par derrière, et lui avait donné plusieurs coups de couteau rapides dans le dos. Celui-ci s'était abattu sans connaissance. Sa femme s'était mise à courir dans tous les sens en hurlant, tandis que Janson, montrant les dents et brandissant son couteau, avait entrepris de retourner bahuts et commodes. Il avait trouvé l'argent, puis, comme s'il avait vu sa patronne pour la première fois, il s'était jeté sur elle pour la violer, ce dont il avait été lui-même le premier étonné. Mais comme il avait, ce faisant, lâché son couteau, la patronne avait eu le dessus, et non seulement ne s'était pas laissé faire, mais avait bien failli l'étrangler. C'est là que le patron s'était mis à remuer par terre, que la cuisinière avait fait sonner sa fourche à marmite, avait défoncé la porte de la cuisine, et Janson s'était enfui dans les champs. Une heure plus tard, on l'avait pris, accroupi derrière la grange, à laquelle il tentait de mettre le feu en frottant l'une après l'autre des allumettes qui s'éteignaient aussitôt.

Au bout de quelques jours, le patron mourut d'une septicémie, quant à Janson, lorsque son tour arriva d'être jugé avec d'autres voleurs et assassins, il fut condamné à mort. Pendant son procès, il fut comme il était toujours : courtaud, malingre, grêlé de taches de son, avec des petits yeux vitreux et endormis. Il semblait ne pas très bien saisir le sens de ce qui se passait, et avait l'air absolument indifférent : il clignait ses paupières blanches, contemplait d'un air stupide, sans la moindre curiosité, la salle inconnue et solennelle, et se curait le nez de son doigt durci, raide et calleux. Seuls ceux qui le voyaient au temple le dimanche auraient pu remarquer des efforts dans sa toilette : il avait passé autour du cou une écharpe en tricot rouge grisâtre, et avait çà et là mouillé ses cheveux ; à ces endroits ils étaient plus sombres et restaient lisses, tandis qu'ailleurs ils étaient

dressés en touffes rares et claires, comme des tiges de paille dans un champ clairsemé et dévasté par la grêle.
Quand on prononça la sentence : la peine de mort par pendaison, Janson montra soudain des signes d'inquiétude. Il rougit violemment et se mit à nouer puis dénouer son écharpe, comme s'il s'étranglait. Puis il se mit à agiter les bras dans tous les sens, et s'adressant au juge qui n'avait pas lu la sentence, et montrant du doigt celui qui l'avait lue, il déclara :
– Elle a dit qu'il faut me pendre.
– Qui ça, elle ? demanda d'une profonde voix de basse le président qui avait prononcé la sentence.
Tout le monde sourit en se cachant derrière sa moustache ou en se plongeant dans ses papiers, mais Janson, pointant l'index vers le président, le regard par en dessous, répondit d'un ton irrité :
– Toi !
– Eh bien ?
Janson tourna à nouveau son regard vers l'autre juge qui gardait le silence en se retenant de sourire, et en qui il sentait un allié qui n'était en rien concerné. Et il répéta :
– Elle a dit qu'il faut me pendre. Il ne faut pas me pendre.
– Faites sortir l'accusé.
Mais Janson eut encore le temps de répéter sur un ton convaincant et déterminé :
– Il ne faut pas me pendre.
Il avait l'air si ridicule avec son petit visage courroucé qu'il essayait en vain de rendre respectable, avec son doigt tendu, que même le garde, contrevenant à la consigne, lui dit à mi-voix en l'emmenant hors de la salle :
– Tu es un fameux abruti, mon garçon.
– Il ne faut pas me pendre, répéta-t-il avec obstination.
– Ils vont te pendre bien comme il faut, tu n'auras pas le temps de gigoter.

– Dis donc, tu vas te taire ? s'emporta un autre garde. Mais lui-même ne put s'empêcher d'ajouter : Tu parles d'un voleur ! Qu'est ce qui t'a pris, imbécile, d'assassiner un chrétien ? Eh bien pendouille donc, maintenant.

– Peut-être qu'on va le gracier ? dit le premier soldat qui prenait Janson en pitié.

– Et comment donc ! En gracier des comme ça... Allez ça suffit, assez bavardé.

Mais Janson s'était déjà tu. Et on le remit dans la cellule où il était enfermé depuis un mois déjà, et à laquelle il s'était habitué comme il s'habituait à toute chose : aux coups, à la vodka, aux champs enneigés et lugubres, parsemés de monticules arrondis, comme un cimetière. Et là, il se sentit presque gai quand il revit son lit, sa fenêtre grillée, et qu'on lui apporta à manger, car il n'avait rien avalé depuis le matin. Il n'y avait de désagréable que ce qui s'était passé au tribunal, mais il n'arrivait pas à y penser, il n'en était pas capable. Quant à la mort par pendaison, il ne se la représentait même pas.

Certes, Janson était condamné à mort, mais il y en avait beaucoup d'autres dans son cas, et dans sa prison, il n'était pas considéré comme un criminel important. C'est la raison pour laquelle on s'adressait à lui sans précaution ni égards particuliers, comme on le faisait avec ceux qui n'allaient pas mourir. Comme si sa mort n'était pas considérée comme la mort. Le geôlier, qui avait appris le verdict, lui avait dit d'un ton sentencieux :

– Alors mon vieux, te voilà pendu ?

– Et quand est-ce qu'on va me pendre ? demanda Janson, incrédule.

Le geôlier réfléchit.

– Là, mon vieux, il va falloir que tu attendes un peu. Faudra d'abord qu'on rassemble un groupe. Pour un seul gars, et un gars comme toi surtout, ça ne vaut pas le coup. Faut du nombre, là.

– Oui, mais quand ? insistait Janson.

Il n'était pas le moins du monde vexé de ne pas même valoir la peine d'être pendu tout seul, et d'ailleurs il ne le crut pas, convaincu que c'était un prétexte pour ajourner l'exécution, avant de l'annuler définitivement. Et il en devint tout guilleret : ce moment vague et effrayant, auquel on ne devait pas penser, se retirait dans le lointain, semblait sortir d'un conte et devenir invraisemblable comme toute mort.

– Quand, quand ! s'emportait le geôlier, un vieil homme buté et grincheux. C'est pas un chien qu'on va pendre, tout de même : comme ça, derrière la grange et l'affaire est faite. C'est comme ça que tu voudrais, imbécile !

– Eh bien moi, je ne veux pas ! dit soudain Janson en plissant gaiement le visage. C'est elle qui a dit qu'il faut me pendre, mais moi je ne veux pas !

Et c'est peut-être la première fois de sa vie qu'il éclata de rire : d'un rire grinçant, saugrenu, mais terriblement gai et réjoui. Comme une oie qui cacardait : ga-ga-ga ! Le geôlier le regarda d'un air étonné, puis il se renfrogna, la mine sévère : cette gaieté déplacée, à la veille d'être exécuté, était une offense à l'institution pénitentiaire et à l'exécution elle-même, les transformait en quelque chose de tout à fait extravagant. Et soudain, pour un instant, pour un très court instant, cette prison, où il avait passé toute sa vie, et dont il avait considéré les règles comme des sortes de lois naturelles, sembla au vieux geôlier, tout comme son existence entière, une sorte de maison de fous, dont lui, le geôlier, serait le fou principal.

– Va donc au diable, tiens ! fit le gardien en crachant. Qu'est ce que tu as à rigoler, c'est pas une gargote ici !

– Et moi je ne veux pas, ga-ga-ga ! riait Janson.

– Satan ! dit le geôlier, qui éprouva le besoin de se signer.

Il était pourtant bien loin de ressembler à Satan, cet homme avec son petit visage flasque, mais il y avait, dans sa manière de faire l'oie, quelque chose qui anéantissait le caractère sacré et invulnérable de la prison. Continuerait-il à rire comme ça, que les pierres décomposées s'écrouleraient, que se détacheraient les grilles suintantes, et que le geôlier en personne conduirait les prisonniers vers la sortie : je vous en prie, messieurs, allez donc vous promener en ville, ou peut-être l'un de vous préfère-t-il la campagne ? Satan !

– Mais Janson avait déjà cessé de rire et se contentait de plisser les yeux d'un air sournois.

– Fais bien attention à toi ! dit le geôlier, vaguement menaçant, et il s'éloigna en regardant par-dessus son épaule.

– Toute la soirée, Janson fut très détendu et même gai. Il se répétait pour lui-même la fameuse phrase : il ne faut pas me pendre, et elle était si convaincante, si sage, si irréfutable, qu'il n'y avait à s'inquiéter de rien. Il avait depuis longtemps oublié son crime, et ce n'est que parfois qu'il regrettait de n'avoir pas réussi à violer la patronne. Mais cela aussi, il finit par l'oublier.

Tous les matins, Janson demandait quand on allait le pendre, et tous les matins, le geôlier, furieux, lui répondait :

– Tu as tout ton temps, Satan ! Patiente donc un peu ! et il s'éloignait à la hâte avant que Janson ne se mette à rire.

Avec ces mots qui se répétaient invariablement, et parce que chaque jour commençait, se déroulait, et prenait fin comme n'importe quel autre jour, Janson acquit l'absolue conviction qu'il n'y aurait aucune exécution. En très peu de temps, il perdit le souvenir du procès et passait ses journées vautré sur son lit, en rêves vagues et béats de champs enneigés et mélancoliques avec leurs monticules, de buffet de gare et de choses encore plus lointaines et radieuses. Il était bien nourri à la prison et assez vite, en quelques jours, il prit de l'embonpoint et se mit à faire l'important.

« Maintenant, elle aurait bien voulu de moi, se dit-il en pensant à la patronne. Maintenant je suis gros, aussi bien que le patron. »

Il avait quand même très envie de vodka, de boire un bon coup, et de faire un tour à cheval, au galop.

Lorsqu'on arrêta les terroristes, la nouvelle parvint jusqu'à la prison : à la question habituelle de Janson, le geôlier fit cette fois une réponse inattendue et incroyable :

– Maintenant c'est pour bientôt.

Il le dévisagea tranquillement et dit avec un air important :

– Maintenant c'est pour bientôt. Dans une petite semaine, je pense.

Janson pâlit, son regard vitreux se troubla, comme s'il allait s'endormir :

– Tu rigoles ?

– D'abord il n'en peut plus d'attendre, et maintenant je rigole. On ne rigole pas chez nous. C'est vous qui aimez rigoler, mais chez nous on ne rigole pas, dit le geôlier, et il sortit, l'air digne.

Le soir même, Janson avait maigri. Sa peau tendue, lisse ces derniers temps, s'était soudain ramassée en une multitude de petites rides, allant jusqu'à pendre par endroits. Ses yeux étaient embués de sommeil, et tous ses mouvements étaient si lents, si mous, que chaque fois qu'il remuait la tête, bougeait les doigts, ou faisait un pas, il donnait l'impression de se livrer à une entreprise immense et compliquée, qu'il fallait méditer longtemps à l'avance. Et toute la nuit, il resta allongé sur son lit, sans fermer les yeux, qu'il garda ainsi somnolents et ouverts jusqu'au matin.

Et voilà ! dit le geôlier avec satisfaction, en le retrouvant le jour suivant. Tu n'es pas au cabaret ici, mon garçon.

Et c'est avec un agréable sentiment de satisfaction, tel un savant dont l'expérience avait une nouvelle fois réussi, qu'il examina l'accusé de la tête aux pieds, soigneusement, s'arrêtant à chaque détail : désormais tout allait se dérouler comme il faut. Satan s'était couvert de honte, le caractère sacré de la prison et de l'exécution était rétabli. Avec indulgence, et même un sincère apitoiement, le vieil homme demanda :

– Tu voudras voir quelqu'un ou pas ?

– Voir quelqu'un, pour quoi faire ?

– Et bien, dire adieu. À ta mère par exemple, ou à ton frère.
– Il ne faut pas me pendre, dit doucement Janson en regardant le geôlier de travers. Je ne veux pas.
Le geôlier le regarda sans un mot, et eut un geste d'impuissance.
Vers le soir, Janson se tranquillisa un peu. La journée avait été si ordinaire, la clarté nuageuse du ciel d'hiver si ordinaire, si ordinaires les pas dans le couloir, la conversation banale qui s'y était tenue, si ordinaire, si naturelle et familière l'odeur de la soupe aux choux aigres, qu'une fois encore, il cessa de croire à l'exécution. Mais, quand la nuit tomba, il eut peur. Jusque-là, Janson ne ressentait la nuit que comme de l'obscurité, comme un moment particulièrement sombre, pendant lequel il fallait dormir, mais là, il ressentait son être profond et menaçant. Pour ne pas croire à la mort, il faut voir et entendre autour de soi des choses familières : des pas, des voix, de la lumière, de la soupe aux choux aigres, or là, tout était inhabituel, et ce silence, ces ténèbres, semblaient en eux-mêmes déjà être la mort.
Et à mesure que la nuit avançait, la peur augmentait. Avec la naïveté d'un sauvage ou d'un enfant qui croit que tout est possible, Janson voulait crier au soleil : brille ! Et il demandait, il suppliait que le soleil brille, tandis que la nuit, imperturbable, étirait sur la terre ses heures noires, dont aucune force n'était capable d'arrêter le cours. Et cette impossibilité dont l'évidence s'imposait pour la première fois aussi clairement à sa faible cervelle, plongea Janson dans la terreur : sans oser l'éprouver encore distinctement, il prenait conscience que sa mort prochaine était inéluctable et d'un pas de mourant, il gravissait la première marche de l'échafaud.
Avec le jour, le calme revint, mais la nuit l'effraya à nouveau, et ce fut ainsi jusqu'à la nuit où il comprit et ressentit que sa mort était certaine, qu'elle se produirait dans trois jours, à l'aube, à l'heure où le soleil se lèverait.
Il n'avait jamais réfléchi à ce qu'était la mort, la mort n'avait pour lui aucune forme, mais à présent, il éprouvait distinctement, il voyait,

il sentait qu'elle était entrée dans sa cellule et le cherchait à tâtons. Et pour lui échapper, il se mit à courir dans tous les sens.
Mais la cellule était si petite, que ses angles ne paraissaient non pas droits mais obtus, et le repoussaient vers le centre. Il n'y avait nulle part où se cacher. Et la porte était fermée. Et il faisait jour. À plusieurs reprises, sans un mot, il se cogna la poitrine contre les murs, alla donner contre la porte avec un bruit sourd et vide. Il trébucha sur quelque chose et tomba, le visage en avant, et là, il sentit qu'elle le saisissait. Alors, étendu sur le ventre, collé au sol, le visage enfoui dans l'asphalte noir et sale, Janson hurla de terreur. Il resta étendu, criant à pleine voix, jusqu'à ce qu'on vînt. Et quand on l'eut relevé, puis assis sur son lit, et même quand on lui eut versé de l'eau froide sur la tête, il ne voulut pas desserrer ses paupières contractées. Dès qu'il entrouvrait un œil, et que son regard tombait sur un coin vide et clair de sa cellule, ou sur la botte de quelqu'un, il se remettait à hurler.
Mais l'eau froide commença à faire de l'effet, tout comme les coups que le geôlier de service, toujours le même vieillard, appliqua à des fins curatives sur la tête de Janson. Cette sensation de vie chassa effectivement la mort, et Janson ouvrit les yeux, puis, le cerveau plein de brume, il passa le reste de la nuit dans un profond sommeil. Il était allongé sur le dos, la bouche ouverte, et s'époumonait en ronflements sonores ; et la fente de ses paupières mal jointes laissait voir un œil sans pupille, sans vie, blanc et plat.
Et désormais, tout au monde, le jour, la nuit, les pas, les voix, la soupe aux choux, devinrent pour lui une abomination absolue, le plongèrent dans un état de stupeur délirant, inouï. Sa pauvre tête ne parvenait pas à faire le lien entre deux réalités qui se contredisaient si monstrueusement : la lumière d'un jour ordinaire, l'odeur, la saveur du chou, et le fait que dans deux jours, dans un jour, il allait devoir mourir. Il ne pensait à rien, ne comptait même pas les heures, et restait figé de terreur muette face à cette

contradiction qui déchirait son cerveau en deux ; il restait d'une pâleur uniforme, ni plus blanche, ni plus colorée, et, selon toute apparence, il semblait calme. Cependant, il ne mangeait rien et avait complètement cessé de dormir : il lui arrivait de passer toute la nuit assis sur un tabouret, les jambes craintivement ramenées sous lui, ou bien de parcourir sa cellule à pas de loup, en jetant à droite et à gauche des regards endormis. Il avait la bouche constamment entrouverte, comme sous l'effet d'une immense et constante sidération, et avant de prendre dans la main l'objet le plus ordinaire, il le considérait longuement avant de s'en saisir, l'air stupide et soupçonneux.

Et quand il fut dans cet état, les geôliers et les soldats qui le surveillaient par le judas cessèrent de lui prêter attention. C'était, selon eux, et bien qu'ils ne l'aient jamais vécu eux-mêmes, l'état habituel des condamnés, qu'ils comparaient à celui du bétail qu'on va abattre, quand on l'assomme avec la tête d'une hache.

– Là, il est étourdi, et jusqu'au moment de mourir il ne sentira rien, dit le geôlier en l'observant de son regard d'habitué. Ivan, tu m'entends ? Hé, Ivan ?

– Il ne faut pas me pendre, répondit Janson d'une voix terne et il laissa retomber sa mâchoire.

– Tu n'aurais pas tué, que personne ne te pendrait, fit d'un ton sentencieux le geôlier en chef, un homme encore jeune, mais très imposant avec ses décorations. Et pour ce qui est de tuer, tu as bien tué, et après ça tu ne voudrais pas qu'on te pende.

– Tu as voulu tuer un homme sans que ça te coûte. Pour être bête, tu es bête, mais malin aussi.

– Je ne veux pas, dit Janson.

– Ma foi, mon ami, continue de ne pas vouloir, c'est ton affaire, fit le chef d'un ton indifférent. Au lieu de dire des bêtises, tu ferais mieux de voir à qui tu veux laisser tes affaires, tu dois bien avoir quelque chose.

– Il n'a rien du tout. Une chemise et un pantalon. Et encore une chapka en fourrure, un élégant, je te dis !

Le temps passa ainsi jusqu'au jeudi. Ce jour-là, à minuit, beaucoup de monde entra dans la cellule de Janson, et un monsieur portant des épaulettes dit :

– Allons, préparez-vous. Il faut y aller.

Janson, avec ses mouvements lents et mous se vêtit de tout ce qu'il possédait et noua son écharpe rouge-grisâtre. En le regardant s'habiller, le monsieur aux épaulettes, qui fumait une cigarette, dit à quelqu'un :

– Qu'il fait doux aujourd'hui ! C'est vraiment le printemps.

Janson avait les paupières qui se fermaient, il était en train de s'endormir, et il s'affairait si lentement, si péniblement, que le geôlier lui lança :

– Allons, allons, plus vite. Tu t'endors !

Soudain Janson s'arrêta.

– Je ne veux pas, fit-il mollement.

Ils le prirent sous les bras et l'emmenèrent. Il marchait docilement, les épaules relevées. Dans la cour, il fut aussitôt enveloppé dans un courant d'air humide et printanier qui lui mit la goutte au nez ; bien que ce fût la nuit, le redoux s'était accentué, et l'on entendait quelque part la chute égrenée, joyeuse et sonore de gouttes d'eau sur la pierre. Pendant que les gendarmes, se courbant dans un cliquetis de sabres, montaient dans le fourgon noir et sans feux, Janson passait paresseusement le doigt sous son nez humide et ajustait son écharpe mal nouée.

4. Nous, les gens d'Orel

C'est au cours de la même session du tribunal militaire de la région qui avait jugé Janson, que fut condamné à mort par pendaison Mikhail Goloubets, surnommé Michka le Tsigane, alias le Tatar, un paysan de la province d'Orel, district d'Elets. Son dernier crime, établi sur la base de preuves irréfutables, était le meurtre de trois personnes et un vol à main armée ; au-delà, son obscur passé se perdait dans d'impénétrables profondeurs. Il courait de vagues rumeurs quant à sa participation à toute une série d'autres vols et meurtres, et l'on devinait dans son sillage beaucoup de sang, mêlé à de sombres et ivres débauches. Lui-même se présentait ouvertement et très sincèrement comme un bandit, et il considérait avec ironie ceux qui s'affublaient du titre à la mode d'« expropriateur ». Il était intarissable de détails sur son dernier crime, pour lequel ses dénégations ne lui avaient servi à rien, et quant aux questions sur son passé, il y répondait en ricanant et en sifflant :

– Va-t'en donc courir après le vent !

Quand les questions se faisaient vraiment insistantes, le Tsigane prenait un air grave et digne.

– Nous, les gens d'Orel, nous sommes tous des têtes brûlées, disait-il sur un ton sage et mesuré. Vous savez, les plus grands bandits sont tous d'Orel ou de Kromy. Ceux de Karatchev et Livny ont ébaubi même les bandits. Mais à Elets, et pour de bon, les bandits trouvent leur patron. Un point c'est tout !

On l'avait surnommé le Tsigane pour son allure et ses manières de voleur. Avec des cheveux d'un noir stupéfiant, maigre, des taches de brûlure jaunes sur ses pommettes saillantes de Tatar, il avait une manière chevaline de révulser les yeux, et donnait continuellement l'impression d'être en retard. Il avait le regard bref, mais incisif jusqu'à vous effrayer, et il était dévoré de curiosité, si bien qu'un objet sur lequel il avait jeté un coup d'œil, paraissait avoir perdu une partie de lui-même, la lui avoir abandonnée, et s'être ainsi transformé en tout autre chose. Il était aussi désagréable et difficile de prendre une cigarette sur laquelle il avait porté un tel regard, que si quelqu'un l'avait déjà prise dans la bouche. Il était la proie d'une agitation permanente, qui tantôt le tordait comme un linge, tantôt le faisait jaillir comme une large gerbe d'étincelles ardentes. Et c'est presque par seaux qu'il buvait de l'eau, comme un cheval.

À chaque question du tribunal, il se dressait brusquement et paraissait presque avoir du plaisir à donner des réponses brèves et assurées :
– Exactement !
Parfois il insistait :
– Exa-actement !
Et à la surprise générale, quand on traita d'un autre sujet, il bondit soudain et demanda au président :
– Est-ce que vous permettez que je siffle ?
– Et pour quoi faire ? fit celui-ci, étonné.
– Et bien, puisqu'ils disent que c'est moi qui ai donné le signal à mes camarades, alors voilà. C'est très intéressant.
Le président donna son accord, un peu déconcerté. Le Tsigane se fourra aussitôt quatre doigts dans la bouche, deux de chaque main, en roulant des yeux exorbités et féroces, et l'air figé de la salle d'audience fut alors déchiré par un sifflement sauvage, un véritable sifflement de brigand, à cabrer les chevaux, à leur faire dresser les oreilles et les rendre sourds, un sifflet à faire pâlir un homme malgré lui. L'angoisse mortelle de l'homme qu'on assassine, la joie démente de l'assassin, un avertissement plein de menace, l'appel et les ténèbres d'une nuit d'automne sous la pluie, la solitude, tout cela était contenu dans ce hurlement strident qui n'était ni celui d'un homme, ni celui d'une bête.
Le président cria quelque chose, gesticula en direction du Tsigane et celui-ci se tut sans faire d'histoires. Et, tel un artiste qui venait d'exécuter avec brio un air difficile mais au succès assuré, il s'assit, essuya ses doigts mouillés à sa chemise et considéra le public avec un air satisfait.
– En voilà un brigand ! dit l'un des juges en se massant l'oreille.
Tandis qu'un autre, avec une large barbe à la russe et les mêmes yeux de Tatar que ceux du Tsigane, laissait courir au loin un regard songeur au-dessus de sa tête et, avec un sourire, répliqua :
– C'est tout de même très intéressant.

Le cœur en paix, sans pitié ni le moindre remords, les juges condamnèrent le Tsigane à la peine capitale.
– Exactement ! dit le Tsigane quand on eut prononcé la sentence. Dans un champ, bien dégagé, avec une potence. Exactement !
Puis, s'adressant au soldat d'escorte, il lança avec panache :
– Alors on y va, sac à puces ? Seulement tiens bien ton fusil, sinon je te l'enlève !
Le soldat lui jeta un coup d'œil sévère et soupçonneux, échangea un regard avec son camarade, et tâta la platine de son fusil. L'autre fit de même. Et sur tout le trajet jusqu'à la prison, les soldats ne marchèrent pas, mais volèrent en quelque sorte, à ce point obsédés par le criminel qu'ils n'avaient plus conscience du sol sous leurs pieds, ni du temps, ni d'eux-mêmes.
Tout comme Janson, Michka le Tsigane dut passer dix-sept jours en prison jusqu'à son exécution. Et ces dix-sept jours passèrent pour lui aussi vite qu'un seul, occupés à une unique et ardente pensée d'évasion, de liberté et de vie. L'agitation qui l'habitait, désormais contrainte par des murs, des grilles et par une fenêtre aveuglée d'où on ne pouvait rien voir, avait retourné toute sa furie vers l'intérieur, et elle mettait le feu à l'âme du Tsigane comme des braises jetées sur un plancher. Des images vives mais à peine esquissées s'entremêlaient, chaviraient, l'envahissaient tout entier comme dans des vapeurs d'alcool, et fuyaient en un tourbillon aveuglant et irrésistible, tendant toutes au même but, l'évasion, la liberté, la vie. Tantôt, les narines dilatées comme les naseaux d'un cheval, le Tsigane restait des heures à humer l'air, s'imaginant une odeur de chanvre et de fumée d'incendie, de cendre grise et âcre ; tantôt, il tournoyait dans sa cellule tel une toupie, tâtant nerveusement les murs, les martelant du doigt, prenant des mesures, perforant le plafond du regard, s'imaginant scier les barreaux. Cette agitation épuisait le militaire qui le surveillait par le judas, et à plusieurs reprises déjà, hors de lui, il l'avait menacé de son arme ;

le Tsigane répondait par des moqueries grossières et si les choses se concluaient paisiblement, c'est uniquement parce que l'altercation se transformait rapidement en un simple échange d'inoffensives injures de paysans, rendant absurde et impensable le recours à une arme.
Le Tsigane passait ses nuits à dormir profondément, bougeant à peine, dans une immobilité constante et pourtant animée, tel un ressort provisoirement au repos. Mais dès qu'il se levait, il se mettait aussitôt à se démener, à tout palper, cherchait à comprendre. Ses mains étaient toujours sèches et brûlantes, mais son cœur, parfois, se figeait : comme si l'on avait déposé dans sa poitrine un bloc de glace qui ne fondait jamais, et tout son corps était alors parcouru de petits frissons nerveux. Et dans ces moments-là, le Tsigane, qui avait déjà la peau sombre, virait au noir avec une nuance bleuâtre, comme de la fonte. Il avait pris une curieuse habitude : il se léchait constamment la bouche, comme s'il avait mangé quelque chose d'excessivement, d'abominablement sucré, en clappant des lèvres, et puis, avec un sifflement, il crachait toute sa salive à travers les dents.
Une fois, dans la journée, le vieux geôlier entra dans sa cellule, accompagné du soldat d'escorte. Il loucha vers le sol couvert de crachats et dit d'un air maussade :
– Regarde-moi les saletés que tu fais !
Le Tsigane rétorqua aussitôt :
– Toi, gros lard, tu fais tes saletés sur la terre entière, et je te laisse tranquille. Qu'est ce que tu viens chercher ici ?
Avec le même air morne, le geôlier lui proposa de devenir bourreau.
Le tsigane éclata de rire en montrant ses dents :
– Vous n'en trouvez pas, c'est ça ? Elle est bien bonne ! Va donc pendre les gens comme ça, Ha ! Ha ! On a un cou, on a une corde, mais on n'a personne pour pendre. Nom de dieu, elle est bien bonne !
– Tu auras la vie sauve, en échange.
– Encore heureux, c'est pas mort que je vais aller pendre les gens, crétin !

– Alors ? Tu t'en fiches bien, pour toi, l'un ou l'autre c'est pareil.
– Et comment qu'on s'y prend pour pendre, chez vous ? On étrangle en douce, c'est ça ?
– Non, ça se passe en musique, grogna le geôlier.
– Quel crétin tu fais. Bien sûr qu'il faut de la musique. Comme ça !
Et il entonna une chanson gaillarde.
– Tu es complètement fou, mon gars, dit le geôlier. Bon, alors, décide-toi sérieusement.
Le Tsigane ricana :
– Comme il est pressé ! Repasse donc plus tard, je te dirai la prochaine fois.
Et dans le chaos d'images vives mais à peine esquissées dont le torrent accablait le Tsigane, vint s'engouffrer celle-ci, toute nouvelle : le plaisir que ce serait d'être un bourreau en chemise rouge ! Il se représentait distinctement une place pleine de monde, la plate-forme surélevée de l'échafaud, et lui, le Tsigane, en chemise rouge y déambulant avec une petite hache. Le soleil éclaire les têtes, et étincelle gaiement sur la petite hache, et tout est si joyeux, si raffiné, que même celui à qui on va, tout à l'heure, couper la tête sourit lui aussi. Et derrière la foule, on voit les chariots, les têtes des chevaux, ce sont les paysans qui sont venus de leur campagne, et au-delà, on aperçoit les champs.
Le Tsigane clappa des lèvres, les lécha, et — pffuit ! cracha la salive qui lui avait rempli la bouche.
Et puis soudain, ce fut comme si on lui avait enfoncé sa chapka de fourrure jusque sur la bouche : tout était devenu sombre, il respirait à peine, son cœur était devenu un bloc de glace qui ne fondait jamais, et lui envoyait des petits frissons nerveux dans tout le corps.
À deux reprises, le geôlier était repassé le voir, et le Tsigane, lui avait dit en ricanant :
– Comme il est pressé ! Reviens donc encore une fois.
Et finalement, en passant, le geôlier lui avait crié par la lucarne :

– Tu as laissé passer ta chance, vilain corbeau ! On en a trouvé un autre !
– Le diable t'emporte, va donc pendre toi-même ! répliqua le Tsigane en grognant. Et il cessa de rêver au métier de bourreau.
Mais vers la fin, plus le moment de l'exécution approchait, plus le déchaînement d'images en lambeaux devenait insupportable. Le Tsigane aurait bien voulu s'arrêter, écarter les jambes pour se retenir, mais le torrent démonté l'emportait et il ne trouvait rien à quoi se raccrocher : tout était submergé alentour. Son sommeil devint agité : survinrent des rêves inouïs, en relief, pesants comme des billots de bois colorés, encore plus impétueux que ses pensées. Ce n'était plus un torrent, mais une chute infinie le long d'une paroi infinie, un vol tourbillonnant à travers tout un monde de couleur. Quand il était en liberté, le Tsigane ne portait qu'une moustache, plutôt élégante, tandis qu'en prison, une barbe courte, noire et piquante lui avait envahi le visage, lui donnant l'air menaçant d'un déséquilibré. Parfois, il perdait véritablement la tête et tournait comme un forcené dans sa cellule, sans cesser de palper la chaux rugueuse des murs. Et il buvait autant d'eau qu'un cheval.
Un soir, au moment d'allumer les lampes, le Tsigane se mit à quatre pattes au milieu de sa cellule, et poussa un hurlement vibrant, à la manière des loups. Il s'y prenait toujours avec beaucoup de sérieux pour faire cela, comme s'il accomplissait une chose importante et nécessaire. Il inspirait à pleins poumons, puis, lentement, soufflait l'air en un hurlement prolongé et vibrant ; concentré, les paupières froncées, il écoutait comment cela sonnait. La vibration même de sa voix semblait quelque peu étudiée : il ne poussait pas n'importe quel cri, mais modulait soigneusement chaque note de ce hurlement de bête, débordant d'épouvante et de tristesse indicibles.
Aussitôt après, toujours à quatre pattes, il arrêta brusquement de crier et resta silencieux quelques minutes. Et puis subitement, à voix basse, il balbutia tout contre le sol :

– Mes amis, mes bons amis… Mes amis, mes bons amis, ayez pitié… Mes amis, mes bons amis…
Et là également, il semblait écouter comment cela sonnait. Après chaque mot prononcé, il écoutait.
Puis il bondit sur ses pieds, et une heure durant, sans reprendre haleine, il se répandit en injures.
– Espèces de… Allez donc… hurlait-il en roulant des yeux injectés de sang. Venez donc me pendre puisqu'il faut me pendre, sinon je… Tas de…
Et le soldat, blanc comme de la craie, pleurant d'angoisse et de terreur, cognait contre la porte avec le canon de son fusil et hurlait d'impuissance :
– Je vais te descendre ! Je te jure, je vais te descendre ! Tu m'entends ?
Mais il n'osa pas tirer : on ne tirait jamais sur les condamnés à mort, sauf en cas de mutinerie avérée. Pendant ce temps, le Tsigane grinçait des dents, jurait, crachait ; sur le fil vertigineux qui sépare la vie de la mort, son cerveau se morcelait comme une motte de glaise desséchée par le vent.
Quand, dans la nuit, on entra dans sa cellule pour emmener le Tsigane sur le lieu de l'exécution, il s'agita, comme s'il reprenait vie. Dans sa bouche, le goût sucré était encore plus fort et elle fut envahie par la salive, mais ses joues avaient pris un peu de couleur, et dans ses yeux, on retrouvait l'étincelle farouche de la ruse. En s'habillant, il demanda au fonctionnaire :
– C'est qui qui va me pendre ? Un nouveau ? Qui ne s'est pas encore fait la main, j'imagine…
– Vous n'avez pas de souci à vous faire à ce sujet, répondit sèchement le fonctionnaire.
– Comment ça, Votre Excellence, pas de souci à me faire ! C'est moi qu'on va pendre, c'est pas vous. Et pour enduire la cravate, n'allez pas faire des économies sur le savon du gouvernement, au moins.
– Très bien, très bien, je vous prie de vous taire.

– Parce que celui-là, dit le Tsigane en montrant le geôlier, il a mangé tout le savon, regardez comme il a la gueule qui brille.
– Taisez-vous !
– N'économisez pas, hein !
Le Tsigane éclata de rire, sa bouche devint de plus en plus sucrée, et il eut soudain la sensation curieuse que ses jambes s'engourdissaient. En sortant dans la cour, il réussit toutefois à crier :
– Faites avancer la voiture du comte du Bengale !

5. Tu l'embrasses et tu te tais

La sentence qui concernait les cinq terroristes fut rendue dans sa forme définitive et confirmée le jour même. Les accusés ne furent pas informés de la date de l'exécution, mais ils savaient, que selon l'usage établi, ils seraient pendus la nuit-même, ou au plus tard la suivante. Et quand on leur proposa une visite de leurs familles pour le lendemain, c'est-à-dire le jeudi, ils comprirent que l'exécution aurait lieu le vendredi à l'aube.
Tania Kovaltchouk n'avait pas de parents proches, et le reste de sa famille habitait dans des coins perdus, en Petite Russie, et ne savait probablement rien du jugement ni de l'exécution à venir. Moussia et Werner, tous les deux sans identité, n'étaient pas supposés avoir de famille, et ce n'était que pour Sergueï Golovine et Vassili Kachirine qu'une rencontre avec leurs parents était prévue. L'un et l'autre l'appréhendaient avec terreur et angoisse, mais ils n'avaient pas eu le courage de refuser un dernier entretien, un dernier baiser à leurs vieux parents.
Sergueï Golovine était celui qui était le plus tourmenté par cette attente. Il aimait beaucoup son père et sa mère, les avait vus récemment, et là, il était au supplice en pensant à ce qui allait se passer. L'exécution elle-même, en dépit de sa monstrueuse anomalie, de sa folie à paralyser l'entendement, se présentait plus naturellement à son esprit, et semblait moins cruelle que ces quelques minutes,

courtes et incompréhensibles, comme hors du temps, hors de la vie. Comment se comporter, que penser, que dire, c'est ce que refusait de concevoir son cerveau d'être humain. Tout ce qu'il y avait de plus simple, de plus familier : prendre la main, embrasser, dire : « Bonjour, père », paraissait une abomination inconcevable, une hypocrisie hideuse, inhumaine, absurde.

Après la sentence, et contrairement à ce qu'avait supposé Kovaltchouk, les accusés ne furent pas enfermés ensemble, mais on les isola et chacun resta seul ; toute la matinée, jusqu'à onze heures, quand arrivèrent ses parents, Sergueï Golovine avait rageusement arpenté sa cellule, tripotant sa barbiche, plissant piteusement le front et grommelant des propos indistincts. Parfois, il s'arrêtait en pleine marche, inspirait à pleins poumons et chassait l'air comme un homme resté trop longtemps sous l'eau. Mais la vie battait si fort dans ce jeune corps vigoureux, que même dans ces cruels instants de souffrance, son sang jouait sous la peau, colorait ses joues, et ses yeux clairs étaient d'un bleu lumineux et naïf.

Tout se passa finalement beaucoup mieux que Sergueï ne l'avait craint. Le premier à entrer dans la pièce prévue pour la rencontre fut le père de Sergueï, Nikolaï Sergueïevitch Golovine, colonel à la retraite. Des pieds à la tête, il était uniformément blanc : visage, barbe, cheveux, mains semblaient ceux d'une statue de neige que l'on aurait vêtue d'un costume d'homme ; c'était bien sa redingote, usée mais bien nettoyée, sentant la benzine, barrée de galons tout neufs ; il entra comme à la parade, d'un pas martial, ferme et bien marqué. Il tendit sa main pâle et sèche et lança d'une voix forte :

– Bonjour, Sergueï !

Derrière, à petits pas, suivait la mère, un étrange sourire aux lèvres. Elle aussi, lui serra la main et répéta à haute voix :

– Bonjour, mon petit Sérioja !

Elle l'embrassa sur les lèvres et s'assit sans dire un mot. Elle l'avait embrassé sans se jeter sur lui, sans éclater en sanglots, sans les cris ni les gestes excessifs qu'appréhendaient Sergueï, et s'était assise sans dire un mot. Elle alla même jusqu'à arranger d'une main tremblante les plis de sa robe de soie noire.

Ce qu'ignorait Sergueï, c'est que la nuit précédente, enfermé dans son petit bureau, le colonel avait consacré tous ses efforts à mettre au point ce rituel. « Nous devons adoucir les derniers instants de notre fils et non pas en aggraver la douleur », avait fermement décidé le colonel, pesant avec soin chaque phrase susceptible d'être prononcée dans la conversation du lendemain, chaque geste. Mais parfois il s'embrouillait, perdait le cours de ce qu'il avait préparé, et pleurait alors amèrement dans l'angle du canapé en toile cirée. Le lendemain matin, il indiqua à sa femme comment se comporter lors de la visite.

– Le plus important : tu l'embrasses, et tu te tais ! recommanda-t-il. Ensuite tu pourras parler, laisse passer un peu de temps, mais quand tu l'embrasseras, il faudra te taire. Et ne parle pas tout de suite après, tu comprends ? Sinon tu vas dire quelque chose qu'il ne faut pas.

– J'ai bien compris, Nikolaï Sergueïevitch, répondit la mère en pleurant.

– Et ne pleure pas ! Dieu t'en préserve ! Tu le tueras si tu te mets à pleurer, ma petite mère.

– Et pourquoi pleures-tu toi-même ?

– Mais comment ne pas pleurer avec des gens comme vous ! Tu ne dois pas pleurer, tu entends ?

– Très bien, Nikolaï Sergueïevitch.

Dans le fiacre, il voulut une nouvelle fois répéter ses instructions, mais il oublia. Et ils allèrent ainsi, sans prononcer un mot, voûtés, tous deux chenus et âgés, et ils étaient perdus dans leurs pensées, tandis que la ville bruissait gaiement ; c'était mardi gras, les rues étaient bruyantes et pleines de monde.

Ils s'assirent. Le colonel prit une pose étudiée, la main droite passée dans l'échancrure de sa redingote. Sergueï s'assit un instant, son

visage effleurant celui tout ridé de sa mère, et se releva brusquement.
– Reste donc assis, mon petit, lui dit sa mère.
– Assieds-toi, Sergueï, insista le père.
Ils gardaient le silence. La mère avait un sourire étrange.
– Que n'avons-nous pas entrepris pour toi, mon petit.
– C'était inutile, maman…
Le colonel ajouta d'une voix ferme :
– Nous devions le faire, Sergueï, pour que tu ne croies pas que tes parents t'avaient abandonné.
Nouveau silence. Ils craignaient de prononcer la moindre parole, comme si chaque mot de la langue avait perdu sa signification et n'exprimait qu'une seule chose : la mort. Sergueï regarda la redingote de son père, bien soignée, sentant la benzine et pensa : « Aujourd'hui, il n'a plus d'ordonnance, cela veut dire qu'il la nettoie lui-même. Comment se fait-il que je n'aie jamais remarqué quand il nettoyait sa redingote ? Le matin sans doute ». Et brusquement il demanda :
– Et ma sœur ? Elle va bien ?
– Ninotchka ne sait rien, répondit aussitôt sa mère.
Mais le colonel la reprit sévèrement :
– A quoi bon mentir ? La petite l'a lu dans le journal. Il faut que Sergueï sache que tous… que tous ses proches… en ce moment… pensent et…
– Il ne put poursuivre et se tut. Soudain, le visage de la mère se froissa, se décomposa, parcouru de frémissements, inondé, méconnaissable. Ses yeux délavés s'élargirent éperdument, le souffle de plus en plus court et précipité, elle haletait bruyamment.
– Se… Ser… Se… Se… répétait-elle sans bouger les lèvres. Se…
– Maman !
Le colonel fit un pas en avant pour s'adresser à sa femme, tremblant de tout son corps, de chaque pli de sa redingote, de chaque ride de son visage, ne se rendant pas compte à quel point il était effrayant

avec sa pâleur mortelle, et cette fermeté désespérée à laquelle il se contraignait :
– Tais-toi ! Arrête de le tourmenter ! Arrête ! Arrête ! Il va mourir ! Arrête !
Elle s'était déjà tue, affolée, et lui, en se retenant, agitait ses poings serrés devant sa poitrine et insistait :
– Arrête !
Puis il recula, passa une main tremblante dans l'échancrure de sa redingote et, les lèvres blêmes, avec un calme affecté, il demanda d'une voix forte :
– C'est pour quand ?
– Demain matin, répondit Sergueï, les lèvres tout aussi pâles.
Sa mère regardait le sol en se mordillant les lèvres, comme si elle n'entendait rien. Et tout en mâchonnant, elle laissait comme tomber des mots simples et étranges.
– Nina t'embrasse, mon chéri.
– Moi aussi, dis-lui, répondit Sergueï.
– Oui. Il y a aussi les Khvostov qui te passent le bonjour.
– Quels Khvostov ? Ah, oui !
Le colonel les interrompit :
– Bon, il faut y aller. Lève-toi, la mère, on y va.
Tous les deux aidèrent la mère défaillante à se lever.
– Dis-lui adieu, commanda le colonel. Bénis-le.
Elle fit tout comme on lui demandait. Mais en bénissant son fils, et en lui donnant un court baiser, elle agita la tête en répétant confusément :
– Non, ce n'est pas comme ça. Non, pas comme ça. Non. Non. Et comment je ferai après ? Comment je vais le dire ? Non, pas comme ça.
– Adieu, Sergueï ! dit le père.
Ils se serrèrent la main et s'embrassèrent en une étreinte vigoureuse mais brève.
– Tu... balbutia Sergueï.

– Comment ? demanda son père sur un ton brusque.
– Non, ce n'est pas comme ça. Non, non. Comment je vais le dire ? répétait la mère en hochant la tête. Elle s'était rassise, toute vacillante.
– Tu... reprit Sergueï.
D'un seul coup, son visage se plissa en une pauvre grimace d'enfant, et ses yeux se remplirent de larmes. Tout près, à travers leur flot étincelant, il vit dans le visage blanc de son père les mêmes larmes que les siennes.
– Tu as un cœur noble, mon père
– Voyons ! Voyons ! dit le père, effrayé.
Et soudain, comme brisé en deux, il laissa tomber sa tête sur l'épaule de son fils. Il était jadis plus grand que Sergueï, mais à présent, il s'était racorni, et sa tête laineuse et sèche gisait comme une petite bosse blanche sur son épaule. Et tous deux, en silence, couvraient de baisers avides l'un les cheveux blancs et duveteux du père, l'autre l'habit de prisonnier du fils.
– Et moi ? demanda soudain une voix forte.
Ils se retournèrent : la mère se tenait là, le menton dressé, le regard irrité, presque haineux.
– Qu'est-ce qu'il y a, maman ? s'écria le colonel.
Et moi ? disait-elle en hochant la tête, expressive jusqu'au délire. Vous vous embrassez, et moi ? Vous, les hommes, vous pouvez, n'est-ce pas ? Et moi ? Et moi ?
– Maman ! dit Sergueï en se précipitant vers elle.
Il se passa alors ce que l'on ne pourrait et qu'il ne faudrait jamais raconter.
Les derniers mots du colonel furent :
– Je te bénis au seuil de ta mort, Sergueï. Meurs avec bravoure, comme un officier.
Et ils s'en allèrent. Ils s'en allèrent on ne sait comment. Ils étaient venus, s'étaient tenus là, s'étaient parlé, et brusquement, comme ça, ils étaient partis. Sa mère était assise ici, là s'était tenu son père, et

tout d'un coup, ils étaient partis. Revenu dans sa cellule, Sergueï s'étendit sur son lit, face au mur pour se dissimuler des soldats, et pleura longuement. Puis, épuisé par les larmes, il s'endormit profondément.

Seule sa mère vint rendre visite à Vassili Kachirine, son père, un riche marchand, n'avait pas voulu venir. Vassili accueillit la vieille femme alors qu'il arpentait sa cellule, grelottant de froid, bien qu'il fît doux, même chaud. Leur conversation fut courte et pénible.

– Il était inutile de venir, maman. Cela ne servira qu'à vous tourmenter, et moi tout autant.
– Pourquoi, Vassia ? Pourquoi as-tu fait cela ? Grands dieux !
La vieille femme se mit à pleurer, s'essuyant les yeux du coin de son foulard de laine noir. Et, habitué qu'il était, tout comme ses frères, de s'emporter contre sa mère qui n'y comprenait jamais rien, il s'arrêta de marcher et, tremblant de froid, lui dit avec humeur :
– Et voilà ! Je savais bien ! Mais c'est que vous ne comprenez absolument rien, maman ! Rien !
– Bon, bon, très bien. Qu'est-ce que tu as ? Tu as froid ?
– Oui, j'ai froid... l'interrompit Vassili qui se remit à marcher en lui lançant des regards obliques et irrités.
– Tu t'es enrhumé peut-être ?
– Ah, maman, de quel rhume me parlez-vous, quand...
Et il eut un geste de désespoir. La vieille femme avait voulu ajouter « ton père a demandé que l'on commence dès lundi à préparer des crêpes », mais elle prit peur et entonna plaintivement :
– Je lui ai dit : c'est ton fils tout de même, va le voir, accorde-lui ton pardon. Mais non, il n'a rien voulu savoir, le vieux cabochard...
– Qu'il aille au diable ! Tu parles d'un père ! Il est resté le salaud qu'il a été toute sa vie.

– Vassia, c'est de ton père que tu parles ! fit la vieille femme en se dressant d'indignation.
– Oui, c'est de mon père.
– C'est ton père, c'est ta chair !
– Tu parles !
La situation était atroce, absurde. Devant, il y avait la mort, et là, se déroulait une scène misérable, stérile, vaine, les mots craquaient comme des coquilles de noix vides sous les pieds. Et, à deux doigts de pleurer de désespoir, à cause de cette perpétuelle incompréhension qui, tel un mur, s'était dressée toute sa vie entre lui et ses parents et qui, maintenant qu'avait sonné sa dernière heure, écarquillait follement ses petits yeux stupides, Vassili se mit à hurler :
– Mais comprenez donc qu'on va me pendre ! Me pendre ! Vous comprenez ou non ? Me pendre !
– Tu aurais laissé les gens tranquilles, on ne t'aurait pas... cria la vieille femme.
– Mais dieu du ciel ! Mais qu'est-ce que c'est que ça ! Mais vous êtes pires que des bêtes. Je suis votre fils, oui ou non ?
Il se mit à pleurer et s'assit dans un coin. Sa mère pleurait aussi, dans son coin à elle. Ils étaient tous deux incapables, fût-ce pour un instant, de se fondre dans un sentiment d'amour pour tenir tête à l'horreur de la mort à venir, et ils versaient des larmes froides, impuissantes à leur réchauffer le cœur, des larmes de solitude. La mère dit :
– Tu es là à te demander si je suis une mère pour toi, tu me fais des reproches. Tous mes cheveux ont blanchi ces derniers jours, je suis devenue une vieille femme. Et toi tu parles, tu fais des reproches.
– C'est bien, maman, c'est bien. Pardonnez-moi. Il est temps de partir. À la maison, embrassez mes frères pour moi.
– Comme si je n'étais pas ta mère ! Comme si je n'étais pas désespérée de ce qui t'arrive !
Elle finit par s'en aller. Elle pleurait amèrement, essuyant ses larmes avec le coin de son foulard, et ne voyait plus son chemin. Et plus

elle s'éloignait de la prison, plus ses larmes étaient brûlantes. Elle revint vers la prison, et puis se perdit complètement, dans cette ville où elle était née, où elle avait grandi, où elle avait vieilli. Elle entra sans s'en rendre compte dans un petit jardin désert, avec quelques vieux arbres décharnés, et s'assit sur un banc tout mouillé par la neige fondue. Et tout d'un coup, elle comprit : demain, on allait le pendre.

Elle bondit sur ses jambes et voulut s'enfuir, mais prise d'un soudain et violent vertige, elle tomba. Le chemin gelé était détrempé, glissant, et la vieille femme ne parvenait pas à se relever : elle se retournait, se dressait sur les coudes et les genoux puis retombait sur le côté. Son foulard noir avait glissé de sa tête, laissant voir au-dessus de la nuque une plaque chauve entourée de cheveux d'un gris sale ; et dieu sait pourquoi elle s'imagina à un repas de noce : on mariait son fils, elle avait bu et se sentait ivre.

– Je n'en peux plus. Dieu du ciel, je n'en peux plus ! Elle voulait renoncer, secouait la tête, avançant à quatre pattes sur la neige durcie et mouillée, tandis qu'on lui versait du vin, qu'on versait et versait encore.

Mais déjà, une douleur lui traversait le cœur, tant on riait d'être ivre, tant on avait festoyé, tant on avait follement dansé, et on continuait à l'abreuver de vin. On versait et versait encore.

6. Les heures s'enfuient

Dans la forteresse où étaient enfermés les terroristes condamnés, il y avait un clocher avec une vieille horloge. Chaque heure, demi-heure, quart d'heure, cette horloge sonnait, rendant un son monotone et triste, qui s'évanouissait dans le ciel comme le cri lointain et plaintif des oiseaux migrateurs. Dans la journée, cette musique étrange et mélancolique allait se perdre dans le bruit de la ville et de la grande rue animée qui passait devant la forteresse. Les tramways grondaient, les sabots des chevaux claquaient, au loin, les automobiles lançaient des cris en cahotant ; à l'occasion du mardi gras, des paysans des alentours s'étaient retrouvés en ville en grand nombre pour s'employer comme cochers, et les grelots accrochés au cou de leurs petits chevaux emplissaient l'air de leur bourdonnement. C'était partout un brouhaha de bavardages légèrement ivres, de joyeux bavardages de mardi gras ; et leur rumeur fourmillante s'accordait joliment au dégel de ce jeune printemps, aux flaques boueuses du trottoir, aux arbres soudain noircis du square. Venant de la mer, un vent tiède soufflait en larges rafales humides, et il semblait qu'on pouvait suivre des yeux le vol harmonieux d'infimes et fraîches particules d'air qui riaient en fuyant vers un infini de liberté.

La nuit, la rue redevenait calme sous la clarté solitaire des grands soleils électriques. Alors, l'immense forteresse aux murailles lisses, sans la moindre lumière, se perdait dans les ténèbres et le silence, et telle une ligne muette, immobile et obscure, se détachait de la ville où la vie et le mouvement ne cessaient jamais. C'est alors qu'on distinguait la sonnerie des heures, mélodie irréelle, étrangère à ce monde, qui naissait et s'éteignait au ciel, lentement, pleine de mélancolie. Puis elle renaissait, égarant l'oreille, sonnant une douce plainte, s'interrompait, puis résonnait à nouveau. Telles de grandes gouttes de verre transparentes, les heures et les minutes tombaient d'une hauteur inconnue dans une coupe de fer qui tintait doucement. Ou peut-être passait-il des oiseaux migrateurs.

Dans les cellules, où chaque condamné se trouvait seul, cette sonnerie, nuit et jour, était tout ce qui leur parvenait. Elle traversait le toit et l'épaisseur des murailles de pierre, perturbant le silence, s'éloignait furtivement pour revenir tout aussi furtivement. Parfois, ils l'oubliaient et ne l'entendaient plus ; parfois, ils l'attendaient avec désespoir, vivant de sonnerie en sonnerie, car ils se méfiaient du silence. La prison n'était destinée qu'à des criminels importants, et des règles particulières y avaient cours, sévères, rigoureuses, brutales comme la pierre d'angle d'un rempart ; et s'il y a une noblesse dans la cruauté, alors était noble ce sourd silence de mort, d'un mutisme solennel qui saisissait le moindre bruissement, le souffle le plus léger. Et dans ce silence solennel, troublé par la morne sonnerie des minutes en fuite, cinq êtres, deux femmes et trois hommes, isolés du monde des vivants, attendaient la tombée de la nuit, l'aube et le supplice, et chacun à sa façon s'y préparait.

7. La mort n'existe pas

Toute sa vie, Tania Kovaltchouk n'avait pensé qu'aux autres, jamais à soi, de même aujourd'hui, elle ne se tourmentait que pour les autres et elle était profondément accablée. Elle ne se représentait la mort que dans l'exacte mesure de l'épreuve qu'elle serait pour Sérioja Golovine, pour Moussia, pour les autres, quant à elle, cela ne semblait en rien la concerner.

En récompense de la fermeté forcée dont elle avait fait preuve au procès, elle pleurait des heures entières, comme savent pleurer les femmes âgées ayant beaucoup souffert, ou bien de plus jeunes, quand elles sont bonnes et compatissantes. La pensée que Sérioja pût manquer de tabac, ou que Werner, peut-être, se trouvait privé du thé corsé auquel il était habitué, et que, par-dessus le marché, ils allaient mourir, la torturait au moins autant que l'idée de l'exécution elle-même. L'exécution était une chose inévitable, insignifiante même, à quoi il était inutile de s'arrêter, en revanche, quand un prisonnier n'avait plus de tabac, qui plus est à la veille d'être exécuté, cela était vraiment insupportable. Des souvenirs lui venaient, elle faisait défiler les détails charmants de leur vie commune et défaillait de peur en imaginant la rencontre de Sergueï avec ses parents.

Elle s'apitoyait particulièrement sur Moussia. Elle pensait depuis longtemps que Moussia aimait Werner, et bien que cela ne fût pas du tout le cas, elle rêvait pour eux d'une vie bonne et lumineuse. À l'époque où elle était libre, Moussia portait une bague en argent, gravée d'un crâne et d'un os ceints d'une couronne d'épines ; souvent, avec chagrin, Tania Kovaltchouk voyait dans cette bague le signe d'un destin tragique et, à la fois sérieuse et plaisantant à demi, elle demandait à Moussia de la retirer.

– Offre-la moi, demandait-elle.

– Non, ma petite Tania, je ne te l'offrirai pas. Bientôt tu porteras au doigt une tout autre bague.

Quant à Tania elle-même, tous étaient, dieu sait pourquoi, convaincus qu'elle se marierait très bientôt, et cela la blessait, elle ne voulait pas d'un mari. Et quand elle se rappelait les demi-plaisanteries échangées avec Moussia, avec Moussia qui était aujourd'hui véritablement condamnée, alors comme une mère apitoyée, elle étouffait sous les sanglots. Et à chaque tintement de l'horloge, elle levait son visage en larmes et prêtait l'oreille : comment, là-bas dans leurs cellules, recevaient-ils cet appel accablant et insistant de la mort ?

Mais Moussia était heureuse.

Les mains passées derrière le dos, dans sa casaque de prisonnier trop grande qui la faisait curieusement ressembler à un homme, à un jeune adolescent, qui aurait revêtu les habits de quelqu'un d'autre, elle marchait d'un pas régulier, sans fatigue. Elle avait retroussé ses manches trop longues, et ses bras fins, amaigris, presque des bras d'enfant, dépassaient de la large ouverture comme des tiges de fleurs d'une cruche grossière et sale. Le tissu rêche, en frottant, irritait son cou délicat et pâle, et parfois, des deux mains, elle libérait sa gorge et tâtait doucement du doigt l'endroit douloureux où sa peau meurtrie avait rougi.

Moussia déambulait dans sa cellule, soucieuse, le rouge aux joues, et voulait se justifier devant les hommes. Elle, toute jeune, insignifiante, qui avait réalisé si peu de choses, qui n'avait rien d'une héroïne, voulait se justifier de se voir infliger la même mort que celle, digne et sublime, qu'avaient endurée avant elle les héros et les martyrs véritables. Elle était dotée d'une foi inébranlable en la bonté humaine, la compassion, l'amour, et elle s'imaginait que les gens se préoccupaient de son sort, se tourmentaient, la plaignaient, alors, la mauvaise conscience allait jusqu'à la faire rougir. Comme si, en mourant pendue au gibet, elle commettait une sorte d'immense maladresse.

Elle avait déjà demandé à son avocat, lors de sa dernière visite, de lui procurer du poison, mais elle s'était soudain ravisée : et si, lui et les autres, allaient s'imaginer qu'elle faisait cela pour prendre la pose, ou bien par peur, et que, plutôt que de mourir avec modestie et discrétion, elle ne veuille faire parler d'elle, ou pire encore ? Et elle avait ajouté, à la hâte :

– Non, finalement, ce n'est pas la peine.

Désormais, elle ne voulait qu'une chose : expliquer aux gens et leur démontrer qu'elle n'était pas une héroïne, qu'elle n'avait absolument pas peur de mourir et qu'il était inutile de la plaindre ou de se tourmenter pour elle. Leur expliquer qu'elle n'y était pour rien, elle si jeune, si insignifiante, de devoir subir une telle mort, de ce qu'on faisait tant de bruit à cause d'elle.

Comme toute personne sous le coup d'une véritable accusation, Moussia tentait de se justifier, recherchant le moindre argument qui aurait pu grandir son sacrifice, lui donner une réelle valeur. Elle se disait :

– Bien sûr, je suis très jeune, j'aurais pu vivre encore longtemps. Mais...

Et de même que la bougie pâlit dans l'éclat du soleil qui se lève, sa jeunesse, sa vie, lui paraissaient ternes, obscures, face à cette chose immense et rayonnante qui devait illuminer sa modeste personne. Il n'y avait pas de justification possible.

Et si cette chose particulière qu'elle portait dans son âme était un amour infini, une infinie disponibilité à l'héroïsme, une abnégation infinie ? Elle n'était certes pas responsable qu'on ne l'ait pas laissée accomplir tout ce qu'elle aurait pu ou voulu entreprendre, on la faisait périr sur les marches du temple, au pied de l'autel.

Mais si c'était ainsi, si l'homme avait du prix non seulement par ce qu'il avait réalisé, mais aussi par ce qu'il voulait réaliser, alors... alors elle serait digne de la couronne du martyr.

« Serait-ce possible ? se dit Moussia timidement. En serais-je digne ? Digne de ce que l'on verse des larmes pour moi, que l'on s'inquiète pour moi, pour moi, si minuscule, si insignifiante ?

Et une joie indicible s'empare d'elle. Il n'y a plus ni doute, ni hésitation, elle est admise de plein droit dans la communauté des justes qui, depuis des siècles, à travers les bûchers, les supplices et les châtiments s'élèvent au plus haut du ciel. Un monde radieux, la paix, un bonheur immense dans un doux scintillement. C'était comme si elle avait déjà quitté la terre pour se rapprocher de l'astre inconnu de la vérité et de la vie, et qu'elle baignait, immatérielle, dans sa lumière.

« Et cela, c'est la mort. Mais qui peut croire que c'est cela la mort ? » pense Moussia, émerveillée.

Et si, arrivant du monde entier, des savants, des philosophes et des bourreaux s'étaient retrouvés dans sa cellule, disposant devant elle livres, scalpels, haches et nœuds coulants, et qu'ils s'étaient mis à démontrer que la mort existe, que l'homme meurt bien, qu'on peut le tuer, que l'immortalité n'existe pas, ils n'auraient fait que la plonger dans l'étonnement. Comment l'immortalité n'existerait-elle pas, alors qu'elle était déjà immortelle ? De quelle immortalité, de quelle mort parlait-t-on, alors qu'elle était déjà, maintenant, morte et immortelle, vivante dans la mort, tout comme elle avait été vivante dans la vie ?

Et si l'on lui avait apporté dans un cercueil son propre corps décomposé, qui aurait empuanti sa cellule, et qu'on avait dit :

– Regarde ! C'est toi !

Elle aurait regardé et aurait répondu :

– Non, ce n'est pas moi.

Et quand on aurait cherché à l'effrayer à la vue sinistre des chairs putréfiées, afin de la convaincre que c'était bien elle, — elle ! — Moussia aurait répondu avec un sourire :

– Non. Vous vous imaginez que ceci c'est moi, mais ceci ce n'est pas moi. Je suis celle avec laquelle vous parlez, comment pourrais-je être ceci ?

– Mais tu vas mourir et tu deviendras ceci.

– Non, je ne mourrai pas.

– Tu vas être exécutée. Voici la corde.

– Je vais être exécutée, mais je ne mourrai pas. Comment pourrais-je mourir, quand déjà maintenant je suis immortelle ?

Alors les savants, les philosophes et les bourreaux se seraient retirés et auraient dit, dans un frisson :

– Ne touchez pas ces lieux. Ces lieux sont sacrés.

À quoi d'autre pensait encore Moussia ? Elle pensait à bien des choses, car chez elle, le fil de la vie n'était pas rompu par la mort, et il poursuivait son cours calme et régulier. Elle pensait à ses camarades, à ceux qui étaient loin, qui seraient accablés de peine à cause de leur exécution, elle pensait à ceux qui étaient proches et qui monteraient avec elle sur l'échafaud. Elle était perplexe devant la peur qu'éprouvait Vassili, lui qui était toujours si courageux, qui était capable de plaisanter sur la mort. Ainsi mardi dernier, le matin, quand ils avaient enfilé dans leurs ceintures les explosifs qui devaient, quelques heures plus tard, les déchiqueter eux-mêmes, Tania Kovaltchouk avait les mains qui tremblaient d'inquiétude, si bien qu'il avait fallu l'écarter, tandis que Vassili lançait des plaisanteries, faisait le pitre, ne tenait pas en place et était si imprudent, que Werner l'avait sévèrement repris :

– Pas de familiarités avec la mort.

Qu'est-ce qui maintenant pouvait bien pu lui faire peur ? Mais l'âme de Moussia était si inaccessible à cette peur mystérieuse, qu'elle cessa bien vite d'y penser et d'en chercher la cause. Elle eut soudain une folle envie de voir Sergueï Golovine et de plaisanter avec lui. Elle réfléchit un instant, et eut une envie plus folle encore de voir Werner pour le convaincre de quelque chose. Elle l'imaginait marcher à côté d'elle, de son pas précis et mesuré, enfonçant ses talons dans le sol, et elle lui disait :

– Non, mon petit Werner, tout cela ce sont des vétilles, cela n'a aucune importance que tu aies tué NN ou pas. Tu es intelligent, mais tu joues là manifestement une de tes parties d'échecs : prendre une pièce, puis une autre, et la partie est gagnée. Non, ce qui compte ici, Werner, c'est que nous sommes nous-mêmes prêts à mourir. Tu comprends ? Car, qu'est-ce qu'ils s'imaginent ces messieurs ? Qu'il n'y a rien de plus effroyable que la mort. Ce sont eux qui ont inventé la mort, ce sont eux qui en ont peur, et ils essaient de nous terroriser avec ça. Ce que j'aimerais bien faire, c'est aller au-devant de tout un régiment de soldats et me mettre à leur tirer dessus avec un browning. Peu importe que je sois seule, et eux des milliers, ou que je ne tue personne. C'est qu'ils soient des milliers qui est important. Quand des milliers en tuent un seul, cela veut dire que c'est celui-là qui est le vainqueur. C'est ça la vérité, mon petit Werner.

Et cela aussi était si limpide, qu'elle ne voulut pas argumenter plus loin, sans doute, Werner avait-il déjà compris tout seul. Ou peut-être ne voulait-elle pas fixer ses pensées, telle un oiseau planant en altitude, capable d'apercevoir des horizons infinis, d'accéder à tout l'espace, à toute la profondeur, à toute la joie de l'azur tendre. L'horloge ne cessait de sonner, faisant vibrer le grand silence, et dans l'harmonie lointaine de ce son merveilleux, venaient se fondre des pensées qui sonnaient à leur tour, et par leur fuite paisible, les images devenaient musique. C'était comme si, en une nuit sombre et tranquille, Moussia roulait sur une route large et régulière vers une destination inconnue, les ressorts se balançaient doucement, les grelots tintaient. L'inquiétude et l'agitation s'étaient éloignées, son corps épuisé s'était dissout dans l'obscurité, et des pensées lasses et heureuses composaient paisiblement des images lumineuses, s'enivrant de leurs couleurs, de leur sérénité tranquille. Moussia se souvint de trois de ses camarades qu'on avait pendus récemment, leurs visages étaient clairs, joyeux et proches, déjà plus proches que ceux des vivants. C'est ainsi qu'au matin, l'homme pense avec joie à la maison de ses amis, où il entrera le soir avec un mot de bienvenue sur ses lèvres réjouies.

Moussia était épuisée d'avoir marché. Elle s'allongea avec précaution sur son lit et continua de rêver, les paupières à peine closes. L'horloge ne cessait de sonner, faisant vibrer le grand silence, et sur ces rivages sonores des images fuyaient, claires et mélodieuses.

« C'est donc cela, la mort ? Mon dieu, qu'elle est belle ! Ou bien est-ce la vie ? Je ne sais pas, je ne sais pas. Je vais regarder et écouter ».

Depuis longtemps, dès les premiers jours de sa détention, son ouïe avait été prise de fantaisie. Déjà très musicale, son oreille s'était aiguisée à cause du silence, et à partir des maigres parcelles de réalité qu'il faisait ressortir — les pas des gardiens dans le couloir, le tintement de l'horloge, le bruissement du vent sur le toit de métal, le grincement d'un réverbère — elle avait créé toutes sortes d'images musicales. Au début, elle les avait craintes, les avait chassées de son esprit comme des hallucinations morbides, puis elle avait compris qu'elle avait toute sa raison, qu'il n'y avait là aucune maladie, et elle s'y était adonnée avec confiance.

Et voilà que soudain elle entendit, clairs et distincts, les sons d'une marche militaire. Stupéfaite, elle ouvrit les yeux, leva la tête : derrière la fenêtre, c'était la nuit et l'horloge sonnait. « Ça recommence ! » se dit-elle calmement et elle ferma les yeux. À peine les a-t-elle fermés que la musique reprend. On entend clairement des soldats déboucher de l'angle du bâtiment, à droite, c'est tout un régiment qui passe sous sa fenêtre. Les pieds marquent régulièrement la mesure en frappant la terre gelée : une, deux, une, deux ! On entend même, parfois, grincer le cuir des bottes, soudain, un pied dérape et se reprend aussitôt. Et la musique se rapproche : c'est une marche

tout à fait inconnue, mais jouée très fort, une marche allègre de kermesse. Sans doute, y a-t-il une fête dans la forteresse.
Voici que l'orchestre arrive à la hauteur de la fenêtre, et toute sa cellule se remplit de sons et de rythmes joyeux, amicaux et discordants. Une immense trompette de cuivre joue horriblement faux, tantôt elle traîne, tantôt elle court comiquement devant. Moussia aperçoit un tout petit soldat avec cette trompette, l'air très appliqué, et elle rit.
Tout s'éloigne, le bruit des pas s'évanouit : une, deux, une, deux ! De loin, la musique est encore plus jolie et plus gaie. Une fois ou deux encore, la voix cuivrée et puissante de la trompette crie une note joyeuse et fausse, et tout s'éteint. Et de nouveau l'horloge sonne au clocher, lente et mélancolique, troublant à peine le silence.
« Ils sont partis ! » se dit Moussia, un peu triste. Elle regrette les sons disparus, si gais, si drôles ; elle regrette même les petits soldats qui se donnaient tant de mal, parce qu'avec leurs trompettes de cuivre, avec leurs bottes qui grinçaient, ils étaient tout à fait différents, pas du tout comme ceux sur lesquels elle aurait voulu tirer avec son browning.
– Allez, encore ! demande-t-elle gentiment. Et ils reviennent. Ils se penchent sur elle, l'enveloppent d'un nuage transparent et la soulèvent tout en haut, jusqu'aux oiseaux migrateurs qui s'élancent et crient comme des hérauts. À droite, à gauche, en haut, en bas, ils crient comme des hérauts. Ils appellent, lancent leurs messages, annoncent au loin leur vol. Ils battent de leurs larges ailes, la pénombre les porte tout comme les porte la lumière ; et la ville étincelante pose des reflets bleus sur leurs poitrines bombées qui fendent l'air. Le cœur de Moussia est de plus en plus régulier, son souffle de plus en plus paisible et silencieux. Elle s'endort. Son visage est las et pâle ; elle a des cernes sous les yeux, ses bras amaigris, ses bras de jeune fille sont si fragiles, mais sur ses lèvres, il y a un sourire. Demain, quand le soleil se lèvera, ce visage humain sera barré d'une

grimace inhumaine, un sang épais inondera le cerveau, les yeux, devenus vitreux, sortiront de leurs orbites, mais aujourd'hui, elle dort paisiblement et sourit dans sa grandiose immortalité.

Moussia s'est endormie.

Et la vie de la prison se poursuit, tout à la fois sourde et aux aguets, aveugle et vigilante, comme l'inquiétude éternelle. On marche quelque part. Là, on chuchote. Ailleurs, retentit le cliquetis d'une arme. Il semble que quelqu'un a crié. Mais peut-être n'a-t-on pas crié ; on s'est imaginé cela à cause du silence.

Voici que sans bruit s'est ouvert le guichet de la porte, dans l'ouverture noire apparaît une face sombre et moustachue. Les yeux écarquillés, elle fixe sur Moussia un long regard étonné, et disparaît aussi silencieusement qu'elle avait surgi.

Les cloches chantent un long et pénible carillon. On dirait qu'à minuit, les heures fatiguées veulent se traîner jusqu'à la haute cime d'une montagne, et l'ascension devient de plus en plus rude et épuisante. Elles s'interrompent, elles dérapent, elles retombent en gémissant, puis, à nouveau, se traînent péniblement vers leur noir sommet.

Quelque part on marche, quelque part on chuchote. Et déjà, on attelle les chevaux à des fourgons noirs, sans lanternes.

8. Il y a la mort, et il y la vie

Sergueï Golovine ne pensait jamais à la mort, qu'il considérait comme une chose étrangère et qui ne le concernait en rien. C'était un garçon joyeux, vigoureux, plein de santé, et doté d'une joie de vivre radieuse et paisible, qui évacuait rapidement et définitivement de son organisme la moindre pensée, la moindre sensation morbide ou nuisible à la vie. De même que ses coupures, plaies, ou piqûres guérissaient en un clin d'œil, de même tout ce qui pesait sur son âme ou la blessait, était immédiatement expulsé et se dissipait. Qu'il s'agisse de photographie, de bicyclette, ou de préparation à un acte terroriste, il mettait dans toutes ses occupations, ou même ses distractions, la même gravité heureuse et sereine : tout, dans la vie, était joyeux, tout, dans la vie, était important, tout, dans la vie, devait être bien fait.

Et il faisait tout bien : il naviguait admirablement à la voile, il tirait remarquablement au pistolet ; il était sûr en amitié comme en amour, et avait une foi fanatique en la « parole d'honneur ». Ses amis le moquaient, soutenant que si un mouchard, une canaille, ou un espion avéré donnait sa parole d'honneur qu'il n'est pas un mouchard, Sergueï irait le croire et lui serrer fraternellement la main. Il n'avait qu'un seul défaut : il était convaincu qu'il chantait bien, alors qu'il n'avait pas la moindre oreille, qu'il avait une voix épouvantable et qu'il chantait faux, même les chants révolutionnaires ; et il était vexé quand on en riait.

– Ou bien vous êtes tous des ânes, ou bien j'en suis un moi-même, disait-il sur un ton sérieux et piqué. Et avec le même sérieux, après réflexion, on tranchait :

– C'est toi l'âne, ça s'entend à ta voix.

Mais, comme cela arrive parfois avec les gens bien, on l'aimait peut-être plus encore pour ce défaut que pour ses qualités.

Il craignait si peu la mort, elle était si éloignée de ses pensées, que le matin fatal, avant de quitter l'appartement de Tania Kovaltchouk, il avait été le seul à prendre un solide petit déjeuner : il avait bu deux verres de thé, allongé pour moitié de lait, et mangé en entier un petit pain à cinq kopecks. Puis il avait jeté un regard navré sur le pain que Werner n'avait pas touché et dit :

– Et pourquoi tu ne manges pas ? Mange, il faut prendre des forces.

– Je n'ai pas faim.

– Eh bien je le mange, alors. Tu veux bien ?

– Quel appétit tu as, Sergueï !

En guise de réponse, Sergueï, la bouche pleine, entonna d'une voix sourde et chantant faux :

Des tourbillons hostiles soufflent sur nos têtes...

Après l'arrestation, il éprouva un léger dépit : ça a été mal exécuté, on a raté notre coup, puis il se dit : « Il y a désormais autre chose qu'il faut bien faire, c'est mourir », et cela le dérida. Et aussi bizarre que cela puisse paraître, il se mit, dès le deuxième jour de forteresse, à faire de la gymnastique en suivant la méthode extraordinairement rationnelle d'un certain Müller, un Allemand, et qui le passionnait : il se mettait nu et, à la surprise inquiète du gardien qui le surveillait, il exécutait soigneusement l'ensemble des dix-huit exercices recommandés. En tant qu'adepte de la méthode Müller, il lui était agréable de se savoir observé par un gardien visiblement ébahi ; et bien que convaincu qu'il n'obtiendrait pas de réponse, il lança néanmoins, en direction de l'œil apparu dans le judas :

– Ça fait du bien, mon vieux, ça maintient en forme. Voilà ce qu'il faudrait établir dans votre régiment, cria-t-il sur un ton convaincu, mais cordial pour ne pas l'effrayer, sans se douter que le soldat le prenait tout simplement pour un fou.

La peur de la mort avait commencé à se manifester peu à peu, par à-coups en quelque sorte : comme si quelqu'un, de toutes ses forces, lui assénait par en-dessous des coups dans le cœur. C'était plus douloureux qu'effrayant. Puis, la sensation se dissipait, et au bout de quelques heures apparaissait à nouveau, chaque fois plus forte, plus prolongée. Et elle commençait franchement à présenter la forme trouble d'une peur immense, insoutenable même.

« Est-ce que j'aurais peur ? se demanda Sergueï, étonné. En voilà des bêtises ! »

Ce n'était pas lui qui avait peur, mais son jeune corps, ferme et robuste, qu'il ne parvenait à tromper ni par les exercices de Müller, ni par des frictions à l'eau froide. Et plus il était frais et vigoureux après l'eau froide, plus la sensation de cette peur subite était intense et insupportable. Quand il était en liberté, c'était le matin, après une bonne nuit de sommeil et des exercices de gymnastique, qu'il

débordait de joie de vivre et d'énergie, et maintenant, c'était précisément à ce moment de la journée que surgissait cette peur aiguë qu'il ne connaissait pas. Il s'en rendit compte et se dit :
« Tu es bête, mon vieux Sergueï. Pour mourir plus facilement, faut l'affaiblir, et pas le fortifier. Tu es bête ! »
Et il abandonna la gymnastique et les frictions. Pour s'expliquer et se justifier auprès du soldat, il lui cria :
– Ne fais pas attention si j'ai arrêté. La gymnastique, c'est une excellente chose, mon vieux. Sauf que ça ne convient pas à ceux qu'on va pendre, mais pour tous les autres, c'est excellent.
Et effectivement, il eut l'impression de se sentir mieux. Il essaya aussi de manger moins pour s'affaiblir encore un peu plus, mais malgré le manque d'air pur et d'exercice, il avait un immense appétit. Il avait du mal à le maîtriser, et il mangeait tout ce qu'on lui apportait. Alors, il s'y prit ainsi : avant chaque repas, il jetait la moitié de sa ration dans la tinette ; et cela aussi, apparemment, aida : il sombra peu à peu dans une sorte de torpeur hébétée, de langueur.
– Je vais t'apprendre, moi ! menaçait-il en s'adressant à son corps, et dans le même temps, il caressait d'une main triste la chair flasque de ses muscles amollis.
Mais bientôt, son corps s'habitua aussi à ce régime, et la peur de la mort refit son apparition, moins aiguë peut-être, moins ardente, mais encore plus insistante, comme une nausée. « Tout cela vient de ce qu'ils tirent les choses en longueur, se dit-il, ce serait bien de passer à dormir tout le temps qui reste jusqu'à l'exécution », et il s'efforçait de dormir le plus longtemps possible. Au début, il y parvenait, mais ensuite, peut-être parce qu'il avait trop dormi, ou pour une autre raison, il fut pris d'insomnie. Elle s'accompagna de pensées acérées, pénétrantes, et avec elles de la nostalgie de la vie.
« Est-ce que j'en aurais peur, de cette garce ? se disait-il en pensant à la mort. C'est la vie que je regrette. C'est une chose formidable, quoi qu'en disent les pessimistes. Et si on pendait un pessimiste ?

Ah, je regrette la vie, je la regrette terriblement. Et d'où me vient cette barbe ? Elle n'a jamais voulu pousser, jamais, et tout d'un coup, me voilà barbu. Et pour quoi faire ? ».

Il secouait tristement la tête et poussait de longs et pesants soupirs. Un silence, puis un long et profond soupir ; à nouveau, un court silence, et un nouveau soupir, plus prolongé encore, plus lourd.

Ce fut ainsi jusqu'au procès, et jusqu'à la dernière et terrible rencontre avec ses parents. Quand il se réveilla dans sa cellule, avec la conscience claire que c'en était fini de la vie, qu'il n'avait devant lui que quelques heures à attendre dans le vide, puis que ce serait la mort, il éprouva une sensation curieuse. C'était comme si on l'avait entièrement mis nu, mais qu'on s'y était pris d'une manière inhabituelle ; on ne lui avait pas seulement retiré ses vêtements, mais on l'avait aussi dépouillé du soleil, de l'air, du bruit et de la lumière, des gestes et de la parole. Ce n'était pas encore la mort, mais ce n'était déjà plus la vie, c'était quelque chose d'absolument incompréhensible, à la fois entièrement dénué de sens, et en possédant un, mais si profond, si mystérieux et inhumain, qu'il était impossible de le saisir.

– Mais nom d'un chien ! fit Sergueï dans un douloureux étonnement. Qu'est ce que c'est que ça ? Où donc est-ce que je suis, moi ? Moi... Qui ça, moi ?

Il s'examina en entier, attentivement, avec intérêt, de ses gros chaussons de prisonnier jusqu'au ventre sur lequel bouffait sa chemise. Il fit quelques pas dans sa cellule, écartant les bras et poursuivant son examen, comme une femme dans une robe neuve qu'elle trouve trop longue. Il fit pivoter sa tête, elle tournait normalement. Et tout cela, qui était, allez savoir pourquoi, un peu effrayant, c'était lui, Sergueï Golovine, et demain, cela ne serait plus. Et tout devint étrange.

Il essaya de marcher, c'était étrange de marcher. Il essaya de s'asseoir, c'était étrange d'être assis. Il essaya de boire de l'eau, c'était étrange de boire, d'avaler, de tenir son gobelet, d'avoir des doigts et que ces doigts tremblent. Il avala de travers, se mit à tousser, et en toussant, il se disait : « Comme c'est étrange, je tousse ».

« Mais je deviens fou, ma parole ! se dit-il, soudain glacé. Il ne manquait plus que ça, mais qu'ils aillent tous au diable ! »

Il s'essuya le front avec la main, mais cela aussi était étrange. Alors, sans plus respirer, il resta immobile pendant ce qui lui sembla des heures, étouffant toute pensée, retenant le bruit de sa respiration, évitant tout mouvement, car chaque pensée était délirante, chaque geste délirant. Le temps disparut, transformé, eût-on dit, en espace, en espace transparent, en vide absolu, en un lieu immense où tout avait pris place, et la terre, et la vie, et les hommes ; et on pouvait embrasser tout cela d'un seul regard, tout jusqu'au bout, jusqu'au mystérieux abîme, — la mort. Et ce n'était pas de voir la mort qui était insupportable, mais de voir à la fois et la vie et la mort. Une main sacrilège avait écarté le voile qui, depuis des siècles, dissimulait le mystère de la vie et le mystère de la mort, et elles avaient cessé d'être un mystère, mais elles n'en étaient pas devenues pour autant plus intelligibles, comme une vérité qu'on aurait transcrite, mais dans une langue inconnue. De telles catégories n'existaient pas dans son cerveau d'homme, il n'y avait pas de mots dans son langage d'homme qui eussent pu saisir ce qu'il voyait. Et des expressions telles que « j'ai peur », résonnaient dans sa langue uniquement parce qu'il n'y avait pas d'autres mots, qu'il n'existait pas, qu'il était impossible qu'il existât des catégories correspondant à cet état sans précédent, proprement inhumain. C'était comme si quelqu'un, demeurant dans les limites de l'entendement des hommes, de leurs expériences, de leurs sensations, avait soudain aperçu Dieu lui-même, l'aurait vu et n'aurait pas compris, bien que sachant que cela se nomme Dieu, et se serait débattu dans des tourments inouïs, dans une incapacité inouïe à comprendre.

– Ce bon vieux Müller ! prononça-t-il d'une voix forte et extraordinairement convaincue, en secouant la tête. Et, sous le coup d'une inversion brutale de sentiments, si commune à l'âme humaine, il éclata d'un rire joyeux et sincère. Sacré Müller ! Mon bon petit bonhomme de Müller ! Ma bonne tête d'Allemand ! C'est bien toi, Müller, qui avais raison ! Et moi, mon vieux Müller, je suis un âne.

Il fit rapidement quelques allers-retours dans sa cellule et, renouvelant ainsi l'extrême stupeur du soldat qui l'observait par le judas, il se mit tout nu, puis joyeusement, avec un soin tout particulier, il soumit son jeune corps légèrement amaigri à tous les dix-huit exercices : extensions, allongements, flexions, inspirations, expirations, debout sur la pointe des pieds et remuant bras et jambes. Et après chaque exercice, il disait avec satisfaction :

– C'est comme ça qu'il faut faire ! Ça, c'est du sérieux, mon vieux Müller !

Ses joues prirent des couleurs, des gouttes d'une sueur chaude et agréable perlaient de ses pores, son cœur battait, régulier et vigoureux.

– Le fait est, Müller, raisonnait Sergueï en bombant le torse jusqu'à faire saillir ses côtes sous sa peau fine et tendue, le fait est, Müller, qu'il y a encore un dix-neuvième exercice : la pendaison par le cou en position immobile. Ça s'appelle une exécution. Tu comprends, Müller ? On prend un gars vivant, disons Sergueï Golovine, on l'emmaillote comme une poupée, et on le pend par le cou, jusqu'à ce qu'il meure. Tout ça c'est bête, Müller, mais il n'y a rien à faire, il faut en passer par là.

Il fléchit le corps sur le côté droit et répéta :

– Il faut en passer par là, mon vieux Müller.

9. Une affreuse solitude

Au son de la même horloge, séparé de Sergueï et de Moussia par quelques cellules vides, mais dans un sentiment d'abandon aussi lourd que s'il avait été seul dans tout l'univers, le malheureux Vassili Kachirine vivait ses derniers jours dans l'angoisse et le malheur.

En sueur, sa chemise mouillée collant au corps, ses cheveux, autrefois bouclés flottant en désordre, il se jetait frénétiquement d'un coin à l'autre de sa cellule, désespéré, comme un homme souffrant d'une rage de dents. Il s'asseyait, se remettait à courir, appuyait son front contre le mur, s'arrêtait, cherchant quelque chose des yeux, comme s'il voulait trouver un remède. Il avait à ce point changé qu'il semblait avoir deux visages différents, celui d'avant, le jeune, avait disparu, tandis qu'un nouveau se tenait à sa place, affreux, sorti des ténèbres.

Lui, la peur de la mort l'avait saisi tout de suite, impérieuse, et elle avait régné sur lui sans partage. Le matin encore, alors qu'il allait vers une mort certaine, il avait eu avec elle des familiarités, mais dès le soir, alors qu'il était seul dans sa cellule, la terreur l'avait cerné et fouetté comme une vague en furie. Tant qu'il allait de lui-même, de sa propre volonté, affronter le danger et la mort, tant qu'il tenait cette mort entre ses propres mains, en dépit de son aspect effrayant, alors tout était facile, gai même : un sentiment d'infinie liberté, l'affirmation courageuse et ferme d'une insolente et audacieuse volonté engloutissaient cette petite crainte toute ridée, cette crainte de petite vieille. Ceinturé d'une machine infernale, il s'était comme lui-même transformé en une telle machine, et avait fait sienne la logique implacable de la dynamite, s'appropriant sa puissance fulgurante et meurtrière. Et, en marchant dans la rue, parmi les passants ordinaires, agités, préoccupés par leurs affaires, pressés de se garer des chevaux des fiacres, des tramways, il croyait être arrivé d'un autre monde, inconnu, où l'on ne connaissait ni la mort, ni la peur.

Et puis, soudain, cette brutale, cette sauvage transformation qui va l'assommer. Déjà, il ne va plus où il veut, mais on le conduit où il faut. Déjà, il ne choisit plus sa place, mais on l'enferme dans une cage de pierre dont on verrouille la porte, comme un objet. Déjà, il ne peut plus choisir librement : la vie ou la mort, comme tout le monde, mais on va infailliblement, inéluctablement le faire mourir.

En un instant, celui qui, jusque là, incarnait la volonté, la vie et la force, devient le pitoyable et unique figurant de l'impuissance dans le monde, il est transformé en animal qui attend l'abattoir, en un objet sourd et sans voix, que l'on peut déplacer, brûler, casser. Quoi qu'il dise, on ne l'écoutera pas, et s'il se met à crier, on lui mettra un bâillon sur la bouche, si, de lui-même, il se met à marcher, on l'emmènera et on ira le pendre ; et s'il résiste, se débat, se couche par terre, on le maîtrisera, le relèvera, le ligotera, et on le portera tout entravé jusqu'à la potence. Et parce que ces hommes, qui le manipulaient comme des automates, étaient en même temps tout pareils à lui, ils prenaient une apparence nouvelle, étrange et sinistre : celle de fantômes apparus dans la seule intention de feindre et de simuler, celle de poupées mécaniques montées sur des ressorts : ils prennent, saisissent, emmènent, pendent, tirent par les pieds. Ils coupent la corde, déposent, transportent, enterrent.

Dès le premier jour de prison, les gens et la vie se transformèrent pour lui en un monde d'une horreur inconcevable, peuplé de fantômes et de poupées mécaniques. Il allait devenir fou de terreur, il s'efforçait d'imaginer que les gens avaient une langue et qu'ils parlaient, mais il n'y parvenait pas, ils lui semblaient muets ; il s'efforçait de se souvenir de leurs paroles, du sens des mots qu'ils utilisaient les uns avec les autres, mais il n'y parvenait pas. Leurs bouches s'ouvraient, il en sortait des sons, ensuite ils se séparaient en agitant leurs jambes, et puis plus rien.

C'est ce qu'aurait ressenti un homme, si, alors qu'il était seul chez lui, la nuit, tous les objets s'étaient animés, s'étaient mis à bouger, et avaient acquis sur lui, un être vivant, un pouvoir sans limite. Ils se seraient soudain mis à le juger : l'armoire, la chaise, le bureau et le canapé. Il aurait crié, se serait débattu, aurait supplié, appelé à l'aide, et eux, ils auraient parlé entre eux dans leur langue, puis l'auraient conduit à la potence : l'armoire, la chaise, le bureau et le canapé. Et tous les autres objets auraient regardé.

Et pour Vassili Kachirine, condamné à mort par pendaison, tout parut se transformer en un monde de jouets : sa cellule, la porte et son judas, le tintement de l'horloge, la forteresse, modelée avec soin, et tout particulièrement la poupée mécanique avec son fusil, dont le pas martelait le couloir, mais aussi celles qui lui faisaient peur à le surveiller par la lucarne et en lui apportant sa nourriture sans dire un mot. Et ce qu'il éprouvait, ce n'était pas l'effroi face à la mort ; il allait même jusqu'à la désirer : elle était certes de toute éternité mystérieuse et insaisissable, mais elle était plus accessible à la raison que ce monde métamorphosé, sauvage et fantastique. Plus encore : la mort avait été comme éliminée de cet univers hallucinant de fantômes et de pantins, elle avait perdu sa signification grandiose et mystérieuse pour devenir quelque chose de mécanique, et c'est précisément à cause de cela qu'elle était particulièrement effroyable. Ils prennent, saisissent, emmènent, pendent, tirent par les pieds. Ils coupent la corde, déposent, transportent, enterrent.

Et l'homme disparut de l'univers.

Au tribunal, la présence de ses camarades avait permis à Kachirine de reprendre ses esprits et, à nouveau, pour un instant, il revit des êtres réels : ils étaient assis là, ils le jugeaient, disaient des choses dans un langage humain, ils écoutaient et, semble-t-il, ils comprenaient. Mais, dès qu'il revit sa mère, saisi par la terreur de celui qui commence à devenir fou et qui s'en rend compte, il sentit clairement que cette vieille femme, avec son foulard noir, était tout simplement une poupée mécanique extrêmement bien réalisée, de celles qui disent « papa, maman », mais plus perfectionnée encore. Il essaya de lui parler, mais en même temps, il se disait, en frissonnant : « Mon Dieu ! Mais c'est une poupée. C'est ma mère en poupée. Et là, c'est une poupée de soldat, et là-bas, à la maison, il y a une poupée de mon père, et ça, c'est la poupée Vassili Kachirine ».

Encore un peu, et il entendrait peut-être, à l'intérieur, le cliquetis d'un mécanisme, le grincement de rouages mal huilés. Quand sa mère se mit à pleurer, il y eut la fugace apparition de quelque chose d'humain, mais cela disparut dès ses premières paroles, et il était à la fois curieux et terrifiant de voir couler de l'eau des yeux de la poupée.

Plus tard, dans sa cellule, quand l'angoisse devint insupportable, Vassili Kachirine essaya de prier. De tout ce qui, sous l'apparence de religion, avait entouré sa jeunesse, dans la maison de son marchand de père, il ne restait qu'un arrière-goût détestable, amer et irritant, mais aucune foi. Autrefois, peut-être dans sa petite enfance, il avait entendu trois mots qui l'avaient laissé palpitant d'émotion, et toute sa vie, ils étaient restés baignés dans un souffle de douce poésie : « Joie de tous les affligés ».

Dans les moments difficiles, il lui arrivait de les murmurer à voix basse, sans prier, sans y penser vraiment : « Joie de tous les affligés », et aussitôt tout devenait plus léger, et il avait envie d'aller voir un être cher, de se plaindre doucement :

– Notre vie… mais est-ce que c'est une vie, ça ! Hélas, ma bonne amie, mais est-ce que c'est une vie !

Et puis il avait une soudaine envie de rire, de s'ébouriffer les cheveux, de sauter en l'air, de bomber le torse comme l'offrant à un adversaire : allez vas-y, frappe !

Il ne parlait à personne de sa « joie de tous les affligés », pas même à ses plus proches camarades, et lui-même ne savait plus rien d'elle, tant elle était profondément enfouie dans son âme. Il l'évoquait rarement, avec précaution.

Et maintenant que l'angoisse d'un mystère insoluble s'imposait à lui, le submergeait tout entier comme une crue recouvre des pousses de roseaux sur la berge, il avait envie de prier. Il avait envie de se mettre à genoux, mais il avait honte à cause du soldat, et, croisant les bras sur la poitrine, il murmura :

– Joie de tous les affligés !

Et tristement, avec attendrissement, il répéta :

– Joie de tous les affligés, viens à moi, viens réconforter Vassili Kachirine.

Il y a longtemps, quand il était en première année à l'université, et qu'avant de faire la connaissance de Werner et d'entrer dans l'organisation, il menait encore une vie un peu dissolue, il se vantait bêtement de s'appeler « Vaska Kachirine ». Et maintenant, sans savoir pourquoi, il avait envie de s'appeler comme ça. Mais les mots résonnèrent comme morts et restèrent sans réponse :

– Joie de tous les affligés !

Il y eut un frémissement. Comme si, dans le lointain, une image silencieuse et éplorée était passée, puis s'était doucement évanouie, sans éclairer les ténèbres qui précèdent la mort. Au clocher, l'horloge remontée sonna. Dans le couloir, un soldat cogna son sabre ou son fusil, et fit entendre une longue série de bâillements.

– Joie de tous les affligés ! Et tu te tais ! Et tu ne veux rien dire à Vaska Kachirine ?

Tout attendri, il souriait et attendait. Mais dans son âme, et tout autour de lui, c'était le vide. L'image silencieuse et éplorée ne revenait pas. Il lui venait des souvenirs inutiles et douloureux : il revoyait des cierges allumés, un pope en soutane, une icône peinte à même le mur, son père en prière, qui s'inclinait et se redressait en prosternations, tout en surveillant du coin de l'œil si Vaska priait bien lui aussi, et n'était pas en train de s'amuser. Et ce fut pire encore qu'avant de prier. Tout avait disparu.

La folie rampait vers lui, pesamment. Sa conscience s'était éteinte comme un feu qui meurt et qu'on a dispersé, elle refroidissait comme le cadavre d'un homme qui vient de mourir, quand le cœur est encore tiède, et les membres déjà raidis. Une fois encore, dans un flamboiement sanglant, une pensée lui murmura en expirant que Vaska Kachirine pourrait devenir fou, éprouver des tourments pour lesquels il n'existe pas de nom, atteindre un degré de douleur et de souffrance auquel aucun être vivant n'était jamais parvenu, qu'il pourrait se cogner la tête contre les murs, s'arracher les yeux avec ses propres doigts, dire et crier tout ce qu'il voudrait, assurer avec des pleurs qu'il ne pouvait pas en supporter davantage, — en vain. Il ne se passerait rien.

Et ce rien advint. Les jambes, avec leur conscience et leur vie propres, continuaient de marcher, de soutenir un corps frissonnant et trempé. Les mains, avec leur conscience propre, cherchaient en vain à fermer une chemise ouverte sur une poitrine, et à réchauffer un corps frissonnant et trempé. Le corps grelottait et devenait froid. Les yeux regardaient. Et cela était presque la paix.

Mais il y eut encore un moment de terreur folle. Ce fut quand des gens entrèrent dans sa cellule. Il n'avait même jamais pensé que cela signifierait qu'il était l'heure de se rendre sur le lieu de l'exécution, il avait simplement vu des gens, et cela l'avait effrayé, presque comme un enfant.

– Je ne le ferai plus ! Je ne le ferai plus ! chuchotait-il d'une voix inaudible sur ses lèvres figées, et il reculait en silence vers le fond de la cellule, comme quand il était petit et que son père levait la main sur lui.

– Il faut y aller.

On parla, on marcha autour de lui, on lui remit quelque chose. Il ferma les yeux, se balançant d'une jambe sur l'autre, et commença péniblement à se préparer. Sans doute reprenait-il ses esprits : il demanda soudain une cigarette au fonctionnaire. Et celui-ci présenta aimablement un porte-cigarettes en argent avec un motif de style décadent.

10. Les murs s'écroulent

L'inconnu qui se faisait appeler Werner était un homme las de vivre et de se battre. Il fut un temps, où il avait passionnément aimé la vie, adoré le théâtre, la littérature, les relations. Il était doué d'une mémoire remarquable et d'une solide volonté, il maîtrisait à la perfection plusieurs langues européennes, pouvait aisément se faire passer pour un Allemand, un Français ou un Anglais. Il parlait généralement l'allemand avec un accent bavarois, mais pouvait, quand il le voulait, s'exprimer comme un vrai Berlinois de souche. Il aimait porter des vêtements élégants, avait d'excellentes manières, et il était le seul de toute sa confrérie à oser paraître à des bals de la haute société sans risquer d'être reconnu.

Mais depuis longtemps, à l'insu de ses compagnons, un obscur mépris pour les hommes mûrissait dans son âme ; et il y avait là du désespoir, une lassitude pesante, presque mortelle. Il était, par nature, plus porté sur les mathématiques que sur la poésie, il n'avait jusque là jamais connu d'inspiration ni d'extase, et parfois, il se prenait pour un fou, à la recherche de la quadrature du cercle dans des mares de sang humain. L'ennemi, contre lequel il luttait tous les jours, ne pouvait lui inspirer aucun respect ; c'était un réseau touffu de bêtise, de trahison et de mensonge, de crachats sordides et d'ignobles tromperies. La dernière chose qui avait, définitivement semble-t-il, détruit en lui l'envie de vivre, avait été le meurtre d'un provocateur, commandité par son organisation. Il avait tué sans état d'âme, mais quand il avait vu ce visage mort, certes fourbe, mais désormais apaisé, le pauvre visage d'un homme tout compte fait, il avait brusquement perdu tout respect pour soi-même et pour son action. Non pas qu'il ait eu des remords, mais il avait brusquement cessé de s'estimer, il avait perdu tout intérêt à ses propres yeux, toute valeur, pour devenir un ennuyeux intrus. Mais, comme il était un homme d'une volonté absolue et inaltérable, il n'avait pas quitté l'organisation. Pour les autres, il semblait être resté le même, mais quelque chose de froid et d'inquiétant s'était dissimulé dans ses yeux. Et il n'en avait parlé à personne.

Il possédait une autre qualité rare : tout comme il existe des gens qui ignorent ce qu'est la migraine, il ne savait pas, lui, ce qu'était la peur. Et quand d'autres avaient peur, il se gardait de les juger, mais ne manifestait pas non plus de compassion particulière pour ce qu'il estimait être une maladie assez répandue, mais dont lui-même n'avait jamais souffert. Il avait pitié de ses camarades, tout particulièrement de Vassia Kachirine, mais c'était un sentiment froid, presque officiel, que l'on trouve parfois chez certains juges. Werner comprenait bien qu'une exécution, ce n'était pas simplement la mort, que c'était autre chose, mais, en tout cas, il avait décidé de l'affronter sereinement, comme quelque chose d'accessoire : vivre jusqu'au bout, comme si rien ne s'était passé, ni ne devait se passer. Ce n'est qu'ainsi qu'il pouvait exprimer son suprême mépris pour le supplice, et conserver son ultime et inexpugnable liberté d'esprit. Et pendant le procès — et cela, même ses compagnons, qui connaissaient bien sa bravoure froide et son orgueil, ne l'auraient sans doute pas imaginé — il n'avait pensé ni à la mort, ni à la vie, mais s'était concentré avec une profonde et tranquille attention sur une partie d'échecs particulièrement difficile. Excellent joueur, il avait dès le premier jour de prison entamé cette partie, et l'avait poursuivie sans interruption. Et la sentence qui le condamnait à mort n'avait pas bousculé une seule des figures sur l'échiquier imaginaire.

Il n'était même pas arrêté par le fait qu'il ne pourrait probablement pas terminer sa partie et, au matin du dernier jour qui lui restait à vivre, il avait commencé sa journée en reprenant un coup mal engagé la veille. Les mains serrées entre les genoux, il était resté longtemps assis, immobile, puis il s'était levé et s'était mis à marcher en réfléchissant. Il avait une démarche particulière : la partie supérieure du tronc légèrement penchée vers l'avant, il frappait le sol avec ses talons, dont les coups vigoureux et précis laissaient une trace profonde et visible, même sur la terre sèche, il sifflotait une petite aria italienne toute simple, cela l'aidait dans ses réflexions. Mais cette fois, curieusement, les choses ne se passaient pas bien. Il avait le sentiment désagréable d'avoir commis quelque part une erreur grave, grossière même, et il était revenu en arrière revoyant son jeu presque depuis le début. Il ne trouvait pas d'erreur, mais la sensation d'une faute véritable non seulement ne disparaissait pas, mais devenait plus forte et plus irritante. Et soudain, surgit une pensée imprévue et blessante : la faute n'était-elle pas dans ce que, par le jeu d'échecs, il voulait détourner son attention de l'exécution et se protéger de la peur de mourir, qui était, disait-on, le sort de tout condamné ?

– Mais non voyons, et pourquoi donc ? répondit-il froidement en refermant tranquillement son échiquier invisible. Avec la même attention concentrée qu'il appliquait aux échecs, et comme s'il passait un examen rigoureux, il cherchait à se rendre compte de l'horreur et du caractère désespéré de sa situation : il examina sa cellule, en s'efforçant de ne rien laisser échapper à son regard, puis il compta les heures qui restaient jusqu'à l'exécution, se figurant une image d'ensemble assez précise de l'événement lui-même, et il haussa les épaules.

– Et alors ? répondit-il à quelqu'un en le questionnant à demi. Et alors, rien. Où est la peur ?

Effectivement, il n'y avait aucune peur. Et non seulement il n'y avait pas de peur, mais il sentait croître quelque chose qui en était en quelque sorte l'opposé : le sentiment d'une joie confuse, mais immense et audacieuse. Il n'avait toujours pas trouvé l'erreur, mais elle n'éveillait plus en lui ni déception, ni irritation, elle annonçait avec force quelque chose de bon et d'inattendu, comme si un ami cher et proche, qu'il avait cru mort, se fût révélé vivant, sain et sauf, avec le rire aux lèvres.

Werner haussa une nouvelle fois les épaules et se prit le pouls : les battements de son cœur s'étaient accélérés, mais ils étaient forts, réguliers et résonnaient avec vigueur particulière. Tel un novice qui en serait à son premier jour de prison, il examina les murs, les verrous, sa chaise vissée au sol, et se dit :

« Pourquoi est-ce que je me sens si léger, si joyeux, si libre ? Si libre surtout. Quand je pense à l'exécution de demain, c'est comme si elle n'existait pas. Quand je regarde ces murs, c'est comme s'il n'y avait pas de murs. Et je me sens libre, comme si je n'étais pas en prison, mais que je venais d'en quitter une, où j'étais resté enfermé toute ma vie. Qu'est-ce que c'est que ça ? »

Ses mains se mirent à trembler, sensation que Werner n'avait jamais éprouvée. Ses pensées jaillissaient toujours plus furieusement. C'était comme si des langues de feu fulminaient dans sa tête, et que ce feu voulait s'échapper vers l'extérieur et éclairer largement un lointain encore tout baigné de nuit et de ténèbres. Le voilà parvenu au dehors, et le lointain illuminé resplendit sur tout l'horizon.

La fatigue insidieuse qui avait oppressé Werner durant ces deux dernières années avait disparu, son cœur s'était libéré d'un monstre inerte, froid et lourd, aux yeux clos, aux mâchoires mortes et contractées, et face au visage de la mort, la jeunesse revenait, espiègle, éclatante. Et c'était plus que la superbe jeunesse. Dans cette surprenante éclaircie de l'âme, qui, à de rares moments, illumine l'homme et l'élève vers les sommets les plus élevés de la contemplation, Werner aperçut soudain et la vie, et la mort, et il fut saisi par la majesté de ce spectacle inouï. Il lui semblait qu'il s'avançait sur la crête d'une très haute montagne, étroite comme la lame d'un couteau, d'un côté, il apercevait la vie, et de l'autre la mort, semblables à deux mers scintillantes, belles et profondes, qui se rejoignaient à l'horizon en un espace d'une immensité infinie.

– Qu'est-ce que c'est que ça ? Quel spectacle divin ! dit-il lentement, se levant malgré lui et se redressant comme en présence d'un être prodigieux. Anéantissant les murs, l'espace et le temps par la fougue pénétrante de ses yeux, il jeta un vaste regard tout au fond de la vie qu'il était en train de quitter.

Et la vie lui apparut sous un nouveau jour. Il ne tenta plus, comme avant, de mettre des mots sur ce qu'il voyait, car de tels mots n'existaient pas dans la langue pauvre et rudimentaire des hommes. Tout ce qu'il y avait de mesquin, de sordide, de mauvais, et qui éveillait en lui le mépris pour les hommes et, parfois même, lui inspirait du dégoût à la seule vue d'un visage, avait entièrement disparu : ainsi disparaissent aux yeux d'un homme qui s'élève en ballon, les ordures et la crasse dans les rues étroites de la ville qu'il vient de quitter, et la laideur devient beauté.

Sans s'en rendre compte, Werner fit un pas vers la table, y posa la main droite et s'y appuya. Fier de nature, et plein d'autorité, il n'avait encore jamais pris de pose aussi fière, aussi libre, aussi pleine d'autorité, il n'avait jamais tenu la tête ainsi, ni lancé un tel regard, car jamais encore, il n'avait été aussi libre et souverain qu'il l'était ici, en prison, à quelques heures de son supplice et de sa mort.

Et les hommes lui apparurent sous un nouveau jour, offrant une douceur et un charme pleins de fraîcheur à son regard éclairé. Évoluant au-delà du temps, il vit clairement combien l'humanité était jeune, qui hurlait hier encore comme une bête dans les forêts ; et ce qui semblait horrible en l'homme, injustifiable et sordide, devint soudain attendrissant, attendrissant comme la démarche hésitante d'un enfant, comme son babil décousu, traversé d'étincelles de génie, ses maladresses cocasses, ses erreurs, ses vilaines ecchymoses.

– Mes si chers amis ! s'exclama soudain Werner avec un sourire, et il perdit aussitôt toute la hauteur de sa pose, pour redevenir un détenu, souffrant d'être enfermé, à l'étroit, et un peu agacé par l'œil inquisiteur qui pointait à travers la porte. Et, chose curieuse, il oublia presque aussitôt tout ce qu'il venait de voir avec tant de relief et de netteté ; et plus curieusement encore, il ne tenta même pas de s'en souvenir. Simplement, il s'installa plus confortablement sur sa chaise, sans donner à la position de son corps son habituelle raideur, et avec un faible sourire attendri, étranger à son visage, et comme emprunté à un autre, il regarda les murs et les barreaux.

Il se passa encore quelque chose de nouveau, quelque chose qui ne s'était jamais passé avec Werner : il se mit soudain à pleurer.
– Mes si chers camarades ! — murmurait-il en pleurant amèrement, — mes si chers camarades !
Par quels chemins mystérieux était-il passé d'un sentiment de liberté fière et absolue à cette douce et ardente compassion ? Il ne le savait pas et il n'y pensait pas. Et les plaignait-il vraiment, ses si chers camarades, ou était-ce quelque chose d'autre, de plus élevé, de plus passionné, qui se cachait dans ses larmes ? C'est ce que ne savait pas non plus son cœur, soudain ressuscité comme une plante qui reverdit. Il pleurait et murmurait :
– Mes si chers camarades ! — Mes si chers camarades !
Et dans cet homme qui pleurait amèrement et qui souriait à travers ses larmes, personne, n'aurait reconnu le Werner froid, hautain, fatigué et insolent, ni les juges, ni ses camarades, ni lui-même.

11. On les emmène

Avant de répartir les accusés dans les fourgons, on les réunit tous les cinq dans une grande salle froide, au plafond voûté, sorte de local administratif inutilisé ou de salle d'attente vide. Et ils furent autorisés à se parler.
Mais Tania Kovaltchouk fut la seule à profiter aussitôt de cette permission. Les autres, en silence, se serrèrent vigoureusement la main, que les uns avaient froide comme de la glace, les autres brûlante comme du feu, et sans dire un mot, évitant de se regarder, ils s'assemblèrent en une petite troupe timide et dispersée. Maintenant qu'ils étaient réunis, ils paraissaient gênés de ce qu'ils avaient chacun éprouvé quand ils étaient seuls ; ils craignaient de se regarder, chacun redoutant de déceler chez l'autre, et de laisser apparaître chez lui-même, ce quelque chose de nouveau, de particulier, d'un peu honteux, qu'il ressentait ou soupçonnait en lui.
Mais, à une ou deux reprises, il y avait eu un regard, un sourire, et

d'un seul coup, ils s'étaient sentis détendus et naturels, tout comme avant : il ne s'était produit aucun changement, ou alors il s'était si uniformément réparti sur tous, qu'il restait imperceptible pour chacun en particulier. Tout ce qu'ils disaient, tous leurs mouvements étaient étranges : saccadés, heurtés, tantôt trop lents, tantôt précipités ; parfois ils s'étranglaient en parlant, répétaient les mots plusieurs fois, parfois, sans le remarquer, ils ne terminaient pas leurs phrases, ou estimaient qu'ils les avaient déjà dites. Tous plissaient les yeux et considéraient les objets familiers avec curiosité, sans les reconnaître, comme font ceux qui portent des lunettes, quand ils les retirent soudain ; ils se retournaient souvent et brusquement, comme si, dans leur dos, on ne cessait de les appeler pour leur montrer quelque chose. Mais de cela non plus ils ne se rendaient pas compte. Moussia et Tania avaient les joues et les oreilles en feu ; Sergueï, au début, était un peu pâle, mais il se reprit rapidement et fut comme à son habitude.

Vassili seul attirait l'attention. Même au milieu d'eux, il était bizarre et faisait peur. Werner en fut tout agité et sur un ton de tendre sollicitude dit doucement à Moussia :

– Qu'est-ce que tu en penses, ma petite Moussia ? Tu crois que ça l'a pris, hein ? Il faut aller le voir.

Vassili posa sur Werner un regard qui venait de très loin, comme s'il ne le reconnaissait pas, et il baissa les yeux.

– Vassia, qu'est-ce que tu as fait à tes cheveux, hein ? Qu'est-ce qui t'arrive ? Ce n'est rien, mon vieux, ce n'est rien, c'est bientôt fini. Il faut tenir le coup, vraiment, il le faut.

Vassili se taisait. Et quand on fut à peu près certain qu'il ne prononcerait pas un mot, on entendit cette réponse, sourde, attardée, terriblement distante, comme si une tombe avait répondu à des appels incessants :

– Mais je vais très bien. Je tiens le coup.

Et il répéta :

– Je tiens le coup.
Werner était enchanté.
– C'est bien, c'est bien. Bravo. C'est ça qu'il faut.
Mais quand il rencontra son regard, sombre, chargé, fixé sur lui du plus profond lointain, il fut pris d'une tristesse subite et il pensa : « D'où est-ce qu'il me regarde ? D'où est-ce qu'il me parle ? » Et avec le ton de douceur infinie que l'on ne prend qu'en s'adressant à une tombe, il dit :
– Vassia, tu m'entends ? Je t'aime beaucoup.
– Moi aussi, je t'aime beaucoup, répondit-il en remuant péniblement la langue.
Moussia prit alors Werner par le bras et, comme une actrice sur une scène, lui dit avec une surprise un peu forcée :
– Werner, qu'est-ce qu'il t'arrive ? Tu as dit « je t'aime » ? Tu n'as jamais dit « je t'aime » à quelqu'un. Et pourquoi est-ce que tu es si… radieux, si tendre ? Hein ? Qu'est-ce que c'est ?
– Qu'est-ce que c'est
Et comme un acteur qui, lui aussi, en fait un peu trop, Werner serra fort le bras de Moussia :
– Oui, c'est que je suis tout plein d'amour maintenant. Ne le dis pas aux autres, ne le dis pas, j'ai un peu honte, mais je suis plein d'amour.
Leurs regards se rencontrèrent et s'enflammèrent, et tout s'éteignit autour d'eux, comme s'éteignent toutes les autres lumières dans la soudaine fulgurance d'un éclair, quand même la flamme la plus jaune, la plus lourde arrive à projeter une ombre sur la terre.
– Oui, dit Moussia. Oui, Werner !
– Oui, répondit-il. Oui, Moussia, oui !
Ils avaient compris quelque chose, et tous deux l'avaient entériné de manière irrévocable. Le regard radieux, Werner s'agita de nouveau et se dirigea d'un pas rapide vers Sergueï.
– Sérioja !
Mais ce fut Tania Kovaltchouk qui répondit. Tout exaltée, pleurant

presque de fierté maternelle, elle secouait frénétiquement Sergueï par la manche.
– Werner, écoute ça ! Moi je suis là à pleurer sur lui, à me consumer de chagrin, et lui, il fait de la gymnastique !
– La méthode Müller ? dit Werner en souriant
Sergueï, embarrassé, fronça les sourcils.
– Tu as tort de te moquer, Werner. Je suis absolument convaincu que…
Tous éclatèrent de rire. Puisant force et fermeté dans leurs retrouvailles, ils redevenaient peu à peu tels qu'ils avaient été auparavant, mais de cela non plus, ils ne se rendaient pas compte, pensant qu'ils étaient restés les mêmes. Soudain, Werner cessa de rire, et avec un sérieux extraordinaire, il s'adressa à Sergueï :
– Tu as raison Sergueï. Tu as tout à fait raison.
– Non, mais comprends-moi, répondit Sergueï, tout joyeux. Bien sûr, on…
Mais à ce moment-là, on les invita à partir. Et on fut obligeant jusqu'à les autoriser à monter par deux dans les fourgons, avec qui ils voulaient. Du reste, ils furent d'une prévenance extrême, au-delà de ce que l'on aurait pu attendre. S'efforçaient-ils de faire ressortir leur humanité ? Voulaient-ils faire comme s'ils n'étaient pas là, et montrer que tout marchait tout seul ? Mais ils étaient pâles.
– Toi, Moussia, tu montes avec lui, dit Werner en montrant Vassili qui se tenait immobile.
– D'accord, acquiesça Moussia en hochant la tête, et toi ?
– Moi ? Tania ira avec Sergueï, toi avec Vassia… Moi j'y vais seul. Ça ne fait rien, je peux très bien y aller seul, tu sais.
Quand ils sortirent dans la cour, l'obscurité humide leur fouetta le visage et les yeux d'une brise douce, tiède et vigoureuse, leur coupa la respiration, traversa d'un souffle léger et purifiant leurs corps qui tressaillaient.
Il était difficile de croire que cet enchantement n'était qu'une brise de printemps, tiède et humide. Et cette véritable, cette prodigieuse nuit

de printemps répandit une odeur de neige fondue et d'espace infini, où tintaient les gouttes du redoux. Pressées, nombreuses, courant les unes après les autres, les petites gouttes rapides tombaient et martelaient en chœur une chanson sonore ; mais voici que l'une d'elles s'égare, et que tout s'embrouille en un joyeux clapotis, en une confusion précipitée. Puis, c'est au tour d'une grosse goutte sévère de s'écraser avec force, et la leste chanson printanière reprend son martèlement net et tapageur. Et au-dessus de la ville, par-dessus les toits de la forteresse, c'était le pâle reflet des lumières électriques.

– Ah ! fit Sergueï Golovine en inspirant profondément et en retenant son souffle, comme s'il regrettait de laisser s'échapper de ses poumons un air aussi délicieusement vif.

– Ça fait longtemps qu'il fait ce temps ? interrogea Werner, c'est vraiment le printemps.

– Depuis hier seulement, fut la réponse, prévenante et polie, avant, il a plutôt gelé.

L'un après l'autre, les fourgons sombres approchaient en silence, prenaient chaque fois deux personnes, et repartaient dans l'obscurité, en direction d'une lanterne qui s'agitait sous le porche. Les silhouettes grises des soldats de l'escorte entouraient chaque équipage, et les fers de leurs chevaux tantôt sonnaient fort, tantôt pataugeaient dans la neige mouillée.

Quand Werner se pencha pour monter dans le fourgon, le gendarme, en passant, lui dit :

– Il y en a encore un qui monte avec vous.

– Et où, où va-t-il ? demanda Werner, étonné. Ah, oui ! Encore un ? Et c'est qui ?

Le soldat resta silencieux. En effet, dans un coin du fourgon, dans la pénombre, s'était recroquevillé une petite chose, immobile mais vivante, et dans la lueur oblique de la lanterne brilla l'éclat d'un œil ouvert. Werner, en s'installant, heurta son genou avec sa jambe.

– Pardon, camarade.

L'autre ne répondit pas. Et c'est seulement quand le fourgon se mit à rouler, que soudain, il demanda dans un mauvais russe, en hésitant :
– Vous êtes qui ?
– Je m'appelle Werner, je suis condamné à être pendu pour l'attentat contre NN. Et vous ?
– Moi, c'est Janson. Il ne faut pas me pendre.
Ils roulaient pour aller se retrouver dans deux heures face à un mystère immense, jamais déchiffré, pour quitter la vie et rejoindre la mort, et ils faisaient connaissance. La vie et la mort cheminaient en même temps, sur deux plans, et jusqu'au bout, jusqu'aux détails les plus ridicules, les plus absurdes, la vie resterait la vie.
– Et qu'est-ce que vous avez fait, Janson ?
– J'ai tué mon patron avec un couteau. J'ai volé de l'argent.
À sa voix, on aurait cru que Janson était en train de s'endormir. Werner trouva dans l'obscurité sa main molle et la serra. Tout aussi mollement, Janson la retira.
– Tu as peur ? demanda Werner.
– Je ne veux pas.
Ils se turent. Werner retrouva la main de l'Estonien et la serra fortement entre ses paumes sèches et brûlantes. Elle restait là, immobile, comme un morceau de bois, mais Janson ne tenta plus de la retirer.
Dans le fourgon, on était à l'étroit, il n'y avait pas d'air, cela sentait le manteau de soldat, le renfermé, le crottin et le cuir de bottes mouillées. Le tout jeune gendarme qui était assis en face de Werner lui renvoyait une haleine brûlante qui mêlait l'oignon au tabac bon marché. Mais ça et là, un air pénétrant et frais se faufilait par les interstices, grâce auquel, dans cette petite caisse étouffante et mobile, on sentait le printemps encore plus fort qu'à l'extérieur. Le fourgon tournait tantôt à droite, tantôt à gauche, tantôt il semblait revenir en arrière ; il leur semblait parfois qu'ils tournaient en rond depuis des heures au même endroit. Au début, une lumière

électrique bleuâtre passait par les épais rideaux des fenêtres ; puis soudain, après un virage, tout s'assombrit, et ce n'est qu'ainsi qu'ils purent deviner qu'ils s'étaient engagés dans les rues sombres des faubourgs, et qu'ils s'approchaient de la gare de S. Par moments, lors de virages plus serrés, le genou souple et replié de Werner venait fraternellement heurter le même genou souple et replié du gendarme, et l'on avait du mal à croire à une exécution.
– Où est-ce qu'on va ? demanda tout à coup Janson.
Il avait un léger tournis, à cause des virages incessants dans cette caisse sombre, et un début de nausée.
Quand Werner répondit, il serra plus fort la main de l'Estonien. Il avait envie de dire quelque chose de particulièrement amical, de gentil, à ce petit homme endormi, et déjà il l'aimait comme il n'avait jamais aimé personne dans sa vie.
– Mon ami ! Tu n'es pas bien installé, on dirait. Viens par ici, vers moi.
Après un silence, Janson répondit :
– Merci. Je suis bien comme ça. Et toi aussi, ils vont te pendre ?
– Moi aussi ! répondit Werner sur un ton soudain enjoué, riant presque, avec un geste léger et particulièrement désinvolte de la main. Comme s'il s'était agi d'une blague idiote, d'un goût douteux, qu'auraient voulu faire à leurs dépens de sympathiques plaisantins.
– Tu as une femme ? demanda Janson.
– Non, quelle question ! Je suis seul.
– Moi aussi je suis tout seul. Toute seule, corrigea Janson après un moment de réflexion.
À son tour, Werner fut pris de tournis. Il lui semblait par moments qu'ils allaient à une fête ; et curieusement, presque tous ceux qui se rendaient sur le lieu de l'exécution ressentaient la même chose, et bien qu'angoissés et terrorisés, ils se réjouissaient vaguement de l'événement extraordinaire qui allait se produire. La réalité se grisait de folie, et la mort, en se mêlant à la vie, donnait naissance à

des chimères. Sans doute avait-on pavoisé les maisons de drapeaux.
– Nous voici arrivés ! dit Werner avec une curiosité joyeuse, quand le fourgon s'arrêta, et il en sauta d'un pas léger. Les choses prirent plus de temps avec Janson : sans dire un mot, comme pris d'une immense paresse, il s'acharnait à ne pas vouloir descendre. Il saisissait une poignée, et le gendarme venait alors déplier ses faibles doigts et décrocher sa main ; il se cramponnait à un angle, à la portière, à une roue, et aussitôt, sans grand effort, le gendarme lui faisait lâcher prise. On ne peut même pas dire qu'il s'agrippait aux objets, il s'y collait plutôt, tout somnolent, le silencieux Janson, et s'en laissait arracher sans peine. Il finit par se lever.
Il n'y avait pas de drapeaux. La gare, plongée dans l'obscurité, était vide et morte. Le trafic des voyageurs avait déjà cessé, et pour ce train-là, sur la voie, qui attendait en silence ces passagers, il n'était besoin ni de puissant éclairage, ni d'agitation particulière. Et soudain, Werner fut pris d'ennui. Non pas de peur, ni d'abattement, mais d'ennui, d'un ennui immense, épais, exténuant, dont on veut s'échapper pour aller s'allonger quelque part et fermer les yeux en serrant les paupières. Il s'étira et bâilla longuement. Janson s'étira à son tour et poussa l'un après l'autre quelques brefs bâillements.
– Vivement qu'on en finisse ! dit Werner d'une voix fatiguée.
Janson restait silencieux et se recroquevillait sur lui-même.
Lorsque, sur le quai désert et cerné de soldats, les condamnés se dirigèrent vers les wagons faiblement éclairés, Werner se retrouva à côté de Sergueï Golovine ; celui-ci, désignant de la main quelque chose sur le côté, se mit à parler, et l'on n'entendit distinctement que le mot « réverbère », la suite sombrant dans un bâillement las et prolongé.
– Qu'est-ce que tu dis ? demanda Werner en répondant lui-même par un bâillement.
– Le réverbère. La mèche de la lampe fume, dit Sergueï.
Werner regarda : effectivement, dans la lampe du réverbère, la mèche fumait fortement et déjà, le haut du verre avait noirci.

– Oui, elle fume.
Et soudain, il se dit : « Mais qu'est-ce que ça peut me faire que la lampe fume, alors que… » À l'évidence, Sergueï pensait la même chose : il jeta un rapide coup d'œil à Werner et détourna le regard. Ils avaient tous les deux cessé de bâiller.
Tous gagnèrent d'eux-mêmes les wagons et seul Janson avait dû être pris sous les bras : il avait commencé par résister avec les pieds, les semelles collées aux planches du quai, puis il avait plié les genoux et s'était retrouvé suspendu entre les bras des gendarmes, laissant traîner ses jambes, comme un homme complètement ivre, la pointe de ses pieds râclant le bois. On le fit entrer de force dans le wagon, longuement, sans un mot.
Vassili Kachirine avançait tout seul lui aussi, alignant vaguement ses mouvements sur ceux de ses camarades, faisant tout comme eux. Mais arrivé sur le seuil du wagon, il trébucha, et le gendarme le saisit par le coude pour le retenir. Vassili se mit à trembler et poussa un cri perçant en dégageant son bras.
– Aïe !
– Vassia, qu'est-ce que tu as ? s'exclama Werner en se précipitant vers lui.
Vassili gardait le silence et tremblait de tout son corps. Le gendarme, embarrassé, désolé même, expliqua :
– J'ai voulu le retenir et il…
– Viens Vassia, je vais te soutenir, dit Werner en voulant le prendre par le bras. Mais Vassili se dégagea une nouvelle fois et cria encore plus fort :
– Aïe !
– Vassia, c'est moi, Werner.
– Je sais. Ne me touche pas. J'y vais tout seul.
Et tout en continuant de trembler, il entra dans le wagon et alla s'asseoir dans un coin. Werner se pencha vers Moussia et lui demanda à voix basse, en montrant Vassili des yeux :

– Alors, comment est-il ?
– Mal, répondit Moussia sur le même ton. Il est déjà mort. Werner, dis-moi, elle existe vraiment, la mort ?
– Je ne sais pas Moussia, mais je pense que non, répondit Werner d'un air grave et pensif.
– C'est bien ce que je me disais. Et lui ? Je n'en pouvais plus avec lui dans le fourgon, c'était comme voyager avec un mort.
– Je ne sais pas, Moussia, peut-être que pour certains la mort existe bel et bien. Pour l'instant. Et puis elle disparaîtra complètement. Pour moi, par exemple, la mort a existé, mais maintenant, elle a disparu.
Les joues légèrement pâles de Moussia s'enflammèrent :
– Elle a existé, Werner ? Elle a existé ?
– Oui. Mais maintenant, elle a disparu. Comme pour toi.
On entendit du bruit à la porte du wagon. Faisant bruyamment claquer ses talons, respirant fort et crachant, Micha le Tsigane entra. Son regard jaillit, et il s'arrêta, la mine bourrue.
– Y a pas de place ici, gendarme ! cria-t-il au gendarme épuisé, qui le regardait d'un œil mauvais. Débrouille-toi pour que j'aie de la place, sinon j'y vais pas, t'auras qu'à me pendre à un réverbère. Et le fourgon dans lequel ils nous ont mis, ces enfants de salauds, c'est un fourgon, ça ? C'est pas un fourgon, c'est une carriole du diable !
Mais soudain, il baissa la tête, allongea le cou et s'avança ainsi vers les autres. Dans l'encadrement hirsute que formaient ses cheveux et sa barbe, ses yeux noirs lançaient un regard sauvage et pénétrant, l'air légèrement dérangé.
– Ah ! Messieurs ! dit-il d'une voix traînante Vous m'en direz tant. Salut, monsieur.
D'un geste brusque, il tendit la main à Werner et s'assit en face de lui. Et, se penchant tout près, il lui fit un clin d'œil en se passant rapidement la main sur le cou.
– Toi aussi, hein ?

– Moi aussi, répondit Werner avec un sourire.
– Pas tous, quand même ?
– Si, tous.
– Oho ! ricana le Tsigane, et il les palpa tous d'un bref regard, s'arrêtant un instant de plus sur Moussia et Janson. Il lança un nouveau clin d'œil à Werner :
– Le ministre ?
– Le ministre, et toi ?
– Moi, monsieur, c'est pour une autre affaire. Les ministres, c'est pas pour moi. Moi, monsieur, je suis un bandit, voilà ce que je suis. Un assassin. Ce n'est rien, monsieur, fais-moi donc un peu de place, c'est pas moi qui ai demandé à venir. Dans l'autre monde, c'est pas la place qui manquera.
De dessous ses cheveux en bataille, la mine farouche, il parcourut le groupe d'un même regard volontaire et soupçonneux. Mais tous le regardaient en silence, l'air grave, et même avec une visible compassion. Il ricana et donna quelques petites tapes rapides sur le genou de Werner.
– C'est comme ça, monsieur ! Comme dit la chanson : Ne fais pas de bruit, petite chênaie verte, ma mère…
– Pourquoi est-ce que tu m'appelles monsieur, alors qu'on est tous…
– Tu as raison, admit le Tsigane avec satisfaction, qu'est-ce que tu es comme monsieur, alors que tu vas pendre à côté de moi ! Le voilà, le monsieur, dit-il en pointant du doigt le gendarme qui ne disait mot. Eh ! et celui-là, votre camarade là, il n'en mène pas large non plus, dit-il en montrant Vassili du regard. Monsieur, hé, monsieur, t'as peur hein ?
– Ce n'est rien, répondit une langue pâteuse.
– Ce n'est rien… Mais qu'est-ce que tu racontes ? N'aie pas honte, voyons, il n'y a pas à avoir honte. Il n'y a que les chiens pour remuer la queue et rigoler quand on va les pendre, mais toi, tu es un homme, non ? Et celui-là, avec les grandes oreilles ? Il n'est pas avec vous, celui-là ?

Son regard sautait rapidement de l'un à l'autre, et il n'arrêtait pas de cracher bruyamment la salive sucrée qui lui montait à la bouche. Janson, qui se terrait dans un coin comme une petite motte immobile, fit à peine remuer les ailes de sa chapka en fourrure toute râpée, et ne dit rien. Werner répondit à sa place :

– Il a égorgé son patron.

– Dieu du ciel ! fit le Tsigane, étonné. Comment peut-on laisser des types comme ça égorger les gens !

Cela faisait un moment déjà, que le Tsigane, de son regard oblique, reluquait Moussia, et là, se retournant brusquement, il la fixa hardiment, droit dans les yeux.

– Mademoiselle, hé, mademoiselle ! Mais qu'est-ce qui vous a pris ! Et on a des petites joues toutes roses, et on rit. Non, mais regarde, elle rit pour de vrai, s'écria-t-il en saisissant le genou de Werner de ses doigts qui semblaient des crochets d'acier. Regarde, regarde !

Avec un sourire un peu embarrassé et toute rougissante, Moussia fixa à son tour ses yeux un peu fous, son regard pénétrant, plein d'une pesante et farouche interrogation.

Tout le monde se taisait.

On entendait le martèlement précis et affairé des roues, les petits wagons tressautaient sur les rails étroits et filaient avec zèle. À un virage, ou à un passage à niveau, la petite locomotive poussa un sifflement fluet et appliqué : le mécanicien craignait d'écraser quelqu'un. Et il était fou d'imaginer que pendre des gens requérait des hommes tant de soin de la vie ordinaire, tant d'efforts, d'habileté, que la chose la plus insensée au monde s'accomplissait d'une manière aussi simple, aussi raisonnable. Les wagons filaient, à l'intérieur, il y avait des gens assis comme à l'ordinaire, et ils allaient quelque part, comme tout le monde ; dans un moment, il y aurait un arrêt, et comme d'habitude : « Cinq minutes d'arrêt ».

Et ensuite, ce serait la mort, l'éternité, l'immense mystère.

12. Ils sont arrivés

Les petits wagons filaient avec zèle.

Sergueï Golovine avait passé plusieurs étés de suite avec sa famille dans une datcha au bord de cette voie, il l'empruntait souvent, la nuit, le jour, et la connaissait bien. Et là, en fermant les yeux, il pouvait s'imaginer qu'il rentrait chez lui ; il s'était attardé chez des amis et revenait avec le dernier train.

– On arrive bientôt, dit-il en ouvrant les yeux et en regardant par la fenêtre sombre et grillagée qui ne disait rien.

Personne ne bougea ni ne répondit, et seul le Tsigane lança l'un après l'autre de brefs crachats de salive sucrée. Puis il fit courir son regard à travers le wagon, palpant des yeux les fenêtres, les portes, les soldats.

– Il fait froid, dit Vassili Kachirine de ses lèvres engourdies, comme véritablement gelées ; et l'on entendit prononcer : rou-a.

Tania Kovaltchouk s'agita.

– Tiens, mets ce foulard autour du cou. Il est très chaud.

– Autour du cou ? demanda soudain Sergueï, et il fut effrayé par sa question.

Mais comme tout le monde avait pensé à la même chose, personne ne l'entendit, et ce fut comme si personne n'avait parlé, ou comme si tous avaient prononcé en même temps le même mot.

– Ce n'est rien Vassia, mets-le, mets-le, tu auras plus chaud, conseilla Werner, puis, se tournant vers Janson, il lui demanda avec douceur :

– Mon ami, tu n'as pas froid ?

– Werner, peut-être qu'il veut fumer. Camarade, vous voulez fumer peut-être ? demanda Moussia. On a de quoi.

– Je veux bien.

– Donne-lui une cigarette, Sérioja, dit Werner tout content.

– Mais Sergueï en avait déjà sortie une. Et tous regardèrent avec amour les doigts de Janson prendre la cigarette, l'allumette s'enflammer, et la fumée bleutée sortir de sa bouche.

– Eh bien, merci, dit Janson, c'est bon.

– Comme c'est bizarre ! dit Sergueï !
– Qu'est-ce qui est bizarre ? demanda Werner en se retournant. Hein, qu'est-ce qui est bizarre ?
– Eh bien ça, la cigarette.
Il tenait sa cigarette, une cigarette ordinaire, entre ses doigts ordinaires, vivants, il était tout pâle, et la regardait avec étonnement, et même, semblait-t-il, avec effroi. Et tous fixèrent du regard la tige étroite, d'où un ruban de fumée s'échappait en une spirale bleutée, poussée sur le côté par la respiration, et au bout, la cendre sombre qui s'accumulait. Elle s'éteignit.
– Elle s'est éteinte, dit Tania.
– Oui, elle s'est éteinte.
Eh bien tant pis ! dit Werner en se renfrognant et en observant avec inquiétude Janson, dont la cigarette pendait au bout de la main, comme morte. Tout à coup, le Tsigane se retourna brusquement, se pencha vers Werner, le visage tout près du sien, et, révulsant les yeux comme un cheval, murmura :
– Monsieur, et si les des soldats on les... hein ? On essaie ?
– Non, laisse, répondit Werner tout aussi bas. On va jusqu'au bout.
– Et pourquoi donc ? C'est plus drôle quand on se bagarre, non ? Je lui en mets une, il m'en met une autre, et je ne me rends même pas compte qu'on m'a fait la peau. Comme si je n'étais pas mort.
– Laisse, dit Werner en se tournant vers Janson : mon ami, pourquoi tu ne fumes pas ?
D'un seul coup, le visage avachi de Janson se fripa pitoyablement, comme si quelqu'un avait tiré un fil actionnant le mouvement de ses rides, et toutes se contractèrent. Et comme dans un rêve, Janson se mit à pleurnicher, sans larmes, d'une voix toute sèche, presque affectée.
Je ne veux pas fumer. Ha-a ! Ha-a ! Ha-a ! Il ne faut pas me pendre. Ha-a ! Ha-a ! Ha-a !
On s'agita autour de lui. Tania Kovlatchouk, pleurant abondamment,

caressait sa manche et arrangeait les ailes qui pendaient de sa chapka râpée.
– Mon petit frère ! Mon petit, ne pleure pas, mon petit frère à moi ! Mon pauvre petit !
Moussia avait détourné les yeux. Le Tsigane attrapa son regard et sourit.
– C'est un plaisantin, son Excellence ! Il boit du thé, et il a la panse froide, dit-il avec un rire bref. Mais son regard avait viré au bleu-noir de la fonte. Et ses grandes dents jaunes claquaient.
Soudain, les wagons sursautèrent et ralentirent nettement. Tous se levèrent, exceptés Janson et Kachirine, et se rassirent aussitôt.
– La gare ! dit Sergueï.
Ce fut comme si on avait soudain aspiré tout l'air du wagon, tant il devint difficile de respirer. Le cœur enflé dilatait la poitrine, barrait la gorge, battait dans tous les sens, criait de terreur de sa voix pleine et sanglante. Les yeux regardaient vers le bas, fixaient le plancher qui tressautait, les oreilles écoutaient les roues tourner de plus en plus lentement, glisser, puis tourner à nouveau et, enfin, s'arrêter.
Le train s'arrêta.
Et ce fut le début d'un rêve. Ce n'était pas, à proprement parler, effrayant, mais plutôt irréel, on était plongé dans l'oubli, étranger en quelque sorte : celui qui rêvait restait à l'écart, seul son fantôme se mouvait, désincarné, il n'y avait aucun son dans ses paroles, aucune douleur dans sa souffrance. En rêve, ils descendaient du wagon, se mettaient par deux, aspiraient l'air si frais du printemps, et qui sentait la forêt. En rêve, Janson se débattait, lourd et impuissant, et on le tirait en silence du wagon.
On descendit du train.
– On n'y va pas à pied quand même ? dit quelqu'un presque gaiement.
– Ce n'est pas loin, répondit un autre tout aussi gaiement.
Puis, la troupe nombreuse, noire et silencieuse s'engagea sur un chemin qui s'avançait dans la forêt, mal aplani, humide, souple et

printanier. La neige chassait de la forêt un air vif et puissant ; les pieds glissaient, s'enfonçaient parfois dans la neige, et instinctivement, les mains s'agrippaient aux camarades ; respirant bruyamment, les soldats de l'escorte marchaient avec difficulté dans la neige vierge qui bordait le chemin. On entendit une voix irritée :

– Ils auraient pu déblayer le chemin, quand même. Avance comme tu peux, là-dedans.

– On a déblayé, Votre Excellence. Seulement, il y a le dégel, on n'y peut rien.

La conscience revenait, mais partielle, par bribes, en curieux petits morceaux. Tantôt, l'esprit, rationnellement, confirmait : « Effectivement, il n'a pas été possible de déblayer le chemin ». Tantôt, tout s'éteignait à nouveau et seule restait l'odeur : une odeur trop forte d'air, de forêt et de neige en train de fondre ; tantôt tout devenait prodigieusement net : la forêt, la nuit, le chemin et le fait qu'on allait, là, tout de suite, les pendre.

– Il est bientôt quatre heures.

– Je vous l'avais dit, nous sommes partis trop tôt.

– Il fait jour à cinq heures.

– C'est ça, à cinq heures, il aurait fallu...

Dans la pénombre, dans une clairière, on s'arrêta. À quelque distance, au-delà d'un bosquet d'arbres que l'hiver avait rendus transparents, on voyait remuer deux lanternes. C'était là que se trouvaient les potences.

– J'ai perdu un caoutchouc, dit Sergueï Golovine.

– Quoi ? demanda Werner qui n'avait pas compris.

– J'ai perdu un caoutchouc. Il fait froid.

– Et où est Vassili ?

– Je ne sais pas. Regarde, il est là-bas.

Vassili se tenait là, sombre et immobile.

– Et où est Moussia ?

– Je suis là. C'est toi, Werner ?

Ils regardèrent autour d'eux, évitant le côté où les lanternes remuaient toujours, silencieuses et terriblement évidentes. Sur la gauche, la forêt dénudée semblait s'éclaircir, laissant apparaître quelque chose de grand, de blanc et de plat. De là, leur parvenait un souffle humide.

– La mer, dit Sergueï Golovine, en inspirant et happant l'air avec la bouche. Là-bas, c'est la mer.

Moussia répondit d'une voix sonore :

– Mon amour, vaste comme la mer !

– Qu'est-ce qu'il t'arrive, Moussia ?

– Mon amour, vaste comme la mer, est à l'étroit entre les rives de la vie.

– Mon amour, vaste comme la mer, répéta Sergueï, songeur, — se laissant bercer par la mélodie et les paroles.

– Mon amour, vaste comme la mer... répéta Werner, et sur un ton de surprise joyeuse il s'écria : Mouska ! Comme tu es jeune encore !

Soudain, tout près de son oreille, Werner entendit le chuchotement ardent et oppressé du Tsigane.

– Monsieur, hé, monsieur. Sacrée forêt, hein ? Bon dieu, et c'est quoi ça ! Là-bas, c'est quoi, près des lanternes, c'est une potence, ou quoi ? C'est quoi ?

Werner le regarda : le Tsigane se débattait dans l'angoisse de la mort.

– Il faut se dire adieu... dit Tania Kovaltchouk.

– Attends, ils vont encore lire la sentence, répondit Werner. Mais où est Janson ?

Janson était étendu dans la neige et on s'affairait tout autour. Il se répandit soudain une forte odeur d'ammoniaque.

– Alors docteur ? C'est bientôt terminé ? demanda une voix impatiente.

– Ce n'est rien, un simple évanouissement. Frottez-lui les oreilles avec de la neige. Il revient à lui déjà, vous pouvez commencer à lire.

La lumière d'une petite lanterne sourde tomba sur une feuille de papier et des mains blanches, sans gants. L'ensemble tremblait un peu, tout comme la voix, qui dit :
– Messieurs, il n'est peut-être pas nécessaire de lire la sentence, vous la connaissez, n'est-ce pas ? Qu'en pensez-vous ?
– Ce n'est pas nécessaire, répondit pour tout le monde Werner, et la petite lanterne s'éteignit.
Tous refusèrent également le pope. Le Tsigane dit :
– Toi, le pope, arrête de faire l'imbécile ; toi, tu me pardonnes et puis, eux, ils me pendent. Retourne d'où tu viens.
En un clin d'œil, la sombre et large silhouette s'écarta en silence, et disparut dans la nuit. Visiblement, l'aube se levait : la neige avait blanchi, les silhouettes des hommes étaient plus sombres, la forêt était plus clairsemée, plus morne, plus ordinaire.
– Messieurs, il faudra aller par deux. Vous pourrez aller avec qui vous voudrez, mais je vous demande de vous dépêcher.
Werner désigna Janson, qui s'était remis debout, soutenu par deux gendarmes :
– J'irai avec lui. Toi, Sérioja, emmène Vassili. Allez-y d'abord.
– D'accord.
– On y va ensemble, Moussetchka ? demanda Kovaltchouk. Venez tous qu'on s'embrasse.
Ils s'embrassèrent tous très vite. Les baisers du Tsigane étaient rudes, et on sentait ses dents ; ceux de Janson étaient mous et inertes, il entrouvrait la bouche et ne semblait d'ailleurs pas comprendre ce qu'il faisait. Après que Sergueï Golovine et Kachirine se furent éloignés de quelques pas, ce dernier s'arrêta soudain, et s'écria d'une voix forte et nette, mais qui semblait appartenir à un autre, méconnaissable :
– Adieu, camarades !
– Adieu, camarade ! lui crièrent-il.
Ils partirent. Ce fut le silence. Derrière les arbres, les lanternes

étaient devenues immobiles. Ils attendirent un cri, un éclat de voix, un bruit quelconque, mais là-bas, tout était calme, tout comme ici, et les lanternes étaient jaunes et immobiles.
– Ah, mon dieu ! grinça une voix éperdue. Ils se retournèrent : c'était le Tsigane qui se débattait dans l'angoisse de la mort. Ils sont en train de les pendre !
Ils se détournèrent et tout redevint calme. Le Tsigane se débattait, cherchant à saisir l'air de ses mains :
– Mais comment ça ? Messieurs, dites ? Vous allez me laisser y aller seul ? C'est quand même plus drôle avec de la compagnie. Messieurs ! Qu'est ce que c'est que ça ?
Et il saisit Werner par le bras et en le serrant, il faisait pianoter ses doigts qui semblaient jouer.
– Monsieur, mon ami, toi au moins, viens avec moi. Je t'en prie, viens, ne refuse pas !
Werner, tout affligé, lui répondit :
– Je ne peux pas, mon ami. Je suis avec lui.
– Oh, mon dieu ! Tout seul, donc. Mais comment ça ? Mon dieu !
Moussia fit un pas en avant, et dit à voix basse :
– Venez avec moi.
Le Tsigane recula et la fixa farouchement, les yeux écarquillés :
– Avec toi ?
– Oui.
– Regardez-moi ça ! Une gamine ! Et tu n'as pas peur ? Sinon, il vaudrait mieux que j'y aille tout seul. La belle affaire !
– Non, je n'ai pas peur.
– Regardez-moi ça ! C'est que je suis un bandit, tu sais. T'es pas dégoûtée ? Vaudrait mieux pas, dans ce cas. Je ne t'en voudrai pas.
Moussia ne disait rien, et dans la faible lueur de l'aube, son visage semblait pâle et mystérieux. Puis, brusquement elle s'approcha de lui, jeta ses bras autour de son cou, et lui donna un vigoureux baiser sur la bouche. Du bout des doigts, il la prit par les épaules, l'écarta

de lui, la secoua, puis il fit claquer des baisers sonores sur ses lèvres, son nez et ses yeux.

– Allons-y !

Soudain, le soldat le plus proche de lui trébucha et, ouvrant la main, lâcha son fusil. Il ne se pencha pas pour le ramasser, mais se tint un instant immobile, puis il se retourna brusquement, et, tel un aveugle, se dirigea vers la forêt, à grands pas dans la neige vierge.

– Où tu vas ? chuchota un autre soldat, affolé, arrête-toi !

Mais celui-ci garda le silence et continua d'avancer péniblement dans l'épaisse couche de neige ; il dut trébucher sur quelque chose, car il leva les bras et tomba la face en avant. Et il resta couché là.

Reprends ton fusil, hé, sac à puces ! Sinon, c'est moi qui vais le prendre ! dit le Tsigane d'une voix menaçante. Tu sais pas faire le boulot.

À nouveau, fiévreusement, les lanternes s'activèrent. C'était le tour de Werner et de Janson.

– Adieu, monsieur ! lui cria le Tsigane. Dans l'autre monde, on aura déjà fait connaissance, et si tu tombes sur moi, ne détourne pas le regard. Et apporte-moi de l'eau de temps en temps, que je puisse boire, il fera chaud, là où je serai.

– Adieu.

– Je ne veux pas, dit Janson, faiblement.

Mais Werner l'avait pris par le bras, et l'Estonien réussit à faire quelques pas tout seul ; ensuite on put voir qu'il s'était arrêté et qu'il était tombé dans la neige. On se pencha sur lui, on le releva, et on le porta, il s'agitait faiblement dans les bras qui le portaient. Pourquoi ne criait-il pas ? Sans doute avait-il oublié qu'il avait une voix.

Et une nouvelle fois, les lanternes jaunes devinrent immobiles.

– Et moi, Moussetchka, si je comprends bien, je devrai y aller seule, dit tristement Tania Kovaltchouk. On a vécu ensemble et puis…

– Tanietchka, ma petite Tania…

Mais le Tsigane s'interposa avec fougue. Il tenait Moussia par la

main, comme s'il craignait qu'on pût encore la lui prendre, il dit précipitamment, sur un ton affairé :
– Ma petite demoiselle ! Toi, tu peux y aller toute seule, tu as le cœur pur, où que tu ailles, tu peux y aller seule. Tu comprends ? Tandis que moi, non. Je suis un bandit, moi... tu comprends ? Moi, tout seul, c'est impossible. Où est-ce que tu vas, l'assassin ? qu'on va me demander. C'est que j'ai même volé des chevaux, je te jure ! Tandis qu'avec elle, je serai comme... comme avec un nouveau-né, tu comprends. T'as pas compris ?
– J'ai compris. Eh bien, allez-y alors. Viens que je t'embrasse encore une fois, Moussetchka.
– Embrassez-vous, embrassez-vous, dit le Tsigane, en s'adressant aux deux femmes et les encourageant. C'est votre affaire, il faut faire ça bien.
Moussia et le Tsigane se mirent en route. La jeune femme marchait avec précaution, glissant par endroits et relevant sa jupe comme à son habitude, tandis que, la tenant fermement sous le bras, explorant prudemment le chemin avec le pied, l'homme la conduisait à la mort.
Les lumières se figèrent. Le monde était silencieux et vide autour de Tania Kovaltchouk. Les soldats ne parlaient pas, tout gris dans la lumière pâle et paisible du jour qui commençait.
– Il n'y a plus que moi, dit soudain Tania dans un soupir. Sérioja est mort, Werner est mort, Vassia aussi. Il ne reste plus que moi. Mes petits soldats, mes petits soldats, je suis seule. Toute seule...
Le soleil se levait sur la mer.
On plaça les corps dans une caisse. Puis on les emporta. Le cou distendu, les yeux affreusement exorbités, la langue bleuie et tuméfiée, apparaissant telle une horrible fleur inconnue entre les lèvres baignées d'une écume sanglante, les cadavres s'en revenaient par le même chemin que celui par lequel ils étaient arrivés vivants. Et c'était la même neige de printemps, molle et parfumée, le même

air de printemps, frais et vigoureux. Et sur la neige, le caoutchouc mouillé et piétiné que Sergueï avait perdu, faisait une tache noire. C'est ainsi que les hommes saluèrent le lever du soleil.

Notices et notes

Le rire rouge
Красный Смех

Paru sous le titre « Le rire rouge. Fragment d'un manuscrit trouvé », Verlag Snanije, Berlin, 1905. La publication à l'étranger visait à contourner la censure.

Sur le plan personnel, l'année 1904 s'annonçait bien pour Andreïev. Le succès littéraire, l'aisance matérielle, le bonheur conjugal semblaient enfin lui être promis. Dès le début des hostilités, les désastres de la guerre contre le Japon (février 1904 - septembre 1905) ont vite alourdi l'atmosphère.

Les troupes russes, obligées de combattre en Extrême-Orient, ont connu défaite sur défaite. Pour la première fois, on comptait les morts par milliers : les progrès de la technologie avaient fait de ce conflit la première guerre industrielle. Les reportages des correspondants de presse au front informaient la population des pertes subies, ils décrivaient aussi la situation concrète des combattants, et insistaient sur le fait que cette guerre était « un cauchemar », « une horreur », « une boucherie ». Un grand nombre de détails du « Rire rouge », qui semblent hallucinatoires ou simplement imaginaires, sont en réalité tirés de la presse. C'est le cas de la chaleur insoutenable, dans les premières pages du récit, ou du traumatisme psychique dont souffre le jeune officier, dans la deuxième partie : ce genre de blessure était fréquent, notamment parmi les artilleurs, et les journaux en faisaient largement état. Andreïev tenait à ce que le récit paraisse « vrai ».

Léonid Andreïev dit avoir fait lui-même, à distance, l'horrible expérience de la guerre. Quant au texte même du « Rire rouge », il l'a écrit « d'une seule traite », en dix jours, dans un état de dérèglement nerveux extrême. Une fois achevée la rédaction, il est resté des mois entiers dans un état d'épuisement tel qu'il ne pouvait plus écrire.

Alors que la première partie du récit évoque ce qui se passe sur les lieux d'affrontement, en Mandchourie, la deuxième partie ne situe pas l'action de manière entièrement cohérente. Le narrateur est à l'arrière, en Europe, loin des combats, mais ce qu'il perçoit est semblable à ce qu'il percevrait s'il était à la guerre. Tout brûle, comme au front, mais on est en ville, le narrateur parle de sa maison, de sa rue, des personnes qu'il connaît. Le rire rouge lui-même, d'ailleurs, est à l'origine une figure de la proximité. Andreïev écrit à Gorki, en août 1904 : « Ce soir, près de notre datcha, deux Turcs ont été blessés dans une explosion, l'un d'eux, semble-t-il, mortellement, il avait un œil arraché.

[...] J'ai vu l'autre, au moment où on l'évacuait, il ressemblait tout entier à un chiffon, le visage en sang, et il souriait d'un étrange sourire, car il était dans un état second. Les muscles de son visage avaient dû se crisper et ça donnait ce sale sourire rouge. »

Que le récit ait été écrit dans la fièvre, pour communiquer une expérience personnelle infiniment douloureuse n'a pas empêché qu'Andreïev prenne à son tour, après d'autres écrivains, la mesure de la difficulté littéraire inévitable dans tout projet de cette nature. La représentation directe, immédiate, du vécu est impossible. Victor Hugo dans *le Dernier jour d'un condamné* et Dostoïevski dans « La douce » avaient tous deux choisi la force de l'expression à la première personne aux dépens de la crédibilité du système énonciatif : chez Hugo, le condamné, la tête prise dans la lunette de la guillotine, continuait d'écrire, et c'est au prix de cette invraisemblance que le texte est advenu. L'expérience des soldats de la guerre russo-japonaise était un cauchemar trop affreux pour être transmissible directement. Seul un tiers, un reporter, un écrivain, pouvait la dire : l'expression était indirecte. Dans « Le rire rouge », le pauvre rescapé fait crisser d'une main tremblante sur le papier une plume qu'il ne pense pas à tremper dans l'encre. En réalité, il n'écrit rien. « Un jour j'ai essayé de lui donner un crayon à la place de sa plume sèche, me disant que peut-être il allait ainsi véritablement écrire quelque chose, mais sur le papier ne restèrent que quelques lignes informes, interrompues, tordues et dépourvues de sens. » Le malheureux ne peut pas écrire, ce qu'il a enduré l'en empêche. Aucun soldat de cette guerre ne le peut. Le lecteur découvre (dans le 10e fragment), que ce n'est pas l'officier mutilé qui écrit, mais son frère, qui partage l'expérience vécue et dit « je » à la place du rescapé. Andreïev essaie d'effacer la frontière entre ce qui serait un vrai « je » et ce « il » qui se présente comme un « je », il tente de réduire cette usurpation à un détail sans importance. Pour cela il fait du frère resté à l'arrière un double du soldat mutilé : ce qu'éprouve le frère est *comme* ce qu'a éprouvé le soldat. Leurs deux consciences fusionnent, dès lors il est possible de dire « je » à la place de quelqu'un d'autre, parce que la guerre envahit tout et qu'elle est dans toutes les têtes. Le rire rouge apparaît aux yeux de tous, en ville aussi bien que là-bas, loin, en Madchourie. Ainsi l'expérience transmise est-elle à la fois directe et indirecte. La contamination du cauchemar est la condition de la fusion de deux subjectivités, mais au fond l'incohérence demeure : si le partage de l'épreuve est total, comment le frère du soldat peut-il encore écrire ? Andreïev a tout fait pour que le lecteur ne se pose pas ces questions : le système énonciatif est confus, le « je » est un leurre, mais l'aveu qu'en fait tardivement le narrateur ne change rien à la force de l'expression. L'indicible se dit quand même.

NOTES

L'*archine* est ancienne unité de mesure, équivalant environ à 71 cm.

« Des vessies de bœuf ». Le verre était un produit cher à l'époque. Dans les habitations pauvres, à la campagne, des vessies d'animaux montées sur des cadres tenaient lieu de vitres.

LE VOL
Полёт

Publié dans le mensuel *Le Monde contemporain*, 1914, n° 1, sous le titre « Au-delà de la mort ».

Le Monde contemporain a pris la suite de *la Paix divine*, fermée par mesure administrative. La ligne éditoriale de la revue est d'orientation sociale-démocrate (c'est-à-dire, à l'époque, marxiste).

Le récit est tiré d'un fait divers : un aviateur, ami d'Andreïev, avait trouvé la mort en tentant de battre le record d'altitude.

On peut lire « Le vol » comme une variation sur des motifs qui traversent l'ensemble de l'œuvre d'Andreïev : la fascination pour le Rien, pour la Mort, le détachement radieux de toute réalité matérielle. Ici, peut-être plus clairement qu'ailleurs, le sujet de la nouvelle apparaît comme le simple support sur lequel se déploie ce qui compte le plus : la tonalité affective de l'angoisse.

L'ABÎME
Бездна

Paru initialement dans le quotidien *Le Courrier* (10 janvier 1902), qui avait déjà publié la plupart des premiers récits d'Andreïev, à partir de 1898.

La fin du récit pose la question de la puissance de l'animalité, de l'instinct sexuel, et de leur rapport avec la conscience et avec la volonté. Cette « question maudite », comme toujours chez Andreïev, s'articule de manière duale.

Considérée en elle-même, *sub specie eternitatis*, elle se présente comme une malédiction, source d'une horrible souffrance : si la bête est tapie en nous, prête à bondir, que peuvent la morale, la religion, la culture ? La pulsion sexuelle fait partie du « destin rigoureux et énigmatique » qui pèse sur l'être humain. De là découle toute la psychologie andreïevienne et l'ambiance sombre, caractéristique de ses récits envahis par l'angoisse.

Mais la question de l'animalité se pose autrement dans le contexte de la vie littéraire de l'époque : « L'abîme » est un récit « actuel », au sens où il résonne comme une provocation, comme un acte d'agression à l'encontre des lecteurs, ou de certains d'entre eux, et comme une déclaration de jalouse allégeance envers Gorki.

« L'abîme » a suscité le premier des scandales qui ont émaillé la carrière d'Andreïev. Celui-ci, retentissant et prolongé, a apporté à l'écrivain une forme paradoxale de reconnaissance qu'il a accueillie avec satisfaction et gourmandise. Dans « la constellation du grand Maxime », c'est-à-dire dans l'entourage de Gorki, Andreïev désirait devenir une étoile un peu plus brillante que les autres. La voie qu'il a empruntée pour y parvenir était celle de « la révolution » : il fallait que l'œuvre littéraire produise un effet tangible au-delà de la sphère culturelle, mais non simplement sur le plan moral, ce qui était admis par tout le monde. Il fallait qu'elle contribue, comme les attentats, les grèves ou la diffusion de propagande subversive, à l'évolution du rapport des forces politiques en faveur de l'opposition à l'action du gouvernement et à l'autocratie. Avec « L'abîme », Andreïev a essayé d'aller plus loin que tout le monde, avec la bénédiction de Gorki. Répondant aux réactions consternées des hommes de culture, pour la plupart progressistes, certes, mais néanmoins attachés au quant-à-soi de la littérature, il déclarait, un brin cabotin, qu'il ne considérait pas « L'abîme » comme une œuvre d'artiste. Gorki l'a assuré que le récit était, comme il le souhaitait, « un coup de poing bien ajusté » dans la figure du petit-bourgeois. Dans cette affaire, le petit-bourgeois n'est pas une catégorie sociologique, mais l'incarnation de l'ennemi, c'est la figure fantasmée à la fois du salaud et du minable, un « beauf » à la russe.

« L'abîme » était une sorte de test. Ceux qui pourraient en surmonter le choc seraient fréquentables, les autres révéleraient leur nature de petit-bourgeois. « La révolution » devait commencer par cliver les écrivains et les lecteurs, mais il était entendu que, si beaucoup étaient appelés (les gens se sont arraché le récit), peu seraient élus. Gorki, bientôt imité par Andreïev et quelques autres, s'était mis à rabrouer durement le public, assimilé en vrac et sans trop de précautions au petit-bourgeois honni.

Pour réussir le test, il fallait comprendre que « L'abîme » ne mettait pas seulement en question la capacité de la civilisation en général à contenir l'instinct de violence. Il exhibait aussi l'incapacité de la société tsariste à le faire, et décrédibilisait ceux qui rejettent « la révolution » au nom des valeurs et de la culture. Les valeurs, pour Andreïev, n'avaient aucune solidité. Les fondements sont instables, tout glisse déjà, alors autant accomplir le glissement jusqu'au bout, c'est-à-dire faire « la révolution ».

C'EST L'HISTOIRE DE
Жили-были

Publié en 1901 dans le numéro de mars de *La Vie*, mensuel des « marxistes-légaux ». Les marxistes-légaux sont des intellectuels dont la pensée s'éloigne rapidement de Marx. Il ne faut pas confondre avec les marxistes du Parti ouvrier social-démocrate de Russie (POSDR), au sein duquel apparaissent, en 1903, les « fractions » menchevik d'un côté, bolchevik de l'autre.

Andreïev souffrait d'alcoolisme et de dépression. Le récit a été écrit lors de son séjour de deux mois à l'hôpital, pendant l'hiver 1901. Parmi ses voisins de chambrée se trouvait un diacre, très probable modèle du père Spéranski.

Le récit a été reçu comme le plus abouti de ceux qu'Andreïev avait publiés jusque-là. Tolstoï trouvait que c'était le meilleur, malgré la fin, selon lui artificielle et inutile. Or, c'est probablement cette fin, le moment de réconciliation où les deux personnages opposés pleurent côte à côte, qui a incité tel ou tel lecteur en principe avisé (Maxime Gorki, dont Andreïev était un peu le pupille littéraire ou le très influent critique populiste Nicolas Mikhaïlovski) à conclure que le texte était un appel à la vie. C'était faire peu de cas de la présence insistante de la mort dès le début du texte. L'orientation politique contestataire de « l'atelier littéraire », comme de l'ensemble de « la société » (en réalité, on n'entendait par là que le milieu cultivé, essentiellement concentré à Saint-Pétersbourg et à Moscou) s'accompagnait de la condamnation de principe de toute forme de pessimisme. Il fallait à toute force trouver quelque chose d'encourageant dans l'évocation andreïevienne de l'hôpital. La fin, sentimentale à souhait, donnait des arguments à cette interprétation préconçue, mais il y avait encore un autre élément, qui pouvait favoriser une lecture optimiste. Ce sont les traits d'humour qui émaillent le texte. Le sceau de l'évêque sur l'acte de promotion du diacre est, dit-il, comme « une vatrouchka » ; la fille de salle « a daigné [lui] administrer un lavement ». Le voisinage incongru du haut (le sceau, le registre stylistique de « daigner ») et du bas (la vatrouchka, le lavement) qui éclaire, pour un très court instant l'atmosphère vraiment sinistre du récit, arrive comme un cheveu sur la soupe. Comment expliquer leur présence ? Ce sont des échos au style des tout premiers récits d'Andreïev, un peu comme chez Georges Braque la lumière qu'on voit sur un tableau vient non de ce qui est représenté, mais d'un autre tableau, peint un peu plus tôt.

NOTES

Le *poud* et le *fount* sont d'anciennes mesures de poids. Le *poud* équivaut à 16,38 kg ; le *fount* à 0,4095 kg, soit 1/40 de *poud*). Lavrenti Pétrovitch pèse 98,28 kg.

La Laure de la Trinité Saint-Serge est un monastère et un lieu de pèlerinage, situé à Serguiev-Possad, au nord de Moscou.

« Magnifions par nos hymnes... » Ces paroles sont tirées d'une prière orthodoxe.

La *vatrouchka* est une tarte ou une tartelette, souvent à gros bords, garnie de fromage blanc.

La *verste* correspond à 1 066,8 mètres.

Le *kvass* est une boisson fermentée très populaire.

La prosphore est un pain servant à l'eucharistie.

L'expression « bains commerciaux » était nouvelle. Il s'agit de bains payants, à but lucratif.

Le retour
Возврат

Paru initialement dans *Le Matin de la Russie*, 25 décembre 1913.

Le récit fait écho à un rêve que Sergueï Goloouchev, un vieil ami d'Andreïev, lui avait raconté.

Andreïev renoue avec les récits de Noël et de Pâques qui avaient fait ses premiers succès, et qui étaient construits sur une anecdote, autour (le mot est de Tolstoï) d'un « virgule, mais ». Simplement, ici, l'ambiance n'est pas du tout à l'attendrissement sentimental. Si l'équipée du narrateur en traîneau à travers la ville, qui se termine de manière inattendue par son retour au point de départ, reprend la structure de l'anecdote, celle-ci est plutôt déprimante, ou, pour le moins, elle porte à la mélancolie : on croyait le narrateur, dans son rêve, à la recherche de la femme aimée, mais non, c'est à sa prison que le ramène le cocher. La prison serait-elle, confusément, assimilable à l'objet du désir ? Le texte laisse la question en suspens. L'anecdote fantastique, en tout cas, est une occasion, légère, inoffensive, de faire allusion à ce dont il est interdit de parler : les procès politiques.

Extrait d'un récit qui ne sera jamais achevé
Из рассказа, который никогда не будет окончен

Paru dans le premier numéro du quotidien moscovite *Le Matin de la Russie*, 16 septembre 1907.

Le premier titre du récit était « La Révolution ».

Andreïev dit dans une lettre de 1906 qu'il a le projet d'écrire un récit « sur les barricades », et précise : « Après, tant pis si c'est à nouveau l'esclavage, peu importe, ce qui compte, c'est ça : les barricades. Ce qui compte, c'est le moment. »

Cela fut
Так было

Selon la volonté d'Andreïev, le récit est paru initialement à l'étranger, chez J. H. W Dietz Nachfolger, à Stuttgart, en mars 1906, avec ce sous-titre : « Esquisse tirée de la révolution française ». Cette mention a été retirée dès la première édition publiée en Russie, en avril 1906, probablement par souci de ne pas lier trop étroitement le récit à un événement concret, et de ne pas affaiblir la résonance philosophique plus large qu'il pouvait avoir. Andreïev n'a pas pour autant renoncé à certains détails, grâce auxquels on comprend facilement où et quand a lieu l'histoire racontée, comme : « Aux armes, citoyens ! Formez vos bataillons ! Marchons, marchons ! »

Andreïev avait lu à peu près tout ce qui était paru sur la Révolution française depuis une trentaine d'années en Russie. Certains détails du texte font écho à ces lectures. Le « fumier brun », mélange de sang et de paille, au chapitre III, par exemple, vient du célèbre livre d'Edgar Quinet, *La Révolution*, dont la première édition en russe était parue à Saint-Pétersbourg en 1895.

La réception du texte a bien évidemment été marquée par le fait que, au moment de sa sortie, la Russie connaissait elle-même une révolution. Dans les milieux intellectuels largement gagnés à la cause de cette révolution, « Cela fut » a provoqué de la perplexité, sinon du dépit. Le « pessimisme » d'Andreïev allait à contre-courant de l'enthousiasme général : le personnage qui dit croire que le jour de la mort du roi « marquerait la fin de la lutte contre la tyrannie » se voit objecter qu'« elle ne fait que commencer ». L'idée que la révolution peut conduire à ce qu'on a appelé plus tard « le totalitarisme », et que donc la lutte pour la liberté serait sans fin, cette idée n'était pas courante. La révolution était envisagée surtout comme une promesse vague, certes, mais d'autant plus séduisante, de liberté.

Petka à la datcha
Петька на даче

Paru dans *La Revue pour tous*, 1899, n° 9, « Petka à la datcha », titre qu'on pourrait traduire aussi par « Les vacances de Petka », est le récit d'Andreïev le plus souvent réédité de son vivant. C'est aussi le seul parmi la dizaine de ses premiers récits qui ait été réédité dans le premier recueil de ses œuvres, au début de 1902.

Cette première publication d'Andreïev dans un mensuel aussi largement diffusé que la *Revue pour tous* est une étape importante dans sa carrière. Elle est le signe des progrès rapides de sa popularité et marque son accès à la confrérie des écrivains que « la littérature d'art », et non seulement le journalisme, faisait vivre, ne serait-ce que modestement.

Le héros de l'histoire vient des souvenirs d'un homonyme d'Andreïev qui, dans son enfance, avait dû « gagner son pain » chez un patron. Le cadre champêtre est inspiré par les séjours réguliers de l'auteur à Tsaritsyno, pendant la belle saison.

« Petka à la datcha » se situe sur le fond de l'abondante littérature à vocation émancipatrice de l'époque, généralement sous-tendue par l'idéologie du populisme tardif. Les populistes appelaient de leurs vœux un socialisme rural qui, croyaient-ils, éviterait aux paysans de tomber dans les horreurs de la condition ouvrière. En 1899, cette utopie, qui dominait la littérature courante (celle qui paraissait dans les journaux, notamment dans les numéros de fin de semaine) depuis une bonne trentaine d'années, avait du plomb dans l'aile. Le dénouement de « Petka » semble indiquer que l'idylle campagnarde est une pure et simple illusion. Une partie de la critique a préféré s'intéresser à la sympathie manifeste de l'auteur pour son héros, qui tranchait avec l'habituelle objectivité de la prose progressiste, et allait au contraire dans le sens d'un engagement de l'auteur en faveur des démunis. Cette proximité entre l'auteur et le personnage était très fréquente, et même quasiment obligée, mais elle devait rester sobre, implicite. Chez Andreïev, elle a quelque chose d'ouvert et de sentimental qui renvoie à ses tout premiers récits de Pâques et de Noël, dans lesquels, comme dans un rêve, la dureté de la vie laissait place à l'amour du prochain. Ici, le rêve se dissipe vite, mais l'attendrissement demeure malgré tout. La coexistence des deux éléments donne une certaine ambiguïté au récit, et c'est peut-être ce qui pouvait lui arriver de mieux.

NOTES

Petka, Nikolka, sont des variantes familières des prénoms Piotr (Pierre) et Nikolaï (Nicolas). Mitia, raccourci de Dmitri (Demetrius) n'est pas fait exactement sur le même modèle.

Une datcha est une maison, le plus souvent en bois, aux abords des grandes villes, occupée pendant la belle saison.

Dans la coupe « à la polonaise », les cheveux sont coiffés en arrière.

Certains boulevards de Moscou comportent de larges terre-pleins aménagés pour les piétons.

Tsaritsyno : localité à une quinzaine de kilomètres au sud du centre de Moscou. L'impératrice Catherine II y a fait bâtir un palais à partir de 1776. À la fin du xixe siècle, époque où se passe le récit, ce palais était en ruines.

Les marchands constituent l'une des catégories juridiques et fiscales de la population de la Russie impériale. Leur image traditionnelle les représente gros et forts. Sergueï Chtchoukine et Ivan Morozov, célèbres collectionneurs de tableaux, étaient issus de ce groupe.

Balthazar Dipman-Arnold, citoyen de Saxe, était un marchand, propriétaire d'installations de loisir à Tsaritsyno.

Le mot *barine* (féminin : *barynia*) désigne un propriétaire foncier noble de la Russie impériale.

TROIS NUITS
Три ночи

Paru dans le mensuel de sensibilité socialiste-révolutionnaire *Les Préceptes*, 1914, n° 1.

Cette miniature funéraire, sereine et apaisante, précède, dans le même numéro de la revue, un « rêve », intitulé « La résurrection de tous les morts ». Dans l'œuvre d'Andreïev, elle rappelle clairement une évocation, elle aussi sobre et détachée, d'un cimetière, qui s'appelait : « Belle est la vie des ressuscités » (1900).

BEN-TOVIT
Бен-Товит

Cette miniature est parue en mars 1905 dans le *Recueil de Nijni-Novgorod*, publication à visée caritative lancée par Gorki. Le texte non publié existait depuis 1903 à l'état de brouillon.

Le point de départ de cette histoire est autobiographique, prosaïquement anecdotique. La première mention du récit figure dans une lettre d'Andreïev à Maria Andreïeva, la compagne de Gorki, arrêté pour son implication dans les troubles politiques soulevés par le « Dimanche rouge » (9 janvier 1905) : « Quant à moi, j'ai mauvaise conscience. J'ai... j'ai mal aux dents. Vous imaginez : aux dents ! Douleur idiote, complètement éhontée, inoffensive, qui vous laisse incapable de quoi que ce soit. J'ai un récit sur un malheureux juif qui rate la crucifixion du Christ parce que ce jour-là il a une rage de dents insupportable. Si j'avais cru être moi-même ce malheureux juif ! »

Sans surprise, le lourd contexte général a conduit l'un des rares critiques de l'époque à s'intéresser à « Ben-Tovit » à une interprétation politique et morale passablement arbitraire. Alors qu'Andreïev présente le marchand de Jérusalem, héros malgré lui de cette histoire, comme « un bon et brave homme », il a vu en lui l'incarnation du petit-bourgeois étriqué, incapable de prendre sa part à l'événement capital qui se joue devant sa porte : le Calvaire est une métaphore de l'insurrection, et l'égoïsme de Ben-Tovit, une allusion au refus de tout engagement de ceux qui « redoutent que leur digestion soit troublée », selon l'expression d'un commentateur.

Une lecture plus attentive relève la présence d'une question complètement inactuelle, qui revient plus tard dans l'œuvre d'Andreïev : celle de la dimension terrestre, corporelle, des mythes chrétiens. Ici, dans « Ben-Tovit », on peut comprendre que la rage de dents du marchand duplique les souffrances du Christ. C'est la lecture la plus facile, la moins dérangeante. L'abcès dentaire est un peu comme les stigmates qui apparaissent sur le corps des saints. Mais on peut tout aussi bien voir les choses autrement, et se dire que Jésus endure à peu près les mêmes douleurs que le malheureux boutiquier anonyme, et que tout le reste est littérature. Dès lors le divin, le sacré, se réduit à quelque chose de purement corporel. Il y a bien un sacrifice, mais il n'est nul besoin de faire appel à la transcendance pour comprendre son fonctionnement. Ce point était de nature à ébranler les certitudes, à causer un malaise, et Andreïev était friand de ce genre d'effet.

Le Récit des sept pendus
Рассказа о семи повешенных

Publié dans l'almanach littéraire et artistique des éditions L'Églantine, Saint-Pétersbourg, 1908, n° 5.

« Le Récit des sept pendus » est l'œuvre la plus connue d'Andreïev. Elle lui a apporté dès sa sortie une célébrité internationale. Il en existe en français une demi-douzaine de traductions, dont la moitié sont récentes.

La dédicace à Léon Tolstoï, à laquelle celui-ci a chaleureusement répondu dans une lettre qu'Andreïev a publiée, a conféré au récit un statut symbolique élevé parmi la masse des écrits de protestation contre la peine de mort.

Les années qui ont suivi les troubles révolutionnaires de 1905-1906 ont été marquées par une recrudescence de la répression et du terrorisme. Le parti des socialistes-révolutionnaires était résolument engagé dans la voie de l'action violente, et organisait continuellement, quelquefois avec succès, des attentats contre les hauts personnages du régime impérial. Andreïev connaissait personnellement plusieurs activistes de ce parti. En réaction à la poussée des attentats, le gouvernement a institué en août 1906 des « tribunaux militaires de campagne », qui jugeaient sans instruction, avocats ni témoins, et prononçaient des peines applicables en temps de guerre. Au cours des derniers mois de 1906, 9412 personnes ont été condamnées pour des motifs politiques, dont 1252 à mort, et 934 ont été exécutées. 1908, année de rédaction et de publication du « Récit des sept pendus », est celle au cours de laquelle on compte le plus grand nombre d'arrestations, de relégations en Sibérie et de condamnations.

La question de la peine de mort était omniprésente dans la société, singulièrement dans la presse. Le journal *Le Jour*, par exemple, indiquait quotidiennement en première page le nombre des condamnations à mort et celui des exécutions.

« Le récit des sept pendus » fait écho au procès retentissant, à la condamnation et à l'exécution des terroristes du « Détachement volant de combat de la région Nord ». Sept des neuf terroristes arrêtés ont été condamnés à mort. Les lecteurs de l'époque pouvaient sans trop de peine mettre de vrais noms, qu'ils trouvaient dans les journaux, sur les personnages du récit. Le prototype de Werner, par exemple, était le terroriste Vsevolod Lebedintsev. Un grand nombre de détails dessinant le portrait du personnage, qu'on pourrait croire purement fictifs, sont en réalité tirés de l'apparence physique de Lebedintsev, de son parcours, de son comportement et de ce qu'on savait de sa psychologie : il était par exemple, « plus mathématicien que poète ».

Andreïev considérait la peine de mort comme une horreur absolue. La peine de mort « enfreint la loi de la vie », écrit-il. Cette loi dit que nul être vivant ne sait quand il va mourir ; le condamné à mort, lui, le sait. Il est placé dans la situation de « penser l'impensable ». C'est pourquoi la peine de mort « porte atteinte à la raison de l'humanité entière ».

La position de principe d'Andreïev sur cette question apparait sans ambiguïté dans des sources diverses, mais on doit reconnaître que le sens du « Récit des sept pendus » ne s'y réduit pas. Le message est brouillé par autre chose, que les lecteurs de l'époque, perplexes, ont perçu et quelquefois condamné : l'approche de la mort est horrible, mais elle donne aussi un sentiment de plénitude. Comme souvent chez Andreïev, le sens est paradoxal.

Le titre du chapitre 8, « Il y a la mort, et il y a la vie », se présente d'abord comme une opposition, mais il peut se déchiffrer aussi d'une autre manière. La suite du texte invite à la rétro-lecture. Le chapitre 9 est intitulé « Les murs s'écroulent ». Chez Andreïev, le mur symbolise toujours l'aliénation. L'homme, pour autant qu'il ait quelque force vitale, cherche par-dessus tout à le franchir ou à l'abattre. D'ordinaire il n'y réussit pas. Ici, au contraire, « les murs s'écroulent », et le personnage rayonne d'une joie nouvelle. Dès lors la formule « Il y a la mort, et il y a la vie » n'apparaît plus comme une opposition, mais comme un parallélisme. C'est parce qu'il y a la mort qu'il y a la vie, autrement dit : la mort est l'instant suprême de la vie, elle en est l'accomplissement. « [...] face au visage de la mort, la jeunesse revenait, espiègle, éclatante. Et c'était plus que la superbe jeunesse. Dans cette surprenante éclaircie de l'âme, qui, à de rares moments, illumine l'homme et l'élève vers les sommets les plus élevés de la contemplation, Werner aperçut soudain et la vie, et la mort, et il fut saisi par la majesté de ce spectacle inouï. » C'est la mort imminente qui « élève vers les sommets les plus élevés de la contemplation », le combat une fois perdu, l'espoir de justice une fois anéanti. Cette façon paradoxale d'envisager la mort, non la mort en général, mais, et c'est tout autre chose, ce que Jankélévitch (dans *La Mort*) appelle « la mort propre », n'a rien d'isolé dans « Le récit des sept pendus ». Dans les derniers chapitres, où l'horreur de la pendaison de plus en plus proche ne faiblit pourtant pas, la tonalité affective qui domine, c'est *la joie* : les mots « gaiement », « joie » reviennent à quatre reprises en trois pages. La plupart des personnages éprouvent la proximité de leur mort comme une fête. Les derniers pas qui mènent les condamnés à la potence sont l'occasion d'une sorte de danse nuptiale entre le brigand et l'une des jeunes terroristes. C'est la vision de la mort qui donne à Werner l'inspiration et l'extase qui jusqu'alors lui étaient inaccessibles. La lutte contre le pouvoir ne donnait pas de sens à sa vie, les succès de l'action violente ne lui apportaient que le dégoût de ceux qui en étaient victimes, mais aussi de soi-même. Ce que recherchent les jeunes révolutionnaires, c'est un absolu qui s'obtient par un ultime abandon au néant. Autrement dit par un sacrifice de soi. À de multiples moments du récit, Andreïev fait référence aux martyrs chrétiens des premiers temps de l'Église. Retenons simplement, exemple parmi d'autres, le baiser que le Tsigane donne à Moussia. Ce moment a une charge érotique qui crève les yeux, mais il fait aussi écho au « baiser sacré » qu'échangeaient les martyrs. De la même façon, toute une série de motifs à première vue directement liés à la situation *hic et nunc* ont aussi une résonance évangélique, plus précisément apocalyptique. C'est le cas de « l'immense trompette de cuivre » que croit entendre Moussia, au chapitre 7, et du temps qui « se transforme en espace », à la fin du chapitre 8. Même si une partie des lecteurs étaient incapables d'identifier précisément ces références, on peut penser que la symbolique apocalyptique jouait un rôle inconscient dans leur appréhension du texte.

L'un des terroristes s'appelle Vassili Kachirine. C'est le nom du grand-père de Gorki (du côté de sa mère). Cette coïncidence rend le personnage proche, et contribue à donner à l'expérience vécue par le condamné quelque chose de personnel, on a envie de dire : d'intime.

« Lui-même se présentait ouvertement et très sincèrement comme un bandit, et il considérait avec ironie ceux qui s'affublaient du titre à la mode d'"expropriateur" ». À partir de 1906, les révolutionnaires donnaient le nom d'« expropriation » aux atteintes à la propriété privée et publique qu'ils commettaient à travers le pays, pour financer leurs activités, mais également pour instaurer un climat de terreur.

NOTES

« Expropriateur » est le terme employé au cours de la révolution de 1905 pour désigner les paysans voulant s'approprier les terres des nobles.

« Des tourbillons hostiles soufflent sur nos têtes... » : premier vers de la version russe de la "Varsovienne", chanson révolutionnaire polonaise de Wacław Święcicki (la version russe est attribuée à Gleb Krżyżanowski), particulièrement en vogue en Russie à l'époque de de la révolution de 1905.

« Comme dit la chanson : Ne fais pas de bruit, petite chênaie verte, ma mère... » Cette chanson, qui met en scène un voleur face au jugement du tsar, a été popularisée par le roman d'Alexandre Pouchkine (1799-1837) La fille du capitaine, où elle est présentée comme une forme d'hommage aux condamnés à mort par pendaison. Le personnage du bandit est dépeint à partir des traits que le folklore russe attribue aux voleurs.

« Mon amour, vaste comme la mer... » : vers tiré du poème d'Alekseï Konstantinovitch Tolstoï (1817-1875) « Une larme tremble dans ton regard jaloux » (1858).

TABLE DE MATIÈRES

Préface 5

Le rire rouge 15

Le vol 89

L'abîme 113

C'est l'histoire de 131

Le retour 157

Extrait d'un récit qui ne sera jamais achevé 167

Cela fut 175

Petka à la datcha 209

Trois nuits 221

Ben-Tovit 229

Le récit des sept pendus 235

Notices 327

Éditions Rue Saint Ambroise
3, rue Cassini 75014 Paris

editionsruesaintambroise@orange.fr
https://www.ruesaintambroise.com

COLLECTION
Les meilleures nouvelles

DIRECTEUR DE LA COLLECTION
Bernardo Toro

EDITRICE
Florence Didier-Lambert

CORRECTION D'ÉPREUVES
Françoise Quillier et Martine Sombrun

CRÉATION ET MAQUETTE
Cynthia Savage : savagedesign.fr
couverture : @shutterstock.com/Oking

Prix : 16.50 euros
Dépôt légal : avril 2022
ISBN : 978-2-9556487-6-6

sepec
numérique
Impression & brochage - France
Numéro d'impression : N18082220390 - Achevé d'imprimer : avril 2022
IMPRIM'VERT®
Certifié PEFC
Ce produit est issu de forêts gérées durablement et de sources contrôlées
PEFC™
10-31-3532
www.pefc-france.org